JAZMÍN.

AF273762

BARBARA HANNAY

DÍAS DE AMOR
EN PARÍS

HARLEQUIN™

Editado por Harlequin Ibérica.
Una división de HarperCollins Ibérica, S.A.
Avenida de Burgos, 8B - Planta 18
28036 Madrid

© 2024 Harlequin Ibérica, una división de HarperCollins Ibérica, S.A.
N.º 578 - 14.10.24

© 2003 Barbara Hannay
Días de amor en París
Título original: A Parisian Proposition

2003 Madeline Baker
Vidas distintas
Título original: West Texas Bride

2003 Carla Bracale
El hombre más adecuado
Título original: What if I'm Pregnant...?
Publicadas originalmente por Harlequin Enterprises, Ltd.
Estos títulos fueron publicados originalmente en español en 2004

I.S.B.N.: 978-84-1062-955-4
Depósito legal: M-16824-2024
Impreso en España por: BLACK PRINT
Fecha impresión para Argentina: 12.4.25
Distribuidor exclusivo para España: LOGISTA
Distribuidor para México: Distibuidora Intermex, S.A. de C.V.
Distribuidores para Argentina: Interior, DGP, S.A. Alvarado 2118.
Cap. Fed./Buenos Aires y Gran Buenos Aires, VACCARO HNOS.

MIXTO
Papel procedente de
fuentes responsables
FSC® C159065

CAPÍTULO 1

EH, JONNO! Una mujer pregunta por ti.
Jonathan Rivers miró de reojo el embarrado callejón que conducía al patio en el que vendían el ganado y vio a una mujer vestida con un traje de chaqueta claro y tacones altos en el lugar en el que el cemento del camino se convertía en lodo.

Tuvo que contener una maldición.

–¡Oh, no! ¿No será otra cazafortunas?

–Creo que sí –le contestó Andy Bowen, su capataz–, pero esta es muy diferente de las otras. Fíjate en ella.

Jonno dejó escapar un suspiro con un gesto de escepticismo.

–Esperaba no tener que volver a pasar por esto.

–Al menos esta tiene clase –dijo Andy riendo–. Y me da la impresión de que es tan testaruda como tú. Sexy, con clase y testaruda. A lo mejor es tu día de suerte.

–Ya que tanto te ha gustado, ve tú a ver qué quiere.

Andy guiñó un ojo.

–He hablado con ella y sé exactamente lo que quiere. Te quiere a ti –dijo levantando la voz por encima de la del subastador que estaba en el establo de al lado.

A regañadientes, Jonno volvió a mirar a la mujer.

La figura de aquella urbanita de ropa sofisticada contrastaba con aquella ruda gente de campo con su ganado. Su abundante melena oscura, sus ojos oscuros y sus labios oscuros resaltaban en la palidez de su piel. Su delgadez quedaba compensada por un porte orgulloso que reflejaba una gran fuerza interior.

«Te quiere a ti».

—No estoy disponible —dijo finalmente con sequedad.

—Claro que lo estás. Has vendido la mayor parte de tu ganado. Yo me encargo de este último grupo. Ve, Jonno. No puedes hacer esperar a una dama como esa en un lugar como este.

La mujer seguía mirándolo fijamente y Jonno pensó que ella se habría dado cuenta de que Andy le había transmitido su mensaje. Suspiró.

—A estas alturas se me debería ya dar bien mi discurso de rechazo.

En los últimos meses, desde que apareciera en una revista femenina un artículo sobre él, había perdido la cuenta de mujeres que lo perseguían: Rubias, morenas, pelirrojas y de todos los colores. Mayores y jóvenes. Guapas y feas. Prudentes, descaradas, educadas, groseras...

Y a todas las había despachado con viento fresco.

Fue chapoteando con sus grandes botas hasta donde estaba aquella nueva candidata. Las últimas lluvias y las pisadas de miles de reses habían convertido el suelo en un cenagal.

La mujer, con un traje de lana beige, medias claras y tacones altos miraba a su alrededor desde el final del camino asfaltado.

Sin darse cuenta, Jonno comenzó a andar con más cuidado para no salpicarla. Pero sólo a eso llegó su amabilidad. Ni siquiera sonrió.

–¿Me buscabas?

–Sí –dijo ella sonriendo con cautela y extendiendo la mano.

Tenía un lunar justo encima del labio superior del que Jonno no pudo apartar la mirada

–Hola, soy Camille Devereaux.

Tenía el pelo rizado y brillante, del color del chocolate negro. Sus ojos y pestañas eran también más negros que castaños. Su nariz y su barbilla le daban un aire elegante. Jonno pensó que el nombre francés le iba muy bien.

Se estrecharon la mano. Ella lo observó llena de curiosidad, con una desconcertante familiaridad, sin ninguna timidez. Por unos instantes, Jonathan sintió el sensual olor de su perfume. La mano de ella parecía muy suave comparada con sus propias manos rudas y encallecidas. Se las metió en el bolsillo. Tenía que admitir que Andy tenía razón. Era muy distinta de las otras.

Tenía el encanto de una exótica extranjera. Muy mediterránea. Tremendamente sexy.

Su error fue permitir que sus miradas se encontraran; aunque sólo fueron unos segundos...

Nunca antes había tenido como entonces la certeza de que él y una desconocida habían reaccionado de forma idéntica al conocerse, que los dos habían sentido un vuelco en su interior, un escalofrío.

–Mira –dijo él reaccionando con rapidez–, no puedo ayudarte. Ha sido todo un error. La revista se equivocó. No estoy buscando a nadie con quien salir y menos una esposa. Siento decepcionarte.

Aunque pareciera diferente a las otras, seguro que buscaba lo mismo.

–No, no te vayas –gritó ella con fuerza–. No tengo ninguna intención de salir o de casarme contigo...

Al oír sus gritos, un grupo de ganaderos que estaban junto a un cercado viendo unas vaquillas, los miraron se echaron a reír.

–¿Otra? –dijo uno– ¿Cuántas van ya?

Rechinando los dientes de rabia, Jonathan no contestó y siguió avanzando.

–¡Jonno! ¡Señor Rivers! Tenemos que hablar.

Su voz sonaba desesperada, pero él no se volvió. No tenía nada más que decir. No pensaba hablar más con aquella desconocida y ser objeto de los cotilleos y las risas de todo Mullinjim por un mes.

Camille lo achacó a la falta de café.

Por eso se había bloqueado. Nunca antes le había pasado. Había sido muy poco profesional. No tenía nada que ver con haber conocido a Jonathan Rivers en carne y hueso, después de haber estado intentando contactar con él durante semanas. Era el síndrome de abstinencia de la cafeína lo que la había dejado temblorosa, sin capacidad de reacción y respuesta. No Jonno.

Eso y el barro la habían impedido perseguir a aquel obstinado vaquero y a obligarle a escucharla. Una curtida periodista no debía haberle dejado irse de esa manera antes de poder explicarle nada. O de preguntarle nada. Bueno, quizás «curtida» era mucho decir, pero era eficiente y tenía experiencia.

Y sin embargo, se había quedado parada como una niñata viéndolo alejarse sin poder sacarle ni una de sus razones para no participar en «Objetivo Solteros».

La forma en que la había mirado le había resultado tan irreal... Sacudió la cabeza. Había perdido el control de la situación. Conocer a Jonno le había desbaratado nervios. Y eso que lo conocía por foto y estaba preparada para el intenso magnetismo de sus ojos, sus pómulos magníficamente delineados y su boca tentadora con esa media sonrisa de conquistador...

Era esa sonrisa pícara lo que la había impresionado de Jonno Rivers. Bueno, para ser sincera, también sus enormes hombros, y la manera asombrosa en la que sus vaqueros caídos se ajustaban a su cuerpo.

Para el equipo de la revista *Girl Talk,* incluir a Jonathan Rivers en su lista de «Solteros más codiciados de Australia» había sido una decisión muy fácil. La foto que él había remitido para la elección les pareció tan buena que no creyeron necesario enviar a un fotógrafo profesional.

Y ese había sido el primer gran error de *Girl Talk.* Si hubieran enviado a alguien desde el principio, Camille no habría tenido que hacer ese enojoso viaje.

El segundo error había sido suyo. Cuando la pusieron a cargo del «Objetivo Solteros» había cometido un grave error de juicio. Después de elegir varios solteros de todas las profesiones y condiciones sociales, se había encargado de los que le parecieron más conflictivos: un influyente abogado de Perth, el dueño de una empresa de construcción de Sydney y un alto ejecutivo de Melbourne.

Los candidatos de menos nivel se los habían encargado a periodistas con menos experiencia: el guía turístico de Tasmania, el cazador de cocodrilos del Territorio del Norte... o Jonno, el granjero de Queensland

Se acababa de enterar de que el granjero no seguía el juego. Por eso había tenido que viajar de Sydney a North Queensland para buscar la raíz del problema y, después de algunas pistas falsas, lo había localizado. Y lo había dejado escapar.

Pero si Jonno Rivers se pensaba que se iba a rendir tan fácilmente, estaba muy equivocado.

Tenía que decirle que no se podía echar atrás. No le iba a permitir que echara por tierra el esfuerzo de la revista y que pusiera en peligro su trabajo.

No había contestado las llamadas, ni los e-mail, ni los fax, ni las cartas, y hasta había puesto candados a la verja de su propiedad, Edenvale. Después de conducir por carreteras enlodadas con su pequeño coche alquilado, que rozaba el suelo con el fondo con cada bache, se había encontrado las puertas cerradas.

Pero ningún cerrojo ni cadena la había detenido. Tampoco la había desanimado que el hermano de Jonno, Gabe, se hubiera negado a ayudarla a acceder a la finca por helicóptero. Y ahora que había conseguido acercarse a él en aquella subasta, no iba a permitir que un poco de barro la detuviera. Pensaba ponerse las botas altas y el impermeable que llevaba en el coche.

Corrió hacia el aparcamiento y la visión de aquellos hombres a caballo, y los enormes trailer de hasta tres pisos que transportaban el ganado reavivaron en ella la incómoda sensación de estar completamente fuera de lugar; una sensación que no la había abandonado desde que llegara a Mullinjim.

Era extraño. Siempre se había considerado una genuina australiana, pero en aquel su primer viaje al interior del país, se sentía más forastera de lo que se hubiera sentido en un país exótico.

Se sintió aliviada al ver que con el abrigo y las botas llamaba menos la atención. Buscó entre los cercados llenos de ganado mugiendo. Las sendas entre los cercados estaban llenas de hombres vestidos de forma similar, con sombreros de ala ancha, abrigos impermeables y vaqueros.

De repente, oyó un fuerte ruido de pisadas de pezuñas y se dio la vuelta. Todos los órganos de su cuerpo se encogieron al ver aquel rebaño acercarse por entre los cercados guiado por un hombre a caballo. ¡Socorro! ¡Aquellos animales eran enormes y sus pezuñas parecían lo suficientemente pesadas y duras para aplastarla y destrozarla!

Nunca había visto una vaca que no estuviera al otro lado de una valla. Y ahora docenas de vacas se acercaban a ella mugiendo y resoplando. ¡Algunas tenían cuernos! El corazón le latía con fuerza. Se apretujó contra la valla de madera más próxima y contuvo el aliento. Sintió la mirada oscura de uno de los animales. Cerró los ojos, se puso en tensión y se estrujó aún más contra la valla.

Se quedó así, pegada como un imán a la valla sintiendo con fuerza su corazón. ¿Qué dirían las chicas de la oficina si la vieran? Sin duda, se merecía algún premio al valor. Aquello iba más allá del deber.

CHICA DE CIUDAD APLASTADA POR UNA VACA ENORME.

Camille Devereaux, periodista de Sydney, se enfrentó ayer a un rebaño de bestias sulvajes en estam-

pida en las subastas de Mullinjim... Camille... murió aplastada cuando buscaba una historia importantísima para Girl Talk...

Tan ocupada estaba con esos pensamientos, que tardó un rato en darse cuenta de que los animales pasaban junto a ella sin prestarle ninguna atención. El hombre del caballo, le hizo un gesto con la cabeza como si nada hubiera pasado y siguió su camino.

Camille respiró con alivio. Seguía viva. Y gracias a su abrigo y a sus botas, el hombre del caballo la había saludado como si fuera normal que ella estuviera allí y se sintió feliz consigo misma.

De pronto sintió como un codazo y se volvió a ver quién era. Un enorme y húmedo morro bovino le estaba oliendo la manga. ¡Dios mío! El cercado al que se había arrimado también estaba lleno de reses. Aguantó como pudo las ganas de gritar. Todo iba bien. Aquellos amiguitos de cuatro patas estaban dentro del cercado. No había nada que temer.

Esperó unos minutos a que su ritmo cardíaco y su respiración volvieran a la normalidad. Pronto se dio cuenta de que el cercado en el que se había apoyado se estaba convirtiendo en punto de interés. Media docena de granjeros se había acercado a ver los ejemplares que allí había... y ninguno de ellos se fijó en ella.

¡Vaya! Eso confirmaba que parecía una chica del campo y la llenó de confianza. Por mucho fango que hubiera, iba a llegar hasta Jonno Rivers.

El tono de las voces a su alrededor fue subiendo según el subastador iba repitiendo las pujas con entusiasmo.

–¡Ciento cuarenta! ¡Ciento cuarenta!

No prestó atención. Estaba demasiado ocupada buscando con la mirada a Jonno. Creyó verlo, pero su campo de visión estaba bloqueado por los hombres que rodeaban el cercado, así que se subió al primer madero de la valla para ver mejor. Vio sus hombros y reconoció sus andares lentos, casi desafiantes. Era él.

–¡Ciento cincuenta!

No tenía ni idea de cómo subir a la grada desde allí. De puntillas empezó a mover los brazos para llamar su atención.

–¡Ciento sesenta!

Jonno seguía moviendo lo brazos.

–Ciento sesenta, a la de dos.

Camille se volvió hacia aquella voz tan estridente. El subastador estaba justo encima de ella en la grada de madera y la señalaba con el dedo. A su alrededor muchos hombres empezaron a alejarse de allí.

La asaltó entonces una horrible sospecha. No, era imposible que creyeran que ella...

–Ciento sesenta –gritaba el subastador, mirándola fijamente–. Ofrecen ciento sesenta... Vendido.

–Enhorabuena –dijo alguien a su lado.

Camille se dio la vuelta y se encontró al mismo hombre de rostro enrojecido que le había dado su recado a Jonno el día anterior.

–¡Cielo santo! ¿Me está dando la enhorabuena?

El hombre le sonreía abiertamente.

–Claro que sí. Acaba de comprar un magnífico rebaño de terneros.

–No es posible. Yo no he comprado nada. Dígame que es una broma.

–Estas preciosidades –dijo el hombre dando una palmada en la valla– son todas suyas.

–Pero si sólo estaba llamando a Jonno Rivers.

Yo... –lanzó una mirada desesperada al subastador, pero éste se limitó a saludar al hombre que estaba junto a ella antes de dirigirse a otro cercado.

–Esto no puede funcionar así. Yo no soy una compradora. ¿Para qué iba a querer yo un rebaño?

–Estaba usted a mi lado.

–¿Y eso qué tiene que ver?

–Yo represento a la gente en las subastas. Al verla conmigo, ha debido de pensar que era cliente mía.

–¡Cielo santo! –exclamó llevándose las manos temblorosas a la cabeza–. Usted va a decirle que es un error, ¿verdad?

–¿No quiere estos terneros?

–Claro que no –contestó sarcásticamente dejando escapar una risita–. ¿Qué demonios iba a hacer yo con ellos? Vivo en un apartamento de un dormitorio en Kings Cross. Mi patio es más pequeño que este cercado.

–Podría arrendarlas.

–¿Te está molestando esta mujer, Andy? –dijo una voz profunda a sus espaldas.

Camille se dio la vuelta y se encontró a Jonno Rivers mirándola con el ceño fruncido. Su mirada podría haber helado un océano. Dos océanos.

–Jonno –saludó el alegre Andy–. Justo el hombre que necesitábamos.

Camille no estaba tan segura. Ya estaba hartándose de aquel molesto granjero con sus malhumorados silencios y su apestoso ganado. Cerró los puños y los apretó contra los muslos. Sentía unos enormes deseos de darle un puñetazo en la nariz.

–Esta joven tiene un problemilla –explicó el agente con calma–. Pero estoy seguro de que tú puedes ayudarla –miró el reloj y añadió–. Lo siento Jonno, tengo que ver a alguien por algo de un toro. Te veo más tarde.

Y con un rápido saludo se alejó a toda velocidad.

A Camille le dio un vuelco el corazón al verlo alejarse. Se sentía agotada.

–Al menos, has tenido el valor de aparecer por fin –dijo dirigiéndose a Jonno–. Esto es todo culpa tuya, así que tendrás que hacer algo al respecto.

CAPÍTULO 2

JONNO tardó mucho en responder.

Con las piernas separadas y los brazos cruzados sobre el pecho miraba desde su enorme altura a Camille sin mostrar ninguna compasión.

—Antes de lanzar acusaciones deberías explicarte un poco.

—Estaba haciéndote señas y...

Se pasó los dedos por la cabeza, molesta por su falta de interés.

—¿Y qué?

—Y parece ser que terminé comprando estas vacas.

—Son terneros —dijo él mirando al cercado.

—Vacas, terneros, ¿qué más da? Tienen cuatro patas, dicen «mu» y no los quiero.

Jonno hizo un gesto y apartó la mirada suspirando.

—Sabía que ibas a causar más problemas que las otras.

—¿Cómo dices?

—¿Pensaste que te encontraría más atractiva comprando unas vacas como soborno?

—¿Piensas que las compré para que fueran algo así como un cebo... o una dote? ¿Para resultarte más atractiva?

No contestó, pero asintió con un ligero movimiento de cabeza.

¡Qué ego tenía aquel tipo! ¡Más grande que todo el campo de Australia!

—¿Creías que yo estaba interesada en ti?

—¿Acaso no me estás persiguiendo? —preguntó Jonno encogiéndose de hombros.

Camille tuvo que apretar los puños para no hacer algo estúpido. Era demasiado alto para darle un puñetazo.

—¿Por qué no te lavas los oídos y me escuchas? —dijo lentamente en un tono cada vez más amenazante—. Vine aquí porque tú no cumpliste lo acordado con la revista *Girl Talk*. No tengo ningún interés personal en ti. ¿Crees sinceramente que estaría aquí, lejos de todo, salpicada de barro y porquería, voluntariamente? Esto esta muy lejos de mi idea de lo que es pasarlo bien. En cuanto a novios, tengo todos los tipos que quiero en Sydney y lo último que necesito es un vaquero. Además, no tengo ni la más remota intención de casarme. Por si no te has enterado, hay toda una generación de chicas que no están deseando renunciar a todo para casarse.

La evidente sorpresa de Jonno dio paso a la satisfacción, y por primera vez sus profundos ojos de color avellana parecieron risueños.

—Suenas convincente.

—¡Aleluya! También podrás entonces creer —añadió señalando el cercado—, que la compra de estos infelices fue un accidente, y que ahora lo que empezó como un mal día se ha convertido en un desastre total.

—¿Pagaste un buen precio por ellos? —preguntó él con una sonrisa maliciosa.

—No tengo ni idea. Esa no es la cuestión.

—Sí que es la cuestión. Eso y si tienes el dinero para pagarlos.

—¡Pero si no los quiero! Además —dijo mirando alternativamente al cercado y a Jonno—, no sé si puedo pagarlos. ¿Cuánto valen?

—Quince terneros recién destetados con buen peso... Yo calculo que alrededor de los seis mil dólares australianos.

—¡No es posible! —exclamó ella reprimiendo las ganas de decir palabrotas—. Estoy ahorrando para un viaje a París. Esa cantidad es casi todo lo que tengo ahorrado. No voy a desperdiciarlo en unos cuantos terneros.

Llevaba meses ahorrando como una hormiguita, sin siquiera comprarse nada de ropa... bueno, casi nada. Y ahora su sueño se estaba viniendo abajo como un castillo de arena.

Sus sueños de volver a ver a su padre después de doce años, de ver sus estatuas favoritas en el museo Rodin, de buscar interesantes cafés en las callejuelas de Montmartre o de comprar algo chic y extravagante en los Campos Elíseos... En unos minutos sus sueños se habían convertido en la pesadilla de... aquella docena de terneros de los campos de Queensland.

—¿Cómo puedo salir de esta? —preguntó desesperada.

—No estoy seguro.

—¿Puedo demandar a alguien?

—En realidad te demandarán a ti si no pagas lo que pujaste.

—¡Oh, Dios! —exclamo Camille cerrando los ojos tratando de acallar el pánico.

Tenía que pensar con lucidez. Tenía que haber una solución para aquella absurda situación.

–Necesitó café –añadió–. No puedo pensar sin café.

–Hay un comedor.

–Bien. Déjame que te invite a un café.

Al ver que no contestaba siguió hablando.

–Es sólo un café, Jonno, no es una cita, ni una propuesta de matrimonio. Sólo quiero que nos sentemos en una mesa con una taza de café y que me aconsejes qué puedo hacer. Si estuvieras en Sydney peleando por encontrar un taxi, yo haría lo mismo.

Jonno la miró con ojos inquisitivos y por fin, para alivio de Camille, contestó.

–Es por aquí.

La condujo por los enlodados caminos hasta que llegaron al camino asfaltado y al edificio de oficinas del mercado de subastas. Se limpiaron las botas en un felpudo y Jonno empujó la enorme puerta de cristal.

El comedor estaba lleno de ganaderos comiendo con sus esposas, pero era limpio y acogedor. Había una barra llena de jarras humeantes. Camille pronto percibió el fragante olor del café.

Jonno no permitió que pagara. Ella comprendió que la gente de campo era más tradicional con esos temas. Tomó en sus manos la ardiente taza, inhaló el aroma familiar de su bebida favorita y dio un sorbo rápido y vigorizante. Después se dirigieron a una mesa vacía. Jonno había comprado dos bocadillos de pan integral de pueblo de carne asada fría, pepinillos y ensalada.

–Así que quieres ayuda para deshacerte de esos terneros.

–Sí, por favor. ¿No te interesaría comprarlos?

Jonno sonrió con la misma sonrisa pícara que había conmocionado los despachos de la revista. Se dio cuenta de que sus ojos tenían una fascinante mezcla de marrones y dorados con unos destellos verdes.

–No, gracias. Vine aquí a vender, no a comprar. No es un mercado demasiado bueno para compradores.

–¿Puedo sacarlos al mercado mañana otra vez y venderlos? –preguntó desanimada.

–Es posible –contestó Jonno pensativo–. Pero antes de entrar a fondo en ese tema... ¿por qué no me dices la razón que te trae hasta aquí desde Sydney?

Camille quedó sorprendida. Parece que comprar esos terneros podía tener un lado positivo. ¡Le había hecho hablar! La pilló de improviso, pero aprovechó para ir al grano.

–Vine para averiguar a qué estás jugando.

–No estoy jugando a nada.

–No has respondido ni a las cartas ni a las llamadas de la revista.

–¿Por qué debería cooperar con un tipo de periodismo tan irresponsable? –dijo sin excusas.

–¿Irresponsable? –Camille estuvo a punto de saltar, pero él se estaba abriendo y no quiso perderlo–. ¿Por qué dices eso?

–Quieren que alimente las ilusiones de una panda de mujeres tontas e ingenuas que se creen que esos solteros que presenta la revista están desesperados por casarse.

–Nosotros nunca damos la impresión de que nuestros solteros estén desesperados. Pero sí son todos verdaderos conquistadores, Jonno. Como tú.

Jonno parecía sentirse incómodo.

–Elegimos hombres maravillosos que por cual-

quier razón, aislamiento geográfico, jornadas labora-
les demasiado largas, por lo que sea, están aún solteros y buscan esposa. La reacción del público ha sido
asombrosa. No sabíamos que aún hubiera tantas mujeres buscando maridos activamente.

—No como tú —repuso él desafiante—. Y ese es otro
tema. ¿Cómo puede alguien que ni siquiera cree en el
matrimonio fingir que es algo fantástico?

—¿Cómo sabes lo que pienso del matrimonio?
—preguntó Camille. En seguida se estremeció—. ¡Ah,
sí! Es por el sermón que te di en los establos, ¿no?

Se sintió pillada y un poco avergonzada al darse
cuenta de que en el calor del momento había aireado
sus opiniones personales sobre las relaciones ante
aquel hombre tan sexy.

—Así que ha sido un error —añadió por fin—. El matrimonio te da tanta alergia como a mí.

—Yo no he dicho que esté en contra del matrimonio.

Camille levantó sorprendida la vista. Los ojos de
Jonno eran una mezcla de suave alegría y a... algo
más.

—Pero...

—No estoy obsesionado con el matrimonio. Cuando
elija una esposa, quiero ser yo el que lleve la iniciativa. Para mí no hay nada menos atractivo que una
mujer me persiga descaradamente.

—Muy bien, entonces podrías explicarme por qué
aceptaste participar en el «Objetivo Solteros».

—Yo nunca acepté eso —repuso él con dureza.

—¿Cómo? ¡Pero si tengo unos papeles firmados
que dicen lo contrario!

—No quiero entrar en detalles sobre cómo acabé en
vuestra revista... su mirada se había nublado.

—¿Estás diciendo...? ¿Me estás diciendo que entraste en el concurso contra tu voluntad?

¡Desde el principio había tenido la corazonada de que había algo extraño en la inscripción de Jonno!

—Sí.

—¿Te tendieron una trampa?

Él asintió.

—Entonces, ¿quién envió la foto? ¿Y la firma?

—Ya te he dicho que no puedo contarte los detalles. Sólo que fue un error. Un enorme error.

Camille lo creía. Sin embargo, sus deseo de seguir haciendo preguntas era demasiado fuerte. Nunca le había dado miedo llegar al fondo de una historia, y deseaba saber cómo alguien como Jonathan Rivers podía terminar en *Girl Talk* por error. Su revista y sus lectoras merecían una respuesta.

Sin embargo, aunque las preguntas estaban preparadas en su cabeza, algo la impedía articularlas. Su experiencia en entrevistas con personas de toda condición le decía que Jonno no iba a decir nada más sobre el tema. Se había cerrado en banda y tratar de seguir hurgando sería inútil. Si lo presionaba demasiado, lo perdería.

Por otra parte, su trabajo peligraba si no lo hacía.

—No creo que puedas librarte de esto tan fácilmente. Es demasiado tarde para retirarte del concurso. Nuestras lectoras esperan historias de seguimiento.

—Claro que puedo retirarme del proyecto. Me ha podido pillar un autobús. Cualquier cosa es posible.

—Pero eres uno de nuestros solteros más populares. De hecho, eres el más popular —añadió pensando que no vendría mal halagar su ego.

–Mala suerte –repuso él mirándola furioso.

Mientras Camille daba el último sorbo a su café, su mente daba vueltas acerca de quién habría embarcado a Jonno en aquello. ¿Habría sido una broma? ¿O alguien que quisiera vengarse de él por algo? ¿Una amante despechada? ¿Una admiradora secreta?

Una voz interrumpió sus pensamientos.

–¿Cuál es tu puesto en *Girl Talk*?

–Soy editora asociada.

–¿Qué peso tiene tu opinión?

–¿En lo de los solteros? Es mi responsabilidad.

No le apetecía confesar que tenía por encima de ella a Edith King, la redactora jefe.

Jonno permaneció callado y meditabundo un rato.

–¿Con que editora asociada? –preguntó apoyando los codos en la mesa y esbozando una sonrisa–. Entonces creo que ahora podemos hablar en serio.

¡Socorro! Su sonrisa era tan astuta y fascinante que le impedía pensar.

–Lo siento, no sé a qué te refieres.

–Estoy seguro de que sí lo sabes.

¿Estaba flirteando con ella? Por supuesto que no. Se estaba comportando como una de sus «groupies».

–Creo que estamos en posición de ayudarnos el uno al otro.

–¿Sí? –dijo ella bajando la mirada y mirando su bocadillo para evitar su paralizante sonrisa– ¡Ah! Sí, sí desde luego –añadió por fin preocupada de no parecer boba–. Estás sugiriendo que si yo te saco de «Objetivo Solteros» tú me ayudarás con mi problema con el ganado.

–Eso es.

Se acordó de Edith. Le iba a dar un ataque cuando se enterara de que Jonathan Rivers no estaba en el concurso. Luego se acordó de París y de su padre. Y de sus ahorros.

–¿Cómo puedes ayudarme? –preguntó tímidamente.

–Si me llevo tu ganado a mi propiedad de Edenvale, puedo criarlos durante los próximos meses y, cuando hayan alcanzado un precio justo, venderlos y repartirnos los beneficios.

–¿Beneficios? ¿Quieres decir que puedo sacarles beneficio a esas vacas, quiero decir, terneros?

–Así es como nos ganamos la vida por aquí.

–¿Sacaré más dinero así que dejando mi dinero en el banco?

–Son sólo previsiones, pero con las buenas lluvias de este verano y este otoño, hay muy buen pasto, y si los precios para la exportación se mantienen como están, podremos sacarle un buen beneficio a tu ganado.

«Su ganado». Qué raro sonaba. Y sin embargo resultaba emocionante, como si estuviera adentrándose en una aventura llena de misterios.

–Pero claro, tú tendrás que prometerme que me sacarás de tu revista.

–Lo haré. Trato hecho. –dijo mordiéndose el labio al imaginar la reacción de Edith.

Tendría que encontrar una forma de calmarla. En cualquier caso le iba a resultar más fácil que encontrar a alguien que le cuidara «su ganado».

Camille extendió la mano. Por unos instantes, Jonno no respondió, miraba muy serio a la mesa. Finalmente su fuerte mano estrechó la de Camille y sus miradas se encontraron. Había algo tan salvaje e inquietante en su mirada que ella se quedó sin aliento.

Jonno apartó la mirada rápidamente y estrujó el papel que había envuelto su bocadillo.

–Muy bien. Será mejor que vayamos a encargarnos del papeleo. Hablaré con los de los camiones a ver si pueden llevar a los terneros a Edenvale esta tarde.

Él se levantó y ella supo que la conversación había concluido.

Decepcionada, se sacó una tarjeta del bolso y se la dio.

–Necesitarás esto si quieres contactar conmigo por lo de los terneros... o por cualquier otra cosa.

La tarjeta parecía diminuta entre sus enormes manos. La miró como si quisiera memorizar cada detalle.

–¿Así que regresas a Sydney?

–Sí –contestó ella poniéndose en pie–. Aunque lo más probable es que no consiga llegar a Townsville antes de que anochezca.

–Conseguirás llegar a Charter Towers. La carretera es muy buena y ha dejado de llover. Podrás llegar a Townsville y tomar el avión de Sydney mañana por la mañana.

–Gracias por el almuerzo –dijo ella ajustando la correa de su bolso.

–Ha sido un placer.

Se guardó la tarjeta de en bolsillo de su abrigo. Hubo un momento incómodo, como de colegiales, en el que se miraron sin saber qué decir.

«Es guapísimo», pensó Camille. Era uno de los tipos más atractivos que había conocido, una opinión que media Australia compartía. Pero el miedo a la editora y a su ira creció al llegar el momento de despedirse.

–¿No lo estarás reconsiderando? –dijo él al ver que ella no se movía.

–No puedo evitar pensar que te he dejado escapar muy fácilmente.

–¿Por qué dices eso? –dijo él soltando una risa de incredulidad.

–Bueno, es que tú lo único que tienes que hacer es poner a esos terneros en un prado, relajarte mientras van creciendo y engordando, y esperar beneficios. Sin embargo, yo tengo que volver a Sydney a enfrentarme a mi jefa y tratar de explicarle que te hemos perdido para el concurso.

Para su sorpresa, Jonno se puso muy rojo y apretó los puños. Parecía que iba a pegarla. Pero no se movió. Se quedó muy quieto hasta que su rostro recuperó su color. Sus facciones estaban más tensas que nunca.

–Hemos hecho un trato. A lo mejor la gente de la ciudad no sabe lo que es un trato entre caballeros, pero desde luego no hay vuelta atrás. Cómo mantengas tu parte del trato me da igual.

–Eso me temía.

Jonno abandonó el comedor sin mirar atrás.

Mullinjim era un lugar tan remoto, que el teléfono móvil de Camille no tenía cobertura, así que tuvo que llamar desde una cabina que había en el aparcamiento del mercado de subastas.

–¡Dios mío! –chilló Edith–. ¡Cuánto me alegro de oírte, Camille! Estaba muy preocupada de que te hubiera perdido por esas tierras remotas. Has llegado a Mulla... ¿Cómo era?

–Sí, estoy en Mullinjim y he estado hablando con Jonathan Rivers.

–¡Sabía que lo conseguirías!

–Sí, bueno...

–Estaba tan preocupada con ese cowboy tan esquivo. Es la pieza principal de nuestro concurso.

–Edith, no ha sido nada fácil. Tengo que confesarte que tuve que llegar a un acuerdo con él.

–De acuerdo, lo que haga falta con tal de que nos quedemos con su historia. Y si pide demasiado dinero, que hable directamente conmigo.

Se oyó el sonido de un mechero al otro lado de la línea. Edith no hacía caso de la prohibición de fumar en la oficina.

–Edith, es que no tiene nada que ver con el dinero.

–¡Dios mío! ¡Quiere acostarse contigo!

–No –balbuceó conmocionada por la idea–. Es que no está disponible.

–¿Está ya casado? –chilló Edith.

–No, escucha, es que todo ha sido un error.

–Por favor dime que no es gay.

–No, no es gay.

De eso estaba segura. Lo había sorprendido mirándola varias veces de una manera que no le dejaba lugar a dudas.

–El problema es que nunca accedió a participar en el concurso.

Un silencio frío acogió la noticia.

–Quiere ser excluido de «Objetivo Solteros». No creo que le podamos obligar a quedarse.

Deseó tener pruebas de que Jonno había sido engañado para apaciguar a su jefa.

–Ya hablaremos cuando esté allí, Edith. Pero se niega a cooperar. Lo siento, he hecho lo que he podido. Sabes que no me doy por vencida fácilmente, pero me he encontrado con una pared. No vamos a sacar nada de él, así que me vuelvo. Llegaré mañana por la noche.

–Camille –vociferó Edith–. Sabes que no me gustan las amenazas. Pero es que no te das cuenta del problema que eso supone para los editores. Así que, cielo, es vital, repito, vital, que lo consigamos. Vas a volver con ese vaquero solitario y espero nuevas noticias para mañana.

Y colgó.

«Socorro». Estoy perdida.

Camille colgó el teléfono y se cubrió la cara con las manos. Ya había llegado a un acuerdo con Jonno; su intento de renegociar lo había puesto furioso y ahora no había nada que hacer.

¿Cómo iba a hacer para conciliar el derecho a la intimidad de Jonno Rivers y las demandas de su editora?

Salió de la cabina. Aunque había salido el sol, hacía frío y el viento agitaba su abrigo. Se metió las manos en los bolsillos y echó a andar. Se concentraba mejor cuando caminaba.

¿Qué podía hacer? ¿Tratar de averiguar cómo había entrado Jonno en el concurso? No serviría de mucho. Quizás debía pensar en una historia alternativa... una gran historia sobre la ganadería, por ejemplo; sobre una visión femenina del mundo en la granja... podría incluir elementos románticos y matrimoniales... «Una chica de ciudad en el campo». Su entusiasmo creció. Podía conseguirlo.

Con las manos en los bolsillos, Jonno caminaba por el aparcamiento tratando de contener su rabia. El comentario de Camille sobre la regalada vida del campo le había puesto furioso. ¡Decir que era dinero fácil!

Sabía que no debía permitir que nada que ella dijera lo molestase. No sabía nada de criar ganado. Era una cabeza hueca de ciudad que no sabía lo que era ganarse la vida. Ni siquiera distinguía una vaca de un ternero. ¿Y se llamaba periodista?

No podía dejarla marchar sin dejar las cosas claras. Tendría que haberle echado una bronca allí mismo en el comedor.

«Tendría que haberla besado hasta perder el sentido».

Se detuvo. ¿Le hubiera importado tanto la opinión de ella si no la encontrara tremendamente atractiva? ¿Estaba enfadado por sus palabras o por su aspecto? ¿Porque la quería y no podía tenerla?

Maldita sea. No podía dejar de pensar en sus cabellos oscuros y en sus ojos. Parecía de otro mundo...

«¿Y qué?» Ya estaba de regreso a Sydney, con sus prejuicios vanidosos y él había perdido la ocasión de decirle que estaba equivocada en su idea de la vida de un granjero.

Camille rodeó una camioneta salpicada de barro y se detuvo al ver a Jonno pasar a sólo unos metros de ella. Él se había levantado las solapas del abrigo para protegerse del viento y estaba despeinado. Casi le dolió el corazón cuando él la vio y se detuvo.

Su rostro era tan moreno e imponente que estuvo a punto de decir «hola» y salir corriendo. Pero recordó las órdenes de Edith y, evitando un charco, se acercó a él.

—Menos mal que te encuentro.

—¿Por qué? Pensé que te ibas.

—He pensado que para aprovechar mi estancia

aquí, podría escribir una historia sobre la vida en el campo australiano.

—Y, ¿cómo lo vas a hacer? ¿mirando por la ventana de tu hotel?

—Claro que no. Quiero que sea un artículo de profundidad.

Jonno pareció musitar una palabrota.

—Creo que eres la persona menos idónea para escribir nada sobre la vida «real» aquí.

—¿Cómo lo sabes? Soy una periodista muy buena.

—No te engañes. Te presentas aquí, en una subasta, con la cabeza llena de pájaros y compras unas cabezas de ganado por accidente. Me haces a mí sacarte del apuro y encima tienes la desfachatez de decirme que criar ganado es fácil.

—Lo siento —dijo ella al darse cuenta de que había herido el enorme ego de aquel hombre—. Fue un comentario desconsiderado.

Jonno pareció sorprenderse de la disculpa. La miró con ojos muy serios. El corazón de Camille casi se detuvo al darse cuenta de que la estaba mirando a los labios.

—A juzgar por tu revista, prefieres temas más frívolos. Sin ningún realismo.

—Ayúdame a ser realista.

—¿Cómo?

—Proporcióname una historia. Muéstrame cómo es realmente tu vida.

—No quiero aparecer en ninguna historia escrita por ti.

—No sería sobre un soltero disponible, sino sobre la vida aquí. No te mencionaría, sería sobre la vida en la granja y sobre lo que se espera aquí de las mujeres desde el punto de vista de una chica de ciudad.

–Es decir, una visión condescendiente e ingenua.

¡Cómo podía alguien tan atractivo ser tan arrogante y machista!

–Está bien. Da igual. Olvida lo que te he dicho. Ya encontraré a alguien que no esté enfadado con el mundo.

Camille se fue a toda velocidad hacia el aparcamiento. Jonno la agarró del codo, pero ella se zafó y siguió su camino.

–¡Camille! ¡Espera!

Esta vez, la agarró con más fuerza y la obligó a detenerse.

–¿Qué quieres?

Para su sorpresa Jonno parecía avergonzado.

–No podías saber que me habían engañado para que participara en lo de la revista, así que te debo una explicación.

–No te molestes. Puedo encontrar a mucha gente amable con ganas de ayudar por aquí. Debes de ser la única persona sin la famosa hospitalidad del campo australiano.

–¡Escúchame! Si quieres una historia sobre granjas, ven a Edenvale.

–¿A tu casa? –preguntó ella boquiabierta.

–Sí.

–Me estás invitando a que invada tu santuario. ¿Estás seguro? –no podía creérselo.

–Eres mi socia, sería natural que te interesase el bienestar de tus reses. Así podrías ver cómo se adaptan los terneros.

–Supongo que sí. Suena genial.

–Los acaban de destetar, así que estarán muy estresados al principio. Necesitarán un trato amable cuando lleguen.

–¿De verdad? Pobrecitos. No sabía que eras un vaquero sensible y «New Age»–añadió con una sonrisa burlona.

–¿Te interesa mi oferta? –dijo él ignorando su comentario.

–Sí, claro que me interesa.

Ya se imaginaba el reportaje: «De chica de ciudad a reina de la granja en cinco sencillos pasos». Conteniendo su deseo de sonreír, dijo con cara circunspecta:

–Me encantaría aprender más sobre la ganadería y sus «técnicas».

CAPÍTULO 3

EL HERMANO de Jonno, Gabe, llamó una hora después de que llegaran a casa.

—Será mejor que sepas que hay una periodista de la revista de Sydney buscándote. Estuvo en mi oficina esta mañana. Quería que la colara en Edenvale.

—Lo sé, y, gracias por el aviso, pero ha llegado tarde. Ya me ha encontrado.

Se hizo el silencio en la línea.

—Espero que no fueras muy duro con ella.

—Pues claro que no. Solucionamos las cosas amigablemente, más o menos.

—Me alegra oír que ha salido viva de esto. Estabas tan enfadado con el tema de la broma de la revista que te imaginaba haciendo una escena.

Jonno hizo una mueca. ¿Qué pensaría Gabe si supiera que no sólo estaba viva, sino que además estaba tan tranquila en una hamaca de mimbre en la terraza con su gata, Megs, ronroneando en el regazo y su perro, un labrador llamado Saxon, tumbado a sus pies?

Había sido una locura llevarla allí. La culpa era de cómo había sido educado: su madre le había inculcado un profundo sentido de la cortesía.

Sólo un salvaje podría haber mantenido ese tono grosero con aquella mujer. Nunca se había comportado así, y había querido compensarla. Pero llevarla a Edenvale había sido un error.

—Es una pena que no hayas conocido a esa chica en una situación más agradable. Hasta un hombre felizmente casado como yo puede darse cuenta de que es muy agradable a la vista.

—¿Tú crees?

No reparar en lo atractiva que era Camille había sido el mayor reto del día. Tendría que haber obedecido a sus instintos y negarse a tener nada que ver con ella. Pero era demasiado tarde. Camille había cambiado su traje de chaqueta por unos vaqueros y un jersey de lana muy fina color carmesí que realzaba el contorno de sus pechos, y no mirarla era extremadamente difícil.

—Por cierto, Jim Young el camionero, me ha pedido que te diga que está en Piebald Downs y no podrá llevarte esos terneros hasta la noche.

—¡Ah! Gracias.

—No sabía que fueras a comprar nada hoy. Creía que los precios no eran ventajosos.

—Bueno, sí, hubo un pequeño cambio de planes.

Era inútil guardar secretos con su hermano. Gabe y su mujer, Piper vivían al lado de la estación de Windaroo y se enteraban rápidamente de todos los cotilleos.

—Camille compró un lote de terneros. Y los va a traer aquí para que se críen.

—¿Quién es Camille?

—La periodista. Es una historia muy larga.

—¿Estás de broma?

—Me temo que no. Además, se va a quedar aquí un par de días.

Se hizo otra vez un silencio.

–Es parte de un acuerdo al que hemos llegado. No tiene nada de particular. Ella quiere escribir un artículo para su revista y yo no quiero que la gente de Sydney se crea que lo único que hacemos aquí es poner los animales en un prado y tumbarnos a esperar.

Jonno sabía que Gabe se moría por hacer más preguntas por eso se apresuró a dar tantas explicaciones.

–Muy interesante. Es fantástico. Y tus motivaciones son realmente nobles.

–¿Mis motivaciones? ¿Qué quieres decir con eso?

–Nada, nada –dijo Gabe conteniendo la risa–. Después de tanto tiempo sin hacer caso de las mujeres, me alegra ver que vuelve a circular sangre por tus venas.

–Déjame en paz, Gabe. No voy a intentar ligar con ella. De hecho –añadió con énfasis–, quiero que vea que la vida del granjero no tiene nada de romántica.

Gabe se rió de nuevo.

–Pues que no se acerque entonces a Piper. Estoy segura de que desbarataría ese argumento en segundos.

Camille hablaba con la gata y la acariciaba con las uñas entre las orejas. El sol sacaba destellos rojizos de su lustroso pelo.

Se oyeron dentro de la casa los pesados pasos de Jonno que volvía a la terraza. Al oírlo, Camille levantó la vista y él sintió una sacudida de deseo.

¡Maldita sea! Siempre que la miraba se sorprendía de lo adorable que era.. Y ese no era el único problema. Camille parecía disfrutar con todo lo que veía en aquel lugar. Se suponía que iba a encontrarse con la cruda realidad y en vez de eso estaba encantada con todo.

Desde el momento en que ella había dejado el coche de alquiler en Mullinjim y habían vuelto a casa en la camioneta de él, se había mostrado entusiasmada por todo: los ondulantes prados, el enorme cielo, las lejanas colinas... Cada animal que veían, cada canguro, cada emú, cada pavo de las praderas provocaba en ella una profunda emoción.

Y el problema era que no exageraba, ni sonaba falsa. Parecía un entusiasmo auténtico y sincero. Y eso molestaba a Jonno, aunque no sabía bien por qué.

—Es preciosa —dijo Camille pasando su elegante mano por el lomo del animal—, nunca he tenido animales.

—¿Ni siquiera de niña?

—No, y ahora no permiten animales en mi edificio, ni siquiera un pez de colores.

Jonno contuvo sus ganas de preguntarle por qué nunca había tenido animales. No debía mostrar interés en su vida privada. Ella sólo estaba allí por trabajo.

—Estás muy bien aquí, así que no te muevas. Yo voy a preparar un establo para cuando lleguen los terneros.

—No vayas sin mí —dijo ella rápidamente, tomando al gato en brazos y poniéndose de pie de un salto—. Quiero tener el mayor número de experiencias posible.

Su rostro estaba radiante. Jonno apartó la mirada y miró taciturno al sol ya cerca de la línea del horizonte.

—Entonces, vamos.

La granja y los establos de Edenvale estaban en una pendiente por lo que desde allí se veía todo el valle de Mullinjim. Las grises nubes que habían amenazado lluvia esa mañana eran, a la luz del sol poniente, rosas y rojizas y todo el paisaje se había teñido de un resplandor dorado.

Al final de la cuesta había un estanque habitado por diversos tipos de patos salvajes y gansos, y, más allá, se extendían los inmensos y frondosos prados, de un color amarillo pálido en los que los árboles y las cabezas de ganado parecían puntos. En la línea del horizonte se extendía una cordillera de suaves colinas de tonos rosados y púrpura.

–Es todo tan hermoso –repetía Camille.

Jonno caminaba muy deprisa, obligándola a correr para seguirlo. Ya en los establos, agarró tres fardos de paja.

–¿Puedes con uno de estos?

–Claro –dijo extendiendo los brazos–. ¿Qué estamos haciendo ahora?

–Vamos a poner esta paja fuera en el cercado para que tengan algo para comer cuando lleguen. En el mercado no les habrán dado de comer, y no queremos que pierdan peso.

Rompieron los fardos y fueron disponiendo la paja a lo largo de la valla del cercado.

–¿Por qué no la ponemos por todas partes?

–No sirve de nada ponerla en el medio, la pisotearían y se llenaría de barro.

Camille admiró su trabajo con las manos apoyadas en la cadera.

–Es sólo un redil, Camille, no es una obra de arte.

Las cosas empeoraron cuando ella quiso hacer la cena.

–Soy muy buena en la cocina, y debes estar harto de cocinar.

–Tengo una mujer que viene a limpiar y una vez a la semana hace un guiso que me dura un par de días.

–Pero seguro que te gustaría variar un poco, ¿no? Creo que estar en el campo entre animales de granja, pajares y alcornoques despierta mis instintos más caseros.

Jonno parecía alarmado.

–No te preocupes –continuó ella–, no soy peligrosa, mis instintos caseros no van más allá de cocinar.

–Me alegra saber que estoy a salvo –dijo él con una sonrisa irónica.

Pero la verdad era que dejar a Camille Devereaux entrar en su cocina le parecía más peligroso que participar en un rodeo.

A Camille le resultó divertido revolverlo todo y confeccionar un menú con lo que iba encontrando. Combinando un poco de ternera, cebolla, pimiento, zanahoria y apio picados finamente con una salsa de chile dulce consiguió un sabroso salteado oriental. Sin embargo, cuando llegó la hora de sentarse a la mesa se puso nerviosa.

¿Qué estaba haciendo? Estaba compartiendo un momento de gran intimidad con aquel hombre guapísimo y desconcertante. Después de haber pasado una buena parte del día enfrentados, había terminado en aquella enorme casa vacía, con él, compartiendo la comida y con una larga noche por delante.

¡Con las miradas de él, de las que ella era consciente y las revolucionadas hormonas de ella!

Comieron en absoluto silencio. A Camille le hubiera gustado entrevistar a Jonno, pero hacerle preguntas para conocerlo mejor, podía hacer que aquello se pareciera demasiado a una cita. Y Jonno era muy susceptible con esas cosas. Cualquier muestra de que ella se sentía atraída por él, y la echaría de allí sin dejarla terminar su reportaje.

Además, incluso si no reaccionaba de forma hostil, no tenía ningún sentido interesarse por Jonno Rivers. Pertenecían a mundos diferentes.

Aunque había química entre ellos. Se sentía en el ambiente. Un oscuro fuego ardía en los ojos de Jonno cada vez que la miraba. Y ella nunca se había sentido tan cortada.

—Se oye el camión que trae tus terneros —dijo él de pronto poniéndose en pie.

Aquella interrupción fue un verdadero alivio. Jonno fue hasta el perchero por su abrigo.

—No hace falta que salgas ahora. Hace frío y con lo oscuro que está no vas a ver nada.

—Ni lo sueñes. Quiero ver la llegada de mis pequeños. Espera, que voy por mi abrigo.

En efecto, fuera hacía mucho frío y estaba oscuro. Las nubes ocultaban la luna y las luces del camión parecían meteoritos. Marcha atrás, el camión se dirigió a los establos por el camino enlodado. Camille admiró la habilidad del conductor para alinear aquel gigantesco vehículo con la pequeña rampa de descarga.

—Espera aquí —dijo Jonno—. Hay que evitar que los animales se asusten de la oscuridad. No queremos que uno se caiga y se rompa una pata.

Camille se quedó en las sombras mientras Jonno iba a hablar con el conductor. Como Jonno había previsto, había poco que ver, pero sí que se podía oír algunos mugidos de los animales que esperaban pacientemente en el camión. Luego se oyó el fuerte chirrido de las puertas al abrirse, y finalmente, el ruido de las pezuñas sobre la rampa metálica. A la pálida luz de las linternas de los hombres, vio las sombras de los animales descender por la rampa. Una, dos, tres... Era su ganado. Suyo. Sintió un extraño orgullo, casi maternal al verlos descender en fila del camión, dóciles como colegiales. Hasta empezó a pensar nombres para ellos: Roland, Seamus, Bruno, Red, Joe, Lance, Alonzo...

Los hombres hablaban poco y en voz baja. Recordó que Jonno había dicho que necesitaban ser tratados con delicadeza.

Ella había imaginado a los vaqueros del interior como hombres ruidosos a caballo, que hacen sonar sus espuelas y sus látigos, no como hombres preocupados, en una noche fría como aquella, por que los terneros de una desconocida no padecieran el más mínimo estrés.

No pudo evitar preguntarse cómo trataría Jonno Rivers a una mujer a la que quisiera.

Las risas estridentes de las cucaburras en el árbol del caucho al que daba su ventana la despertaron. Una luz nacarada se filtraba por las rendijas de la persiana de madera. Camille se esforzó por mantener los ojos abiertos a aquella hora intempestiva pero fue inútil, así que se quedó en la cama, inmóvil. El sonido como de carcajadas de los pájaros fue haciéndose más fuerte hasta que se interrumpió, para volver a empezar a los pocos segundos. Sonrió. ¡Estaban tan llenos de energía, eran tan especiales, tan típicos del campo australiano! Nunca había oído una cucaburra en Kings Cross.

Y de pronto, recordó otra ocasión en la que se había despertado en el campo con las risas de las cucaburras. ¡Había olvidado el verano que pasó en casa de Anne Page, una amiga del internado! Recordó la granja de ovejas en New England Tableland. Recordó a Anne con sus padres y su hermano riendo todos juntos, desayunando en la cocina. Risas sanas, felices y no forzadas.

Recordó lo mucho que había llorado entonces. Sus padres nunca se habían reído así. Nunca tenían tiempo para comer juntos, y menos para hacer bromas y pasarlo bien.

Y esa mañana, años después, en otra habitación en el campo, Camille volvió a pensar en su infancia y a tratar de recordar a sus padres riendo. Su padre la llevaba al cine los sábados, compraban cucuruchos de helado y se reían mucho con los dibujos animados.

Pero aparte de eso no recordaba muchas risas, recordaba más las discusiones y las peleas. Tendría que preguntarle a su padre.

Debía haber habido también mejores tiempos.

Jonno estaba terminando de desayunar cuando Camille entró en la cocina lista para hacer cosas.

Ella tenía tan buen aspecto por la mañana como por la tarde. O por la noche. Nada iba a ser más fácil que el día anterior.

—¿Llevas mucho tiempo levantado? —preguntó Camille sirviéndose una taza de té.

—Ya he estado en los establos dándole agua a los terneros.

—Supongo que te levantas al amanecer.

Él asintió y apartó la mirada. Se había pasado la

noche despierto, sintiendo enloquecer, asaltado por pensamientos lujuriosos, así que la llegada del día había sido un alivio.

—¿Y qué se hace ahora? —preguntó ella metiendo una rebanada de pan en la tostadora—. ¿Qué más hay que hacer una vez que los terneros ya están instalados en su nuevo hogar?

—Hoy hay que marcarlos.

—¿Marcarlos? —saltó ella.

—Sí, marcarlos, ponerles la chapa identificativa en la oreja, vacunarlos y lavarlos. Mañana los llevaré a otro establo cercano. Seguirán comiendo paja unos días. Es importante que estén lo más tranquilos que sea posible. Luego empezaremos a hacerlos caminar como rebaño para que se acostumbren a ser rodeados. Después los llevaremos a otro prado más lejos.

—No sabía que mis pequeños te iban a mantener tan ocupado. Seguramente tenías otras cosas que hacer.

Jonno estuvo a punto de hacer una broma sobre lo de «tumbarse a esperar» pero se calló.

—¿Es necesario marcarlos?

—Es la única forma de que tengamos una prueba legal de propiedad.

—Supongo que tienes razón, pero yo pensaba que se trataba de evitarles estrés y lo de marcarlos es horrible. ¡Pobre Alonzo!

—¿Alonzo?

—No he dicho nada —contestó poniéndose roja—. Supongo que preocuparse por que haya que marcar a los animales es lo que esperabas de una boba y sensiblera chica de ciudad.

–No tienes por qué venir a verlo. Mira, esto no va a funcionar. Tendrías que haberte ido ayer. Aún puedes irte esta mañana.

–No –gritó ella–. No te confundas. No quería sonar crítica. Quiero vivir todo el proceso. No quiero una versión edulcorada de las cosas. Quiero realismo de primera mano.

–Una cosa te puedo asegurar, realismo de «primera mano», no lo vas a encontrar.

–¿Por qué no?

Durante unos segundos se miraron. Las palabras de él resonaban en la cabeza de ella.

A lo mejor era la consecuencia de una noche sin dormir, pero le parecía que había una complicidad indeseada entre ellos, como si ya se hubieran acariciado en la intimidad.

Jonno se apresuró a enjuagar su taza bajo el grifo.

–No puedo dejar que alguien sin experiencia se acerque al ganado. Puede ser peligroso. No puedo arriesgarme a que te hagas daño.

–Pero es mi ganado. Y para mayor veracidad, necesito estar cerca de ellos.

–Y para evitarme yo una demanda por daños de tu revista, yo tengo que proteger tu delicado cuello. Tómate tu tiempo con el desayuno –dijo saliendo de la cocina sin mirarla–. Puedes bajar si quieres, pero no molestes.

Aunque se había hecho la valiente en el desayuno, Camille se estremeció por dentro al acercarse a los establos. Sabía que lo que iba a ver le iba a resultar horrible.

–Quédate aquí –le indicó Jonno señalando un lugar cercano a un armatoste metálico que parecía una versión moderna de un potro de tortura.

–¿Qué es eso?

–Es un cepo para sujetar al animal para que no se mueva mientras trabajamos con él.

¡Qué apropiado! Sólo faltaba un látigo y aquello sería como la Inquisición.

A su izquierda vio una llama azul que salía de una bombona de gas y calentaba el hierro ya enrojecido con el que iban a marcar a los animales. Sintió que se le revolvía el estómago.

«Recuerda que el realismo es parte de tu historia».

A su derecha , Jonno guiaba al primer ternero por un pasaje hecho con vallas de acero.

¡Pobrecito! No pudo evitar acercarse para decirle unas palabras tranquilizadoras.

–¡No te acerques o retrocederá! –bramó Jonno–. Te dije que te estuvieras quieta.

Con las piernas separadas, Jonno manejaba una palanca con una mano, mientras que con la otra empujó hábilmente al animal para que entrara hasta el fondo del gigantesco cepo. Con otra palanca, una de las paredes se abrió y el animal trató de salir por allí pero con otro rápido movimiento, el animal quedó inmovilizado por unas barras metálicas

–¡Pobrecito! ¡No se puede mover!

–De eso se trata. Y ahora apártate mientras le pongo la chapa en la oreja.

Utilizando un dosificador con forma de pistola disparó un líquido por el lomo del animal.

–Antes había que sumergirlos. Ahora este spray es suficiente para mantenerlos limpios de garrapatas.

Con los ágiles movimientos de un deportista, Jonno se movía de un lado para otro entre su banco de trabajo y el cepo. Llenó una jeringuilla con vacunas y pinchó al animal. Después le puso con una especie de grapadora, la chapa de la oreja.

—¿Duele?

—Igual que te dolió a ti cuando te hicieron los agujeros para que te pudieras poner esos pendientitos de oro.

Luego tomó la barra de hierro con el sello incandescente y en un movimiento rápido lo estampó en el lomo del animal. Hubo un breve mugido de queja y el aire se llenó de olor a piel quemada.

Camille se llevó la mano a la boca para ahogar un grito. Jonno levantó entonces una de las palancas y el animal salió del cepo apresuradamente.

—Ha tenido que ser horrible —dijo mientras Jonno se dirigía de nuevo a la llama con el hierro—. ¿Cómo es posible que nadie haya inventado un sistema mejor?

El rostro de él permaneció inexpresivo mientras iba a buscar el segundo ternero.

—Como se dice por aquí: si no te gusta el fuego, aléjate de la cocina.

—¡No hace falta convertirse en un monstruo!

—Seré un monstruo, pero mira a tu pequeño... Alonzo.

Señaló al ternero recién liberado, que pastaba tranquilamente a pocos metros de donde había tenido lugar su tormento.

—Tienen una piel muy gruesa. No necesitan ni primeros auxilios, ni terapia psicológica.

Camille tuvo que admitir que no parecía sentir dolor.

—Es posible.

Jonno se dispuso a preparar al siguiente ternero.

Camille se sorprendió al darse cuenta de que se sentía más fascinada que horrorizada. Se acercó más, incapaz de apartar la mirada de los desgastados vaqueros de Jonathan y de los poderosos músculos de sus hombros, realzados por el esfuerzo físico. En la foto de la revista se apreciaba ese cuerpo fuerte y esbelto, pero verlo en acción era muy diferente.

¿Cómo sería sentir junto a ella aquel cuerpo magnífico y toda su energía contenida? Seguro que Jonno Rivers era un amante sensacional.

¡Por amor de Dios! ¿Cómo se le ocurrían esas cosas? ¿Cómo podía un hombre lleno de sudor y polvo, rodeado de vacas, resultar tan sexy? ¿Qué le estaba pasando?

Lo normal es sentirse transportada por un aroma de jazmín, una copa de vino en la mesa y un violinista tocando, no por uno establos mugrientos, una barra de hierro para marcar ganado y unos terneros.

Jonno la miraba fijamente, con el spray en la mano con expresión sorprendida.

—¿Vas a quitarme a mi también las garrapatas? —dijo ella señalando la pistola con una risita.

—Perdona —susurró él poniéndose un poco colorado—. Me he distraído.

—¿Sabes? Ahora ya sé cómo hacer estas cosas, así que puedo ayudarte.

—Ni hablar.

—Pero tienes que estar pendiente de montones de cosas a la vez. ¡Vamos! Encárgame alguna cosita a mí. ¿Nunca te ayuda nadie con esto?

—Son sólo quince animales. Es muy poco trabajo —refunfuñó él.

—Pero algo de ayuda, aunque sea de una chica de ciudad es mejor que nada.

Camille sacó entonces un papel del bolsillo de su vaquero.

–He escrito un descargo de responsabilidades. Si resulto herida durante mi estancia aquí, quedas libre de cualquier responsabilidad legal.

Dio unos pasos hasta él y le puso el papel en la mano.

–Cuando dije ayer que era una buena periodista, lo dije en serio. Y he arriesgado mi trabajo para devolverte la libertad. Tienes que darme una oportunidad.

Jonno se encogió de hombros y frunció el ceño mientras leía la nota. Finalmente, levantó la vista del papel y sonrió, con esa pícara sonrisa suya que la hacía estremecer.

–Está bien. Te daré una oportunidad. Estos pequeños no son todavía grandes, no pueden hacer mucho daño.

Le mostró cómo hacer para acercarse al ternero por uno de los costados y separarlo de los otros y le dio un tubo de plástico para que le diera algún golpecito si era necesario.

–Muy bien. Ahora intenta hacer que uno pase por el pasillo.

El corazón de Camille empezó a latir con fuerza y sintió un nudo en el estómago. ¿Por qué había dicho nada? ¿Quería realmente hacer aquello? Se acercó tímidamente a uno de los terneros. Era un animal muy bonito, de piel rojiza con la cara blanca.

–Vamos.

No se inmutó.

–Vamos –repitió en voz más alta.

Esta vez se volvió y la miró con unos enormes ojos marrones.

–Jonno no te va a hacer casi daño.

–Un poco más cerca –dijo Jonno.

¡Vaya! Se acercó un poco más haciendo gestos para que se moviera. El ternero se desplazó hacia la valla, justo donde ella quería que fuese.

–Eso es, sigue así –iba diciendo ella, caminando detrás.

El ternero pasó por la puertecilla y avanzó por el estrecho camino rodeado de vallas.

–¡Lo has conseguido! –gritó Jonno–. ¡Muy bien!

Con velocidad asombrosa, Jonno lo vacunó, le puso la chapa en la oreja y lo marcó con el hierro. Camille estaba todavía admirada cuando Jonno le pidió que hiciera pasar otro animal.

Después de hacer pasar por el pasillo a ocho animales, Camille ya le había pillado el tranquillo al proceso y lo hacía cada vez más deprisa.

–Lo estás haciendo muy bien –dijo Jonno–. Se te da muy bien.

El corazón le dio un vuelco a Camille y se sintió ridículamente orgullosa como una niña de primero a la que dan una pegatina por escribir bien su nombre. Aquel trabajo era muy distinto de cualquier otra cosa que hubiera hecho. Por eso le resultaba tan gratificante. Le gustaba la actividad física y la sincronización con la que había que hacerlo todo. Y el hecho de que sus «pequeños» ya fueran oficialmente parte de Edenvale, con la letra E marcada en sus lomos la hacía sentirse extrañamente feliz.

–Los dos últimos suelen ser los más nerviosos. Si te parece, puedes meterlos a los dos juntos.

Camille obedeció. Al principio iban saltando y chocando las testas, pero al llegar al pasillo, avanzaron por él tranquilamente. Camille suspiró satisfecha y se miró las botas. Estaban destrozadas por el barro. Pero la experiencia había merecido la pena.

—¡Cierra el portón!

El último de los terneros, que parecía el más inteligente, había conseguido darse la vuelta y avanzaba hacia ella. Ella corría a cerrar el portón, cuando de repente un tremendo golpe la propulsó hacia atrás, tirándola al suelo y dejándola sin aliento.

—¡Camille!

El animal al retroceder había lanzado la puerta contra Camille.

Jonno dejó caer el pesado hierro caliente en el suelo de cemento y corrió hacia ella con el corazón en la boca. Estaba inmóvil en el suelo. ¿Sería algo grave? Corrió hacia ella y se arrodilló a su lado.

—¡Camille!

¿Por qué no se movía? Un temor frío le oprimía el estómago. Le tocó el hombro y ella movió la mano como si quisiera decir algo. Gracias a Dios estaba consciente.

—¿Estás bien? ¿Dónde te duele?

—Es... estoy bien... —dijo abriendo los ojos, después de decir una palabrota—. Me parece.

Estaba cubierta de lodo y paja de pies a cabeza, y tenía sangre en la barbilla, en el lugar donde le había golpeado la puerta. Mientras recuperaba el aliento siguió maldiciendo.

—¿Estás segura de que estás bien? ¿Te duelen las costillas?

—Solo ha sido el shock. ¿Qué ha ocurrido?

—Déjame que te ayude a incorporarte.

Jonno se puso en cuclillas junto a Camille y ella se dejó caer sobre su muslo. Él se sintió aliviado al comprobar que aparte de la sangre de la barbilla, no parecía tener más heridas. Trató de ignorar aquel cálido peso sobre su pierna y se reprochó haberla obligado a adoptar esa posición.

—¡Qué asco! —gimió Camille al llevarse la mano a la barbilla y verse sangre en los dedos. No le gustaba ver sangre. Especialmente, si era suya.

Jonno se inclinó sobre ella y le examinó la barbilla con delicadeza.

—Creo que es sólo un rasguño. ¿Te duele en algún otro sitio?

—Creo que no. Me pilló de sorpresa. Lo siento, me olvidé de cerrarla bien.

Lo miró a los ojos. Sólo unos pocos centímetros los separaban. Se notaba que estaba preocupado por ella. Sintió que se derretía, así sentada entre los fuertes muslos de Jonno Rivers, con aquella magnífica boca justo encima de la suya. ¡Qué mal momento para estar cubierta de sangre y lodo!

—Te llevo a la casa.

—Creo que puedo andar yo sola. Estaba aturdida pero ya estoy bien.

¿Por qué tenía que ser tan sincera? Le hubiera encantado que Jonno la llevara en brazos.

—No te muevas, yo te llevo.

¡Bien! Antes de que pudiera protestar, le pasó una mano por debajo de la rodillas, otro alrededor de los hombros y la levantó sin ningún esfuerzo.

—La casa está muy lejos. No puedes llevarme todo el camino.

«Cállate, Camille, déjale hacer».

Él no dijo nada. Ella suspiró y rodeó el cuello de él con el brazo. ¿Qué más podía hacer? Se consideraba feminista, pero si un hombre atractivo se empeñaba en rescatarla, bien podía disfrutar de la experiencia. Resultaba muy halagador.

«Si las chicas de la oficina me vieran se pondrían verdes de envidia».

Ya en la cocina, Jonno la sentó en una silla y le ordenó que estuviera quieta mientras iba por toallas, palangana y desinfectante.

Jonno empapó un paño en el agua con desinfectante y lo escurrió ante la atenta mirada de Camille. Tenía las manos bonitas, bronceadas por el sol, con un suave vello rubísimo en el dorso.

–No te muevas mientras te quito el barro de la cara para poder ver lo que te has hecho.

–El barro es muy bueno para el cutis –bromeó ella.

–¿No querrás que te deje toda esta porquería en la cara? –dijo él esbozando una sonrisa.

–Mejor que no. Acabo de recordar las pisadas de vaca en el establo.

Gracias a Dios sus miradas no se cruzaron. Le hubiera dado mucha vergüenza que él se diera cuenta de lo que estaba disfrutando con todo aquello.

Jonno le pasó el paño por la cara, empezando por la frente con suavidad. Pero cuando llegó a la barbilla, Camille dio un respingo.

–Cuando esté limpio, le pondremos hielo para que no se hinche.

–Es sólo un arañazo, ¿verdad?

–No creo que te deje cicatriz –dijo en un tono exageradamente despreocupado para ocultar su ansiedad.

–No te preocupes, Jonno. He prometido no demandarte. No creo que me vaya a quedar desfigurada y yo insistí en hacerlo. Si todas esas pobres mujeres que quieren casarse contigo supieran que sólo tienen que caerse para verte de rodillas a sus pies...

Él no respondió y siguió trabajando concentrado. Camille dejó de bromear, pero no pudo dejar de mirar a Jonno...

Su rostro tenía tal intensidad...como si estuviera incómodo o nervioso. Cuando le secó la cara con otra toalla, sus movimientos se volvieron más lentos... más tiernos.

La mirada de él estaba clavada en su boca.

A Camille le asaltó una imagen de Jonno lavándole todo el cuerpo, Jonno derramando agua caliente sobre sus muslos desnudos... Imaginó las manos de él...

Camille apenas podía respirar. Sintió que el deseo la hacía estremecer. El calor invadió todo su cuerpo y sintió que sus piernas y sus brazos se volvían ligeros como el viento.

Por fin sus miradas se cruzaron y ella supo inmediatamente que él se sentía tan indefenso como ella, igualmente empujado por un deseo insensato e incontrolable.

Él no dijo nada, pero la miraba ardientemente. Camille miraba sus labios, unos labios diseñados para volver loca de deseo a una mujer. Su imaginación la permitía imaginarse aquellos labios en su piel...

—Camille —susurró él.

Jonno dejó la toalla, apoyó las manos en el asiento de la silla y se inclinó sobre ella.

CAPÍTULO 4

SUS LABIOS se tocaron.
Jonno no la abrazó. Mantuvo las manos en la silla mientras, con cuidado para no hacerle daño en la barbilla, rozaba los labios de ella con los suyos, despertando en ella dulces tentaciones.

Ella nunca había vivido un momento tan turbador.

—Te voy a hacer daño —dijo él con voz profunda, aún rozando la boca de ella.

—No —contestó ella en un susurro.

Se sentía inmune al dolor. ¿Cómo un beso tan sutil podía dejarla en ese estado?

Poco a poco, Jonno fue apretando los labios contra los suyos, ladeando la cabeza para no lastimarla. Besó el pequeño lunar que Camille tenía sobre el labio superior y perezosamente, descendió hasta el labio inferior chupándolo con fruición.

Camille sintió deseos de echarse en sus brazos, pero estaba tan sucia que se limitó a agarrarle los puños de la camisa, mientras que él seguía jugueteando con la lengua por la comisura se sus labios.

Camille abrió la boca encendida por la pasión, invitándole a que siguiera explorando. El beso de él se volvió impaciente y más profundo. Ella sentía cómo la garganta de él palpitaba por la pasión.

Y también sintió unos pasos.

—¡Perdón! Debería haber llamado a la puerta.

Por encima del hombro de Jonno, que se había incorporado, Camille alcanzó a ver a una mujer rubia y delgada, que llevaba en brazos a un bebé rollizo, acompañada por una niña de ojos enormes.

—¡Piper! —exclamó Jonno, levantándose de un salto.

Camille se sintió ridícula, como si la hubieran sorprendido robando en una tienda.

—Lo siento —dijo la mujer con una mezcla de apuro y curiosidad—. Olvidé llamar.

Jonno se puso rojo. Se agachó para recoger la palangana y las toallas.

—Tuvimos un pequeño accidente. Un ternero tiró a Camille al suelo.

—¿Te dio una patada? —preguntó la mujer preocupada mirando la barbilla de Camille.

—No, estoy bien —contestó Camille poniéndose de pie—. Cubierta de barro, pero bien.

—Déjame que os presente —intervino Jonno—. Camille Devereaux, esta es mi cuñada, Piper Rivers.

Las dos mujeres se sonrieron con cierta timidez. Piper vestía vaqueros y una blusa rosa, Tenía una complexión radiante y bronceada por el sol. A Camille le pareció muy joven para ser la madre de aquellos niños adorables. Debía tener su edad, unos veintisiete años.

—Y esto granujillas son mi sobrina, Bella, y mi sobrino, Michael.

—Hola, chicos —saludó Camille. No tenía ninguna experiencia con niños.

—Creo que ya conociste a mi hermano Gabe.

—¡Ah, sí! El del helicóptero. Lo conocí ayer en Mullinjim.

Extendió la mano como saludo, pero la apartó en seguida.

–Dios mío, estoy demasiado sucia. Ahora mismo iba a ducharme.

–Encantada de conocerte, Camille –dijo Piper con una cálida sonrisa.

La niña tiraba a Jonno del pantalón.

–¿Está señora ha venido para ser nuestra canguro?

–Te acuerdas de que te ofreciste a quedarte con ellos, ¿verdad, Jonno? Gabe y yo nos vamos a la Cena Anual de la Asociación de Ganaderos en Mount Isa.

–Sí, claro, no me había olvidado... Camille compró unos terneros ayer y...

Para disimular su aturdimiento se agachó, tomó a Bella en brazos y le hizo cosquillas. La niña se retorcía de la risa.

–¿Estás seguro de que quieres que te los deje? –preguntó Piper sin apartar la vista de Camille.

–Pues claro que sí –intervino Camille–. Por favor no cambiéis de planes por mi culpa. Soy periodista y Jonno me está ayudando a conocer la vida en el campo, en los establos, en las praderas...

La vergüenza siempre le hacía hablar demasiado, y en esos momentos se sentía muy avergonzada.

–Cuidar de unos niños le dará a mi historia una dimensión humana.

Pidió excusas y se fue apresuradamente al cuarto de baño, pensando en la dimensión humana que acababan de incorporar a una relación estrictamente profesional.

Cuando regresó a la cocina después de la ducha, el bebé jugaba en el suclo con las tapas de unas cazuelas. Piper estaba sentada a la mesa.

–Jonno se ha llevado a Bella al estanque a ver los patos.

En la mesa había una tetera con dos tazas, una jarra de leche y un azucarero. Todo parecía indicar que iban a compartir una conversación íntima. ¿Esperaría que le explicara qué hacía besando así a su cuñado nada más conocerse?

–¿Cómo está tu barbilla?

–Bien, bien. Es sólo un arañazo.

–¿Te apetece un té?

Camille se sentó y contuvo las ganas de pedir un café.

–Gracias.

–Menos mal que no ha sido mucho –dijo Piper sirviendo el té con una sonrisa irónica–. Cuando Gabe me dijo que una periodista de *Girl Talk* estaba alojada aquí, me imaginé que estallaría una guerra.

Camille sonrió.

–La verdad es que ayer me entraron ganas de darle un puñetazo. Pero, bueno, es demasiado grande y nos las hemos arreglado para llegar a un tregua.

–No hay nada mejor que una tregua.

Camille sabía que Piper se estaba refiriendo al beso. Un poco avergonzada por su atrevimiento, Piper se ruborizó y se agachó para acercarle a su hijo una de las tapas.

–Ahora que estamos solas –dijo–, había pensado que podíamos tener una pequeña charla. Ya sabes, entre chicas.

–Como quieras –dijo Camille.

–A Gabe le gustaría que supieras por qué Jonno ha sido tan hostil con tu revista.

–Te lo agradecería–dijo Camille conteniendo la respiración–. Él no ha querido explicar nada Lo único que me decía es que no quería tener nada que ver con el programa.

–Ese es típico orgullo testarudo de los Rivers. Conozco a los Rivers de toda la vida. Orgullosos y duros por fuera, pero blandos de corazón. Jonno lo ha pasado muy mal con lo de la revista.

–Lo siento mucho.

–Seguro que la intención de la revista no era mala. Jonno podría haber soportado lo de las cartas, pero eso de que aparecieran mujeres constantemente a la puerta de Edenvale sin que nadie las hubiera invitado... Algunas buscaban su dinero, otras querían cocinar para él, o acostarse con él. Y claro, también ha tenido que aguantar las burlas de los vecinos.

–Pero entonces, ¿por qué se metió en eso?

–Alguien le tendió una trampa.

En ese momento el bebé empezaba a lloriquear y. Piper lo tomó en brazos.

–Tienes que decirme quién le hizo eso. No se lo diré a nadie.

–La ex novia de Jonno, Suzanne Heath –dijo Piper bajando la voz–. Envió una foto antigua que conservaba y falsificó la firma.

–Pero, ¿por qué hizo eso? ¿La abandonó y se quiso vengar?

–En realidad fue ella la que lo dejó. Jonno y ella tuvieron una relación muy difícil. Cortaron y volvieron varias veces. Hasta que se vio cómo era Suzanne realmente –añadió Piper suspirando–. Se quedó embarazada. Jonno se puso contentísimo, quiso casarse con ella.

–¿De veras? –preguntó Camille conmovida.

–Sí. Así que cuando se enteró de que el niño no era suyo fue muy duro para él. Resultó que Suzanne estaba saliendo con otro hombre a la vez, Charles Kilgour.

–¡Pobre Jonno! –exclamó Camille sintiendo que se le formaba un nudo en la garganta–. Pero eso no explica por qué Suzanne lo apuntó al concurso.

–Suzanne ya no vive por aquí. Si no, yo misma se lo hubiera sonsacado. Parece ser –dijo ella entornando los ojos–, que quería compensarle por lo ocurrido buscándole a otra. Eso te dará una idea de lo corta de entendederas que es esa mujer. Como si Jonno Rivers no pudiera conquistar él solo a una mujer.

–Desde luego –dijo Camille bajando la mirada, consciente de que Piper estaba pensando en ella–. Cualquier chica de mi oficina lo hubiera querido para ella.

–Sí, claro, de tu oficina –dijo Piper divertida–. Suzanne sólo pensaba en salir de fiesta. No se tomaba en serio el ganado. La verdad es que Charles Kilgour y ella son tal para cual.

–Y... Jonno todavía siente algo por ella –preguntó Camille mordiéndose un labio.

–¿Después de lo que le hizo? Claro que no. Por cierto –añadió con mirada inquisitiva–, esa tregua vuestra...

–Ya habíamos quedado en que sacaría a Jonno del concurso.

–Me alegro.

–En lugar de eso, voy a hacer un artículo sobre el campo australiano desde el punto de vista de una chica de ciudad.

–Serás bienvenida en Windaroo –sonrió Piper–. Yo también te puedo enseñar un par de cosas de la vida aquí... desde el punto de vista de una chica de campo, claro. Pero ahora esta chica de campo tiene que irse a dar de comer a su hijo. Esperemos que duerma bien la siesta, para que sólo tengáis que preocuparos de Bella. Es muy traviesa, pero adora a Jonno.

Jonno vio a Camille acercarse a la orilla del estanque por la cuesta, mientras cazaba sapos con Bella, que los iba guardando en un bote. Llevaba unos vaqueros ajustados y una camisa rojo oscuro, y Saxon, el perro, corría junto a ella. Su oscuro cabello se movía al ritmo de sus pasos, elegantes como los de una bailarina. Se agachó para acariciar a Saxon detrás de las orejas y se levantó en seguida para ver pasar una bandada de patos salvajes. Cuando vio a Jonno, los ojos se le iluminaron y entreabrió los labios.

Jonno ardió en deseos de besarla de nuevo.

–Tengo siete sapos –anunció Bella mostrándole su bote a Camille sin saludar.

–¡Vaya! ¡Siete sapos! –exclamó Camille poniéndose en cuclillas–. ¡Y qué gordos son! ¿Qué vas a hacer con ellos?

–Los voy a llevar a casa y los voy a poner en nuestra charca.

–Sí, cruzarlos con ejemplares de otra charca es bueno para la especie.

–¿Qué quieres decir? –preguntó Bella perpleja.

–Quiere decir que... ¡No sé cómo hablar a los niños!–contestó mirando a Jonno nerviosa.

–No te preocupes por eso –rió Jonno–. A Bella siempre le gusta tener la última palabra.

Bella se olvidó unos momentos de sus sapos y se puso a jugar con Saxon.

–Háblame un poco de Piper –dijo Camille–. Me

resulta muy interesante. Estoy segura de que sería un gran material para mi artículo.

–¿Qué es lo que quieres saber? –preguntó él mirándola con curiosidad.

–¿Cómo es su vida? ¿Cómo pasa el día? ¿Participa en la gestión de Windaroo?

–No hay nada que ella no sepa sobre el ganado o sobre cómo llevar una finca, pero lo que a ella realmente le interesa es su negocio de helicópteros. Conduce el ganado con los hombres, trabaja tanto como el que más en los establos, lleva la contabilidad, hace las programaciones para los apareamientos...

–Y además de todo eso, esposa y madre de dos niños.

–Sí. Pero de alguna manera, ella hace que todo parezca muy sencillo.

–También las mujeres de ciudad pueden hacerlo –dijo Camille frunciendo el ceño.

Jonno se encogió de hombros y señaló a la casa.

–Mírala.

Piper les saludaba con la mano desde la terraza. Se había puesto un sofisticado traje de noche de seda azul y llevaba el pelo, rubio como una panocha de maíz, suelto sobre los hombros. Aun con la distancia se podía apreciar el maquillaje impecable y sus relucientes pendientes de diamantes.

–Vaya, ya no parece la chica de campo, es como una moderna Cenicienta.

–Y ese es su príncipe.

Se oyó un fuerte ruido de motores sobre sus cabezas y unos minutos después un helicóptero aterrizaba en la pradera junto al estanque. El apuesto y elegantísimo Gabe Rivers descendió del aparato. Piper bajó la cuesta corriendo para recibirlo.

–Ojalá tuviera mi cámara –suspiró Camille.

Se quedó mirando la forma en la que se sonreían. Había un amor tan patente en sus gestos, que Camille se sintió un poco avergonzada, como si estuviera invadiendo su intimidad.

Nunca nadie la había mirado así, ni siquiera sus padres. Mucho menos un hombre. Y nunca había esperado nada. Pero al ver a Gabe y a Piper, deseó tener algo así.

–Se supone que iba a escribir sobre lo poco románticas que son estas tierras –dijo con cierta insolencia–, pero a mí esa pareja me parece de lo más romántica.

Jonno tomó a Bella en brazos y despidió con la mano a la pareja que se iba ya en el helicóptero.

–Lo de Gabe y Piper es poco corriente –dijo frunciendo el ceño.

–Supongo que tienes razón –dijo ella dejando escapar un suspiro.

Se quedaron así, juntos, viendo cómo el helicóptero se convertía en un punto de luz en el cielo. El ambiente entre ellos se llenó de tensión. Era como si cada uno se preguntase lo que al otro le pasaba por la cabeza.

–Si realmente quieres entender cómo son las cosas por aquí, aunque sean menos románticas, hay que limpiar los pesebres esta tarde. Eso cambiaría rápidamente tu idealizada visión de este lugar.

Camille levantó la barbilla e hizo una mueca de dolor. Con el movimiento, había sentido un tirón en su herida. ¡Y ella que creía que él iba a besarla otra vez!

–Me encantaría limpiar esos pesebres –dijo con toda la dignidad que pudo y se dirigió rápidamente a los establos.

No pudo evitar una sensación de triunfo al ver que él se quedaba con la boca abierta.

¿Qué demonios le pasaba?

Jonno no podía entender lo estúpido que estaba siendo su comportamiento. Había perdido la cabeza al besar a Camille de aquella manera Aunque, la verdad, había sido el beso más dulce de su vida. El recuerdo de esa dulzura y ese calor en sus labios lo tuvo fuera de sí toda la tarde.

Se retiró a su estudio para trabajar un poco en la contabilidad y pasó luego largo rato leyendo cuentos y jugando al ordenador con Bella, pero la mayor parte del tiempo lo dedicó a mirar a Camille limpiar llena de energía los pesebres desde su ventana.

Esa noche se sintió un poco culpable por dejarla cocinar otra vez.

«No debería dejarla comportarse en mi cocina como si estuviera en su casa». Sí, claro. Y tampoco él debería haber estado allí fingiendo leer el correo mientras la miraba a hurtadillas lavar las verduras en la pila de la cocina. A través de su hermosa melena negra, podía vislumbrar su elegante cuello y una adorable piel pálida que le hacía muy difícil mantenerse quieto en la silla.

–¡Alguien ha dormido en mi cama! –gimió Bella con los ojos brillantes.

¡Vaya! No había pensado en lo de las camas.

–Tienes razón, Ricitos de Oro –dijo Jonno acariciándole los dorados bucles–. Camille durmió allí anoche. Y va a dormir allí hoy también.

–Pero es mi cama –insistió Bella dando una patada en el suelo–, yo siempre he dormido allí, tío Jonno.

–Lo sé, cariño. Pero tengo otras muchas camas y te voy a preparar una para esta noche. Es que Camille ya ha puesto sus cosas en ese cuarto.

–Yo puedo cambiar mis cosas de sitio –dijo Camille.

–No –dijo Jonno. Bella era caprichosa, le gustaba salirse con la suya, y él no creía que hubiera que ceder–. ¿No te gustaría dormir en una cama grande en la que dar saltos?

–No –repitió Bella testaruda haciendo un puchero–. Quiero mi camita blanca. Que duerma ella en la cama grande. Ella es grande. ¡También puede dormir en tu cama!

–No, Bella. Eso no es una buena idea.

¡Solo de imaginarlo se le calentó la sangre!

Camille se mantenía en la pila de espaldas frotando una patata con fuerza, pero él se dio cuenta de que se había ruborizado.

–¿Por qué no puede dormir contigo? Sois muy mayores. Podéis ser como mamá y papá.

–Tu mamá y tu papá están casados. Sólo la gente casada duerme en la misma cama –dijo Jonno sin apartar la vista de Camille, que estaba picando una patata como si se tratara de una operación quirúrgica grave–. ¿Verdad, Camille?

Los hombros de ella se pusieron rígidos.

–Seguro que eso es una regla de esta casa –dijo volviéndose, mirándolo fijamente a los ojos y prosiguiendo su tarea inmediatamente después.

Jonno no supo si lo decía divertida o si estaba enfadada por la conversación.

–Pero te he visto besar a Camille. Eso es como estar casados, ¿verdad? Papá está siempre besando a mamá.

–Se acabó hablar de besos –dijo Jonno poniéndose de pie. Tomó a la niña en brazos y empezó a hacerle cosquillas.

–Pero os estabais besando.

–Camille se hizo daño y yo le estaba dando un besito para que se curara rápido. Y ahora vamos a hacerte la cama.

–Que se quede Bella con la cama pequeña –dijo Camille–. Prefiero una cama grande esta noche.

Jonno, que ya estaba saliendo de la cocina, se volvió. Sus ojos estaban radiantes, sexys ... y tremendamente ambiguos.

«No se refiere a la tuya, no se refiere a la tuya».

–Muy bien. Tú ganas, Bella. Para ti la cama pequeña, y una grande para Camille.

–Por fin se ha dormido Bella –dijo Jonno en voz baja entrando en el salón–. ¿Y el bebé?

Camille estaba acurrucada en el sofá viendo un partido de tenis en directo desde Wimbledom con el volumen de la televisión muy bajo. Le mostró un biberón en señal de triunfo.

–Michael ha comido, ha expulsado los gases, lo he cambiado y lo he mecido hasta que se ha dormido.

–¡Muy bien! Estoy impresionado. Eso es todo un logro. Pensaba que no sabías nada de niños.

–Y era verdad, pero es muy bueno, y lo mejor es que no sabe hablar. Yo no sabría cómo hacer con Bella y todas esas preguntas.

–Sí es difícil.

–Pero a ti te parece estupenda.

—Yo adoro a esa niña.

Camille sintió como los cojines se movían con el peso de Jonno al sentarse en la otra punta del sofá. Miró de reojo y contuvo el aliento al percibir su sexy masculinidad realzada por la tenue luz de la estancia. Jonno llevaba un jersey de lana negro que acentuaba sus facciones angulosa y su cabello negro como el ala de un cuervo.

Volvió a centrar su atención en la tele.

Pero de pronto, ya no le importaba la suerte de aquel jugador australiano en Inglaterra. ¡Qué absurdo! Su mente había volado a un mundo de fantasía y sólo recordando un beso. Tenía que dejar de pensar en eso. Lo intentó pero una voz dentro de su cabeza le decía: «¿Si un simple beso te hace sentir así, imagínate como sería si...?»

«¡Olvídalo, Camille! ¡No tiene sentido! ¡Tienes que volver a Sydney!»

Camille trató de sentarse de una manera más recatada.

—¿Tienes que quedarte con Bella y Michael a menudo?

—La verdad es que no. A Bella, me la dejan de vez en cuando, pero al bebé, Piper lo lleva a casi todas partes, o si no, lo deja con mis padres, que están jubilados y viven en el pueblo. Pero como hoy iban en helicóptero era mejor dejarlos aquí.

Jonno puso una rodilla en el sofá y extendió el brazo por el respaldo del sofá con naturalidad.

—Supongo que, si no piensas casarte, no te hará mucha falta saber nada de niños.

—Pues... supongo que no.

—¿Qué tal la barbilla? —preguntó acercándose un poco más.

–Bien, gracias. La crema antiséptica me ha ido muy bien.

Él le rozó la cara con la yema de los dedos con suavidad, aunque en su mirada había un brillo salvaje, que hizo que Camille se excitara.

«Hazlo», le decía una voz traviesa en su interior «Bésalo. Piensa en todas esas mujeres a las que ha rechazado. Ellas nunca tuvieron oportunidad. Atrévete».

Pero otra voz le avisaba de que no era una buena idea. Sólo iba a quedarse un día más, como mucho, y después regresaría a Sydney... Aunque esa razón le parecía poco sólida, anticuada y...

Jonno se acercó más. Camille podía oler su aftershave y la suave lana de su jersey. Entonces él pasó su pulgar por la cálida curva de los labios de ella.

Camille se entregó a esa caricia, sintió que la sensualidad la embargaba y en ese momento, se acordó de algo que, bruscamente, la devolvió a la realidad. ¡Edith! ¡Santo cielo! ¡Tenía que llamar a su editora esa misma noche!

Justo entonces sonó el teléfono. Camille se sobresaltó.

Jonno lanzó un gruñido y miró contrariado en dirección al inoportuno sonido.

–Yo contesto –dijo Camille levantándose de un salto del sofá.

Pero él la detuvo agarrándola del brazo.

–No te preocupes; será mejor que conteste yo. Seguramente es Piper que llama para ver si los niños están bien, pero podría ser algo de trabajo.

Camille se llevó la mano a la boca mientras Jonno cruzaba el salón y desaparecía por el pasillo en dirección al estudio. ¿Qué pasaría si Jonno tuviera que enfrentarse con una llamada de su jefa? Él estomago se le revolvió sólo de pensarlo.

Poco después, se oyeron los pasos que volvían. Jonno regresaba con el rostro enfurecido.

—Es para ti —dijo con los dientes apretados—. De Sydney. Tu jefa.

Camille se levantó. Las piernas le temblaban. Cuando trató de avanzar por el pasillo, Jonno le interceptó el paso.

—Está encantada de que yo siga en el «Objetivo Solteros» —dijo con una mueca sarcástica—. Ella estaba segura de que sabrías cómo hacerme cambiar de opinión.

—Pero yo le dije que no había acuerdo.

—¿Ah, sí? Pues no se ha enterado.

—Edith es así. Por favor, Jonno, no te enfades. Te lo puedo explicar...

—No te molestes. Limítate a ir al teléfono y explicarle a tu jefa que no quiero saber nada de vuestra revista.

—Claro, Jonno, pero...

—Te está esperando —gruñó él—. Y no parece que la paciencia sea una de sus virtudes.

Jonno fue a la cocina a grandes zancadas, sin molestarse en dar la luz al llegar. Se quedó junto a la pila mirando por la ventana, sin prestar atención de los prados iluminados por la luz de la luna y la caprichosa nebulosa de la Vía Láctea.

Había juzgado mal a Camille Devereaux. No era mejor que Suzanne Heath.

Estaba harto del asunto de la revista. Desde que se había enterado de aquella bufonada de los solteros, se había puesto a la defensiva y ninguna mujer había sido capaz de vencer su resistencia... hasta que había llegado Camille.

Había estado a punto de empezar algo con ella. Hacía apenas unos minutos, sólo era capaz de pensar en cuánto la deseaba y cuánto la necesitaba. Necesitaba conocerla, deseaba hacer el amor con ella y retenerla junto a él, sin importarle la distancia entre Sydney y Mullinjim. Al fin y al cabo, en el siglo veintiuno, unos pocos miles de kilómetros no eran tanto problema.

Lo que sí era un problema era el engaño.

Enamorarse de una mujer que se había ganado su confianza con promesas y mentiras era lo peor que podía pasarle. Creía que ya había aprendido la lección con Suzanne. ¿Por qué no se había dejado llevar por su primera corazonada sobre Camille? Siempre había creído que lo único que movía a los periodistas de la gran ciudad era su propio interés.

Sin embargo, por alguna razón, había terminado creyendo que Camille era diferente. Resultaba patética la manera en la que un hombre se dejaba ofuscar por las hormonas.

En ese momento sintió una mano en su hombro y se sobresaltó. Camille estaba junto a él. Su rostro resplandecía en aquella penumbra aliviada sólo por la luna. Sus ojos parecían misteriosos e insondables.

—¿Estuvo agradable la charla con Edith? —preguntó Jonno despectivo.

—No le hagas caso a Edith.

—¿Por qué no iba a hacérselo? Es tu jefa, ¿no?

—Sí, pero ella no es la que escribe la historia. Y yo te he prometido que te dejaría fuera del concurso.

—¿Le has dicho eso a ella?

–Lo he intentado.

–Lo has intentado –repitió él en tono burlón–. Muy bueno. Así que vas a decirme que has hecho todo lo posible pero que lamentándolo mucho, no ha podido ser.

–¡No! –replicó ella cruzándose de brazos y echando los hombros para atrás para dar mayor fuerza a sus palabras–. Estoy haciendo exactamente lo que te dije. Estoy escribiendo una historia sobre el campo australiano. Cuando Edith lo lea le interesará y se le pasará la decepción de perderte para el concurso.

–Pero eso no es seguro. Ella todavía espera que yo participe y lo de tu nueva historia es una apuesta sin garantías.

–Te prometo que en cuanto regrese...

–Eso no fue lo que acordamos.

Camille suspiró.

–Eso es problema mío, Jonno. No te afectará a ti para nada. Y sí, lo de mi reportaje es un riesgo, pero mi lema es: cuando no hay alternativas, hay que arriesgar.

–Siempre hay una alternativa.

–Sí, claro –repuso ella con aspereza–. Y entonces las ventas de la revista bajan y yo termino sin trabajo. Hay alternativas que no resultan muy atractivas.

Jonno no contestó. Acababa de ver confirmados sus temores.

A la mañana siguiente, no fue las risas de las cucaburras lo que despertó a Camille, sino unos deditos regordetes que trataban de abrirle los párpados.

–¿Estás despierta?

–Ahora sí –dijo Camille tratando de abrir los ojos.

Un flequillo rubio y unos grandes ojos verdes la miraban.

–¿Puedo meterme en la cama contigo?

–Eh... bueno, supongo...

La chiquilla se encaramó entusiasmada a la cama.

–¡Qué suerte tienes! Megs ha dormido en tu cama.

–Sí –dijo Camille, esbozando una sonrisa, a pesar del madrugón–. Ha sido como tener una botella de agua caliente a los pies. Una gozada.

Era la primera vez que un animal dormía con ella en la cama. Y la primera vez que un niño se acurrucaba junto a ella bajo las mantas.

–Me gusta tu pijama –dijo la niña–. Me gusta porque es rojo brillante.

–Pero mi pijama no tiene preciosas vaquitas blancas y negras como el tuyo. Es precioso.

–Tengo uno en casa con ranas verdes –explicó Bella radiante–. Y también tengo seis perros en casa.

–¡Qué suerte!

–¿Cuántos perros tienes tú?

–Ninguno. A no ser que cuente un caniche de porcelana que me regaló mi padre cuando era pequeña.

–¿Qué es un caniche?

–Es una clase de perro que tiene la gente en Francia.

–¿Saben guiar el ganado?

–¡Qué va! –dijo Camille riéndose al imaginarlo–. Creo que un caniche se asustaría si viera una vaca. Pero pronto voy a poder enseñarte una foto de un caniche. Voy a ir a Francia dentro de poco a ver a mi padre.

–Mi padre puede volar hacia arriba y hacia abajo. Y también hacia los lados.

–Tu padre sabe manejar muy bien el helicóptero, ¿verdad?

Camille se sorprendió de lo mucho que estaba disfrutando de aquella conversación.

–Mi padre tiene cuatro «helicóteros» –explicó Bella mostrando cuatro dedos, haciéndolos volar por el aire y dejándolos caer con fuerza en la nariz de Camille.

–¡Eh! ¡Qué mi nariz no es la pista de aterrizaje! –chilló Camille riendo, mientras Bella seguía haciendo aterrizar los dedos en sus rizos.

Entonces se oyó a lo lejos la voz de Jonno y las risas se interrumpieron.

–¡Bella!

–¡Estamos aquí, tío Jonno!

–¿Dónde?

Entonces apareció su sombra en el umbral del dormitorio.

–Yo y Camille estamos hablando.

Jonno frunció el ceño y Camille se tapó hasta la barbilla con la sábana.

–Camille es mi nueva mejor amiga –anunció Bella.

Jonno parecía confuso y molesto.

–Se te está enfriando el desayuno.

Y dicho esto, se marchó sin decirle ni una palabra a Camille.

Camille había reído esa mañana. Le hubiera gustado explicarle a Jonno lo importante que eso era para ella, pero a él ya no le importaba.

CAPÍTULO 5

CAMILLE se sentía muy inquieta tras su regreso a Sydney.

Sentada junto a la ventana de su apartamento y mirando la calle, se dio cuenta de que algo había cambiado en ella. Antes de ir al campo, nunca se le había ocurrido pensar que desde un apartamento en una planta baja, no se veía el cielo. Ni los árboles.

Se había cansado de los edificios, la gente, los coches, el asfalto y los perros mimados... Y eso que siempre le había gustado desayunar con su café y observar el mundo desde su pequeño rincón.

El mundo. Como si el mundo se redujera al chirrido de los neumáticos, al ruido de los tacones de las mujeres al pasar, al sonido sordo del calzado deportivo de los adolescentes y a los pasos firmes de los ejecutivos agresivos con sus zapatos hechos a mano.

¿Qué le estaba pasando? Después de cuatro meses, aún añoraba otra cosa: el olor de las acacias australianas e incluso el recio olor de los establos. La estridente risa de la cucaburra, las alas rosadas de las cacatúas persiguiéndose en el ancho cielo.

Y echaba de menos a cierto granjero alto, moreno y con una peligrosa sonrisa pícara.

Era una pérdida de tiempo y de esfuerzo seguir pensando en Edenvale. Todo aquello había quedado en el pasado.

La despedida no había sido cordial. Jonno había estado tan tenso y distante como el día en que lo conoció, así que había aceptado la invitación de Piper de visitar Windaroo, y había terminado allí su reportaje.

Y no había vuelto a saber de Jonno.

Ella le había enviado una carta a su regreso a Sydney dándole las gracias por su hospitalidad. Unos par de meses después le había escrito una postal con la excusa de preguntar por sus terneros.

La única respuesta que había recibido, había sido la de Andrew Bowen, el agente de Jonno, informándole formalmente de que Jonathan Rivers vendería los terneros en unas seis semanas, si el clima y las condiciones del mercado se mantenían.

Seis semanas. Para entonces su reportaje sobre Mullinjim ya estaría en los quioscos. Había mantenido una agria discusión con su jefa.

—Piensa en la yuxtaposición de ideas. Si ponemos la historia sobre el campo australiano junto a la historia del soltero, a la gente ya no le importará tanto que Jonno se haya ido, porque tendrá algo en qué pensar.

Sabía que funcionaría si junto al reportaje aparecían fotos de fornidos granjeros, solteros o casados.

Edith terminó accediendo, advirtiéndole que si los publicistas no tragaban, les serviría su cabeza en bandeja.

Su mayor problema resultó ser su mejor amiga, Jen, una compañera de trabajo que insistía en enterarse de lo que había pasado en realidad con Jonno: que si cómo era en carne y hueso, que si Camille estaba tratando de protegerlo, que si había intentado ligar con él...

Ahora faltaban seis semanas para que saliera su reportaje y para que su incursión en el sector ganadero llegara a su fin. Y con ello su conexión con Jonno.

En seis semanas todo volvería a la normalidad.

Jonno tendría que haberse imaginado que su cuñada sacaría el tema de Camille en cuanto entrara por la puerta.

—¿Qué te pareció el artículo de Camille en *Girl Talk*?

—¿Para eso me has invitado a cenar? ¿Para interrogarme?

—¡No! —exclamó Piper haciéndose la ofendida—. Te he invitado porque hacía mucho que no te veíamos. Seguro que ni siquiera sabías que Michael ya sabe gatear. Pronto empezará a andar.

—¿De verdad? —preguntó Jonno sinceramente sorprendido—. Lo siento. He estado muy ocupado.

Piper frunció el ceño.

—Esa es la mala excusa que le he dado a Camille.

—¿Cómo? —saltó Jonno— ¿Has hablado con ella?

Piper permaneció junto al fuego de la cocina removiendo una sopa de setas y beicon.

—La llamé para darle las gracias por el ejemplar de la revista que nos envió, y para felicitarla por el reportaje, que es buenísimo.

—Ya.

—Se alegró mucho de que la llamara, y, claro, me preguntó qué te había parecido a ti.

A Jonno se le hizo un nudo en la garganta.

—¡Qué bien huele esa sopa!

—¡Jonno! —exclamó Piper impaciente—. Conozco

muy bien a los Rivers. Cambiar de tema no te va a servir conmigo.

—Está bien, de acuerdo. ¿Qué le dijiste?

—Me temo que no fui tan sutil como me hubiera gustado. Me puse a tartamudear y terminé diciéndole que estabas muy ocupado. Así que se dio cuenta de que estaba encubriéndote.

—No estabas encubriendo nada. Le dijiste la verdad.

—Di lo que quieras, Jonno, pero creo que me debes una respuesta. ¿Qué te pareció el reportaje?

—No tengo por costumbre leer revistas para chicas —dijo despectivo.

—¡Venga ya! Eso no tiene nada que ver. Es el reportaje que Camille preparó durante su estancia. ¡Y estuvo viviendo bajo tu mismo techo!

Jonno pensó por un instante que Piper iba a continuar: «y le hiciste el boca a boca para curarle un arañazo en la barbilla».

—Te ha enviado un ejemplar, ¿verdad?

—Sí —suspiró Jonno— pero está todavía en su plástico. No me interesa, estoy harto de ese estúpido asunto.

Piper se quedó un largo rato mirándolo pensativa sin decir nada.

—Siento oír eso. Camille me caía muy bien.

Jonno sabía que su cuñada esperaba una respuesta pero no quiso complacerla. En realidad, no tenía una explicación lógica para su comportamiento. Sabía instintivamente que si pensaba en Camille, si leía su reportaje, volvería a despertarse un torbellino en su interior.

Pero no contaba con la persistencia de su cuñada.

—Camille no es en absoluto como Suzanne —dijo

muy seria mostrando su cariño y preocupación por él–. De eso estoy segura.

Él guardó silencio. Las intenciones de Piper eran buenas, pero él no tenía ninguna intención de correr riesgos. Desde el principio se había dado cuenta de que Camille era peligrosa. Podía convertirse en una adicción. Después de besarla, se había quedado esperando más. No buscar nada era la opción más segura.

Jonno se quedó así pensativo, parado en mitad de la cocina hasta que oyó a Piper suspirar.

–Anda, haz algo útil. Pon la mesa. Y de paso, elige un buen vino tinto para acompañar.

Jonno estaba ya en el comedor abriendo una botella de buen vino australiano cuando llegó Gabe con una hogaza de pan casero, seguido de Piper con la sopa.

–¿Qué os pasa a vosotros dos? –preguntó Gabe divertido y curioso al notar la mirada decidida de su esposa y el gesto obstinado de su hermano.

–Le he dicho a Jonno que es una tontería no leer el artículo de Camille.

–¿No lo has leído? –preguntó Gabe extrañado–. Deberías. Es fantástico.

–Eso me han dicho –replicó Jonno bruscamente.

–No, en serio. Me dejó impresionado.

–No sé cómo pudo escribir un reportaje tan cargado de realismo y a la vez captar lo que tiene de hermoso vivir en el campo. Es extraordinario –intervino Piper.

–Y resolvió con mucho tacto tu retirada del concurso –añadió Gabe sirviendo el vino.

–¿Que hizo qué? –saltó Jonno–. Entonces... ¿Ha mantenido su palabra?

–Pues claro que sí –dijo Gabe–. Para eso era el reportaje. Necesitaba escribir algo para que las lectoras se consolaran por tu triste pérdida –añadió burlón.

–Bueno, ¡ya era hora! –exclamó Jonno ocultando su desconcierto–. Por fin puedo dar por zanjado ese triste asunto.

–Camille, soy Cynthia, de recepción. Hay un hombre aquí que pregunta por ti.

Camille dio un resoplido. Estaba a punto de cumplirse el plazo de entrega de un artículo y el teléfono no dejaba de interrumpirla.

–¿Sabes qué quiere? –preguntó sosteniendo el teléfono entre la cabeza y el hombro sin apartar la vista del ordenador con las manos sobre el teclado.

–No.

Camille sonrió. Pobre Cynthia. Su falta de iniciativa no era buena para su trabajo, pero en días como aquel era una bendición.

–Lo siento, Cynthia, estoy ocupadísima. Tenía que haber entregado este reportaje esta mañana, así que no puedo ver a nadie. Que deje un mensaje.

–Muy bien –dijo Cynthia con su tono cantarín.

Camille colgó el teléfono y continuó tecleando. Se le acababa de ocurrir una idea genial para el último párrafo.

En ese momento, Jen irrumpió en la oficina.

–¡Camille! No me puedo creer que despaches de esa manera al granjero del concurso.

–¿Qué? –dijo Camille mirando sin ver a Jen. Su mente seguía en el artículo–. ¿Qué acabas de decir?

–Tu amante del campo estaba abajo, ¡ y tú le dices que se vaya!

–¿Jonno? ¿Jonathan Rivers?¿Estás segura?

«¡Dios mío! ¡Dios mío!» La adrenalina empezó a bombear por sus venas.

—Ya sabes lo sosa que es Cynthia. No se le ocurrió entretenerle. Yo llegué cuando él salía. Para cuando me di cuenta de quién era, ya era tarde. Salí corriendo tras él pero ya había desaparecido.

—¡Cielos, Jen! —dijo Camille recuperando el ritmo normal de la respiración—. Menos mal que no lo perseguiste. ¿Qué demonios le hubieras dicho?

Camille se concentró en la pantalla del ordenador. «¡Contrólate! ¡No hay razón para emocionarse!» Seguramente, habría viajado Sydney por trabajo, y se había pasado para decirle que ya se habían vendido los terneros.

—De todas formas, no habría tenido tiempo para recibirlo. Estoy fuera de plazo con esto. Ni siquiera debería hablar contigo.

—Mi querida Millie, ningún plazo límite es tan importante. Jonno Rivers es un dios y no deberías darle la espalda a lo divino.

—Eso es patético, Jen —dijo sin apartar la mirada de la pantalla.

¡Maldición! No recordaba ni una palabra de su fantástica idea para el artículo.

Nada más entregar su artículo, Camille bajó corriendo las escaleras para hablar con Cynthia. En esos momentos, la recepcionista se disponía a abandonar la recepción.

—¡Eh, Cynthia! ¡Espera!

La muchacha se paró indecisa junto a la puerta.

—Perdona que te entretenga, pero, el tipo que vino antes preguntando por mí...

–¿Ese tan mono? –preguntó la recepcionista sonriendo.

–Creo que era Jonathan Rivers. ¿Te...? –se contuvo para no mostrarse nerviosa–. ¿Dejó algún mensaje para mí?

–Sí. Dejó un sobre. Lo puse en tu casilla de correo.

La mirada de Camille se volvió ansiosa hacia las
casillas.

–¡Ah! ¡Muchísimas gracias!

Y corrió hacia las casillas dejando a Cynthia intri-
gada.

Cuando encontró el sobre con su nombre escrito,
trató de recordar si era la letra de Jonno. Desde luego
aquella letra le era familiar. El sobre parecía vacío,
pero al rasgarlo cayó al suelo un billete de cartón.

Era una entrada para la Ópera de Sydney.

Se quedó mirando aquel trozo de cartón perpleja.
¡Un concierto de la Orquesta Sinfónica de Sydney!
¿Jonno y una orquesta sinfónica? Aquello le sonaba
muy extraño. Como si no pegaran juntos. Quizás
Cynthia se había equivocado y había puesto el men-
saje de Jonno en otra casilla.

Miró en todas las otras casillas y no encontró nada
para ella.

Metió los dedos en el sobre esperando encontrar
alguna nota o explicación, pero no había nada más.

¿Qué iba a hacer? El concierto era esa misma noche en la sala principal de la Ópera de Sydney, y ni
siquiera estaba segura de quién le había dado la entrada. Ella no había vuelto a saber nada de Jonno.

Sin embargo Jen estaba segura.

Se dejó caer en una silla sin dejar de mirar la entrada. El concierto empezaba a las ocho. Tendría que

darse mucha prisa para llegar a casa, cambiarse, regresar a Circular Quay, el corazón de Sydney, y llegar más o menos dignamente a la Ópera.

Pero... ¿quería realmente ir? No es que no le gustara la música clásica, pero ni siquiera sabía si Jonno iba a estar allí. Aunque claro, tampoco iba a darle una entrada para que fuera ella sola.

Su mente trabajaba a toda velocidad mientras recogía para marcharse. ¿Por qué estaba tan emocionada? Esa entrada la podía haber dejado cualquiera. *Girl Talk* recibía entradas constantemente de obras que buscaban publicidad.

Cynthia no sabía nada y Jen podía estar equivocada. ¡Qué locura! Tenía el pulso acelerado y sudores fríos por nada.

Si era Jonno el que le había dado la entrada, había sido bastante grosero apareciendo sin avisar. Ella se había dejado el alma escribiendo el artículo para librarle del compromiso con la revista y él ni siquiera era capaz de dejar una nota dando las gracias.

En el tren de vuelta a casa se calmó y decidió que no iría. Después de meses de esforzarse, había conseguido apartar a Jonno Rivers de su pensamiento. Lo había superado...

¡Qué tontería! No había nada que superar. Sólo había sido un beso, un beso interrumpido. Pero, si salía aquella noche, se volverían a avivar esos recuerdos.

Y, total, para nada.

Ya en las escaleras bajando a su apartamento, oyó que el teléfono sonaba. Bajó los últimos peldaños frenéticamente, metió con torpeza la llave en el cerrojo y tardó diez veces más de lo normal en entrar. Naturalmente, el teléfono había dejado de sonar cuando llegó a él. ¡Maldita sea!

Pero entonces, se oyó una voz profunda en su contestador.

–Camille, soy Jonno Rivers. Espero que tengas la entrada. Siento mucho avisarte con tan poco tiempo, pero es que tengo que acudir a varias reuniones y voy a estar ocupado hasta casi las ocho, así que tampoco puedo dejarte un número de teléfono, ni ir a recogerte. ¿Quedamos en el vestíbulo? Espero verte allí.

Camille oyó el mensaje una segunda vez. Sólo de oír su voz, se sentía como si estuviera hueca por dentro.

Jonno Rivers estaba en Sydney. ¿Qué iba a hacer?

Ese era el tipo de dilemas sobre los que solía aconsejar a los demás en la revista. El año anterior, incluso había escrito una serie para *Girl Talk* llamada «Estrategias para salir con hombres de la A a la Z».

N de No, es la palabra más importante en el vocabulario de las citas. También tenemos la N de nunca. Nunca aceptes invitaciones de última hora. No debe dar la impresión de que no tienes nada mejor que hacer. Nunca debes estar tan desesperada.

Claro que no debía ir. No pensaba hacerlo. Jonno ni siquiera había tenido el interés de leer su reportaje.

Se quedaría en casa, pediría comida tailandesa por teléfono y alquilaría alguna película de vídeo sentimentalona. No, mejor nada romántico. Sólo le haría sentirse peor. Mejor una de acción o un *thriller* psicológico.

Ya más calmada, se dirigió a su dormitorio. Se sentía exhausta como si viniera de atravesar una tormenta en el mar.

También tuvo una experiencia extracorpórea: La

parte de ella que quería quedarse en casa vio, como
mera espectadora, a otra Camille abriendo los armarios y rebuscando entre su ropa. Y esa otra Camille
elegía entre un vestido de seda negro y uno de terciopelo rojo.

Aún perpleja y con el ceño fruncido, Camille vio
cómo la otra Camille volvía a guardar el vestido negro y ponía el rojo sobre la cama...

QUÉ VESTÍBULO? Camille no frecuentaba el grandioso edificio de la Ópera de Sydney y se acababa de enterar de que cada entrada tenía su propio vestíbulo. Y había cuatro entradas, una por cada punto cardinal. Jonno no debía de saber tampoco que la Ópera de Sydney era tan grande. Si no, habría sugerido un sitio más preciso. Solo el Vestíbulo Norte tenía varias plantas: la Planta de Granito, la Planta de Murales, la Planta del Bar y el magnífico salón púrpura en el que se hallaba.

Desde lo alto de aquella impresionante escalinata enmoquetada en color púrpura, buscó con la mirada entre la marea de gente que se congregaba abajo charlando y riendo, o que se saludaban con el programa, encantados de haberse encontrado.

Ella había creído que sería más fácil encontrar a Jonno. Con una estatura tan impresionante, tenía que destacar en la multitud. Pero había docenas de hombres altos y todos vestían igual, con trajes negros de etiqueta...

De repente, se le ocurrió que estaba buscando entre los tipos equivocados. Probablemente Jonno no tendría un traje. A lo mejor llevaba puestos sus vaqueros y sus botas de montar. ¡Qué tontería! ¿Cómo iba a ir con su sombrero de ala ancha al palacio de la ópera?

Miró el reloj. Ya eran las ocho menos diez.

Los pobres acomodadores iban a tener que sentar a dos mil personas. Sería mejor ir entrando. ¿Se habría perdido Jonno?

Seguramente, no sabría desenvolverse bien en la gran ciudad. Incluso ella se perdía algunas veces.

¿Y si todo era una broma? ¿Y si la había dejado plantada? ¿Sería él capaz de hacerle una cosa así? Quizás seguía enfadado.

En medio de su agitación, se le ocurrió que Jonno podría haberse cansado de buscar fuera y estuviera ya en su asiento. ¡Seguro que ese era el motivo! Miró su entrada y entró por la puerta que le correspondía, pero no había nadie en su asiento. Trató de volver a salir pero una mujer la detuvo en la puerta.

—Será mejor que permanezca en su asiento, la función va a comenzar en seguida y entonces no podrá volver a entrar y tendrá que ver el concierto por el circuito cerrado de televisión hasta el descanso.

—Es que no sé qué hacer. Estoy esperando a alguien.

Estaba a punto de llorar. Todo había sido tan raro e irreal aquella noche...Vagó por las puertas de acceso y salió por una. Se asomó por una ventana que daba al exterior. Se podía ver a la gente apresurándose por la pasarela entre Circular Quay y la Ópera. A su derecha podía ver el puerto de Sydney con la fantástica vista de los rascacielos y luces de la ciudad. Detrás del distrito histórico de The Rocks, destacaba en la negrura del agua la silueta familiar del Harbour Bridge, el emblemático puente sobre el puerto.

Le hubiera gustado poder compartir una vista tan bella con Jonno.

¡Qué estupidez! Tendría que haber seguido su primer instinto y quedarse cómodamente en casa con sus fideos tailandeses y un vídeo.

¡A la porra con Jonno!

Suspiró con fuerza. De regreso al vestíbulo se encontró una figura alta y oscura, vestida de esmoquin que corría hacia las puertas del auditorio en el momento que estas se cerraban.

El corazón le dio un vuelco.

–¡Jonno!–gritó corriendo hacia él– ¡Jonno! –repitió levantando una mano para llamar su atención.

Pero él no la vio. Camille alcanzó a ver la sonrisa de Jonno a la acomodadora que se disponía a acompañarlo a su asiento.

Corrió hacia la puerta, pero cuando estaba a apenas un metro se cerró.

–¡Vuelva! ¡Déjeme entrar! –gritó sacudiendo el pomo de la puerta.

Los ojos se le llenaron de lágrimas por la frustración. Pero nadie le abrió.

Jonno avanzó por el auditorio ya a oscuras. Ya en su fila tuvo que pasar por las rodillas de todo el mundo pidiendo perdón constantemente. A medio camino ya se dio cuenta de que había dos asientos vacíos.

Camille no había venido.

Se dio la vuelta pero se dio cuenta de que las puertas estaban ya cerradas.

–¿Quiere sentarse de una vez? –se oyó una voz.

Pensó en irse pero era tarde. El director de orquesta hacía en ese momento su aparición en el escenario.

Rechinó los dientes. Estaba atrapado allí y era

culpa suya. La maldita reunión del Comité Ganadero se había prolongado demasiado. No había tenido tiempo de buscar por el vestíbulo y había dado por supuesto que Camille estaría en su asiento.

Había tenido que suponer que no vendría. Camille tenía miles de buenas razones para no acudir. Miles de cosas mejores que hacer, que dejarlo todo por una precipitada cita con un tipo al que conoció en el campo hacía meses. Seguro que tenía novio, alguien escogido de una larga lista de pretendientes.

No tenía que haber hecho caso a Gabe y a Piper. No debería haber leído el reportaje de Camille sobre el matrimonio en el campo australiano. Lo había leído tantas veces que había llegado a estar seguro de que ella estaba tratando de llegar a él en cada página.

Se había dejado llevar, creyendo oír su voz, ver su sonrisa, sentir sus labios, sentir su deseo...

Los primeros acordes de la sinfonía comenzaron y despertaron su lado más emocional. Justo lo que menos necesitaba. Suspiró y el hombre del asiento de al lado lo miró frunciendo el ceño.

Solo una hora más hasta el intermedio.

—¿Qué desea? —preguntó el elegante barman.

Encaramada en un taburete, Camille leyó la carta de cócteles con una triste sonrisa.

—Hay un cóctel que parece pensado expresamente para mí.

—¿Y cuál es?

—Dirty Cowboy[1].

---

[1] En inglés «vaquero sucio». (N. del T.)

–Lo dice como si conociera a un par de ellos.

–Solo uno, pero créame: con uno es suficiente.

–¿Ha llegado tarde al concierto? –preguntó el camarero mezclando el licor de toffee con Baileys.

–No. El vaquero ha sido el que ha llegado tarde. Pero ahora él está dentro y yo me he quedado fuera. Ya sé que no tiene ningún sentido, pero no se preocupe, esta noche nada parece tener sentido.

–¿Sabe que se puede ver la el espectáculo desde el Vestíbulo Sur? –le preguntó el camarero poniendo la copa frente a Camille.

–Sí –contestó Camille sonriendo–. Pero resulta tan frío...

El camarero le devolvió la sonrisa.

–Relájese y disfrute. No se preocupe. Me han dicho que la segunda parte es la mejor.

En el descanso, cuando Jonno la vio de espaldas sentada en la barra, no pudo evitar fijarse en ella. El vestido rojo de terciopelo bajaba hasta la cintura con un corte en forma de uve y revelaba una magnífica piel, pálida como el alabastro que contrastaba con el lujoso tejido.

Tardó en darse cuenta de que conocía a la dueña de aquella espalda admirable.

–¡Camille!

Ella giró el taburete tan rápido que la bebida que llevaba en la mano salpicó la barra. Tenía el pelo más largo, los brillantes rizos le llegaban a los hombros. Se había maquillado los ojos de forma espectacular y resultaba increíblemente sofisticada. Tanta belleza lo dejó paralizado.

—¡Jonno! —dijo ella ruborizándose—. ¡Qué alegría verte!

—Sí —dijo él acercándose por fin—. ¿Llevas mucho tiempo aquí?

—Siglos —dijo alzando su copa y sonriéndole.

Jonno se preguntó cuánto había bebido.

—Siento mucho no haber podido llegar a verte antes de que empezara el concierto. La reunión de ganaderos acabó más tarde de lo previsto... No estaba seguro de que vinieras.

—Yo tampoco —dijo ella mirando la mano de Jonno, que se acababa de posar en su brazo—. Todavía no sé por qué he venido —añadió sonriendo entornando los ojos.

Camille levantó un poco la mirada. Sus oscuros ojos transmitían así una transparencia absoluta y él se dio cuenta de las preguntas que ella tenía en mente. Jonno deseaba que esas preguntas se quedaran sin preguntar. Si las respondía, podría alejarla de su lado.

—¿Qué bebes?

—Estoy bebiendo Dirty Cowboy en tu honor, Jonno —dijo con una insolencia insultante.

El barman, sorprendido, miró entonces a Jonno de arriba abajo.

—¿No será éste su «cowboy»?

—No, no es exactamente «mi cowboy» —replicó ella ruborizándose.

—Creo que deberíamos entrar —dijo Jonno quitándole la copa de la mano y dejándola en la barra.

—Sí, beber demasiado me da sueño y supongo que querrás ver la segunda parte.

—Es lo mejor.

—Eso me han dicho. No sabía que te gustara la música clásica –añadió bajándose del taburete y mirándolo con las cejas levantadas.

–Un amigo mío toca esta noche. Fue él quien me mandó las entradas.

–¡Oh! Así que por eso has venido a Sydney.

–En parte. También por trabajo.

La respuesta pareció molestarla y empezó a caminar.

–Camille.

Camille se volvió.

–No te he dicho lo hermosa que estás esta noche. Estás espléndida.

–Gracias –contestó ella sonriendo ruborizada–. Tú también.

«Y me quedo corta».

Los hombros de Jonno eran tan impresionantes con traje como con camiseta. No podía apartar la mirada de su bronceado, sus gestos, sus pómulos.

Y su sonrisa. Aquella sonrisa la derretía. No podía fingir no saber por qué había venido. Se sentía excitada sólo de caminar junto a él de regreso al auditorio.

Pero, ¿y él? ¿Por qué la había invitado? ¿Era una cita, o simplemente él necesitaba una acompañante para esa noche?

–¿Cuál es tu amigo? –le susurró mientras los músicos volvían a sus asientos y comenzaban a afinar sus instrumentos.

–Todavía no ha salido –dijo Jonno inclinándose sobre ella, haciéndole llegar el aroma de su aftershave–. Es el solista.

–¡Vaya! Jonno, estoy impresionada.

Ni siquiera había visto el programa, así que no sabía qué clase de solista era. ¿Un violinista? ¿Un tenor? Estaba a punto de preguntarlo cuando las luces se apagaron poniendo fin al murmullo del público.

El público estalló en aplausos con la entrada en escena del director. Los aplausos se hicieron aún más fuertes con la entrada del hombre que lo seguía, un aborigen joven y alto con un *didgeridoo*.

Camille miró de reojo a Jonno sorprendida y él le guiñó un ojo y sonrió.

Cuando salió de casa para ir al concierto, Camille no se había imaginado que iba a vivir una experiencia musical única y alucinante; desde el momento en que el *didgeridoo* hizo su aparición se sintió como en una nube. Aquel humilde instrumento nativo, hecho con una rama de árbol hueca y decorada con dibujos geométricos rojos, amarillos y blancos contrastaba con los elegantes e impecables violines y violoncelos de origen europeo, y con las doradas trompetas y trompones.

Y cuando la música comenzó, sintió como si entrara en trance. Nunca había oído música aborigen acompañada por una sinfonía. Los sonidos telúricos y ásperos del *didgeridoo* destacaban entre las dulces cadencias de los violines. Era la voz oscura y latente de una cultura de cuarenta mil años irrumpiendo en el mundo moderno.

Camille se sintió conmovida por aquella música. Se le puso la piel de gallina. Las lágrimas la ahogaban. Era como si el remoto y salvaje campo australiano se hubiera hecho presente en la moderna, superficial y prepotente Sydney.

Sentía la poderosa y silenciosa presencia de Jonno a su lado. Como la música, él también era de otro mundo. Y recordó con extrañeza la inesperada sensación de estar en casa que experimentó durante su estancia en Edenvale.

Sospechaba que se había enamorada de él, pero confiaba en estar equivocada.

Cuando salieron del auditorio, Camille se sentía embargada por la emoción y a punto de estallar.

—¡Ha sido absolutamente mágico! —dijo casi sin aliento.

—Sí, ¿verdad? Me alegro de que pudieras venir.

—¿Cuánto tiempo hace que conoces al músico del *didgeridoo*?

—¿A William Tudmara? Desde que éramos pequeños. Su familia ha trabajado en Edenvale durante tres generaciones. Cuando nos dimos cuenta del enorme talento de Billy mi familia hizo todo lo posible para ayudarlo. Buscamos contactos. La verdad es que Billy ahora está muy contento y se siente como pez en el agua siendo el centro de atención

¡Vaya! Ella que pensaba que Jonno no iba a saber qué ponerse para ir al Palacio de la Ópera. ¡Y resulta que patrocinaba a un músico solista!

—¿Vas a ir a los camerinos para felicitar a tu amigo?

La miró con tal deseo que Camille sintió un escalofrío.

—Estuve hablando con él después de los ensayos esta mañana. Esta noche tendrá a tantos peces gordos a su alrededor que ni nos echará de menos. Mañana lo llamo.

—Dale las gracias por la entrada de mi parte, por favor. Me ha encantado su música. Es increíblemente conmovedora.

«Y sexy», pensó sin atreverse a decirlo.

—Se lo diré.

Jonno tomó la mano de ella en la suya.

—¿Y si desaparecemos? —le susurró al oído.

Camille tragó saliva. Trató de recordar sus razones para tener ciertas reservas sobre Jonno: la amarga despedida, los meses de silencio...

Debía tener presente que era un hombre peligroso para ella. Sin apenas conocerlo, ejercía sobre ella un extraño poder. Con solo un beso, le había lanzado un hechizo del que no podía liberarse.

Y ahora, quizás por la ansiedad de la espera, o por los cócteles, o por aquella música asombrosa, estaba volviendo a ocurrir. Jonno apretó su mano y Camille solo encontró una respuesta posible.

—Vamos a mi casa.

Jonno la miró inquisitivamente y Camille se puso roja, a la vez que sentía un sudor frío. Los dos sabían que estaban pensando en algo más que un beso.

—De acuerdo —dijo él sin sonreír.

Apenas hablaron durante el trayecto en taxi por las calles iluminadas de neón. Había demasiada tensión, demasiada ansiedad, demasiado deseo. Camille miraba de vez en cuando furtivamente en dirección a Jonno y se sentía abrumada: Jonno Rivers, el soltero más deseable de la lista de *Girl Talk* estaba en Sydney. En un taxi con ella. De camino a su apartamento.

El taxi se detuvo junto al edificio de apartamentos y mientras Jonno pagaba al taxista, Camille buscaba la llave en su bolso con el corazón acelerado.

Cuando entraron en el apartamento, ella ni siquiera se molestó en ofrecerle un café. Dejó la llave y el bolso en la encimera de la cocina y cuando se volvió Jonno la abrazó. Ella se abandonó en sus brazos con un satisfecho gemido de impotencia. Él la abrazó con fuerza y un escalofrío recorrió la espalda de Camille, que sintió la fuerza de sus músculos de acero bajo el abrigo, el fresco olor de la camisa limpia, el cálido aroma a madera y almizcle de su aftershave.

—No sabes cuántas veces he imaginado esto —susurró él.

—Yo también —gimió ella.

¿Acaso no se había estado imaginando todos esos meses qué sentiría si él la besaba de nuevo?

Y allí estaba él, apoyado en los muebles de su cocina, atrayéndola hacia sí de tal forma que sus caderas presionaban las de ella, permitiendo a Camille sentir su excitación. Jonno se inclinó sobre ella para alcanzar sus labios. Jugaba con la boca de ella con la lengua y con los labios, provocándole un efecto hipnótico.

¿Cómo iba a pensar en esos momentos en si aquello era sensato o no? Era incapaz de preocuparse por el futuro cuando se derretía dulcemente en aquellos brazos.

—Te deseo —gimió él pegado a los labios de ella con una voz temblorosa que hizo que Camille sintiera que la sangre le ardía en las venas; una voz que parecía llegar a sus zonas íntimas.

«Yo también te deseo», pensó, pero fue incapaz de decirlo en voz alta, así que, atrevidamente, le tomó de la mano y lo llevó a su dormitorio. Cada pocos pasos se detenían en el pasillo para besarse, mordisquearse y darse besos entrecortados.

Se desnudaron a la luz de rubí de la mesilla de noche con manos torpes e impacientes. Cada poco tiempo, se miraban a los ojos excitados, se sonreían tímidamente y volvían a besarse.

El vestido rojo cayó al suelo con un susurro aterciopelado. Los dedos audaces de Jonno exploraban las curvas de los hombros desnudos de ella, y sus labios seguían el camino que habían abierto sus dedos, un cálido y delicioso camino que bajaba desde su hombro hasta la clavícula, y de allí a... ¡ éxtasis total! ... sus pechos.

Se desplomaron juntos en la cama, con la respiración entrecortada y trepidante. Camille nunca se había sentido tan arrastrada por el deseo. Era alarmante sentirse así, sin ningún control sobre lo que estaba pasando. Y, sin embargo, no le importaba. Era Jonno, y se sentía muy, muy bien.

Algo que le hacía sentir tan bien, no podía ser un error.

Jonno se despertó primero. Había dormido cubriendo posesivamente con un brazo los pechos de Camille. Se quedó quieto en la cama viendo cómo la luz de la mañana entraba por la altísima ventana revelando el desorden de la habitación. Había ropa tirada por todas partes, como recuerdo del milagro que había sido aquella noche juntos.

Él mismo se había sorprendido de la intensidad de sus sentimientos cuando estaba haciendo el amor con Camille. Él ya sabía lo que era la pasión, pero nunca antes la había sentido mezclada con una ternura tan exquisita, tan dulce que casi resultaba dolorosa.

En ese momento, Camille se movió y abrió los ojos lentamente.

—Hola —dijo somnolienta con una sonrisa de complicidad al mirar a su alrededor.

—Buenos días —dijo él besándole la punta de la nariz y pasándole el pulgar perezosamente por el pezón, que se puso duro inmediatamente a su contacto.

Camille se estiró voluptuosamente y suspiró.

–Ojalá no tuviera que ir a trabajar hoy. Nadie debería ir a trabajar después de una noche como esta.

–No vayas –murmuró él bajando la mano por el cuerpo de ella, siguiendo la suave curva de la cadera.

–Tengo que ir. Ya voy bastante retrasada.

–¿Sabes que así estás endemoniadamente sexy?

–¿Sí? –dijo ella riendo y moviendo la cabeza, de forma que sus rizos le caían por todas partes.

–Por Dios, Camille –gimió él apartándole el pelo de la cara para besarla–. Creo que podría hacerme adicto a despertar junto a ti cada mañana.

Camille se sentó repentinamente con el rostro preocupado.

–No creo que eso sea posible, ¿verdad? Voy a hacer el desayuno. ¿Te conformarías con té y tostadas?

–Claro.

Jonno resistió un impulso de retenerla y hacerle el amor otra vez. Se conformó con mirarla mientras se ponía una camiseta enorme y admirar la manera en que el fino algodón se pegaba a sus pechos y a sus glúteos al andar. Pero cuando se fue, Jonno se quedó inquieto y sumido en un mar de dudas.

Quedaron para almorzar en un exclusivo restaurante junto al puerto. Las paredes del local eran de cristal y la vista de las velas escalonadas de la Ópera en Bennelong Point era espectacular. Abajo los ferrys y los barcos de vela cruzaban el centelleante mar azul.

–Mi compañera de trabajo, Jen, se ha dado cuenta de que nos estamos viendo y no deja de preguntarme cómo conseguí quitarte del concurso de solteros para quedarme contigo.

–Y eso es lo que has hecho, ¿no? –dijo él sonriendo.

–Sabes que no era esa mi intención–dijo ella ruborizándose y apartando la mirada.

Se alegró de que no le preguntara cuáles eran sus intenciones, porque no tenía respuesta. Sólo sabía que Jonno había irrumpido en su vida y ella se estaba enamorando a toda velocidad. Profunda y absolutamente.

En el puente sobre el puerto, los coches parecían las cuentas de un collar ensartadas por una cuerda. Frunció el ceño.

A lo largo de la mañana, su preocupación había ido a más. Tenía miedo de estar dando a Jonno falsas esperanzas. Él parecía creer que tenían un futuro juntos.

Pero, ¿qué clase de futuro? La noche anterior todo parecía posible, tan romántico. Como si sus diferencias pudieran armonizarse igual que la música del concierto. Pero a la luz del día, ya no estaba segura. Ella conocía el origen de Jonno, la tierra y la gente con la que había crecido y madurado. Su familia. Gabe y Piper. Su amor por sus sobrinos.

A pesar de su aspecto duro, en el fondo era un tipo casero. De los que se quieren casar. Incluso se había alegrado al creer que su novia estaba embarazada de él.

Aunque se había negado formar parte de «Objetivo Solteros», eso era lo que él quería en realidad: un matrimonio y una familia.

Mientras que ella...

El camarero se acercó para tomarles nota. Cuando se fue Jonno empezó a hablar.

–He estado pensando... ¿Tu familia vive en Sydney?

Ella se quedó sorprendida de lo cercanos que corrían sus pensamientos.

—Perdona si es una pregunta indiscreta, pero tú sabes todo sobre mi familia. Has visto dónde nací y dónde he vivido toda mi vida.

—No es nada indiscreto, Jonno. Es una pregunta normal. Es solo que...que yo no tengo una familia normal.

—Entiendo —las líneas de expresión se marcaron con una sonrisa–. ¿Ni siquiera sabes en qué sistema solar habitan?

—De acuerdo —rió Camille—. Tú ganas. Mis padres y yo, solo somos nosotros tres, vivimos cada uno en una esquina del mundo. Mi madre en Tokio y mi padre en París, creo.

—¿Crees?.–preguntó Jonno sorprendido.

—Bueno, mi padre vive en París, pero la última vez que oí hablar de él, estaba trabajando en un castillo en el valle del Loira. Era la casa de un amigo suyo, un coreógrafo o un compositor, no recuerdo. Pero bueno, eso fue hace seis meses. Supongo que ya habrá vuelto a París.

El camarero trajo champán y copas y ejecutó la pequeña ceremonia de sacarle el corcho y servirlo.

—Salud —dijo Jonno chocando su vaso con el de Camille.

Sus miradas se fundieron y ella pensó en la noche anterior, en la forma exquisita en que Jonno le había hecho el amor. Sólo de recordarlo sintió la efervescencia de las burbujas en sus venas.

—¿Por qué brindamos?

Durante unos segundos, Camille lamentó haber hecho esa pregunta. La mirada de Jonno parecía radiografiarla, como si buscara en ella la respuesta a esa pregunta. Pero entonces levantó la copa sonriente.

—Brindemos por que los precios de la ternera sigan subiendo, para que le puedas sacar el máximo beneficio a tus reses.

—Nuestras reses —corrigió Camille—. Cincuenta por ciento, ¿recuerdas?

—Muy bien. Por nuestros terneros —dijo él—. Me temo que el precio de la ternera no ha estado muy alto últimamente — añadió después de dar un sorbo—. Por eso he esperado tanto a vender. No creo que estés muy contenta con el margen de beneficio.

—Mientras sea suficiente para ir a París.

—¿A ver a tu padre?

—Sí. Tengo el viaje reservado desde hace siglos. Quiero ir el mes próximo.

—Entonces será mejor que los llevemos pronto al mercado.

Camille dio otro sorbo de su copa. ¿Por qué se sentía incómoda diciéndole a Jonno que se iba, aunque fuera por poco tiempo?

—¿Dijiste que tu madre vive en Tokio?

—Sí, es directora artística de una compañía de danza moderna.

—Eso lo explica todo.

—¿Qué explica?

—Ese halo que te hace ser poco corriente. Tus padres tienen los dos que ver con las artes.

—Tú tampoco tienes nada de corriente, Jonno —replicó ella con una sonrisa coqueta.

—¿No me crees? —dijo él con una carcajada—. Háblame más de tus padres.

—Se llaman Laine Sullivan y Fabrice Devereaux y

eran bailarines de ballet. Llegaron a ser bastante famosos, pero supongo que no te suenan.

–Me temo que no.

–Mi madre es australiana y mi padre francés y fueron pareja en compañías de todo el mundo –explicó ella mientras jugueteaba con el largo pie de su copa–. Eran capaces de bailar un *pas de deux* sublime, pero en casa eran incapaces de mantener esa armonía. Se peleaban constantemente.

–Así que llevan mucho tiempo separados.

–Se separaron cuando yo tenía quince años, pero nunca se han divorciado oficialmente.

–Tuvo que ser muy difícil para ti.

–Pues sí –dijo dejando escapar un profundo suspiro–. Como ves, mi familia es muy diferente a la tuya.

–*Vive la difference!* –dijo Jonno levantando su copa–. El problema de vivir en el campo es que todos llevamos unas vidas muy parecidas. Nacemos y crecemos en la finca, luego vamos al internado unos años, quizás a la universidad. A veces hacemos el viaje típico al extranjero al terminar los estudios y después: vuelta a la tierra. Es muy aburrido. Gabe lo hizo un poco diferente. Se fue a conducir helicópteros varios años. Pero ninguno de nosotros es conservador de un castillo ni director artístico.

–Lo aburrido tiene un lado bueno. Te hace sentirte seguro. A veces me pregunto si el problema de mis padres no sería tanto ir y venir de un sitio a otro. No había ningún sentido de permanencia en nuestras vidas.

Llegaron sus platos y la conversación se desvió a lo delicioso que estaba el pastel de pescado ahumado que los dos habían pedido, a lo romántica que era la música del día anterior y a la amistad de Jonno con Billy, el solista de *didgeridoo*.

–Ahora se va a actuar a Nueva York –dijo Jonno mirando a Camille pensativo–. ¿Ibas con tus padres cuando estaban de gira?

–Cuando era pequeña sí, antes de empezar el internado. Viajé por todo el mundo, pero lo único que recuerdo es ir de un hotel a otro.

–Estoy tratando de imaginarte de pequeña –dijo Jonno–. La pequeña Camille con sus enormes ojos oscuros y sus rizos sentadita en los aviones, esperando en la recepción de los hoteles...

–Fui bastante precoz. Antes de cumplir cinco años, ya sabía pedir cosas al servicio de habitaciones.

–¿Te sentías sola?

«Muchísimo», pensó.

–Me hacía amiga del personal del hotel, y los operarios del espectáculo eran muy amables conmigo. El de las luces era mi favorito. A veces me dejaba sentarme con él durante los ensayos, y hasta me dejaba tocar algún botón.

Camille se apoyó en el respaldo con las manos en el regazo sorprendida de lo mucho que había hablado. Casi nunca abría así su corazón. A ese paso, terminaría conociendo todas sus debilidades, y, ¿qué pasaría entonces?

–¿Alguna vez deseaste que tu vida fuera diferente?

–Por supuesto. Tenía mucha envidia de los niños normales. ¿Sabes qué solía desear? –añadió bebiendo de la copa y admirando una vez más la vista del puerto.

–Dímelo.

–Tener una casa con un jardín para poder hacer una pelea de mangueras.

Jonno se rió.

–Recuerdo una vez que iba con mis padres en un taxi por las afueras de Nueva Orleans de camino a un hotel, cuando vi a unos niños jugando en su jardín. Llevaban trajes de baño y se disparaban con el agua de las mangueras. Me pareció la cosa más divertida que había visto en mi vida.

Jonno se inclinó sobre ella y tomó sus manos.

–Esa es una fantasía que yo podría ayudarte a cumplir –dijo en voz baja y tono seductor con si irresistible sonrisa pícara.

–¿Cómo? –susurró ella con voz temblorosa.

–Ya lo verás.

Jen la miraba con curiosidad cuando volvió a la oficina.

–¡Vaya, vaya!

–Sólo he llegado diez minutos tarde, ¿qué pasa?

–Tienes el brillo típico de una mujer que acaba de...

–Comer –terminó Camille–. Estuve comiendo pastel de pescado y bebiendo champán en Cicero.

–¿Otra cita con el chico de campo? –sonrió Jen.

–Sí –dijo Camille sentándose–. Pero no saques conclusiones.

–¿Por qué no? No todos los días se sale a comer con un tipo que te hace tener esa expresión de felicidad que tienes ahora.

A Camille se le hicieron hoyuelos al sonreír.

–Supongo.

–Supongo –la imitó Jen. Cruzó la oficina y se paró junto a ella–. Jonno Rivers es perfecto, ¿verdad?

–Más o menos –contestó Camille apretando un bolígrafo entre los dedos.

–Millie, no me digas que le has encontrado defectos a ese dios.

–No, defectos no.

–Congeniáis perfectamente, ¿verdad?

–Sí –contestó Camille volviendo a poner el bolígrafo en sus sitio con excesivo cuidad–. Supongo que podría decirse que congeniamos bastante bien.

Sólo de recordar la noche anterior, su corazón se aceleraba y se le erizaba la piel. Jonno era un amante excepcional.

–Entonces, ¿cuál es el problema?

–No hay ningún problema.

–Muy bieeen –dijo Jen muy despacio–. Peeroo....–añadió dejando la frase en el aire para que Camille la terminará.

–Tengo miedo de hacerle daño.

–¿Por qué ibas a hacerle daño? –preguntó Jen sentándose en una esquina de su escritorio.

–Me siento terriblemente atraída por él, pero no creo ser lo que él necesita. Es un chico de campo, un granjero sencillo y pragmático.

–Camille, tú no eres ninguna libertina.

Camille hizo una mueca. Así era exactamente cómo se sentía.

–¿Sabes cuál es tu problema? –preguntó Jen.

–No, pero me lo vas a decir tú.

–Es obvio. No hay más que ver los tipos con los que has salido desde que te conozco. Sales con hombres que... están bien, pero que son predecibles y seguros. Hombres de los que sabes que no te vas a enamorar. Esta vez, cariño –añadió dándole una palmadita en el hombro–, has roto esa regla.

–¿Desde cuándo te has vuelto tan perceptiva?

Jen se echó a reír.

–He leído tu artículo sobre las citas de la A a la Z. En serio, Camille, ¿qué te preocupa? ¿Crees que porque Jonno ha leído tu artículo sobre el matrimonio en el campo australiano, espera que te pudras en su finca fabricando bebés?

Camille se cubrió la cara con las manos. Eso era exactamente lo que la preocupaba.

–¿Has hablado con él de ese tema?

–No –dijo Camille destapándose la cara con determinación–. Pero debo hacerlo. Mañana vuelve a casa, así que se lo diré esta noche.

«TRANQUILO», se decía Jonno a sí mismo mientras veía acercarse a Camille desde las escaleras de su hotel.

Camille estaba cruzando un paso de peatones lleno de gente. Los últimos rayos del sol sobre los rascacielos proyectaban sombras en la ciudad y daban al cabello de Camille un tono rojizo. Estaba tan guapa con su top negro ajustado y su falda de cuadros roja, que a Jonno le pareció una flor silvestre y pintoresca en un prado de hierba grisácea.

Cuando llegó junto a él se puso de puntillas para darle un beso en la mejilla. Jonno pudo percibir su perfume. El contacto de esa piel tan suave, la cálida presión de sus pechos contra su brazo y la fuerza de su deseo le daban ganas de gritar.

«Tranquilo».

–¿Cuál es el plan para esta noche? –preguntó ella.

–He pensado, que como tienes experiencia con el servicio de habitaciones, podríamos cenar en mi habitación.

–Muy bien –contestó ella después de titubear unos instantes.

De camino al octavo piso, solos en el ascensor, Jonno no pudo contener las ganas de estrecharla y besarla. Nada exagerado, sólo un dulce beso de bienvenida. Ella se sorprendió, pero en seguida le devolvió el beso.

¡Ah, Camille!

Él había estado en tensión todo el día, preguntándose si ella lo seguiría deseando tanto como la noche anterior. Pero cuando cerró la puerta de su habitación, con solo rozarle el brazo, ella se apretujó contra él con la cabeza erguida esperando sus besos.

Camille... Camille...

No debería besarlo de esa manera.

Se suponía que tenía que resistirse. Tenía pensado empezar la velada hablando del futuro de su relación. Pero Jonno había saboteado su plan. Era demasiado atractivo. Sólo con verlo esperándola, con el aire de la tarde moviendo sus cabellos, con esa sonrisa tan sexy, un poco triste, sus buenas intenciones se habían desvanecido.

Además, él tenía sus propios planes para aquella noche. Y encender todo su cuerpo con llamaradas de pasión formaba parte de su plan. En esos momentos la tenía agarrada de las muñecas y, levantándolas por encima de su cabeza la iba empujando, suavemente pero con firmeza contra la puerta.

—Jonno —dijo ella débilmente mientras él la retenía así, con los brazos en alto.

Pero no pudo decir nada más porque los besos contundentes y lentos de él se lo impidieron. Besos apasionados.

—Quiero hacer realidad tu fantasía —murmuró Jonno—. Pero necesitaremos un poco de agua.

—¿Agua? —preguntó ella confundida—. ¿De qué estás hablando?

Sin soltarle las muñecas, le bajó los brazos y la apartó de la puerta.

—Agua caliente —dijo él—. La versión para adultos de una pelea con mangueras.

¡Cielos!

Su sonrisa era más que pícara. La tomó en sus brazos y entró con ella en la habitación.

—Creo que te hace falta una ducha.

¿Una ducha con Jonno? ¿Con Jonno desnudo y mojado? ¡Socorro! ¿Cómo iba a conseguir hablar en serio de su improbable futuro juntos?

—No, ¡a la ducha no! —gritó ella.

Pero sonaba más como el falso terror de un personaje de marionetas que como una verdadera protesta.

—¡Cualquier cosa menos la ducha! —se burló Jonno.

Camille no tuvo más remedio que seguirle la corriente.

—Le exijo que me suelte, señor.

—¿Que la suelte dice usted, muchacha?

Ya junto a la puerta del cuarto de baño, la dejó en el suelo tan precipitadamente que ella se cayó sobre él, y antes de que pudiera evitarlo, le estaba haciendo cosquillas.

—¿Así es como quiere usted que la suelte?

—¡Sí! —gritó riéndose indefensa—, es decir, ¡no! ¡cosquillas no!

Camille fue retrocediendo hasta entrar en el lujoso cuarto de baño blanco y dorado.

—¿Mejor así? —susurró él con los ojos risueños metiendo las manos bajo el top de ella y acariciándola sensualmente.

Intentó decir «no». Lo habría conseguido si aquellos ojos no se hubieran enturbiado tanto, si aquella boca no hubiera comenzado a descender por su cuerpo y si aquellas manos no hubieran empezado a dibujar ochos imaginarios sobre su piel ardiente, ascendiendo poco a poco hasta llegar a sus pechos.

Era imposible resistirse. Sus manos y su boca ya habían empezado a hacer el amor. Su cuerpo duro y masculino despertaba contra el de ella. ¿Cómo iba a resistirse si se sentía tan a gusto? Todo lo que tuviera que ver con Jonno la hacía sentirse a gusto.

Pero esa sería la última vez.

Comieron la comida que Camille pidió al servicio de habitaciones sentados en la moqueta, estilo picnic, envueltos en los enormes albornoces blancos del hotel, y con el pelo todavía mojado.

Hablaron sobre París y Jonno le habló a Camille de un café con piano fascinante que había descubierto en París.

—Era todo un paradigma de ambiente parisino. Ya sabes a qué me refiero: techos bajos con vigas de madera, lleno de carteles antiguos, mesas con manteles de cuadros rojos y blancos y lleno de humo de cigarrillos. En una esquina, el pianista tocaba baladas nostálgicas. Pero lo mejor era los mensajes que había por las paredes.

—¿Qué tipo de mensajes?

—Postales, cartas de amor, dibujos, chistes. La mayoría de turistas, así que muchas están en inglés.

—¿Cuándo has estado en París?

—La primera vez, con veintiún años. Pasé un año viajando por Europa con mi mochila. Pero volví a ir el año pasado. Fue entonces cuando descubrí ese bar.

—¿Has estado en París dos veces?

Jonno trató de no sentirse ofendido por su sorpresa. Estaba claro que ella seguía considerándolo un pueblerino.

La conversación decayó. Jonno se preguntó si Camille sentía también la pesadez que se había apoderado del ambiente y les impedía mantener el tono festivo. Una oscuridad nacida de la inseguridad acerca de su futuro, de las cosas que no se habían dicho, de las preguntas que no se habían formulado.

Cuando terminaron de comer, Camille recogió y lo puso todo en la mesa auxiliar que había junto a la ventana. Se quedó allí inmóvil unos instantes mirando la oscuridad de la noche. Los ojos se le llenaron de lágrimas.

—Jonno —dijo—, mañana regresas a Mullinjim y tenemos que hablar.

—Claro —dijo él levantándose del suelo y señalando unas butacas que había en una esquina de la suite.

Pero Camille no se movió. Se quedó junto a la ventana, jugando con el cinturón de su albornoz. Jonno se quedó parado en mitad de la habitación con las manos en las caderas.

—Me preocupa que tengas una idea equivocada de mí.

—¿Qué idea? —preguntó él alarmado.

—No sé cómo decir esto sin quedar cómo una frívola superficial. Creo que no deberíamos seguir en contacto cuando te vayas.

—¿Por qué demonios no?

Camille se secó las lágrimas con el cinturón del albornoz.

—Porque no soy la mujer adecuada para ti.

—¿Y si yo no pienso lo mismo? —repuso él luchando contra el iceberg que se le había formado en la garganta–. Camille, estás diciendo tonterías. Ven, aquí.

–No –dijo ella levantando las manos como para protegerse de él–. Si me tocas, me derrumbaré otra vez. Si me besas, olvidaré lo que estoy intentando decirte.

–¿Y eso no es una prueba de que somos muy compatibles?

–No sé. Yo creo que no. Es muy complicado. Ya sabes que me siento muy atraída por ti, y no creo que yo sea para ti un rollo pasajero. Pero vivimos a miles de kilómetros de distancia.

–Los aviones hacen el viaje muy corto.

–Pero los viajes sólo merecerían la pena si estuviéramos seguros de que tenemos un futuro.

–¿Y tú crees que lo nuestro no tiene futuro?

–Te dije nada más conocerte que no creo en el matrimonio.

–¿Quién ha hablado de matrimonio? Si tú no lo quieres, yo no lo necesito.

–¿Estás seguro? –preguntó ella con preocupación en la mirada.

Jonno suspiró y se pasó la mano por la cabeza.

–¿Y tú? ¿Estás segura de que no quieres un matrimonio? El artículo que escribiste parecía un sincero homenaje a la felicidad del matrimonio en el campo.

Camille, apoyada en el alféizar de la ventana, se vino abajo al oír esas palabras.

–Ese reportaje lo escribí para otras mujeres, no para mí –dijo evitando la mirada.

–¿Qué quiere eso decir? –preguntó Jonno furioso.

–El periodista adapta la realidad a su audiencia. Me limité a contar lo que mis lectoras querían oír.

–¿Quieres decir que todo lo que escribiste, que tanto impresionó a Piper, era pura palabrería? ¿Simples palabras dichas sin sentir para vender más revistas?

–No. Lo que escribí lo sentía. Fui sincera. Creo que un matrimonio como ese es verdaderamente gratificante para la mayoría de las mujeres. Un sueño hecho realidad. Simplemente no lo es para mí –avanzó hacia él unos pasos y se detuvo–. Es muy difícil de explicar. Lo que pasa es que mientras la mayoría de las chicas se pasa la vida buscando un príncipe azul, yo he pasado los últimos diez años temiendo encontrarlo.

–Pero, ¿por qué, Camille? –dijo él con el corazón hundido– ¿Por qué tienes tanto miedo? ¿Es por lo de tus padres?

–Quizás –dijo poniéndose pálida mirándose los pies–. Por eso, en parte, tengo tantas ganas de ver a mi padre. Mi madre se niega a hablar de su matrimonio conmigo, pero mi padre y yo estábamos muy unidos cuando yo era pequeña.

–Será mejor que me dé prisa en volver y vender esos terneros para que te puedas ir cuanto antes.

Camille trató de sonreír, pero sus labios no se movieron.

–Cuando vaya a París, buscaré tu piano bar –consiguió decir después de un rato.

–Sí –dijo él bruscamente–. Haz eso.

En el taxi de vuelta a su apartamento, Camille se esforzaba por contener las lágrimas. Jonno se había despedido de ella. No sólo porque se iba a París sino porque había salido de su vida.

No había intentado hacer el amor con ella de nuevo. No había bromeado, ni había intentado hacerle sonreír. Ni siquiera había sugerido mantener contacto por carta o por teléfono. Claro, que eso era lo que ella quería, así que no tenía sentido sentirse decepcionada.

Sin embargo las lágrimas desbordaban sus ojos. Sus labios temblaban haciendo un último esfuerzo para no romper a llorar. Su plan había sido todo un éxito. Había convencido a Jonno Rivers de que era una neurótica sin remedio y de que estaría mejor sin ella.

Y era verdad. Eso era lo más terrible. Él necesitaba una persona sensata y equilibrada, como Piper, alguien que aceptara sin reservas la idea de casarse y tener hijos. Se metió un puño en la boca para contener un sollozo. No sabía cómo iba a olvidar a Jonno.

¿Cómo podría vivir con la idea de que no lo vería nunca más?

CAPÍTULO 8

NADA MÁS entrar en el Café de la *Rue Gabrielle* y ver los techos de vigas bajas, los carteles antiguos y las paredes repletas de trozos de papel con firmas, Camille se dio cuenta de que acababa de encontrar el piano-bar del que le había hablado Jonno.

Entró, se quitó el abrigo y se sentó en una mesa libre.

Se había pasado aquella helada tarde de noviembre buscándolo por las calles de Montmartre. Sin embargo, no estaba contenta por haberlo encontrado.

¡Debía de estar chiflada! En lugar de hacer lo que tenía previsto y visitar lugares verdaderamente turísticos como la Torre Eiffel o el Museo d'Orsay, o tomar un barco por el Sena, se encontraba en un bar de una calle cualquiera, sólo porque Jonno había estado allí.

Y se sentía muy triste. Deseaba no estar allí.

Intentó atribuirlo al mal humor y a la preocupación que arrastraba desde que había visto a su padre. Había sido peor de lo que esperaba. Había supuesto un golpe tremendo ver aquel apartamento diminuto y destartalado y comparar al hombre apuesto, fuerte y divertido que ella recordaba con el hombre en el que se había convertido.

Entendía por fin por qué había recibido tan pocas cartas y tan breves. Fabrice Devereaux se ocultaba de ella con la esperanza de que no llegara a enterarse de que no era ni la sombra de lo que ella recordaba.

A diferencia de su madre, que había pasado de ser bailarina a ser una reputada y codiciada coreógrafa, su padre sólo había conseguido trabajos mediocres como profesor de ballet y se había vuelto cada vez más solitario, hasta perder todas sus fuerzas y ganas de vivir.

Pero lo que más le sorprendió a Camille era lo mucho que lamentaba el fracaso de su matrimonio.

—Echo mucho de menos a tu madre. Fui un tonto por dejarla alejarse de mí.

—Pero si os hacíais la vida imposible...

—Laine y yo teníamos temperamentos artísticos enfrentados y eso nunca es bueno para una relación. Pero por encima de todas las peleas, había un profundo afecto. No sé cómo llegué a olvidarlo —concluyó con los ojos humedecidos.

Aquello fue una conmoción para Camille. ¿Cómo podía su padre haber caído tan bajo? ¿Cómo era posible que llevara lamentándose por el pasado tanto tiempo sin hacer nada al respecto? Cuanto más lo pensaba, más se preguntaba si su madre se sentiría sola también.

Laine Sullivan trabajaba a un ritmo frenético y Camille siempre había estado muy orgullosa de ella. Siempre la había tenido en un pedestal, como un ejemplo de lo que una mujer de talento es capaz de conseguir. Pero, ¿acaso trabajaba tanto para llenar un vacío en su vida?

¿Habrían cometido sus padres un error al separarse?

Pensar en sus padres, le hacía pensar en Jonno, y en lo mal que se sentía desde que había cortado con él.

Él había sido fiel a su palabra y sólo se había puesto en contacto con ella para enviarle el dinero de la venta de sus terneros.

Se preguntaba si no había sido un error. Quizás estaba condenada a pasar el resto de su vida sola y amargada como su padre. Quizás había heredado algo parecido a un gen de cobardía que le impedía perseguir la felicidad.

Pidió al camarero un vaso de *Beaujolais*, porque era el único vino francés que sabía pronunciar. Miró a su alrededor y trató de disfrutar de aquel lugar. Al fin y al cabo, le había costado mucho encontrarlo.

En la esquina más alejada, un joven tocaba al piano un triste blues. Como ya se sentía muy triste, desvió su atención a los variopintos mensajes que cubrían las paredes del café. En aquel desorden había una foto de pasaporte desgastada de un inglés llamado Julian. Una tal Elvira había escrito *C'est la vie à Paris*! con letras moradas en un papel dorado. Tobías, de Suecia, había dibujado a una insinuante mujer medio desnuda en un posavasos. Estaba mirando una postal de «Paul y Pascalle», cuando sonó su teléfono móvil, justo cuando el camarero le traía el vino.

—Gracias... digo... *merci* —dijo dejando unos euros en la bandeja.

Tenía el móvil en el bolsillo del abrigo. Rebuscó frenéticamente hasta encontrarlo.

–Diga... quiero decir... *bonjour*.

–¿Camille Devereaux?

Aquella voz masculina con acento australiano le resultó deliciosamente familiar.

–¿Jonno? –dijo casi conteniendo la respiración–. ¿Cómo... cómo estás?

–Bien, gracias, ¿y tú? ¿Qué tal París?

–Paris es... maravillosa –se sentía gozosa de estar hablando con Jonno–. Aquí es todo tan...

–¿Francés?

–Sí –se rió ella–. Muy francés. ¡Oh Jonno! No sabes cuánto me alegro de oír tu voz.

Sintió un fuerte calor en las mejillas. No pretendía parecer tan entusiasmada. Al fin y al cabo, era ella la que había roto con él.

Pero la había pillado por sorpresa y estaba confusa. Se sentía sola, lejos de casa y muy preocupada por su padre. Deseó que Jonno estuviera allí con ella.

Menos mal que no estaba allí. Menos mal que estaba al otro lado del mundo Hubiera sido capaz de echarse en sus brazos y hacer el ridículo. Lo imaginó sentado en el escritorio de su despacho en Edenvale.

Era un ataque de nostalgia absurdo, pues lo que le venía a la mente era la casa de Jonno, no la suya.

Se lo imaginaba en su recio escritorio de madera de roble rodeado por pilas de carpetas rojas con estudios de mercado. Detrás, el ordenador en el que llevaba la cuenta de sus transacciones y un mapa de las praderas de Edenvale con el calendario de las zonas de pastoreo.

Por la ventana, Camille se imaginaba la vista de la

enorme pradera verde azulada, el estanque con los negros patos y los gansos

—¿A que no adivinas dónde estoy?

—¿Dónde?

—En el piano bar del que me hablaste, en Montmartre.

—¿De verdad? ¿Y qué te parece?

—Llevo muy poco rato aquí, pero parece que tiene mucho encanto.

—¿Verdad que sí? Y... ¿has visto a tu padre, Camille?

—Sí.

Jonno guardó silencio esperando que ella dijera algo más.

—¿Y cómo está?

—Muy triste. Me ha impresionado ver lo mayor que está. No se siente bien, se siente terriblemente solo.

—Lo siento mucho —dijo Jonno con honda sinceridad.

De los ojos de Camille brotaron amargas lágrimas. De repente, se sentía tan sola como su padre, y deseaba ver a Jonno y poder tocarlo.

¡Cuánto lo echaba de menos! ¿Por qué demonios lo había alejado de su lado? En esos momentos hubiera querido sentir sus fuertes brazos abrazándola.

Tuvo que tomar aire para hablar.

—Echa de menos a mi madre. Dice que siempre la ha echado de menos.

—Eso es muy duro —dijo Jonno en un tono tan comprensivo que Camille tuvo que llevarse la mano a la boca para contener un sollozo—. Estoy intentando convencerlo de que vuelva a Australia conmigo.

–Buena idea. Si puedo ayudar en algo, dímelo.

–Gracias –dijo Camille conmovida.

–¿Y tú qué tal? ¿Lo estás pasando bien?

–Sí.

Era casi verdad. Tenía pensado pasarlo bien. Miró a la pared llena de mensajes de gente que lo pasó bien en París, la ciudad más romántica del mundo y decidió que tenía que empezar a pasarlo bien inmediatamente.

–Tengo una lista de excursiones turísticas que quiero hacer.

–No pareces muy entusiasmada.

–Es que.... Lo estoy intentando.

En ese momento, la mirada de Camille se fijó en un punto en la pared en el que reconoció una palabra familiar. ¿Estaba viendo lo que creía estar viendo?

Por una décima de segundo le pareció haber leído su nombre en una nota escrita con trazo grueso: *Camille*... Trató de encontrarlo de nuevo...

–¿Camille?

Sí, allí estaba, *Camille*.

¿Qué importancia tenía eso? París estaba lleno de *Camilles*.

Pero había algo en la letra...

¡Dios mío! ¡Oh, Dios mío!

Camille, te quiero. Te necesito. Podemos arreglarlo como tú quieras, pero tienes que ser mía.

Besos, Jonno

El corazón le dio un vuelco. El móvil estuvo a punto de caerse al suelo.

—¡Jonno! —chilló.

No hubo respuesta.

Se puso roja. Estaba temblando. Lágrimas roda-
ban por sus mejillas.

¿Qué estaba pasando? Era imposible que hubiera
otra pareja con esos nombres. ¿Cómo era posible
que estuviera allí ese mensaje? Jonno estaba al otro
lado del mundo. Seguramente, lo habría mandado
por correo y le habría pedido a alguien que lo pusiera allí.

—Jonno, ¿sigues ahí?

—Sí, estoy aquí.

—Creo que me estoy volviendo loca. Hay una nota
en la pared del café para una chica llamada Camille
de un tipo llamado Jonno.

—¿Qué tiene eso de loco?

A Camille le pareció notar una risa.

Miró a su alrededor buscando al camarero entre
las docenas de personas que hablaban, bebían y fu-
maban. Pero no sabía hablar francés. ¡Qué tonta! ¡Tener un padre francés y no haber aprendido el idioma!

—Camille. ¿Ves una ventana de marco rojo que da
a la calle?

—Sí —contestó ella después de lanzar una rápida
mirada a su alrededor.

—¿Te has fijado en la vista que tiene? ¿Es muy especial?

¿Qué podía tener de especial aquella callejuela de
Montmartre? Se sintió un poco tonta, pero se dirigió
a la pequeña ventana. Era muy baja. Se agachó y
miró al exterior.

Camille casi se desmayó por la impresión.

Jonno estaba en la acera de enfrente, apoyado en

una farola con ese aire despreocupado característico de él.

Sintió que una ola de calor le subía por la cara. Su corazón latía tan deprisa que lo sentía con fuerza en las costillas. Miró unos segundos el teléfono y volvió a mirar afuera.

Llevaba un jersey de lana azul marino, vaqueros y una chaqueta de cuero colgada sobre el hombro. Parecía sentirse tan en casa en aquella calle parisina como si estuviera apoyado en un cercado de Edenvale.

La saludó con la mano. Ella devolvió tímidamente el saludo. Con las piernas temblorosas consiguió abrirse paso hasta la puerta de entrada del café. Se tuvo que agarrar al marco de la puerta. Jonno estaba allí. En París. No sabía si reír o llorar.

Sintió una mezcla de confusión, miedo y excitación. Si ella le había pedido que se olvidara de ella, ¿qué hacía él allí?

La asaltaron los recuerdos de las noches que habían pasado juntos en Sydney. Su pecho se llenó de alegría y deseo al ver cómo él se acercaba con pasos firmes y esbozaba una sonrisa. A sólo un paso de ella, se detuvo y se quedó así, parado mirándola. Parecía más alto y fuerte que nunca. Más «Jonno», si eso era posible.

«Y mientras, yo llorando hecha un desastre».

–¿Qué puedo decir? Hola –dijo con una tímida sonrisa.

–Hola.

Camille bloqueaba la puerta y había gente que quería entrar.

–Vamos dentro –dijo ella.

Lo llevó a la mesa donde había dejado el abrigo y la copa de vino. Se sentó y sintió un verdadero alivio al descansar las rodillas que aún le temblaban.

—¿Qué haces aquí? No me lo puedo creer. ¿Quién cuida de la finca?

—Gabe y Piper. Me deben algún que otro favor —dijo Jonno observándola y mirando a continuación la copa de vino intacta.

—Creo que te hace falta un poco de ese vino.

Como una niña obediente, dio un sorbo y, con las manos temblorosas, volvió a dejar el vaso en la mesa.

—¿Vas a pedir tú algo?

—Todavía no.

—No puedo creer que estés aquí.

—Es una afición nueva mía. Aparecer como caído del cielo. Primero en Sydney, ahora en París.

Camille intentó ordenar sus pensamientos antes de hablar. Se alegraba de ver a Jonno, pero no debería estar allí. Lo había echado mucho de menos, pero no tenía ningún derecho. Era ella la que había querido romper.

—Tienes que saber que he venido siguiendo tu consejo —dijo él secándole una lágrima con su dedo pulgar.

—¿Mi consejo? —dijo ella boquiabierta—. ¿Qué quieres decir?

—Hace muchísimo tiempo, me dijiste que cuando no hay alternativas, hay que arriesgarse —dijo él nervioso—. Me he arriesgado, al venir hasta aquí desde Mullinjim para encontrarte.

—Pero... ¿qué quieres decir con que no tenías otra alternativa?

Por toda respuesta, Jonno, desclavó la nota de la

pared y con sus grandes manos morenas, lo extendió sobre la mesa del mantel de cuadros.

Camille, te quiero. Te necesito. Podemos arreglarlo como tú quieras, pero tienes que ser mía.

Besos, Jonno

—Puse una nota cerca de todas las mesas confiando en que llamara tu atención.

—¡Cielo santo!

—Por eso estoy aquí, Camille. He hecho todo este viaje para decirte que no voy a permitir que huyas de algo que los dos queremos.

—Pero...

—Antes de que te entre el pánico, escúchame hasta el final. No te estoy pidiendo ni matrimonio ni hijos. Sólo nosotros. Tú y yo.

—Pero eso no sería justo. Tú quieres...

—La nota lo dice todo. Te quiero a ti. Si no quieres casarte, me parece bien. Si quieres quedarte viviendo en Sydney, me parece bien. Lo que no me parece bien es que finjas que deberíamos dejarlo.

Camille tenía las manos entrelazadas sobre la mesa. Jonno las cubrió con su poderosa mano.

—No tienes ni idea de lo que siento por ti. Sería capaz de dejar Edenvale si eso te hiciera feliz.

—¡Oh, no! No puedes hacer eso. No lo merezco.

A sus ojos, Edenvale y Jonno eran inseparables.

—Algún día entenderás que vales mucho más que eso —dijo él mirándola fijamente a los ojos con una mirada triste y pensativa.

Incapaz de mantener la intensidad de aquella mirada, Camille miró sus manos unidas a las de él. Cos-

taba creer que aquel hombre maravilloso la quisiera
de esa manera. Le parecía que le iba a estallar el pecho de la emoción.

Jonno la quería sin condiciones ni compromisos.

—Deja de luchar contra ello, Camille.

Él hizo ademán de apartar la mano, pero ella la re-
tuvo entre sus dedos.

—No puedo creer que hayas hecho todo esto para
encontrarme.

Se acordó de sus padres, ocultándose el uno del
otro, cada uno a su manera.

—Me he portado horriblemente contigo.

—Nadie debería sentirse mal en París —dijo Jonno
levantándose, con su característica sonrisa pícara—.
Vamos a ver la ciudad. Apuesto mis botas de montar a que dos australianos pueden dejar huella en
París.

Salieron del café, se pusieron los abrigos para
combatir el frío cortante y echaron a andar por las calles de Montmartre. La luz de la tarde le daba a todo
un aire de película.

Jonno se detuvo en una esquina y compró, atraído
por su aroma, un cucurucho de papel lleno de deli-
ciosas castañas. Las fueron comiendo de camino al
metro de regreso al centro de París.

Atravesaron los Campos Elíseos, desde el Arco de
Triunfo al Louvre, deteniéndose en las lujosas tiendas que vendían todo tipo de productos: coches de-
portivos, perfumes, chocolate, ropa interior... Pararon
a tomar un café y unos crepes en uno de los elegantes
restaurantes de toldo rojo decorados con caléndulas
en grandes macetas.

—Edith me pidió estar atenta al gusto por la moda
de la mujer francesa.

–Mejor eso que no tener que estar estudiando a los hombres franceses. Se supone que son muy sexys, ¿no?

–Ya les gustaría –rió ella–. Ninguno tiene ni comparación contigo, Jonno Rivers.

Como recompensa, Jonno le dio un beso. Allí mismo en los Campos Elíseos rodeados de cientos de parisinos que pasaban. A nadie pareció importarle. Al fin y al cabo, París era la ciudad del amor.

Y a nadie le importó cuando en un rápido movimiento, Jonno agarró a Camille y la cargó a sus espaldas y comenzó a caminar con ella a «caballo». Ella le rodeó el cuello con los brazos y la cintura con las piernas.

–¡Bájame! –gritó en vano entre risas.

Y las risas les siguieron por los Campos Elíseos, mientras las hojas del otoño giraban y danzaban a su alrededor al compás del viento, que con la luz refulgían como lentejuelas en un traje de noche.

Por fin, agotado y sin aliento, la dejó en el suelo y se besaron de nuevo.

París con Jonno era absolutamente perfecto.

En los días que siguieron Camille fue increíblemente feliz cada minuto del día. Y de la noche.

Eran dos personas enamoradas en un lugar donde nadie los conocía. Lo hacían todo por impulso. Iban disfrutando de los días espontáneamente, sin hacer planes. Una salida a comprar baguettes y queso brie terminaba en un picnic en los Jardines de Luxemburgo. Una visita a una galería de arte, terminaba con una cena en el barrio latino. A una salida al teatro le seguía un tranquilo paseo de la mano por las orillas iluminadas del Sena.

Jonno alquiló un coche deportivo y fueron a pasar un día al sur de París en un mosaico de campos salpicado de granjas aisladas con tejados del color de la miel y muros de piedra. Almorzaron junto a un río de aguas oscuras que discurría bajo un antiguo puente de sólidos arcos de piedra y entre vallas de jardines pertenecientes a casas centenarias hasta desaparecer entre las sombras de los robles y de los sauces.

—Es tan diferente del campo de Australia, ¿verdad?

Jonno estaba tumbado en una manta de viaje, apoyado en un codo. Admiraba la escena y sonreía perezosamente.

—Sí, aquí en Francia todo es muy francés.

Camille se rió y Jonno la atrajo hacia sí para poder besarla.

De vuelta a París, encendieron velas en la catedral de Notre Dame, se besaron en lo alto de la Torre Eiffel y volvieron a casa a hacer el amor. Una y otra vez.

—Nunca había sido tan feliz.

Camille, en brazos de Jonno, miraba por la estrecha ventana las ramas de los árboles y los tejados puntiagudos perfilados en el cielo azul.

—Ya somos dos —susurró él besándola en el hombro.

Ella le sonrió y recorrió con un dedo su rostro, primero la frente, luego las oscuras cejas hasta la punta de la nariz, para bajar después por la sensual curva de sus labios hasta alcanzar la áspera barbilla sin afeitar, disfrutando cada centímetro del tacto masculino de esa piel.

—Gracias por quererme tanto.

Él se llevó la mano a la barbilla, tomó su mano y se la acercó a la boca para besarla, y mordisquear después, una por una, las yemas de sus dedos.

–Igualmente –dijo él mientras continuaba besándole la palma de la mano, la muñeca, el interior del codo.

No hablaban de amor. Hablar de amor conllevaba hablar de compromiso y matrimonio y los dos sabían que no entraba en sus planes. Eran una pareja del siglo veintiuno. Hechos el uno para el otro, pero sólo de momento.

Ella bostezó y se estiró sonriente como un gato al sol, disfrutando de su inmensa felicidad y de la dicha de sentirse libre. Mientras se estiraba se fue dejando caer sobre Jonno. Los dos sabían que eso era un preludio para hacer el amor una vez más.

El teléfono les interrumpió ese momento.

–Debe de ser Piper que llama para ponerme al día de todo.

Con un beso rápido, Jonno se incorporó para contestar, mientras Camille permanecía en la cama admirando la vista de esa poderosa y bronceada espalda. Músculos masculinos, esculpidos por años de duro trabajo.

No prestó atención a la conversación hasta que se dio cuenta de que Jonno apenas hablaba; apretaba el teléfono con tal fuerza que los nudillos se le estaban quedando blancos. Le oyó maldecir en voz baja y a continuación, se apartó de ella por completo y se incorporó en la cama. Después hubo otro largo silencio.

–¡No, no! ¡Mierda no!

Camille se sintió alarmada al principio, pero en seguida le asaltó un sentimiento de culpa; se sentía mal por intentar escuchar una llamada personal. ¿Debía quedarse junto a él, o se sentiría más cómodo para hablar si se iba?

Finalmente, se decidió a salir de la cama. Se detuvo un momento junto a él, por si hacía ademán de necesitar su presencia, pero él ni levantó la vista. Contó hasta veinte, luego hasta cuarenta y Jonno seguía apretando el teléfono, mirando al suelo, sin dar señales de darse cuenta de la presencia de ella.

Convencida de que la llamada no tenía nada que ver con ella, fue al cuarto de baño y cerró la puerta.

CAMILLE se duchó esperando que en cualquier momento Jonno se uniera a ella. Al ver que no llegaba, se puso un albornoz, se lo ató a la cintura y salió corriendo del baño.

Se había ido.

Inmediatamente se dio cuenta de que Jonno se había puesto la ropa del día anterior, por lo que su marcha había sido apresurada.

Se asustó. ¿Qué habría pasado para que se fuera con tanta urgencia, sin decir dónde iba?

Su mente empezó a dar vueltas. Algo muy grave debía de haber pasado. Ahora se arrepentía de no haberse interesado más por la llamada.

Pero es que ella no quería invadir su intimidad. Y si él hubiera querido contar lo ocurrido, la habría llamado.

Camille se desplomó en una silla y se quedó mirando la cama deshecha, que todavía conservaba el calor de sus cuerpos. ¿Por qué se había ido sin decir nada?

Quizás desaparecer así fuera normal en parejas que no hablan de amor y que sólo comparten una pasión, para evitar tener que dar cuentas al otro. Lo pasaban bien, el sexo era fantástico, pero si pasaba algo importante, cada uno seguía su camino.

No, eso no podía ocurrirle a ellos. Lo que tenían era especial. Todo era fruto de su imaginación.

Puesto que no sabía dónde había ido, no podía buscarlo. Se puso unos pantalones gris pálido y un jersey rojo, se preparó un café con uno de los sobres de regalo del hotel y lo dejó reposar mientras esperaba a que él volviera.

Por fin se oyó el ruido de la cerradura y Camille corrió hacia la puerta.

Jonno estaba muy pálido. Su mirada recorría con nerviosismo la suite, como si no fuera capaz de mirarla a la cara.

—Por favor, Jonno. No soporto no saberlo. ¿Le ha pasado algo a Gabe o a Piper o a los niños?

—No —contestó él fatigado—, ellos están bien.

Y su mirada se dirigió a su maleta.

Camille hubiera deseado no sentirse tan nerviosa e inútil.

—¿Quieres... un café, o algo de comer?

—¿Qué haríamos sin tu habilidad para el servicio de habitaciones? —dijo él tratando de esbozar una sonrisa—. Sí, me apetece un café.

Camille llamó para hacer el pedido y Jonno se quedó en el centro de la habitación con una mano en el bolsillo del vaquero mientras que con la otra se rascaba la nuca. Cuando Camille volvió del teléfono, empezó a explicar.

—Como habrás supuesto, he recibido malas noticias. Ha habido un accidente. Han muerto dos personas.

—¡Qué horror!

—Eso no es todo —dijo después de carraspear un poco—. Mi madre me acaba de decir que tengo un hijo.

Las palabras fueron un autentico mazazo para ella. Le ardía el rostro, le faltaba el aire y, desde luego, fue incapaz de decir algo. Jonno, sin mirarla a la cara, observaba el dibujo de la alfombra.

—La chica con la que salía, Suzanne Heath... tuvimos una relación muy tormentosa que se alargó más de lo debido. Ella se quedó embarazada, pero insistió en que el padre era un tal Charles Kilgour.

Camille asintió con la cabeza. Recordó lo que Piper le había contado.

—Suzanne se fue con Kilgour. Se casaron y se instalaron en la finca de él, a unos doscientos kilómetros de Edenvale. Y ahora —añadió pasándose un brazo por la cara—, Suzanne y Charles han muerto.

—¡Santo cielo! —exclamó Camille mordiéndose un labio.

—Conducían borrachos, al parecer. Volvían a casa después de estar de fiesta toda la noche. El niño... no iba con ellos. Se quedó en el pueblo con la familia de Kilgour.

Tragó saliva y miró por un instante a Camille.

—Desde el accidente, los Kilgour se niegan a hacerse cargo del niño. Alegan que es mío.

Camille no sabía qué decir.

—¡Qué impacto... para ti!

Jonno asintió con la cabeza cerrando los ojos como si estuviera tratando de combatir una emoción poderosa. En ese momento llamaron a la puerta.

—Es el desayuno —dijo ella dirigiéndose a la puerta.

Camille abrió, tomó la bandeja y la puso en una mesa. Sirvió el café en las dos tazas y le dio una a Jonno.

—Siéntate. Tómate esto.

Jonno dio las gracias en un susurro y se llevó la

taza a la boca. Camille puso delante de él un cruasán con mermelada y se sentó en la silla de al lado.

—¿Tú crees que ese niño es realmente tuyo?

Él le lanzó una mirada cargada de tristeza y volvió en seguida a mirar al suelo.

—Es posible. Cuando me enteré de que Suzanne estaba embarazada, estaba seguro de que era mío. Claro que no sabía que me engañaba con Kilgour.

—¿Lo has visto alguna vez?

—No, nunca.

Se hizo un doloroso silencio. ¡Había tantas cosas que Camille hubiera querido preguntar! ¿Lloraría Jonno la muerte de Suzanne?

—¿Cuántos años tiene?

—Dos. Dos y medio, creo —contestó impasible.

—Perdona que pregunte tantas cosas. Es que estoy tratando de entenderlo. No comprendo por qué los Kilgour dicen ahora que es tuyo. Después de tanto tiempo.

—Por lo que dice mi madre, parece que antes estaban dispuestos a aceptar el hecho de que no se parecía nada a Charles. Pero después del accidente, no lo quieren.

—¿Cómo pueden no quererlo?

—No conoces a los Kilgour.

—¿Sabes si... se parece a ti?

—Parece ser que sí. Para empezar, es moreno y en las familias de Suzanne y Charles son todos rubios.

Jonno dejó el café en la mesa y apoyó los codos en las rodillas.

—No puedo dejar de preguntarme qué sintió Suzanne cuando nació el bebé.

—Debió ser una desagradable sorpresa. ¿Estaba ya casada con el otro tipo?

–Sí, pero ella nunca hubiera admitido su error. La familia Kilgour es lo más parecido a la aristocracia que hay en la zona, y ella aspiraba a ascender socialmente. Kilgour no era ningún idiota. Seguro que sabía la verdad pero su ego no le permitía admitir que el niño no era suyo.

–Me sigue pareciendo asombroso que te lo ocultaran todo este tiempo. ¿Cómo se llama? –añadió después de un profundo silencio.

–Peter.

–Es bonito.

–Sí.

–¿Vas a pedir la prueba de ADN?

–No creo que una prueba de paternidad sea necesaria. No importa si ese niño es o no hijo biológico mío. Lo que importa es que podría haberlo sido, así que siento como si fuera en parte responsabilidad mía. Además, si nadie más lo quiero, yo sí. No voy a permitir que el estado se tenga que hacer cargo de él.

–Te entiendo.

–¿De verdad, Camille? –dijo poniéndose súbitamente en pie– ¿Lo entiendes?

Ella se cruzó de brazos con fuerza tratando de acallar los temores que la asaltaban. Aquello le resultaba tan ajeno que sintió como si un abismo se hubiera abierto entre los dos.

–Lo intento –dijo tratando de contener las lágrimas–. Creo que puedo entender por lo que estás pasando.

–No puedo de dejar de pensar en las cosas que me he perdido –dijo Jonno andando por la habitación . Su nacimiento, sus primeros pasos... He visto

crecer a los hijos de Gabe, y mientras tanto ese chiquillo...

Camille estuvo a punto de sollozar al ver el dolor
de Jonno. Pero no quería ponérselo más difícil.

—Y lo peor es lo que te estoy haciendo a ti. Lo que
esto supone para nosotros.

—¿Para nosotros? Jonno, ¿de qué estás hablando?

—Me dejé llevar por el entusiasmo y he venido
hasta aquí, te he obligado a que me aceptaras.

—¿Me has oído quejarme? —dijo ella tratando de
sonreír.

Él se acercó, se agachó y tomó su rostro entre sus
manos. Sus ojos estaban oscurecidos por el dolor,
pero sonreía con picardía.

—Ha sido sensacional. ¿Verdad, cariño?

—Completamente.

El miedo apenas la dejaba respirar. Aquel niño no
podía terminar con lo que había entre ellos... ¿o sí?

—Pensaba que podía hacerlo, Camille. Lo de la relación sin compromisos que te propuse parece una
broma ahora. Creía que podía venir aquí y hacer que
todo fuera perfecto. Incluso pensé en renunciar a
Edenvale por ti.

¡Dios mío! Estaba dando por supuesto que por tener él un hijo, ella huiría de él. No podía culparlo.
Después de que ella le había dicho que no quería ni
casarse ni tener hijos.

Lo cierto era que no se sentía en absoluto maternal. Pero tampoco quería perder a Jonno.

—He reservado un vuelo de vuelta —dijo con una
mirada de advertencia.

—¿Ya? ¿Tienes que irte tan pronto?

—Sí. Vengo de la agencia de viajes de abajo. Si nadie quiere a ese pobre niño, tengo que volver lo más pronto posible.

Camille se sentía mareada y vacía por dentro. Jonno se iba. Sin ella. Entre ellos se había abierto un abismo. ¿Cómo podía haber ocurrido tan repentinamente? Unos minutos antes era más feliz de lo nunca que había sido.

—Podría volver contigo.

—Será mejor que no lo hagas —dijo él evitando su mirada.

Jonno fue por su maleta y empezó hacer el equipaje.

Las horas siguientes fueron horribles.

Camille se movía por la habitación intentando ayudarlo, planchándole una camisa para el viaje y buscando calcetines olvidados debajo de la cama.

Sólo había estado tan asustada una vez; hacía años. Operaron a su madre de urgencia y ella se había quedado por los pasillos del hospital aterrorizada ante la idea de no volver a verla nunca más. Se había dado entonces cuenta de lo mucho que quería a su madre y de las pocas veces que se lo decía.

Entonces se dio cuenta de que necesitaba decirle a Jonno que lo amaba. Porque así era. Se había dado cuenta en ese momento, aunque en realidad lo había sabido siempre.

Miró los árboles sin hojas y las calles grises desde la ventana del hotel y empezó a buscar la manera de decírselo.

Sus sentimientos habían evolucionado desde que lo conoció. Al principio, sólo lo quería para su revista. Después se había dejado seducir por su físico y lo deseó como amante. Después de vivir con él y conocerlo mejor, sentía que sobrevivir un día, veinticuatro horas sin él... sería imposible.

Pero desde la llamada de su madre, Jonno se había alejado y eso le hacía más difícil a ella abrirle su corazón. Pensó que si hablaba de amor en esos momentos, él reaccionaría con desprecio.

¡Qué inoportuno darse cuenta en un momento como ese de lo irremediablemente enamorada que estaba!

Y las últimas horas juntos pasaron entre llamadas a abogados y a familiares. Sin besos ni abrazos.

Apenas hablaron en el taxi de camino al aeropuerto Charles de Gaulle.

Ya en la puerta de embarque, Jonno le dio un abrazo. Camille sintió el cuerpo de él temblar al estrecharse contra el pecho de ella . Oía el latido de su corazón y no pudo contener las lágrimas. Rezó para que no dijera nada que sonara a un adiós definitivo, como «nunca te olvidaré».

—Nunca te olvidaré —dijo él con un destello en los ojos.

A Camille le entraron ganas de gritar, de tirarse al suelo y llorar, y llorar...

El beso de despedida fue apenas un breve roce de sus labios. Sollozando, se acordó de algo que había querido darle antes. Se sacó del bolsillo un caniche de porcelana rosa con un pompón azul en la cola.

—Iba a dárselo a Bella. ¿Puedes dárselo tú?

—Claro que sí.

—Me temo que no tengo nada para un niño de dos años. Debería ir a las tiendas libres de impuestos a ver si tienen algún juguete para Peter.

—Buena idea. Gracias.

Jonno miró la figurita y luego miró a Camille con

gesto de remordimiento. Luego apretó la mano con el caniche dentro y se alejó hasta desaparecer en la multitud de alegres turistas.

Como si quisiera castigarse a sí misma, Camille regresó a Montmartre, al piano bar de Jonno. Allí estaban sus notas aún clavadas en las paredes. Con el rostro lleno de lágrimas las fue arrancando de las paredes y guardándolas en sus bolsillos.

Al salir, se sentó sola en un banco en un parque a leer todos los mensajes una y otra vez, aunque eran idénticos.

Camille, te quiero. Te necesito. Podemos arreglarlo como tú quieras, pero tienes que ser mía.

Besos, Jonno

«Como tú quieras». Él habría estado dispuesto a cambiar su vida por ella. ¡Qué egoísta se sentía ahora!

Si hubiera aceptado algún compromiso con él, ahora habría podido ayudarlo. Hubiera regresado junto a él en ese avión. Pero él había sido fiel a su oferta de una relación sin ataduras. Y se tendría que enfrentar a sus problemas él solo.

Nunca antes se había sentido tan sola e inútil.

«No tengo nada que ofrecerle a Jonno. Los niños se me dan fatal».

Se acordó de los hijos de Piper, y recordó las risas que había compartido con Bella y el cálido cuerpecito de Michael acurrucado junto al suyo como un koala.

Pero quizás los niños de Piper eran especiales...

Un niño de solo dos años de pelo oscuro llamado Peter crecería en Edenvale con su padre. Llamaría papá a Jonno.

Era culpa suya si estaba sola. Nunca había tenido el valor de enfrentarse a la verdad.

CAPÍTULO 10

SU HIJO.
Cuando Jonno entró en casa de su madre y vio
al pequeño sentado frente a la televisión lo sintió así. Era igual a él a esa edad.

Recordó su infancia, a su padre jugando con él y
con Gabe, enseñándole a montar a caballo, a pescar y
a nadar en Mullinjim Creek

Y ahora, como caído del cielo, tenía un hijo. De su
propia sangre.

—El pobrecito lo ha pasado muy mal —dijo su madre—. Suzanne y Charles estaban muy ocupados con
su vida social y a los padres de Charles no les gustaba hacer de niñera. Va a ser difícil ganarse el amor
del chiquillo.

A Jonno se le partía el corazón de imaginar al niño
creciendo desatendido en un hogar sin amor y se sentía furioso porque no se habían respetado sus derechos
como padre. Pero ya no se ganaba nada por pensarlo.

Como tampoco se ganaba nada por pensar en Camille.

De vuelta en Mullinjim, una relación sin ataduras
se le antojaba un capricho que no se podía permitir.

—Quiero llevarme a Peter a Edenvale.

Estaba deseando recuperar el tiempo perdido con
su hijo. Quería hacer todo lo que estuviera en su
mano para darle el amor de padre que merecía.

Pero durante el viaje, el niño permaneció inmóvil en el asiento de atrás, agarrando con fuerza el canguro que Jonno le había comprado en el aeropuerto sin decir ni una palabra.

Cuando llegaron a Edenvale, Jonno lo tomó en brazos y lo llevó a la cocina. Peter miraba a su nuevo padre con el mismo terror con el que habría mirado a Darth Vader.

Jonno se rascó la cabeza. Creía tener experiencia con niños, pero aquel chiquillo era muy diferente de su pizpireta y locuaz sobrina.

–¿Quieres beber agua?

Peter negó con la cabeza.

–¿Leche? ¿Zumo?

El niño seguía diciendo que no con la cabeza.

Desesperado, le ofreció una limonada y el niño aceptó con un tímido movimiento de cabeza. ¡Vaya, ya era algo! Pero un niño de dos años no puede vivir sólo de limonada...

–Te prepararé el plato favorito de Bella: palitos de pescado con patatas fritas.

Pero Peter no probó ni siquiera una patata.

–¿Quieres ver la tele?

El niño volvió a negar con la cabeza.

Megs, la gata, apareció en la cocina buscando su cena. Peter se quedó mirándola con sus enormes y serios ojos. Jonno la agarró y la acercó a la silla.

–¿Te gustaría acariciar a la gata? Es muy suave y ronronea cuando la tocan.

Pero el niño también se negó y apretó al canguro aún con más fuerza.

«Ha sido un disparate rechazar la ayuda de Piper».

–Pero si ni siquiera has tenido tiempo de recuperarte del larguísimo viaje y tienes que seguir llevando la finca –había dicho Piper–. Tienes que tener a alguien que cuide de Peter. No puedes esperar que la señora de la limpieza haga también el trabajo de una niñera.

–Sé que necesitaré ayuda; pero para empezar, no quiero demasiada gente ni bullicio. Muchas caras nuevas le pueden confundir.

–Es un niño, no un ternerillo. Las necesidades de las crías humanas son diferentes.

A Jonno se le acababan las ideas. ¿Qué clase de padre era?

«Intentaré hacer lo del cerdo, que a Bella le encanta. Y si no me sale, ya no sé qué más hacer con mi propio hijo».

Jonno se puso a cuatro patas y gateó hasta la silla de Peter imitando los chillidos de un cerdo y dando suaves golpes con la cabeza en el pecho del niño. Pero Peter se puso a llorar asustado.

–Perdona, amiguito. No llores. No quería asustarte.

Jonno empezó a caminar por la casa desesperado pensando en cosas que funcionaban con sus sobrinos. Empezó a considerar la idea de llevarse al niño a Windaroo para que Piper y Gabe lo ayudaran. Tragarse su orgullo sería mejor que hacer sufrir a su hijo.

Miró por la ventana y vio unas luces que se acercaban por el camino. Aliviado, reconoció el coche de Piper.

Piper era fantástica. Venía a echarle una mano a pesar de que él no le había hecho caso. Ella sí sabría animar al niño.

Mientras preparaba la tetera, se oyó el portazo de la puerta del coche.

—Todo va a salir bien, pequeño. La tía Piper ha venido. Te va a caer muy bien.

Oyó los pasos ligeros en las escaleras del porche de atrás. Sirvió el té en dos tazas.

—Has llegado justo a tiempo, Piper. Entra. La puerta de atrás esta un poco dura, empújala con fuerza.

Oyó la puerta y unos pasos que entraban en la cocina.

—Eres justo lo que necesitaba.

—Me alegro.

Jonno dio un respingo. La voz no era de Piper.

—¡Camille!

CAPÍTULO 11

HOLA, JONNO.

–Tú no –musitó él con la boca abierta.

A Camille se le cayó el alma a los pies. «Tú no». ¿Cómo podía decir eso? ¡Después de volar hasta allí por él! Esperaba un gran abrazo y besos de alegría y alivio por tenerla allí. No una expresión de desprecio.

El pánico se apoderó de ella. Las rodillas y los labios le temblaban. Seguramente esas dos palabras eran lo peor que se le puede decir a una persona.

Entonces reparó en Peter. ¡Qué pequeño era! Estaba acurrucado en una silla ante un plato de comida intacto y tenía abrazado su canguro de peluche con todas sus fuerzas.

¡Dios mío, qué mono era! Parecía una versión en miniatura de Jonno. La miraba con ojos tristes, como si hubiera estado llorando.

–¿Qué haces aquí? –preguntó Jonno con el ceño fruncido.

Jonno se situó junto a Peter con las manos en el respaldo de su silla. A Camille le recordó al Jonno que había conocido al principio; el granjero testarudo que no quería colaborar con la chica de la revista.

–Quería ayudarte, Jonno.

El rostro de Jonno reflejaba tanto desprecio que Camille sintió ganas de esconderse.

—A lo mejor debería haberte avisado, pero es que tomé un avión apenas dos horas después de que te fueras. Tuve que hacer una escala en Tokio de ocho horas hasta llegar a Cairns. Allí tomé un autobús, y cuando por fin llegué a Mullinjim, Piper me dejó su coche.

—Piper no debería haberte enviado aquí.

Camille cerró los ojos unos instantes para reunir fuerzas, mientras trataba de encontrar justificaciones para el comportamiento de Jonno. Seguramente, él estaba tan cansado como ella y se encontraba en una situación difícil. Su llegada le había pillado de improviso y estaba eligiendo el ataque como forma de defensa. Piper ya le había avisado.

«Jonno quiere hacer esto solo. Dice que no quiere ayuda, pero estoy segura de que puedes hacerle cambiar de opinión, Camille».

Quizás Piper se equivocaba.

Jonno carraspeó.

—Estoy en una situación muy difícil, y creo que sería mejor que volvieras a Windaroo con Gabe y Piper.

Camille pensó que se iba a desmayar. Hacía apenas cuarenta y ocho horas, Jonno y ella eran la pareja de amantes más feliz del mundo, unidos en cuerpo y alma.

Al enterarse de que él tenía un hijo, algo había cambiado en el corazón de Camille. Antes de ese momento, nunca había pensado en ser madre, y menos aún en hacer de madre del hijo de otra. Sin embargo, desde entonces no pensaba en otra cosa. Quería desesperadamente estar junto a él y ayudarlo.

No esperaba un rechazo así. Deseó que se la tragara la tierra.

De no haber estado tan cansada, podría haber empezado una discusión. Pero a Camille no le quedaban fuerzas para pelearse.

–Adiós, Jonno. Buenas noches –dijo con una voz neutra volviéndose hacia la puerta, incapaz de mirarlo–. Estaré en Windaroo si cambias de opinión.

Él no contestó. Camille no pudo evitar volver la mirada un instante y algo atrajo su atención.

El pequeño Peter se estaba bajando de su silla y se quedó a continuación quieto mirándola. Camille sintió que su corazón se disparaba.

–Hola, Peter –dijo con su voz más dulce sin mirar a Jonno.

El niño permanecía inmóvil junto a la silla, abrazado a su canguro, mirándola con los ojos muy abiertos. Entonces, sin mostrar ningún temor, empezó a andar hacia ella.

Camille miró nerviosa a Jonno.

–¿Dónde está mi mamá?

Camille sintió que se le hacía un nudo en la garganta al ver aquellos enormes ojos llenos de esperanza fijos en ella. Se arrodilló junto a él.¿Qué se le dice a un niño de dos años en una situación así? ¿Debía decirle algo?

Miró de nuevo a Jonno, que parecía tan perdido como el pequeño. Camille decidió entonces ignorar el rechazo de Jonno y hacer lo que le dictaba el corazón.

–Me gusta tu canguro –dijo acariciando muy lentamente el peluche.

Jonno no la detuvo.

Peter la miraba y parecía tranquilizarse. Entonces Camille acarició suavemente la mejilla del niño con el dorso de la mano. Él niño ladeó la cabeza buscando apoyo en la mano de ella.

Camille se dejó llevar por su instinto. Se inspiró en las veces que se había sentido sola e infeliz en su vida, las veces en las que sólo hubiera deseado una cosa.

—¿Te apetece un abrazo? —susurró.

Al principio el Peter no contestó. La miró un rato antes de hablar.

—Sí, un abrazo.

Camille rodeó al niño con sus brazos y lo estrechó contra su pecho. Miró a Jonno con los ojos llenos de lágrimas por encima del cuerpecito de Peter. Buscaba su aprobación.

Al ver que Jonno la miraba y asentía con la cabeza estuvo a punto de estallar en sollozos.

Tomó al niño en brazos y se fue a sentar en una mecedora. Peter se acurrucó en su regazo con la cabeza apoyada en el hombro de Camille y los labios apretados. Jonno quitó de la mesa los palitos de pescado con patatas fritas.

—Tu canguro parece muy nervioso. ¿Crees que le gustaría un masaje?

Sin responder, Peter observó las manos de Camille mientras acariciaba el peluche.

—Mucho mejor. Ahora el canguro está mucho más tranquilo. ¿Y tú, Peter? ¿Quieres que te dé a ti uno?

Peter dijo que sí con la cabeza y, lentamente, Camille fue trabajando con los músculos de los hombros y los brazos del niño. Al poco rato, estaba mucho más relajado, hasta que por fin, su cuerpo se hizo más pesado y el canguro se le escurrió de entre las manos.

—Está dormido —dijo Jonno sin sonreír—. He hecho té. ¿Quieres una taza?

—Gracias —contestó ella sin fuerzas para levantar la voz. El agotador viaje le estaba pasando factura.

Apenas se daba cuenta de los movimientos de Jonno en la cocina. Se le estaba contagiando el sueño del niño. Se daba cuenta de que tenía que organizar sus pensamientos y explicarle cosas a Jonno, pero, ¿por dónde empezar? Resultaba tan difícil pensar cuando se estaba tan cansada...

Jonno miró a Camille, dormida con su hijo en brazos. Sentía un nudo en la garganta que le impedía tragar.

Camille no debería estar allí. Si hubiera querido ayuda de una mujer, se la habría pedido a Piper o a su madre, que le hubieran podido dar la estabilidad que todo los niños, especialmente el suyo necesitaban.

Camille sólo podía ofrecer caricias y abrazos pasajeros.

¡Maldita sea! En lo único que podía pensar, viéndola así dormida con la cabeza ladeada, era en el tacto sedoso de aquellos rizos oscuros entres sus dedos. ¡Conocía tan bien la suavidad y dulzura de aquella piel!

La piel del cuello estaba sonrosada por la presión de la cálida cabecita del niño. Hacía dos días, su cabeza había descansado allí, su boca había explorado ese cuello. Verla así dormida le hacía querer recuperar esos momentos.

Miró por la ventana y vio los alcornoques, que se erguían como cuerpos fantasmales levantando los brazos al cielo. Separarse de Camille en París había sido lo más difícil que había hecho en la vida.

Pero debía tener presente por qué lo había hecho. Él mismo le había prometido una relación sin ataduras y no tenía derecho a esperar que ella cambiara.

Así que había vuelto a casa listo para hacer frente a su responsabilidad. Solo.

Su aparición en Edenvale sólo complicaba aún más las cosas. ¿Por qué no se habría quedado en la ciudad?

Ya era totalmente de día cuando Camille se despertó.

La fuerte luz del sol que entraba por la ventana del dormitorio le impedía abrir los ojos. No recordaba dónde estaba. La luz de París era mucho más tenue y el aire más fresco y húmedo. La intensa luz y el calor seco le recordó que estaba en Australia.

Afuera se oían las risas de las cucaburras, y empezó a recordar los acontecimientos del día anterior: Edenvale, el pequeño Peter, Jonno.

No recordaba haberse metido en la cama. ¿Habría llegado allí entre sueños o la habría llevado Jonno en brazos? ¿Quién le había quitado el vestido y los zapatos y le había puesto una camiseta? ¿De quién era esa cama?

Miró a su alrededor. Los únicos objetos personales eran unas novelas en rústica que había en una estantería, así que no se trataba de la habitación de Jonno. Parecía el típico cuarto ordenado que se tiene para los invitados. Recordó entonces, que ya había dormido una vez allí. La vez que la gata había dormido a sus pies y Bella la había visitado por la mañana.

Era evidente que no había dormido con Jonno. De repente, recordó la fría acogida que había recibido. Se incorporó de un salto. Tenía que encontrarlo y explicárselo todo.

Corrió a la cocina, pero no había nadie, sólo los platos del desayuno. Buscó a Peter y a Jonno por toda la casa sin éxito. Miró por la ventanas hacia los establos, pero no había señal de ellos.

El graznido de una urraca solitaria posada en un alcornoque era lo único que se oía. Trató de mantener la calma. Se tranquilizó un poco al ver que la camioneta de Jonno estaba allí aparcada bajo un tamarindo. Tenía que estar en algún lado de la finca. Pero, ¿y Peter? ¿Dónde se lo había llevado? ¿Se ocultaban de ella?

«Estás paranoica, Camille. Madura un poco». El día anterior, Piper había confiado plenamente en sus posibilidades de reconquistarlo, así que se aferró a esa esperanza.

Buscó una toalla en el armario de la ropa, se duchó, se puso ropa limpia y volvió a la cocina a hacerse un café y a lavar los cacharros de la pila.

Se asomó varias veces para ver los prados y buscar señales de Jonno. Ni siquiera veía al perro y a la gata. Sólo los patos del estanque y las vacas diseminadas por las inmensas praderas de hierba ya seca por la estación y el intenso azul del cielo.

De vuelta en la cocina, abrió la nevera. Había huevos, leche, queso y beicon, así que decidió hacer un quiche. Lo que fuera con tal de mantenerse ocupada.

Le gustaba estar de nuevo en la cocina de Edenvale. Su última visita había sido muy breve y sin embargo, todo le resultaba familiar. El aparador de pino envejecido con su vajilla de porcelana roja y blanca, el estante sobre la cocina donde se guardaba el té, el café, el azúcar en frascos de cerámica.

Por desgracia, los nervios le hacían trabajar a gran velocidad por lo que el quiche estuvo en el horno y los platos limpios antes de lo que hubiera deseado.

–Voy a llamar a Piper antes de que me vuelva loca.

Piper sabría cómo tranquilizarla. Fue al teléfono que había en el estudio, pero antes de llegar oyó tras ella los pasos del perro por el pasillo de madera.

–¿Saxon?

El perro de Jonno estaba en la cocina jadeando y moviendo el rabo.

–Hola, muchachote –dijo corriendo a recibirlo. Le acarició la cabeza entre las orejas. Saxon soltó un pequeño ladrido y le lamió las mejillas. No podía creerse que pudiera estar tan contenta de ver a un perro.

–¿Dónde está tu amo?

Se oyó un ruido cerca de los establos. Camille se asomó y vio a Jonno desmontando un esbelto caballo oscuro. Estaba tan guapo y a la vez lo sentía como algo tan familiar, que el deseo se apoderó de ella. Era su hombre.

Esbozó una sonrisa tratando de que no resultara forzada y bajó las escaleras.

–Hola.

Jonno la miró un momento y luego bajó a Peter de la silla de montar. Al ver aquellos brazos musculosos, recordó lo bien que se había sentido ella en aquellos brazos. Conocía a aquel hombre íntimamente. Conocía de memoria cada detalle de aquel cuerpo. Lo había compartido todo con él. Juntos, habían experimentado la fuerza arrolladora de una intensa y profunda pasión.

Y sin embargo, él parecía tan distante como el propio París. Le desgarraba el alma verlo así, sonriéndole como si fuera una desconocida.

Por el contario, los ojos y las mejillas de Peter se

iluminaron al verla. Parecía mucho más feliz que la noche anterior.

–Parece que os lo habéis pasado muy bien los dos.

–Pues sí –dijo atando al caballo a un poste–. Le he estado enseñando a Peter su nueva casa.

–Muy buena idea.

–Y ahora tenemos mucha hambre. ¿Verdad, amiguito?

–Me lo había imaginado. Tengo un quiche en el horno.

–No tendrías que haberte tomado tantas molestias –dijo Jonno sorprendido.

–No es ninguna molestia.

Entonces se sintió como una verdadera fracasada, una impostora.

–No sabía qué hacer...

Camille se sentía fatal. Jonno no parecía entender por qué estaba ella allí..

Peter la miró desde la seguridad de los brazos de Jonno con sus serios ojos de color avellana. Iguales a los de Jonno.

–Camille –dijo el niño.

–Sí, Camille –dijo ella conteniendo el aliento–. Así me llamo yo.

Camille miró a Jonno llena de curiosidad. Él parecía incómodo y se encogió de hombros.

–Quería saber cómo te llamabas. Bueno, lo que dijo en realidad es que quería saber el nombre de la señora guapa.

Para sorpresa de Camille, Peter quiso ir hasta la casa andando en medio de los dos, dándoles una mano a cada uno.

Como una verdadera familia.

–Parece que se ha abierto un poco.

–Sí. Por lo menos le apetecía ir a montar a caballo conmigo. Aunque ha estado preguntando por ti todo el tiempo –añadió de mala gana.

Camille lamentó que lo dijera con tal descontento.

–Ir a montar a caballo con él fue una buena idea.

–La única que he tenido hasta el momento.

–No es extraño que le gustara. Todos los Rivers nacieron prácticamente subidos a una silla de montar. ¿No es cierto?

Por un instante, Jonno la miró agradeciendo sus palabras. Pero en seguida, como si lamentara dar señales de debilidad, volvió a fruncir el ceño.

–¿Qué quieres comer? –preguntó Camille a Peter cuando llegaron a la casa.

–Alelada.

–¿Alelada? –preguntó perpleja mirando a Jonno. Pero él estaba tan confuso como ella.

–Pan con «alelada» –repitió el niño.

–No tengo ni idea de a qué se refiere.

–Me pregunto si no querrá decir mermelada.

Camille buscó en la alacena hasta encontrarlo y mostrárselo a Peter.

–¿Es esto lo que quieres?

–Sí, pan con mermelada.

Camille miró a Jonno sonriente con gesto triunfal, pero él no le devolvió la sonrisa.

–Marchando un emparedado de «alelada» –dijo orgullosa de haber entendido el lenguaje infantil de Peter.

Sin embargo, los nervios no la dejaron comer. Le sirvió un trozo de quiche con ensalada a Jonno y fue con Peter al cuarto de baño para que se lavara las manos antes de comer.

El niño estaba muy cansado del paseo a caballo.

Nada más terminar de comer y de beberse un vaso de leche, se quedó dormido en una improvisada cama en la terraza.

¿Le volvería a pedir Jonno que se marchara? Oyó los pasos de Jonno acercándose y se encontró mal.

–Camille. Tenemos que hablar.

Jonno estaba detrás de ella, con los pulgares metidos en el cinturón del pantalón, y el gesto severo.

–Tienes razón.

–Sé que tus intenciones son buenas, pero créeme, no es una buena idea que hayas venido.

¡Qué ironía! Ella creía que venir era la decisión más sabia y valiente que había tomado en sus veintisiete años de vida.

Sintió que los ojos le escocían. Pero echarse a llorar no le iba a ayudar a demostrarle a aquel hombre que era más fuerte de lo que él creía. Sacando fuerzas de flaqueza, levantó la barbilla y lo miró con decisión.

–¿Me estás diciendo que es una buena idea que tú aparezcas a mi puerta sin avisar cada vez que te apetezca, pero que no es una buena idea que yo haga lo mismo?

–Las circunstancias han cambiado.

–Sí –dijo ella–. Y yo también. No soy la chica que conociste. Creo que... he madurado

–¿Madurado?¿Qué quieres decir? –preguntó él con curiosidad.

–Hablo de tu hijo, y de que quiero ayudarte a cuidar de él.

El color del semblante de Jonno mudó varias veces. Se agarró con fuerza al respaldo de una silla y sus oscuras cejas se juntaron nublando sus ojos.

–No va a funcionar.

—¿Por qué no? Yo voy a esforzarme y a Peter le caigo bien.

—Peter ya ha sufrido bastante en su corta vida. No necesita que tú irrumpas en ella, te ganes su corazón y luego desaparezcas.

Camille apartó la mirada para que él no notara lo mucho que esas palabras la habían dolido.

—Es humillante —dijo mirando al aparador de la porcelana—. Tú puedes irrumpir en mi vida, primero en Sydney, luego en París, y con unas palabras mágicas, ya soy tuya. Pensé que yo también podría hacerlo, venir hasta aquí mirarte a los ojos y hacer que te dieras cuenta.

Camille oyó los pasos de él que se aproximaban.

—A lo mejor soy un poco tonto. Explícamelo, Camille. ¿Qué es lo que quieres?

—Estoy tratando de decirte... que... ya no quiero quedarme en Sydney. No quiero saber nada de nuestro acuerdo de «nada de matrimonio, ni de hijos».

Él no dijo nada. Se quedó muy quieto mirándola con ojos fieros. Su corazón casi se detuvo por el miedo. Si no conseguía hacerle entender... todo estaría perdido.

Aferrándose al poco valor que le quedaba lo miró a la cara.

—Soy como *Alicia a través del espejo*: he atravesado una puerta y he llegado a un lugar del que no puedo volver. Me he enamorado completamente de ti. Es mucho más que sexo. Quiero quedarme contigo para siempre y quiero ayudarte a criar a Peter.

Y entonces rompió a llorar y los sollozos no la permitieron seguir hablando. Apenas podía ver a Jonno a través de las lágrimas.

Pero no importaba. Jonno la abrazaba y la estrechaba contra su pecho susurrando su nombre una y otra vez mientras la besaba en la frente, en la nariz, en las mejillas, en los párpados.

—Camille —susurraba—. Camille, no llores mi amor.

—Es que tú ya no me quieres —sollozaba ella.

—Claro que te quiero —dijo enterrando la cabeza entre los cabellos de ella—. Siempre te he querido, Camille, y ahora te quiero más que nunca. El problema era que no sabía lo que sentías. Estabas tan decidida a mantener tu independencia...

—He sido una tonta.

¡Se sentía tan bien de nuevo en sus brazos! Puso las manso alrededor de su cuello y lo atrajo hacia sí.

—Tenías miedo —dijo él besándola en el cuello.

—Sí, he sido muy cobarde.

—Tú nunca has sido cobarde, amor. Tenías buenas razones para ser prudente después de haber sido testigo de la infelicidad de tus padres.

—Pero he aprendido muchas cosas de ellos —dijo ella con los ojos aún llenos de lágrimas—. Yo tenía miedo de que nuestras diferencias fueran un obstáculo insalvable. Entonces me di cuenta de que mis padres lo tenían todo en común: su amor al baile, a la compañía, a salir de gira y nada de eso salvó su matrimonio. ¡Son tan infelices!—dijo dejando escapar un sollozo—. Y todo por no tener el valor de admitir sus errores. Por eso he venido a decirte que estaba equivocada. Quiero una relación de compromiso y quiero aprender cómo tratar a los niños.

—Ya se te da muy bien con Peter —dijo él con una media sonrisa.

—Es muy fácil quererlo. Se parece tanto a ti.

—Es muy rico, ¿verdad?

–Es un cielo. Y quiero criar ganado –añadió tras una pausa.

–¿Cómo?

–Quiero comprar más terneros –dijo ella sonriendo tímidamente–. Y esta vez quiero seguir cada parte del proceso.

–¿Y qué pasará con tu trabajo en *Girl Talk*?

–Lo he dejado.

–¡Camille!

–Bueno, no del todo. Seguiré trabajando con ellos como freelance. Desde aquí, con mi ordenador portátil.

–¿Y has organizado todo esto a mis espaldas?

–Sí. Llamé a Edith desde París.

–¿Y estuvo de acuerdo?

–No le dejé ninguna opción.

Camille tomó las manos de él entre las suyas sin dejar de mirarlo a los ojos.

–Pero a ti sí te dejo opciones, Jonno Rivers. Esta vez soy yo la que hace la gran oferta. Podemos arreglar esto como tú quieras.

Los ojos de Jonno se empañaron.

–¿Como yo quiera?

–Siempre que me pueda quedar aquí con Peter y contigo y que sea para toda la vida.

Entonces Jonno, su fuerte y masculino granjero, visiblemente emocionado, suspiró profundamente.

–¿Y si te pidiera que te casaras conmigo?

–Creo que me sentiría inclinada a decir que sí –contestó ella temblorosa.

–¿Crees que sí?

–¿Por qué no me lo preguntas y lo averiguas?

Jonno sonreía como un adolescente nervioso.

–Camille, sé que suena a locura, pero, ¿puedes esperar un momento?

–Su... supongo que sí.

Sin decir ni una palabra, Jonno salió apresuradamente de la cocina. Camille se llevó las manos a las mejillas, que le ardían e intentó mantener la calma. Su hombre había salido corriendo cuando estaba a punto de proponerle matrimonio. No era ningún drama.

«Respira hondo, Camille. Acuérdate del yoga».

Gracias a Dios, él regresó antes de que sus preocupaciones hubieran ido muy lejos con una cajita roja adornada coquetamente con un lazo blanco.

–Me lo llevé a París. Tengo que reconocer que quería pedirte allí que te casaras conmigo. Esto no es la Torre Eiffel, ni la orilla del Sena –añadió mirando con tristeza la cocina.

–Está bien, Jonno. Está muy bien.

Él le entregó la caja.

–No sabes lo importante que eres para mí. Te quiero más que a nada en el mundo. Por eso no quería que renunciaras por mí a Sydney, a tu trabajo o a tu independencia.

–Deja de preocuparte. Enamorarme me ha hecho abrir los ojos. No sabía que yo pudiera experimentar un cambio así. No hay nada que desee más que a ti.

–Cuando no hay alternativas, hay que arriesgarse –dijo él sonriendo.

–Sólo que aquí no hay riesgos. Estoy segura de que lo que hago es lo mejor.

–¿Vas a abrir eso?

–¡Ah, sí!

Quitó suavemente el lazo y levantó la tapa.

–¡Oh, Jonno! –exclamó al ver el hermoso anillo

de oro con una perla y un rubí engarzados–. Es precioso, me encanta.

–En cuanto lo vi, me pareció perfecto para ti –dijo él poniéndoselo en el dedo anular.

–Te quiero con toda mi alma y con todo lo que poseo –dijo él con lágrimas en los ojos–. ¿Quieres casarte conmigo?

–Claro que sí –dijo ella sonriéndole a través de las lágrimas de felicidad–. Sí, sí, sí.

EPÍLOGO

Editorial de Girl Talk.

QUERIDAS lectoras:
Suenan campanas de boda para uno de los solteros favoritos de nuestra revista. Uno más de nuestros héroes ha sucumbido.

Todas recordaréis a Jonno Rivers, el sexy soltero de Mujinllim, en North Queensland que se retiró de nuestro concurso a mitad del proceso. Pues bien, Girl Talk tiene una confesión que hacer:

Lo sentimos chicas, pero una de las componentes de nuestro equipo editorial se ha quedado al maravilloso Jonno para ella solita. La afortunada es Camille Devereaux. Ya podréis imaginar lo contenta que está.

Nadie en Girl Talk había visto nunca una novia avanzar por el pasillo hasta el altar con una sonrisa tan serena y apacible. ¡Y hemos visto muchas bodas a lo largo de tantos números!

Jonno y Camille expresaron su amor con una boda al atardecer en una iglesia de madera en Mullinjim. ¿Habéis oído hablar de ese lugar? Deberíais visitarlo. Es un lugar con un encanto antiguo que ya no se encuentra en la ciudad.

Pero nuestros novios no tenían nada de pasados de moda. Camille llevaba un impresionante vestido de seda y gasa en color marfil: el traje de novia de sus sueños. Nuestra compañera de redacción, Jen Summers fue la dama de honor con un deslumbrante vestido azul marino también en seda.

La calidez y sencillez del entorno resultó emocionante. Jonno y Camille intercambiaron bellos votos que ellos mismos habían escrito y el afamado músico William Tudmara dio a la ceremonia un toque único inundando la iglesia con el sobrecogedor sonido del didgeridoo.

También fue conmovedor para Camille estar junto a sus padres. Su madre viajó desde Tokio y su padre desde París para estar junto a su hija en el día más feliz de su vida... ¡y abandonaron la fiesta juntos del brazo!

Para aquellas que lamentaron no poder conquistar a uno de nuestros fantásticos solteros, hay buenas noticias para el futuro. El hijo de Jonno, Peter, promete ser de mayor un auténtico rompecorazones.

Para las que no puedan esperar veinte años, estuvimos buscando entre los atractivos amigos de Jonno invitados a la boda. Debéis saber que hay muchos otros solteros guapísimos como Jonno en la zona. Así que no perdáis las esperanzas.

Edith King
Editora

JAZMÍN™

MADELINE BAKER
VIDAS
DISTINTAS

¿EN QUÉ diablos me he metido? Carly Kirkwood no podía dejar de preguntárselo mientras salía corriendo de los hediondos cuartos de baño del Twisted River Fairgrounds y se dirigía hacia las gradas. Olía a polvo, a perritos calientes, a algodón de azúcar, a palomitas, a cerveza y a sudor, vacas y caballos.

Allí donde miraba veía hombres, mujeres, niños e incluso bebés vestidos con vaqueros, camisas de cuadros y botas. ¿Y qué esperaba? ¿Trajes de Armani y zapatos de Gucci? Estaba en mitad de Texas.

«Vente a pasar las vacaciones a nuestro rancho», le había dicho Brenda Clark, su mejor amiga. «Te va a encantar Texas».

Carly llevaba mucho tiempo trabajando sin parar y necesitaba descansar. Su trabajo como diseñadora de páginas web era agotador y tenía derecho a tomarse unas vacaciones.

Al principio, había pensado en ir a Yosemite o a Sequoia, pero había cambiado de opinión porque le apetecía mucho ver a Brenda. Tres semanas al aire libre le habían sonado a gloria comparado con tanto código html.

El Circle C Ranch estaba bien, era cierto. La parte principal de la casa era de principios del siglo XIX. Había sufrido modificaciones con el paso del tiempo, pero los Clark habían conseguido que siguiera teniendo aquel aire del lejano Oeste. La familia de Brenda tenía caballos y unos cuantos miles de cabezas de ganado.

Sin embargo, a Carly no le gustaba la vida en el rancho. Su idea de vacaciones eran un hotel de cuatro estrellas con servicio de habitaciones, piscina climatizada y un centro comercial al que se pudiera ir andando.

Aunque la casa era cómoda y el entorno precioso, hacía mucho calor húmedo y había caballos, vacas y gallinas por todas partes. Los animales no eran lo peor sino los excrementos que iban dejando a su paso.

Un gallo que parecía tener bronquitis crónica la despertaba todas las mañanas demasiado temprano. Para colmo, Brenda y su marido Jerry se regían por las horas del sol y Carly no estaba acostumbrada a irse a la cama tan pronto.

Había intentado seguir su ritmo los dos primeros días, pero lo único que había conseguido había sido quedarse mirando al techo oyendo el tic tac del reloj.

El fin de semana anterior habían ido a Twisted River a comer y al cine. Era una población pe-

queña que a Carly le recordó a los decorados de
una película del Oeste. Había visto a un par de
chicas indias paseando e incluso a un caballo
atado a la puerta de un tienda.

Después del cine, la llevaron a tomar un helado y estuvieron una hora charlando para que su
amiga se pusiera al día de todo lo que había pasado en la ciudad desde que se fue hacía tres
años.

Brenda era entonces tan urbanita como Carly
y no se habría ido de Los Ángeles por nada del
mundo, pero su suegro se murió de repente y
Jerry insistió en que tenía que volver a ayudar a
su madre con el rancho.

Cuando Brenda se fue, Carly lo pasó muy mal
ya que habían estado juntas desde el jardín de infancia. La gente solía creer que eran hermanas
porque estaban todo el día juntas.

Se habían comprado el primer sujetador juntas, habían descubierto a los chicos juntas y se
habían consolado cuando habían tenido algún
disgusto amoroso.

Carly suspiró exasperada al estar a punto de
pisar unos excrementos de caballo todavía humeantes. ¿Por qué aquella gente no recogía el
excremento de su animal como hacía la gente en
Los Ángeles con sus perros?

Estaba llegando a las gradas cuando se dio
contra lo que parecía una pared de cemento ar-
mado. Miró hacia arriba y se encontró con unos

grandes ojos negros que la miraban con el ceño fruncido.

—Eh, a ver si mira por dónde vas —le dijo una voz igual de oscura que le hizo sentir un escalofrío por la espalda.

—Iba mirando —murmuró.

«Si no hubiera ido mirando para no pisar lo que no tengo que pisar, no me habría chocado», pensó.

Carly dio un paso atrás intimidada por su altura. Aquel hombre tenía la piel del color del cobre viejo y tenía una pequeña cicatriz blanca sobre la ceja izquierda. Llevaba unos vaqueros negros desgastados, una camisa azul y un sombrero de vaquero con un pañuelo de piel de serpiente.

—¿Ah, sí? —se burló—. ¿Qué iba mirando?

—El suelo —contestó Carly.

Se sonrojó cuando sus ojos se encontraron. Desde luego, si hubiera estado buscando un hombre, aquel habría estado el primero en la lista. ¡No! Después de Richard, lo último que necesitaba era otro hombre en su vida.

—¿Se le ha perdido algo?

—No, era porque no quería pisar otro… excremento de caballo.

—Buena suerte —sonrió alejándose.

Carly lo miró marcharse. Llevaba los pantalones apretados como una segunda piel. No era su intención quedarse mirándolo fijamente, pero la vista no estaba nada mal. Cuando lo perdió de vista, fue a reunirse con Brenda.

–¿Por qué has tardado tanto? –le preguntó su amiga limpiándose la mostaza de la boca–. ¿Te has perdido?

–No, me he chocado con una pared.

–¿Cómo?

–No, nada.

–Toma, te he pedido un perrito caliente y una Coca-Cola –dijo su amiga sin comprender.

–Gracias.

–Llegas justo a tiempo. Ahora toca el rodeo de potros salvajes. Van a competir varios de nuestros empleados.

Carly asintió y probó el perrito caliente. Aquella mañana habían visto dos pruebas. En la primera, la carrera de barriles, ganaba el concursante que rodeaba los barriles dispuestos en triángulo en el menor tiempo y sin tirar ninguno.

En la segunda, que consistía en tirar de una cuerda por equipos, ganaba el equipo que conseguía hacer que el contrario sobrepasara una línea marcada en el suelo.

A primera hora de la tarde, habían visto otras dos. En la primera, un jinete debía conseguir lanzarse sobre un novillo y reducirlo. En la otra prueba, un jinete lanzaba el lazo desde el caballo, atrapaba a un ternero, se bajaba de su montura y le ataba tres patas en un abrir y cerrar de ojos.

Carly miró a su alrededor mientras se comía el perrito caliente. Sólo había personas en vaqueros, faldas vaqueras y camisas vaqueras. Por supuesto, todo el mundo llevaba sombrero de vaquero. ¡Nunca había visto tantas formas, colores y tamaños!

Los vaqueros también eran de diferentes tamaños y estaban por todas partes. En grupos, en solitario, en pareja...

Mientras esperaban a que comenzara la siguiente prueba, Carly se rió con los payasos y Brenda le explicó que eran muy importantes en el rodeo pues debían distraer a los toros cuando un participante estaba en el suelo y corría peligro.

Tras ver la prueba en la que los vaqueros se subían a un toro, Carly decidió que aquellos hombres estaban locos.

Comparados con los toros, los caballos no le parecieron tan peligrosos, pero aun así ella jamás lo habría hecho. ¿De verdad compensaban unos cientos de dólares y un trofeo por sentarse ocho segundos en el lomo de un caballo salvaje?

–Ahora viene Windy –anunció Brenda–. Espero que no les haya tocado a ninguno de mis hombres. Es un horror.

Anunciaron por megafonía el nombre del primer concursante y la gente se puso en pie y aplaudió. El hombre no lo hizo mal, pero el caballo pronto se deshizo de él y lo tiró por los aires.

El segundo quedó descalificado por agarrarse a la silla.

—Está prohibido —le explicó Brenda.

Carly se encontró pronto atrapada en la emoción general, aplaudiendo y gritando como todos los demás.

—A continuación, nuestro Zane Roan Eagle —dijo el presentador con orgullo—. Ha elegido a Blue Dynamite, del Hazard Ranch. Nadie ha conseguido en los últimos tres años aguantar ocho segundos sobre esta mala bestia.

—Zane trabaja para nosotros —dijo Brenda—. Es uno de los mejores domadores de caballos del país. Tenemos mucha suerte de tenerlo en el rancho. Antes, se ganaba la vida así, pero ahora sólo compite de vez en cuando.

Carly asintió y miró al concursante con atención. ¿Era posible? Sí, era él. El guapo con el que se había chocado.

Iba a decírselo a su amiga, pero cambió de opinión. Brenda quería verla con otro hombre y ella no estaba preparada. Claro que eso no quería decir que no supiera apreciar a un hombre guapo cuando lo veía.

Se apresuró a hacerle varias fotografías. El caballo comenzó a dar coces en cuanto se abrió la puerta, pero Zane Roan Eagle aguantó con fuerza sobre la silla.

Aquel hombre se anticipaba a los movimientos del animal que montaba. Carly pensó que parecía un ballet furioso y rápido. Era bello dentro de su brutalidad. El sombrero del jinete salió despedido al suelo dejando al descubierto una recia melena negra.

Carly suspiró aliviada cuando oyó el timbre que anunciaba que la prueba había concluido. Zane Roan Eagle recogió el sombrero y saludó al público, que aplaudía encantado.

Carly también se levantó a aplaudir. Zane se giró en su dirección y la miró. Carly sintió un escalofrío por todo el cuerpo. Era imposible que la viera a aquella distancia, pero le pareció que la estaba mirando directamente a ella.

Le entraron ganas de saludarlo con la mano, pero no lo hizo. Sólo había intercambiado con él un par de palabras, así que era imposible que la estuviera mirando a ella.

Aun así, la idea la mantuvo sonriente el resto del día.

PARA su sorpresa, la imagen de aquel vaquero la acompañó toda la noche en sueños y, para colmo, fue lo primero en lo que pensó cuando se despertó el domingo.

Nunca se había vuelto loca por un hombre guapo, pero Zane Roan Eagle era mucho más que guapo.

–Hola, Bella Durmiente –la saludó Brenda cuando llegó a la cocina–. Llegas justo a tiempo de almorzar.

Carly la miró extrañada.

–Pero si es domingo. Los domingos se descansa, ¿no?

–Aquí, no –contestó su amiga–. Nosotros ya hemos organizado la casa y hemos ido a misa.

–¿A misa?

Hacía años que Carly no iba a la iglesia.

–Sí, la madre de Jerry va todos los domingos y yo me he acostumbrado a acompañarla.

–¿Qué tal viviendo con tu suegra?

–No está mal. Edna es muy fácil de llevar y la casa es grande, así que no nos vemos todo el rato. Además, se va a Boston a ver a su hermana un par de veces al año. Ahora está allí.

Carly asintió y se tomó el café mientras miraba por la ventana. Sin poder evitarlo, se preguntó qué harían los domadores de caballos los domingos.

Sacudió la cabeza para apartarlo de sus pensamientos. Aunque trabajaba para Brenda, no tenía por qué volver a verlo y, además, tal vez fuera mejor así porque no creía que tuvieran nada en común.

—¿Te acuerdas de las clases de equitación que te prometí? —dijo Brenda—. Empiezas mañana por la mañana.

—Bren, ¿no crees que estoy un poco mayor?

—Claro que no. Quiero llevarte a ver el rancho, pero primero tienes que aprender a montar.

—¿Y por qué no vamos en coche?

—Porque a caballo se puede llegar a sitios mucho más bonitos. Podremos hacer comida, meterla en una cesta e ir al lago. Te va a encantar.

—Lo dudo.

Brenda la miró con cara de pocos amigos y Carly levantó las manos.

—Está bien, está bien, pero si me rompo una pierna no te vuelvo a hablar —bromeó.

Zane suspiró resignado y se levantó de la cama el lunes por la mañana. Le habían comunicado que la invitada de los Clark quería aprender a montar a caballo y le había tocado a él enseñarla.

Tras desayunar, fue a los establos y eligió a Sam. Lo sacó y se puso a cepillarlo. Estaba terminando cuando oyó una voz femenina a sus espaldas que le sonaba vagamente familiar.

—Hola.

Zane miró por encima del hombro y vio de quién se trataba.

—Hola —contestó sonriente.

Carly sintió que el corazón le daba un vuelco al ver que era el hombre con el que se había chocado en el rodeo. ¡Y pensar que había estado a punto de negarse a dar clases de equitación!

—¿Es usted la señorita Kirkwood?

—Sí, pero llámeme Carly, por favor.

—Zane Roan Eagle —contestó él tendiéndole la mano.

—Zane —dijo Carly—. No es un nombre muy común.

—A mi padre le gustaba mucho Zane Grey.

—¿Quién?

—Zane Grey, un escritor de principios del siglo XX. Escribió muchas novelas del Oeste.

—Ah, de indios y vaqueros.

—La señora Clark me ha dicho que querías aprender a montar —dijo Zane mirándola—. ¿Estás preparada?

—No, pero le prometí a Brenda que lo intentaría.

–Ten cuidado cuando andes por aquí –le aconsejó Zane–. Nunca sabe uno lo que va a pisar.

Carly se sonrojó al recordar su encuentro del día anterior.

–¿Te gustó el rodeo?

–Sí, mucho. Estuviste estupen… quiero decir, enhorabuena.

–Gracias.

Sus miradas se encontraron un momento y, aunque no se dijeron nada, Carly sintió que había habido una conexión especial entre ellos.

–¿Has montado antes alguna vez? –le preguntó Zane por fin.

Carly negó con la cabeza.

–Bien, entonces, vamos a empezar por el principio. Esto es un caballo.

–Muy gracioso.

Zane sonrió.

–Es un caballo castrado, la verdad. Se llama Sam y tiene trece años.

–Es muy grande, ¿no? –dijo Carly mirando al animal un poco asustada.

–Desde abajo parece más. Ven a conocerlo.

Carly se acercó a la cabeza de Sam y lo miró. Sam también la miró.

–Muy bien –dijo Zane–. Agárrate a la silla, pon el pie izquierdo en el estribo, toma impulso con el pie derecho y pasa la pierna derecha por encima de la silla.

Carly miró el estribo y se preguntó si llegaría con el pie hasta aquella altura. No era muy deportista, la verdad, así que no estaba en forma.

Tomó aire, se agarró a la silla y consiguió meter el pie en el estribo, pero no tenía fuerzas para tomar impulso.

Zane Roan Eagle le puso las manos en la cintura y la subió.

Cuando estuvo sentada en la silla, le ajustó los estribos y le pasó las riendas, que no eran dobles como siempre había visto ella en las películas.

—Creía que las riendas eran dobles —dijo en voz alta.

—Sí, algunas sí, pero yo prefiero estas para empezar porque, si se te caen, es fácil que las recuperes.

—Ah.

—Sam es el caballo más dócil del rancho. Lo suelen montar los sobrinos de la señora Clark, así que no deberías tener ningún problema con él. Tú sólo relájate y déjale a él hacer el trabajo. ¿Lista?

Carly asintió asustada.

—Muy bien, vamos allá.

Zane chasqueó la lengua y comenzó a andar en círculos. Sam lo siguió de cerca como un cachorro. Carly se agarró a la silla con una mano.

—Tranquila. Intenta relajarte. La espalda siempre recta y los codos pegados. Muy bien. los talones para abajo y agarra las riendas con las dos manos —le aconsejó llevando al caballo a un redil más grande.

Carly soltó la silla a regañadientes.

Zane Roan Eagle guió al caballo alrededor del redil. Dieron tres vueltas y cambiaron de dirección.

Carly intentó relajarse, pero el suelo estaba muy lejos y no se encontraba cómoda sobre la silla.

—Muy bien, ahora tú sola —dijo Zane al cabo de un rato—. Sam no lleva freno en la boca, pero no te preocupes porque está acostumbrado a los novatos, es muy bueno. Si quieres torcer a la izquierda, tiras de la rienda izquierda o le pegas la derecha al cuello y para torcer a la derecha, al revés. Para parar, tiras de las dos hacia atrás. ¿Entendido?

Carly tragó saliva y asintió.

—Para que ande, puedes chasquear la lengua o darle con los talones en los lados.

Carly tomó aire y chasqueó la lengua. Sam comenzó a andar lentamente y, al poco tiempo, Carly tuvo la sensación de que llevaba años montando.

—Muy bien —dijo Zane—. Da la vuelta.

Carly tiró de la rienda izquierda y Sam giró obedientemente hacia la izquierda.

—Los talones abajo —le recordó Zane—. Suelta un poco las riendas.

Carly hizo lo que se le indicaba y siguió montando. No era que fuera la mar de divertido, pero lo estaba haciendo mucho mejor de lo que esperaba.

Hasta que Zane decidió que había que trotar.

—Intenta moverte con el caballo –le dijo.

Definitivamente, a Carly no le gustó trotar. Lo intentó una y otra vez, pero no le salía bien. Debía de parecer una palomita en una sartén. Menos mal que Zane se apiadó de ella y dijo que era suficiente para el primer día.

—Gracias por intentarlo –le dijo Carly mientras bajaba–. Me parece que no se me da muy bien.

—Las he visto peores –contestó él sonriente ayudándola a bajar.

Carly sintió un escalofrío por todo el cuerpo y notó que le temblaban las piernas, pero no supo si por él o por haber pasado una hora sobre Sam.

—Ha sido solo la primera clase. Mañana se te dará mejor.

¡Mañana!

—Pero…

—No vas a tirar la toalla, ¿verdad?

Carly lo miró y, al ver aquellos profundos ojos negros, decidió que hubiera dicho que sí a montar a Blue Dynamite.

—Claro que no –contestó.

—Muy bien –sonrió Zane–. Entonces, nos vemos mañana a la misma hora.

Carly asintió mientras pensaba que aquella

sonrisa incendiaria podría terminar con una ciudad entera.

Cuando llegó a casa, Brenda estaba limpiando tomates para hacer conserva.

—¿Qué tal? —le preguntó su amiga.

—Bien.

—¿Qué tal con Zane?

—Bien. Es buen profesor... aunque yo no soy muy buena alumna. No estarás intentando emparejarnos, ¿verdad, Bren? —le preguntó frunciendo el ceño.

—¿Yo? Por supuesto que no.

—Ya.

—Por Dios, Carly, hace meses que no sales con un hombre.

—¡Brenda!

—Cálmate, anda, cálmate. ¿Qué hay de malo en que salgas con él mientras estás aquí? Es un buen hombre.

—No lo pongo en duda, pero no quiero una aventura de verano con un vaquero al que no voy a volver a ver cuando vuelva a Los Ángeles.

—Bien, bien, lo siento —dijo Brenda levantando las manos.

—Me voy a cambiar —anunció Carly—. Huelo a caballo.

A la mañana siguiente, llegó al establo unos minutos antes de lo acordado aunque no sabía si iba a ser capaz de montar porque le dolía todo el cuerpo e incluso músculos que no sabía ni que tenía.

Algo la había llevado, sin embargo, al establo y no era Sam.

Zane estaba cepillando al caballo. Se fijó en sus músculos y en su pelo, brillante bajo los rayos del sol. Como de costumbre, llevaba unos guantes de cuero en el bolsillo trasero de los vaqueros, algo que a Carly le resultaba extrañamente sexy.

Cuando la sorprendió mirándolo, se sonrojó. Cuando sus ojos se encontraron, volvió a sentir lo mismo que cuando la había tomado de la cintura el día anterior.

—Llegas pronto —apuntó.

Carly asintió.

—No pasa nada. Ven para acá. Así aprendes también esto.

Estuvieron veinte minutos mientras Zane le enseñaba a cepillar a un caballo y a limpiarle las pezuñas, lo que para desgracia de Carly incluía quitarle los excrementos con una pinza especial.

—¿Quieres aprender a ensillarlo?

—¿Por qué no?

Zane enarcó una ceja al percibir su tono.

—No está tan mal.

—Creí que aprender a montar era aprender a montar.

—Si sólo quieres aprender a montar, sólo te enseñaré a montar.

Carly no quería que la tomara por una cursi remilgada niña de ciudad, así que sonrió encantadora.

—No, quiero aprenderlo todo.

No era cierto, pero la valió otra de aquellas sonrisas sobrenaturales.

Ensillar a Sam no fue tan difícil, pero la silla pesaba una tonelada y ajustarla bien era un gran esfuerzo.

—Vamos a ver lo que recuerdas de ayer —dijo Zane yendo hacia el redil.

Carly lo siguió con Sam detrás.

—Anda a su lado —le indicó Zane—. Así, nunca te dará una coz ni te pisará.

—¿No me habías dicho que era bueno?

—Lo es. Es sólo por precaución. Los caballos no dan coces de lado.

Carly retrocedió hasta andar al lado de Sam.

Al llegar al redil, Zane les abrió la puerta. Carly le pasó las riendas hacia atrás, se agarró a la silla y puso un pie en el estribo.

Inmediatamente, sintió las manos de Zane en la cintura. Eran grandes y fuertes y… se mantuvieron en su cintura unas décimas de segundo más de lo estrictamente necesario.

—¿Lista? —le preguntó con voz grave.

Carly asintió porque no podía hablar.

Estuvo tres cuartos de hora yendo al paso y trotando, yendo al paso y trotando. Poco a poco, fue tomándole el aire a eso de trotar.

–¿Intentamos un medio galope? –le preguntó Zane.

–¿Un qué?

–Ya verás, es mejor que trotar.

Menos mal.

–Empezamos yendo al paso, pasamos al trote y terminamos a medio galope.

–¿Y cómo lo hago?

–Dale un golpe con el talón y agarra las riendas como cuando trotas. ¿Preparada?

Carly asintió con el corazón latiéndola aceleradamente. Consciente de que Zane la estaba mirando, golpeó a Sam levemente y el animal comenzó a galopar.

Su primer instinto fue agarrarse a la silla, pero pronto se soltó y disfrutó del medio galope, del pelo al viento y del poder de dominar a un caballo que pesaba diez veces más que ella.

Tiró de la rienda izquierda y se encontró escupiendo tierra.

–¿Estás bien? –dijo Zane corriendo a su lado.

–¿Qué ha pasado?

–Que Sam a dado la vuelta y tú, no –contestó Zane–. Ha sucedido todo muy rápidamente. ¿Seguro que estás bien?

Carly asintió avergonzada. ¡Zane se montaba encima de un caballo salvaje y ella no era capaz ni de aguantar sobre Sam!

–Venga –dijo Zane tendiéndole la mano para que se levantara–. ¿Quieres dejarlo por hoy?

–No –contestó Carly.

Zane asintió encantado y a Carly le llegó al corazón. Tomó las riendas de Sam y se las entregó. Acto seguido, se sentó en la verja del redil y se quedó mirándola.

Carly tomó aire y chasqueó la lengua. Sam comenzó a andar al paso, luego al trote y, para terminar, a medio galope. Aquella vez, cuando tiró de la rienda izquierda, estaba preparada para girar.

«¡Lo conseguí!», pensó emocionada.

Zane aplaudió y se acercó a ella.

–Aprendes rápido.

–Porque tengo un buen profesor.

–Gracias. Nos vemos mañana.

–Por supuesto –sonrió Carly mirándolo con los ojos marrones brillantes.

Zane se quedó mirándola mientras se alejaba. Los vaqueros le marcaban los muslos, largos y torneados, y las caderas, que se movían de forma especial. El sol arrancaba destellos como el oro de su cabello rubio y pensó que aquella mujer era peligrosa con p mayúscula.

Zane no buscaba una mujer y menos una de las de para siempre. Estaba claro que la señorita Carly Kirkwood era de esas. Aunque estaba muy bien, no estaba dispuesto a caer de nuevo en el mismo error.

Ya se había enamorado una vez de una mujer de largas piernas y le había costado caro. Elaine lo había marcado de por vida.

Decidió decirle a Poteet que se encargara a partir del día siguiente de las clases de equitación de Carly. Así se acabaría todo.

CAPÍTULO 3

HÁBLAME de Zane —dijo Carly pelando otra patata.

—¿Qué quieres saber?

—Es indio, ¿no?

—¿Con un apellido como Roan Eagle qué iba a ser?

—Nunca había conocido a un indio.

—Por aquí hay muchos —le explicó Brenda cortando una patata—. ¿Qué tal las clases?

—Bien. Es un buen profesor.

—Ya —se burló su amiga.

—Sí, buen, está bien. Es guapo también —confesó Carly.

—¿Sólo guapo? —exclamó Brenda—. Es impresionante. Con esa melena negra que tiene y...

—Brenda, te recuerdo que estás casada.

—Sí, casada sí, pero no ciega —contestó Brenda—. Si estuviera soltera...

—¿Y él está casado?

—No.

—¿Por qué?

—Pregúntaselo a él.

–No, me voy a ir dentro de un par de semanas, así que me da igual.

–Te podrías venir a vivir aquí. No sabes cómo te echo de menos.

–Sí lo sé, Brenda. Yo también te echo mucho de menos, pero, ¿qué iba a hacer yo aquí?

–Eh, que en Texas también tenemos ordenadores, ¿eh? Puedes trabajar desde aquí perfectamente.

–Olvídalo, Bren. Soy urbanita de pies a cabeza.

–Yo también lo era.

Carly negó con la cabeza. Le costaba reconocer a su amiga vestida con vaqueros desgastados y camisa de franela. ¿Era la misma que iba a la peluquería una vez a la semana y hacía un tratamiento de talasoterapia una vez al mes?

–¿De verdad te gusta vivir aquí? –le preguntó–. ¿No echas de menos la ciudad? ¿Qué me dices de ir al cine? ¿Y de tiendas?

–Dallas tiene más tiendas y restaurantes que Nueva York –contestó Brenda–. A veces, me gustaría vivir un poco más cerca, pero la vida en el rancho es más auténtica, ¿sabes?

–¿En qué sentido?

–No sé cómo explicarlo. El rancho da trabajo y comida a mucha gente. Me hace sentir que lo que hago aquí es importante, que estoy contribuyendo a algo. Es un lugar magnífico para tener hijos. Cuando J.J. sea mayor va a tener mucho espacio para jugar y correr, va a poder tener todos los animales que le dé la gana y…

—De acuerdo, de acuerdo. Veo que eres plenamente feliz aquí, pero yo no me veo llevando esta vida.

—Muy bien —se rindió Brenda.

Aquella noche, ya acostada, Carly intentó imaginarse viviendo en un rancho con Zane Roan Eagle.

Carly Roan Eagle.

Sonrió y cerró los ojos.

—No creo —le dijo a la oscuridad.

Aun así, aquella noche volvió a soñar con él.

Carly entró en el establo al día siguiente y se encontró con que Sam ya estaba ensillado. Había un joven alto y delgado con él. Carly miró a su alrededor, pero ni rastro de Zane.

—¿La señorita Kirkwood? Soy Jim Poteet, el sustituto de Roan Eagle.

—Ah —dijo Carly consiguiendo sonreír a pesar del disgusto.

Poteet no se ofreció a ayudarla a montar porque no hizo falta. Carly pudo tomar impulso y se subió a Sam sin problema.

Aquel día también fue al paso, trotó y corrió a medio galope, pero por alguna razón no le pareció igual de divertido.

Intentó convencerse de que no era por Zane

Roan Eagle, pero sabía que era mentira. Estaba a punto de decir que quería dejarlo cuando oyó su voz.

–¿Cuántas veces te tengo que decir que los talones para abajo? –la reprendió.

Carly echó los hombros hacia atrás y bajó los talones. Montar a caballo volvía a ser divertido.

–Mucho mejor –sonrió Zane–. Ya me encargo yo, Poteet.

Carly aminoró la marcha y fue hacia él. Llevaba vaqueros, camisa verde arremangada por encima del codo y botas muy usadas. Con solo mirarlo, sentía que el estómago le bailaba.

–¿No estás cansada de montar todo el rato en círculos?

–Un poco –confesó.

–¿Te apetecería salir a dar un pequeño paseo?

–¿Crees que estoy preparada?

–No te lo diría si no lo creyera.

–¿Cuándo?

–Ahora.

–Muy bien.

–Estupendo. Voy a ensillar mi caballo y nos vamos.

Mientras iba hacia el establo, Zane sacudió la cabeza. Había intentado mantenerse alejado de ella, buscar otras cosas que hacer, pero por alguna razón que no quería pensar demasiado había terminado en el establo.

Al ver a Poteet con Carly se había sorprendido sintiendo celos.

Se enfadó consigo mismo. ¿Es que no había aprendido nada la última vez? Apenas conocía a Carly Kirkwood, pero no podía evitar querer estar con ella. Además de ser tremendamente guapa y de despertar en él un deseo que creía desaparecido, la atracción entre ellos era mutua y, sobre todo, le gustaba estar con ella.

Zane sacó a una yegua, la cepilló y la ensilló en menos de diez minutos.

—¿Lista? —le preguntó apareciendo a lomos del animal.

—Lista —contestó ella.

Al cabo de pocos minutos, estaban montando uno junto al otro por un camino que rodeaba la casa y transcurría paralelo a un riachuelo.

A medida que se fueron alejando de la casa, la vegetación se hizo más espesa. Los pájaros cantaban y los insectos saltaban de un lado a otro.

—Esto es precioso —dijo Carly.

—Sí, lo es.

—¿Llevas toda la vida viviendo en Texas?

—No. Nací en la reserva de Dakota del Sur.

—Ah.

—¿Y tú?

—Nací en Los Ángeles y me pasé casi toda la infancia de un lado para otro, pero cuando mis padres decidieron quedarse en un sitio definitivo eligieron Los Ángeles de nuevo. Allí han vivido hasta que a mi padre lo trasladaron a Arizona el año pasado. ¿Has estado alguna vez en Los Ángeles?

—Sí, una voz.

—¿Y te gustó?

Zane negó con la cabeza.

—Demasiado ruido, demasiada gente, demasiados coches y muy pocos caballos.

—Ya, entiendo —sonrió Carly.

—¿Cuánto tiempo te vas a quedar con los Clark?

—Otra semana y media. Todavía no lo sé seguro.

—¿Has venido de vacaciones?

—Sí.

—¿Y a qué te dedicas?

—Soy diseñadora de páginas web.

—Ya sabía yo que no trabajabas al aire libre.

—¿Por qué?

—Porque se nota.

Se quedaron en silencio unos minutos. Carly no había sentido tanta paz en su vida. El campo estaba verde y precioso y el cielo, azul e inmenso.

—¿Siempre quisiste ser vaquero?

—Sí.

—¿Cuánto tiempo llevas trabajando con los Clark?

—Unos cuatro años.

—¿Qué haces exactamente?

—Un poco de todo. Sobre todo, entrenar a los

caballos. A veces, me encargo de los caballos de otros ranchos. Supongo que, a partir de ahora, podría añadir que doy lecciones de equitación –sonrió.

–¿Y antes de trabajar aquí qué hacías?

–Estuve en la marina. Mi padre quería que me dedicara a eso como él, pero no pudo ser. No era para mí, así que me dediqué a participar en rodeos hasta que un toro me pateó.

–¡Qué horror!

Zane se encogió de hombros.

–Cuando salí del hospital, me vine a trabajar aquí –dijo parando su montura–. ¿Quieres que descansemos un poco?

Carly asintió. Estaban en un lugar sombreado por los árboles y desde el que se oía el rumor del agua del arroyo.

Zane la ayudó a desmontar y la depositó en el suelo como si no pesara. Sus pechos rozaron con su torso al bajar y Carly lo miró sin aliento.

Se fijó en sus labios, voluminosos y sensuales. Se preguntó qué sentiría si la besara. Como si la hubiera leído el pensamiento, eso fue exactamente lo que hizo Zane.

Nada más notar su lengua, Carly sintió un deseo que la sorprendió. Lo abrazó con fuerza, excitada, queriendo tumbarse con él sobre la hierba y dejarlo que la hiciera suya.

Avergonzada por su reacción, se apartó. Jamás había respondido así ante un hombre, nunca había sentido la necesidad de olvidarse de todo y de entregarse a alguien sin reservas.

Tomó aire y suspiró. Era demasiado guapo y sus besos demasiado potentes. Debería llevar un cartel que pusiera «Peligro para la libido».

–¿Por qué sonríes? –le preguntó Zane.

–Por nada –contestó sonrojándose.

–Ya.

¿Se habría sentido ofendido porque se hubiera sonreído tras el beso?

Zane tomó a ambos caballos por las riendas y los bajó al arroyo para que bebieran. Carly lo miró sin reparo y se regocijó en su pelo negro como en el azabache, en sus anchas espaldas y en su trasero enfundado en aquellos vaqueros que le quedaban tan bien.

Lo cierto era que nunca le habían gustado los hombres que trabajaban al aire libre y que llevaban el pelo largo. Prefería a los hombres delgados de pelo corto y vestidos con trajes de Armani, que llevaban maletín y trabajaban en despachos, como ella.

–¿Volvemos? –le preguntó él.

–¿Tenemos que volver ya?

–Depende de ti. ¿No te duele el trasero de montar?

Sí, le dolía, pero no estaba dispuesta a admitirlo.

Zane la ayudó a montar y volvieron al rancho en silencio. Aquel hombre montaba como si hubiera nacido encima de un caballo. Carly decidió sacarle un par de fotografías antes de irse.

–¿Podemos galopar un poco? –le preguntó al llegar a un claro.

–Si quieres, por supuesto.

Carly azuzó a Sam para que corriera y entendió por qué la gente se volvía loca por montar a caballo. Montar a toda velocidad sobre la hierba verde y alta, con el viento en la cara y el sol sobre la cabeza era embriagador.

Carly nunca se había sentido tan libre.

Sam tropezó y estuvo a punto de caer, pero consiguió mantener el equilibrio y siguió al galope. Al darse cuenta del peligro, Carly tiró de las riendas para parar.

–¿Estás bien? –le preguntó Zane acercándose.

–Madre mía, debo de estar loca. ¡Podría haberme matado!

–También te puedes matar en las autopistas de Los Ángeles –apuntó Zane.

Era cierto, así que no dijo nada.

–¿Quieres que volvamos?

–No –contestó con decisión.

Zane sonrió y chasqueó la lengua a su montura. Sam se apresuró a colocarse al lado de la yegua. Al cabo de un rato, se pararon para admirar una pradera florida en la que estaba pastando un grupo de vacas.

–Mira, ¿es un ciervo? –preguntó Carly entusiasmada.

–Sí, y tiene una cría.

–¿Dónde? No la veo.

–Ahí, a la izquierda, tras el arbusto.

Carly la miró embelesada.

–Es preciosa. Ojalá me hubiera traído la cámara.

–La próxima vez, no te preocupes.

–La próxima vez –musitó Carly encantada de que fuera a haber una próxima vez.

Estuvieron varios minutos observando al ciervo con su cría. Carly pensó que jamás había visto algo así en Los Ángeles.

–¿Vienes aquí a menudo?

–Siempre que puedo –contestó Zane.

–¿Para ver a los ciervos?

–No –sonrió Zane–. Vengo porque esta tierra es mía.

–¿Ah, sí? ¿No es de Jerry y de Brenda?

–No, este rinconcito es mío.

–¿Y las vacas también?

–No, las vacas son suyas. Les alquilo los pastos. Dentro de un mes o así, tendré dinero suficiente para empezar a construirme una casa.

–Qué maravilla.

–Sí…

–¿Qué tipo de casa te vas a construir?

–No lo sé. No quiero escaleras, eso lo sé. Y un porche, por supuesto. Y una buena chimenea en el salón. Tal vez, otra en el dormitorio principal –contestó mirando al cielo–. Se está haciendo tarde. Tenemos que volver. La señora Clark se debe de estar preguntando dónde estás.

—Sí, supongo que sí —contestó Carly.

Miró el valle de nuevo. No quería irse, pero no había más remedio. Se imaginó una casa blanca de un piso junto a los árboles, con un balancín en el porche y a ella con un niño de pelo negro en el regazo.

Sorprendida por sus pensamientos, parpadeó y siguió a Zane.

¿**TE HA** gustado el paseo de esta tarde? –le preguntó Brenda.

Carly asintió.

Estaban sentadas frente al fuego. Carly miró al bebé que tenía en brazos. Jerald Jason Clark, conocido como J.J., era uno de los niños más guapos que había visto en su vida. Nunca había perdido la cabeza por tener una familia, unos hijos y una casa de valla blanca. No, gracias, ella era independiente, le gustaba su trabajo y su ático y ser soltera en Los Ángeles.

Una de la razones por las que lo había dejado con Richard había sido porque él le había pedido que dejara de trabajar para quedarse en casa teniendo hijos. Tenía muchos hermanos y quería tener montones de niños a su alrededor.

La madre de Carly, por su parte, había sido ama de casa y había tenido una vida de lo más feliz cuidando de su hogar, de su marido y de su hija, pero Carly no quería aquella vida.

Miró al bebé de mejillas sonrosadas que dormía en sus brazos y se preguntó qué se sentiría al tener un hijo. Un hijo con el pelo de Zane…

–¿Qué? –dijo al darse cuenta de que Brenda le había hecho una pregunta.

–¿Dónde estabas?

–Soñando –contestó Carly–. ¿Por qué no está Zane casado?

–Ajá –exclamó su amiga.

–Nada de ajá. Es simple curiosidad. No es feo.

–Creía que estábamos de acuerdo en que es guapísimo.

–Está bien. Es guapísimo. ¿Cómo es que no está casado?

–No lo sé. No habla de su vida privada. Una vez se lo pregunté, pero cambió de tema. Lo único que sé es que las chicas se volvían locas por él cuando competía en los rodeos. Creo que se enamoró perdidamente de una de ellas, pero no sé más. Hasta dónde llegaron o por qué lo dejaron, no lo sé.

Carly asintió. Tampoco importaba, la verdad. Se iba a ir en diez días y no quería nada con él.

En ese momento, entró Jerry, se acercó a Brenda y le puso el brazo en los hombros con naturalidad. Su amiga miró a su marido con adoración y a Carly le dio la impresión de estar de más.

–Voy a darme un relajante baño de espuma antes de cenar –dijo entregándoles a J.J.

Después de cenar, Carly fue a los establos a buscar a Zane para preguntarle si podía limpiar a Sam antes de la clase del día siguiente.

No entendía por qué cepillar a un caballo le había gustado tanto, pero así había sido y quería repetir.

Al entrar en el establo, oyó muchas voces. Al acercarse, vio a una docena de vaqueros gritando y aplaudiendo.

Dos de ellos le hicieron sitio para que viera. Al mirar, vio a Zane subido en un potro salvaje.

–¡Lo va a conseguir! –exclamó uno de sus compañeros.

–Cinco por el caballo –apostó otro.

–Diez por Roan Eagle.

Carly se quedó mirando hipnotizada a Zane. Se le había caído el sombrero y estaba sudando, pero tenía un brillo especial en los ojos mientras el animal lo vapuleaba de un lado a otro.

Parecía tan salvaje como el animal al que estaba intentando domar. Aquello no iba a ser cosa de ocho segundos sino de mucho más.

El animal estaba furioso y no dejaba de dar coces intentando derribar al jinete, pero Zane no estaba dispuesto a dejarse tirar. Al final, el caballo agachó la cabeza en señal de rendición y se paró en el centro de la arena.

–¡Lo ha conseguido! –exclamó uno de los vaqueros–. Es increíble. Por cierto, Red, me debes veinte dólares.

Zane dio un par de vueltas con el caballo y, entonces, la vio. Carly desvió la mirada porque el deseo se había apoderado de ella y temía que él se diera cuenta.

Poco a poco, los hombres fueron desapareciendo y se quedaron solos.

–Ha sido impresionante –le dijo nerviosa.

Zane se encogió de hombros.

–Podrías haberte matado.

–Es parte del trabajo.

–Y te encanta, ¿verdad?

–Sí, me encanta –contestó bajándose de su montura y quitándole la silla.

Carly olió su aroma a polvo y a sudor cuando pasó a su lado. Zane la miró y ella sintió que se le paraba el corazón. El mundo se detuvo.

En lo que se le antojó una eternidad, lo vio maldecir y, por fin, se inclinó sobre ella, la abrazó y la besó con pasión.

Cuando terminó, Carly no tenía aliento.

Zane la miró con una expresión difícil de entender en el rostro, se giró y se fue.

Confundida, Carly lo miró alejarse.

Cuando, al cabo de un rato, volvió a la casa Brenda la estaba esperando.

—He oído que ha habido un buen espectáculo en el establo.

Carly se sonrojó. ¿Los habría visto Jerry besándose?

—¿Qué espectáculo?

—Jerry me ha dicho que Zane ha domado al enorme semental gris que compramos la semana pasada.

—Ah, sí —sonrió Carly—. Ha sido impresionante.

—Ya te dije que Zane era el mejor.

—Lo es —dijo Carly recordando el beso.

—¿Qué tal las clases de equitación?

—Muy bien. La verdad es que me encanta montar a caballo.

—Ya te lo dije —sonrió su amiga—. La semana que viene, si quieres, podemos hacer la excursión del lago que te dije.

—Muy bien.

—Le he dicho a Jerry que quería hacer un día de chicas, así que mañana nos vamos a la ciudad a comer y de compras. Había pensado que el viernes por la noche podíamos ir los tres a cenar por ahí y a bailar un poco al The Cowboy.

—Suena muy bien.

—Me habría gustado que hubiéramos podido estar más tiempo juntas. No sabía que, mientras tú estuvieras aquí, mi suegra no iba a estar. Si no se hubiera ido a Boston a conocer a su nuevo nieto, habría podido pasar más tiempo contigo.

–No te preocupes. Sé cuidarme solita. Cuando me aburra, ya te lo diré.

–A ver si consigo convertirte en una vaquera.

–No creo. Para tres semanas es divertido, pero en tres meses me habría vuelto loca.

–Ya lo veremos –sonrió Brenda–. Pueden pasar muchas cosas.

–Buenas noches, Celestina –dijo Carly subiendo las escaleras.

–Que sueñes con los angelitos –le deseó Brenda.

Carly miró a su amiga y enarcó las cejas. Ambas sabían con quién iba a soñar.

La risa de Brenda la acompañó hasta arriba.

Dallas era mucho más grande que Twisted River. Como le había dicho Brenda, había muchos centros comerciales con las mismas tiendas que en otras capitales.

Salir de compras con su amiga siempre había sido divertido y Carly se lo pasó en grande, pero no podía parar de pensar en Zane.

Desde luego, le había dado fuerte. Apenas lo conocía, pero su imagen la acompañaba todo el día y parte de la noche.

Como sabía que iban a salir a bailar al día siguiente, se compró una falda indiana, una blusa sin hombros y un abriguito. Además, se compró también unas botas para montar.

—Deberías comprarte un sombrero —sugirió Brenda dándole uno color crema—. Este es precioso.

—Nunca me han gustado los sombreros.

—Pues este te queda muy bien.

Carly se miró en el espejo. ¿Qué le parecería a Zane?

—Muy bien, me lo llevo —contestó.

Al terminar las compras, se sentaron en una heladería a tomar algo.

—El jueves que viene vamos a dar una fiesta. Jerry cumple treinta y tres años, así que vamos a hacer bizcochos y helados y, luego, vamos a hacer una caravana.

—Qué divertido.

—Sí, te va a encantar, ya verás. Jerry no se espera una fiesta un jueves. Quiero que sea una sorpresa.

—¿Quién va a ir?

—Amigos y vecinos.

Carly asintió. ¿Y los empleados?

—¿Me ayudas a decorar la casa? Jerry va a estar fuera todo el día porque tiene cosas que hacer en la ciudad. Había pensado poner guirnaldas, globos y esas cosas.

—Claro. ¿Quieres que te haga una tarta?

—Ay, sí, genial.

Antes de volver a casa, Carly quiso entrar en una tienda a comprar un regalo para Jerry. Para cuando llegaron al rancho, era de noche. Carly miró hacia el establo por si veía a Zane, pero las luces estaban apagadas y no había ni rastro de él.

«Mañana», pensó.

A la mañana siguiente, se despertó tarde. Se vistió a toda velocidad, sus botas nuevas incluidas, y bajó a la cocina.

—Buenos días —dijo Brenda con J.J. en brazos—. Hay tortitas en la nevera.

—No, gracias, no tengo hambre. Sólo voy a tomar café —contestó Carly sentándose—. ¿Te puedo ayudar en algo hoy?

—No seas tonta. No te he invitado para que vengas a trabajar.

—Ya lo sé, pero me siento mal por no echar una mano.

—No digas tonterías y vete ya.

Carly se bebió el café y se levantó de la mesa.

—Hasta luego.

Al llegar a los establos, no vio a Zane por ninguna parte y tampoco había otro vaquero al que le pudiera preguntar, así que no tuvo más remedio que volver a casa a ayudar a Brenda.

Quisiera su amiga o no, era lo único que podía hacer.

The Cowboy era un bar de country que estaba en el centro del pueblo. Al entrar, Carly se fijó en las parejas bailando.

Había mesitas alrededor de la pista de baile y una barra enfrente. Las paredes estaban cubiertas con aparejos de rancho y pistolas antiguas.

–Por aquí –dijo Jerry.

Brenda y Carly lo siguieron a una mesa situada en un rincón.

Una camarera con vaqueros negros, camiseta blanca y botas blancas apareció a los pocos minutos para tomarles nota de lo que iban a tomar.

–Un whisky solo –pidió Jerry–. ¿Tú quieres un martini, Bren?

–No, un zumo de naranja.

–¿Y tú, Carly?

–Un 7UP.

–¿No vais a beber nada?

–Ya sabes que, mientras le esté dando el pecho a J.J., no –le recordó Brenda.

–¿Y cuál es tu excusa, Carly?

–Ninguna. Nunca he bebido.

Jerry pagó las consumiciones y agarró a su mujer de la mano.

–Vamos a bailar, cariño.

Brenda sonrió a su amiga y siguió a Jerry.

Carly los observó y le dio las gracias a la camarera cuando les llevó las bebidas. Mientras se tomaba su refresco, miró a su alrededor. El local estaba lleno.

Se puso nerviosa cuando un hombre alto y rubio fue hacia ella.

—¿Quiere bailar, señorita? —le dijo tendiéndole la mano.

El primer instinto de Carly fue decir que no, pero se dijo que había ido a pasárselo bien y que debía aprovechar.

Sonrió y le dio la mano.

—Es la primera vez que la veo —dijo el hombre una vez en la pista de baile.

—Es que es la primera vez que vengo.

—Supongo que será por eso —sonrió él—. Me llamo Russ Stafford.

—Carly Kirkwood.

—Encantado, Carly.

—Lo mismo digo.

Mientras bailaban, siguieron hablando. Russ tenía treinta y dos años, era abogado en una empresa, estaba divorciado y tenía dos hijos, una niña de once y un niño de nueve.

Le estaba hablando de sí misma cuando vio una silueta conocida que iba hacia ella. Notó que le latía el corazón aceleradamente cuando Zane le dio una palmadita a su pareja de baile en el hombro.

—Gracias por el baile —se despidió Russ.

Carly asintió y se encontró en brazos de Zane.

—No esperaba verte aquí —le dijo.

—¿Por qué no?

—No lo sé.

Zane sonrió.

—Un hombre no puede pasarse toda la vida rodeado de caballos y vacas, ¿sabes?

Russ también le había sonreído, pero no había sentido nada. Con Zane era diferente. El corazón le había dado un vuelco y le costaba respirar.

—Además, Jerry me dijo que ibais a venir —confesó Zane.

Carly sintió que se le aceleraba el pulso. No era una coincidencia que se hubieran encontrado en el bar. Había ido por ella.

—Estás muy guapa —le dijo apretándola un poco más contra su cuerpo.

—Gracias —contestó Carly sintiéndose como si llevara un conjunto de Dior.

Bailaron sin parar hasta que Jerry les anunció que se iban.

—Gracias, me lo he pasado muy bien —le dijo Carly a Zane mirándolo a los ojos.

—¿Te puedo llevar a casa?

—No sé…

—Sí, hombre, sí —intervino Brenda golpeando a su marido en las costillas disimuladamente—. A nosotros no nos importa, ¿verdad, Jerry?

Jerry se encogió de hombros.

—Claro que no —sonrió—. Buenas noches.

Mientras subía a la furgoneta de Zane, Carly se dio cuenta de que estaba nerviosa. Una cosa era montar a caballo con él y otra estar en un coche con él. Al fin y al cabo, sólo hacía unos días que lo conocía.

Una vez en la carretera, Carly intentó buscar un tema de conversación, pero no lo consiguió.

Sólo podía pensar en el hombre que tenía a su lado, que olía a caballos, a cuero, a heno y a aftershave.

Observó su perfil. Era demasiado guapo. Demasiado atractivo. Y le estaba empezando a gustar demasiado.

De repente, Zane paró el coche y apagó el motor.

A Carly no le dio tiempo de decir nada.

En un abrir y cerrar de ojos, se encontró en sus brazos.

—Llevaba queriendo besarte desde la última vez que lo hice —sonrió—. Ya no podía más.

Carly se quedó mirándolo temblando. ¿Dónde habría aprendido a besar aquel hombre?

—Yo, también —contestó besándolo.

—Vaya —musitó Zane preguntándose dónde habría aprendido a besar aquella mujer.

Había besado a muchas mujeres. De hecho, cuando competía en el rodeo, se las tenía que quitar de encima.

Había estado con mujeres de todos los tipos, jóvenes, mayores, casadas, divorciadas, guapas y feas, pero ninguna lo había besado así.

Justo cuando iba a volver a besarla para asegurarse de que no estaba soñando, vio unas luces en el retrovisor y oyó la bocina de otra furgoneta.

Se sintió como un adolescente pillado en plena faena.

—Eh, ¿qué tal? —dijo Brenda asomándose por la ventanilla—. ¿Qué hacéis aquí?

–¿Y a ti qué te importa? –le contestó a su amiga maldiciendo el momento.

¡Brenda no iba a parar de tomarle el pelo después de aquello!

–Eh, Carly Kirkwood, ¿qué diría tu madre si se enterara?

–¿Por qué no vas a casa y la llamas para contárselo? –sonrió.

–Vaya, ¿queríais estar solos? –preguntó Brenda llevándose una mano al corazón.

En ese momento, llegó Jerry.

–Lo siento, Zane. Me ha hecho parar.

Zane levantó las manos.

–Despídete, Brenda –dijo Jerry.

–Buenas noches –dijo Brenda–. No tengáis prisa por volver a casa.

Carly se quedó mirando su furgoneta mientras se alejaba en la oscuridad. ¡Maldita Brenda! ¿Con qué cara iba a mirar ahora a Jerry y a Zane?

–No me pillaban besando a una chica desde los catorce años –sonrió Zane–. Será mejor que nos vayamos a casa.

–Sí –contestó Carly haciéndose la dura–. Lo mismo pienso yo.

–Ya hemos llegado –anunció Zane parando el motor.

–Gracias. Me lo he pasado muy bien. Bailando –se apresuró a añadir.

Zane asintió.

–Yo, también –contestó sabiendo que ninguno de ellos se refería en realidad a los bailes.

–¿Nos vemos mañana?

–No lo sé. Tengo que ir al extremo sur del rancho para asegurarme de que no hay nada bloqueando el paso del agua.

–Ah –dijo Carly decepcionada–. Muy bien. Bueno, creo que Brenda quería que fuéramos de compras de todas formas.

–Si quieres, puedes venirte conmigo.

Carly sintió que el corazón le daba un vuelco.

–Me encantaría.

–Está lejos, te lo advierto.

–¿Cuánto?

–Un par de horas.

–No sé si tendría que hablar con Brenda primero por si acaso…

–Como quieras –dijo Zane bajándose para abrirle la puerta–. Buenas noches.

–Buenas noches.

Zane la tomó entre sus brazos y la volvió a besar con fuerza.

A Carly no le dio tiempo ni a reaccionar y ya se había ido tras maldecir.

Zane dio un puñetazo en el volante. No tendría que haberla vuelto a besar jamás. Estaba jugando con fuego y se iba a quemar tarde o temprano. ¿Y cómo se le había ocurrido invitarla a acompañarlo al día siguiente?

¿Y qué iba a hacer si se presentaba en el establo? No quería problemas con una mujer. Ya había tenido suficientes.

Bueno, tenía que volver a Los Ángeles en una semana y media. Entonces, terminarían sus problemas.

Carly se quedó mirando las luces traseras de la furgoneta de Zane.

Entró en casa en silencio rezando para que Brenda y Jerry se hubieran ido ya a dormir, pero no hubo suerte.

Brenda estaba sentada en el sofá con J.J. en brazos.

—No digas nada —dijo Carly.

Brenda se rió.

—Lo siento, sé que no ha estado bien, pero no he podido resistir la tentación. ¿Me perdonas?

—No —contestó Carly sentándose a su lado—. ¿Y Jerry?

—Ha ido a llevar a la canguro a casa. No cambies de tema.

—Brenda.

—Parece que os estáis conociendo, ¿eh?

—¡Brenda! Por Dios, sólo ha sido un beso.

—Sólo un beso, ¿eh?

Carly suspiró.

—Oh, Bren, no me han besado así en la vida —confesó.

—¿A que soy una buena Celestina?

—¿Me invitaste por él?

—Bueno, no sólo por él.

—¡Oh, Brenda! —exclamó Carly sonroján-dose—. ¿Lo sabe él?

—Claro que no.

—¿Me lo juras por Snoopy?

—Te lo juro por Snoopy. Zane es un hombre maravilloso. Pensé que os podría ir bien juntos aunque sólo fuera un par de semanas. Así, de paso, te veía. Así que besa bien, ¿eh?

—Muy bien. Debe de tener mucha experiencia.

—Desde luego, en el tiempo que lleva aquí, no. No sale mucho. Me ha sorprendido mucho verlo esta noche en el The Cowboy.

Carly se sintió en la gloria.

—Te gusta mucho, ¿verdad?

—Me temo que demasiado.

—¿Por qué dices eso?

—Porque su vida está aquí y la mía, en Los Ángeles.

—¿Y si te gustara la vida aquí?

—¿Estás loca? No intentes convencerme, Brenda. Me gusta la vida que llevo, soy feliz, y no tengo intención de venirme a vivir al campo. Ni si-quiera por el señor Roan Eagle.

—¿Estás segura?

—Por supuesto. Me voy a la cama. Hasta ma-ñana.

«Mañana», pensó mientras subía las escale-ras.

Zane la había invitado a pasear con él a caballo. ¿Debía ir? Seguro que a Brenda no le importaría que no fuera de compras con ella con tal de que estuviera con él. Sacudió la cabeza.

¿No sería mejor ignorarlo a partir de aquel mismo momento? Cuanto más lo viera, más le iba a costar irse. Era absurdo.

Decidió pasar el día siguiente con Brenda.

CARLY abrió un ojo porque el gallo insistió en irrumpir en sus sueños. ¡Y qué sueño tan maravilloso había tenido! Zane había estado besándola toda la noche…

¡Zane! ¿Se habría ido ya?

Se levantó a toda prisa. Aquello de no volver a verlo había sido una gran tontería y se evaporó en un abrir y cerrar de ojos.

Se apresuró a vestirse, se hizo una coleta y bajó las escaleras a la carrera. Al entrar en la cocina, saludó a Brenda y se sirvió una taza de café.

–Tienes prisa, ¿eh?

–Un poco. Me voy a montar a caballo con Zane. Creo que vamos a volver tarde, así que no me esperéis para cenar.

–¿No llevas sombrero?

–Me lo he dejado arriba.

–Toma el mío.

–Gracias, Bren.

–Pásatelo bien.

Carly se puso el sombrero de su amiga y corrió hacia el establo. Una vez allí, vio que había varios vaqueros, pero ni rastro de Zane.

–¿La puedo ayudar en algo, señorita?

–Estaba buscando a Zane.

–Eh, Tomas, ¿dónde está el jefe?

–Hola, señorita, ha dejado dicho que le digamos que lo siente mucho, pero que ha tenido que irse, que la verá luego.

–Gracias –contestó Carly.

Decepcionada, los vio partir para comenzar su jornada de trabajo. Una vez a solas, se paseó entre los caballos. Saludó a Sam y se dio cuenta de que estaba ensillado, listo para montarlo.

¿Por qué no? No iría muy lejos.

Hacía un día precioso, el cielo estaba despejado y la hierba se mecía al ritmo de la brisa. Sonrió encantada y acarició a Sam.

Aquello de cabalgar sola daba una gran sensación de paz.

Intentó no perder de vista la casa en ningún momento, pero siempre que decidía darse la vuelta aparecía algo nuevo. Un pájaro bebiendo en el arroyo, unas flores que nunca había visto, un halcón en busca de una presa, una vaca con su ternero…

Vio un rebaño de caballos salvajes y le parecieron maravillosos. Sam los olió y levantó la cabeza.

–Tranquilo –le dijo Carly al ver que Sam aceleraba el paso.

Un semental del rebaño fue directamente a por ellos y a Carly no le gustó su actitud. Por lo visto, a Sam tampoco porque se dio la vuelta y salió corriendo.

Carly se agarró con fuerza y, cuando vio que no los seguían, lo hizo parar. ¡Menos mal! Lo malo era que también habían perdido de vista el rancho.

Zane llegó al rancho pasadas las cinco después de un duro día de trabajo ayudando a Gallagher.

Al entrar en los establos, vio que había cierto revuelo y preguntó qué pasaba.

—La invitada de los Clark ha desaparecido –lo informaron.

—¿Cómo?

—Parece que sacó a Sam esta mañana y todavía no ha vuelto.

Zane juró en arameo hasta que oyó la voz de Brenda.

—¡Zane! ¡Menos mal! ¿Dónde está? ¿Está bien? –dijo corriendo hacia él.

—No lo sé. Yo he estado fuera todo el día. Acabo de volver.

—Pero esta mañana me dijo que iba a salir a montar contigo.

—Sí, habíamos quedado en eso, pero esta mañana muy temprano vino Nolan a decirme que las vallas de Cougar Canyon se habían caído, así que Gallagher y yo nos hemos pasado el día arreglándolas.

Brenda, asintió. Grant Nolan era su capataz.

—¿Dónde puede estar?

—No te preocupes —dijo Jerry—. La encontraremos. Charlie, Gallagher y tú id hacia el sur. Tomas y yo iremos al este. T.J., Poteet, id al Craggy Poing. Zane…

—Yo iré a Cross Creek —dijo Zane sin esperar órdenes ni permisos.

No quería que nadie le hiciera perder tiempo.

—Bren, si aparece, da tres tiros al aire —le dijo su marido.

—¡Daos prisa! —exclamó Brenda angustiada.

Zane ensilló otro caballo de refresco y salió cabalgando al galope rezando para que no le hubiera ocurrido nada.

¿Dónde se habría metido?

Carly hizo parar a Sam junto a unos pinos.

Estaban perdidos.

Intentando no sentir pánico, miró a su alrededor y se preguntó si debería quedarse donde estaba o seguir intentando encontrar el camino de regreso.

Le parecía recordar que había leído que, en esos casos, lo mejor era esperar a que llegara la ayuda.

Desmontó y llevó a Sam a beber a un arroyo. Tras beber ella también, estiró un poco las piernas. Llevaba horas montando.

Seguro que Brenda se había dado cuenta de lo que había pasado. Seguro que habían salido a buscarla. Sólo tenía que esperar.

Era más fácil decirlo que hacerlo.

Tenía hambre y frío.

Se acercó a Sam y lo acarició. Menos mal que no estaba sola.

El cielo se fue oscureciendo y Carly se sintió cada vez más pequeña y vulnerable. Ruidos que en otros circunstancias no la habrían molestado, comenzaron a hacer mella en sus nervios y las sombras se le antojaban de formas maléficas.

—Vendrán a buscarme —musitó una y otra vez.

Zane había encontrado las huellas de Sam al salir del rancho, pero las había perdido poco después y, a oscuras, era imposible verlas.

¿Cómo demonios se le habría ocurrido a Carly salir sola a cabalgar? ¡Sólo había dado unas cuantas clases!

Jamás se perdonaría que le hubiera pasado algo.

Paró a su caballo y escuchó.

Su abuelo le había enseñado hacía muchos años a leer las señales de la tierra y del cielo, pero también a escuchar a la voz interna que tenía, como toda criatura de la Naturaleza.

Zane sabía que el halcón era su tótem. El chamán le había dicho que el halcón era percepción, concentración y protección. El hombre guiado por un halcón era fuerte y observador. Además, le confería cierto poder visionario.

Era ese poder el que Zane necesitaba en aquellos momentos.

Y, de repente, lo vio claro. Debía ir al manantial en el que solían beber los caballos salvajes, así que guió a su caballo hacia el noreste.

Carly se sentó en la hierba y apoyó la cabeza en las rodillas.

–Vendrán –murmuró poco convencida.

Decidió pasar la noche allí e intentar volver al rancho al día siguiente.

La despertó un silbido. Se puso en pie rápidamente creyendo que lo había soñado, pero lo volvió a oír.

Sam también y relinchó.

Un minuto después, vio una silueta oscura que iba hacia ellos. El pánico se apoderó de ella durante un segundo, pero al ver que era un caballo con un jinete se sintió la persona más afortunada del mundo.

–¡Zane! ¡Oh, Zane!

–¿Estás bien? –le preguntó él abrazándola.

–Sí.

–¿Seguro?

Carly asintió.

—¿Cómo demonios se te ocurre salir sola? —le espetó Zane iracundo.

Carly se apretó contra su pecho avergonzada.

—Solo quería dar un paseo pequeño por los alrededores del rancho, pero poco a poco, sin darme cuenta, me he ido alejando y, luego, nos encontramos con un grupo de caballos salvajes y el líder…

—Asustó a Sam —concluyó Zane.

—Sí.

—Voy a tener que enseñarte a orientarte por la luna y las estrellas.

—Sí…

Zane la besó con dulzura, haciéndola sentir a salvo.

—Zane…

—Estoy aquí —dijo besándola de nuevo.

Carly se apretó contra su cuerpo y se sintió en la gloria, pero Zane la apartó.

—Lo siento, pero tenemos que volver. La señora Clark está muy preocupada.

Al llegar, Brenda salió corriendo a abrazarla y, tras despedirse de Zane y quedar con él para ir a cabalgar el lunes, entró en la casa dispuesta a cenar.

Brenda le puso un gran plato de espaguetis y una taza de café y Carly dio buena cuenta de todo mientras le contaba cómo se había perdido.

–Menos mal que no te ha pasado nada –suspiró Brenda–. ¿Qué les habría dicho a tus padres?

–No seas exagerada –rió Carly

–No te rías –le reprendió su amiga–. No tiene gracia. Estamos en una zona donde hay serpientes, lobos y coyotes.

–E indios –murmuró Carly.

–¿Cómo?

–No, nada, que los espaguetis están muy buenos.

El domingo fue a misa con Jerry y con Brenda y, luego, fueron a comer a una cafetería del pueblo.

Aquella tarde, vieron *Bailando con lobos* y Carly, abrazada a un cojín y tumbada en el suelo, se imaginó que Zane era uno de los guerreros.

Se preguntó dónde estaría, qué estaría haciendo y deseó que estuviera allí con ella, viendo la película. Así podría tener su opinión sobre la veracidad de los hechos.

«Mañana», se dijo sonriente.

CAPÍTULO 6

EL LUNES por la mañana, tras un rápido desayuno, Carly tomó la cámara de fotos y su sombrero nuevo y corrió al establo.

Al llegar, vio al capataz dando órdenes a sus hombres. Miró a su alrededor y no le costó mucho ver a Zane. Era el más alto y el más fuerte.

Se acercó a él intentando disimular su nerviosismo porque, aunque no quería que se le notara, estaba encantada de ir a pasar un día entero con él.

Al verla, se despidió de los demás y fue hacia ella.

—Buenos días —sonrió.

—Hola —contestó Carly.

Se hizo entre ellos un calor intenso que le recordó a Carly los besos que habían compartido. Zane le miró los labios. ¿Estaría recordándolo él también?

—Vamos, te voy a ensillar un caballo —dijo.

Carly lo siguió y lo observó mientras Zane sacaba a una preciosa yegua de su cuadra y la cepillaba y ensillaba para ella.

—¿Y Sam?

–Es perfecto para aprender a montar, pero está viejo y es lento para un paseo tan largo.

–Ah –dijo Carly sintiendo cierta aprensión.

–Monta –le indicó Zane–. ¿Qué tal? –añadió ajustándole la silla.

–Perfectamente –contestó Carly sintiendo un cosquilleo por todo el cuerpo cuando sus miradas se encontraron.

Zane se giró y montó a su caballo.

–¿Lista?

Carly sintió mariposas en el estómago, pero asintió. No quería que Zane se diera cuenta de que estaba nerviosa por montar a otro caballo que no fuera Sam.

–¿Cómo se llama? –le preguntó una vez fuera.

–Queenie.

Carly se echó hacia delante y le acarició el cuello a la yegua.

–Hola, Queenie –la saludó.

Pronto el rancho quedó atrás y Carly se dedicó a disfrutar el espléndido paisaje y del perfil de su guapísimo acompañante.

–¿De qué tribu eres? –le preguntó de repente.

Zane la miró con una ceja enarcada.

–Perdón…

–No, no pasa nada. Ya estabas tardando en preguntarlo. La gente suele hacerlo antes. Soy un lakota.

–Creía que los Sioux vivían en Dakota del Sur y en Montana. ¿Cómo has llegado tú a Texas?

—No lo sé —gruñó Zane.

—¿Tienes familia en Dakota del Sur?

—Sí, mi madre, mi padre, mis tías, mis tíos, mis primos, mis sobrinos, todos.

—¿No tienes hermanos?

—Tenía uno, pero murió el año pasado.

—Oh, lo siento.

—¿Y tú?

—Mis padres viven en Tucson y mi hermana está casada con un piloto y viven en Washington DC.

—Y tú, en los Los Ángeles, ¿no? ¿Te gusta?

—Mucho. A ti, no, ya lo sé —dijo recordando la conversación que habían tenido días antes.

Carly no lo podía entender. ¡Los Ángeles tenía de todo!

—En las ciudades esto no existe —apuntó Zane abriendo el pecho y abarcando el paisaje con los brazos.

Aquello era indiscutible, así que Carly no dijo nada. En Los Ángeles, casi todas las colinas estaban siendo construidas y había casas muy parecidas por todas partes, todas muy pegaditas unas a otras.

También estaban construyendo autopistas y los centros comerciales proliferaban como champiñones.

Zane se paró a la sombra de un árbol centenario.

—¿Para qué te paras? —le preguntó Carly.

–Por si querías descansar.

–No, estoy bien –contestó ella acariciando a Queenie.

–Me dijiste que te dedicabas a diseñar páginas web, ¿no?

Carly asintió.

–¿Y te gusta?

–Sí, no da mucho dinero, pero me gusta.

–¿Y eso de estar todo el día sentada delante de una pantalla no es un poco aburrido? –aventuró Zane.

–Veo que tú no tienes ordenador.

–¿Quién? ¿Yo? No me serviría de mucho.

–Claro que sí. Te serviría para utilizar el correo electrónico y estar en contacto con la gente.

–¿Con qué gente?

–Con tu familia, por ejemplo –contestó Carly. «Y conmigo», añadió mentalmente.

–Prefiero el contacto directo –dijo Zane desmontando y yendo hacia ella.

–No está mal tampoco –contestó Carly tragando saliva mientras la ayudaba a bajar de Queenie.

–El contacto personal es lo mejor –insistió Zane mirándola a los ojos sin quitarle las manos de la cintura.

–Estoy de acuerdo –dijo Carly mirándose en sus enormes ojos negros.

–Un ordenador no puede mandar este mensaje –dijo Zane besándola.

A Carly se le antojó que aquello era como sumergirse en chocolate caliente. Era irresistible,
así que no se resistió. No había motivo para hacerlo.

Se besaron con pasión, pero Zane se apartó al
cabo de un rato.

—Lo siento, pero tengo que trabajar.

Carly sonrió y montó a Queenie.

Zane estuvo tentado de ayudarla, pero no lo
hizo porque no sabía si iba a ser capaz de controlarse si la volvía a tocar.

Era absurdo. Estaba jugando con fuego. No
debía tener una relación ni con ella ni con ninguna otra mujer hasta haber arreglado su vida.

Carly hizo un par de buenas fotografías de
Zane sin que se diera cuenta. También del paisaje y de los animales, por supuesto.

Mientras cabalgaban, lo miró de reojo y se
preguntó cómo estaría vestido de indio, con plumas y todo.

De pronto, él se giró.

—¿Qué pasa?

—Nada —contestó Carly.

—¿Cómo que nada? ¿Por qué me estás mirando, entonces, como si fuera un extraterrestre?

—Por nada, de verdad.

—Venga, no me voy a dar por vencido, te lo
aseguro, así que cuéntamelo.

—Bueno… eh… estaba intentando imaginarte con… plumas y flechas y esas cosas.

Zane sonrió divertido.

—¿Me quieres ver así?

—No, no, no he dicho nada.

—Te lo digo porque, de vez en cuando, mi madre insiste para que vaya a alguna fiesta en la reserva y allí vamos vestidos así.

—¿De verdad?

—Claro. Aquí soy un vaquero, pero allí soy un lakota.

—Nunca he estado en uno de esas fiestas indias, pero las he visto por televisión.

—Ha habido una hace poco.

—Vaya, me habría gustado verte bailar.

—¿De verdad?

Carly asintió encandilada por la idea.

—Bailaré para ti —propuso Zane con voz ronca— si tú bailas para mí —añadió acercándose.

Carly se mojó los labios. Sus caballos estaban muy cerca y…

Y, de repente, su yegua salió al galope y se tuvo que agarrar con todas sus fuerzas para no caerse. Zane apareció a su lado en un abrir y cerrar de ojos, la tomó de la cintura y, como en las películas, la pasó a su caballo.

—¿Estás bien?

—Sí —contestó Carly apoyándose en su pecho—. ¿Qué ha pasado?

—No estoy seguro, pero creo que le ha picado una avispa.

Carly cerró los ojos. ¡Se podía haber matado por una avispa!

—Vamos a buscar a Queenie.

—¿Cómo la vamos a encontrar?

—No creo que ande muy lejos. En cuanto se haya dado cuenta de que no ha sido para tanto, se habrá parado y estará esperándonos.

Efectivamente, Queenie estaba pastando unos metros más adelante.

Zane se acercó, la tomó de las riendas y la acarició. Carly se montó y el resto del paseo transcurrió sin incidentes. Hasta que llegaron al río, claro, porque allí sí que se produjo un gran incidente.

Nada más llegar, vieron que lo que impedía el paso del agua era una gran rama que había caído sobre la corriente.

Zane se metió en el agua hasta la cintura y, tras atar la rama a su silla, le indicó a Carly que se montara en su caballo y le hiciera tirar.

Todo iba de maravilla hasta que la rama, que era tan grande como ella, se partió por la mitad y salió volando por los aires. La mala fortuna quiso que la mitad que no había quedado atada fuera a parar justamente sobre Zane, que recibió el impacto en la cabeza y cayó al agua.

Horrorizada, Carly azuzó al caballo y llegó a la orilla justo a tiempo de sacarlo del agua.

—Te lo estás pasando bien, ¿eh? —bromeó él con un buen golpe en la frente.

–¿Estás bien? –le preguntó ella preocupada.

–Preciosa, no es la primera vez que me golpeo en la cabeza. ¿No ves lo grande que la tengo?

–No bromees. ¿Estás bien?

–Sí –contestó Zane tocándose la herida–. El golpe me ha hecho perder el equilibrio y me ha arrastrado la corriente.

Carly lo ayudó a levantarse temerosa de que hubiera sufrido algún golpe interno, pero parecía estar bien.

–Vaya, he perdido el sombrero –masculló Zane pasándose las manos por el pelo.

Acto seguido, se escurrió los vaqueros como pudo y se quitó la camisa y los guantes para ponerlos a secar sobre una piedra.

Carly intentó no mirar, pero fue imposible. Aquel hombre tenía un físico impresionante y tuvo que controlarse para no alargar los brazos y tocarle los bíceps.

–¿Tienes hambre? Cookie nos ha preparado un par de sándwiches y un termo de café y no sé si algo más.

–Eso suena bien –contestó Carly.

Zane sacó la comida, ató a los caballos y se sentaron en un lugar sombreado. A Carly le tocó un sándwich de carne, queso, cebolla, lechuga, tomate y aguacate que tenía una pinta deliciosa.

–Este sándwich es para dos personas –apuntó.

–Qué va –contestó Zane.

–Te gusta comer, ¿eh?

–¿Se nota? ¿Tú eres de esas mujeres que siempre están a régimen?

–No, yo me como todo lo que veo.

Zane paseó la vista por su cuerpo delgado y esbelto.

–Cualquiera lo diría –comentó.

–Gracias por el cumplido –contestó Carly mirándolo también de arriba abajo–. Tú tampoco estás nada mal.

–Muchas gracias –rió Zane.

¿Cuánto tiempo hacía que no se reía con una mujer?

–Me gustan las chicas con apetito.

–Entonces, has dado con la adecuada –le aseguró Carly dándole un mordisco a su sándwich.

A Carly le encantaba que Zane sonriera a menudo. Además, tenía sentido del humor, algo de lo que Richard había carecido por completo, y parecía sincero. Richard, desde luego, no lo había sido. Le había dicho que estaba divorciado cuando, en realidad, seguía viviendo con su mujer, ¡que estaba embarazada!

No se podía creer que hubiera perdido tres años de su vida con aquel canalla. ¿Cómo no se había dado cuenta jamás de que le estaba mintiendo? Pensar en ello le hervía la sangre.

Tomó aire para tranquilizarse y se deleitó mirando a Zane. El sol le acariciaba la piel y deseó poder hacer ella lo mismo.

Zane se terminó el primer sándwich y abrió otro.

–¿Quieres la mitad? –le preguntó.

–Todavía estoy con este –contestó Carly.

¿Cómo iba a pensar en comer cuando tenía a un hombre desnudo de cintura para arriba delante de ella?

–Pues más te vale darte prisa.

–Te doy mi mitad –le ofreció Carly.

–Prefiero que me des otras cosas.

Carly se quedó mirándolo y quiso decirle «Yo, también», pero no encontraba las palabras.

Zane se inclinó sobre ella, pero se apartó y sacudió la cabeza. ¿Qué demonios estaba haciendo? Había sido una locura llevarla con él. Cuanto más tiempo pasara con ella, más la iba a echar de menos cuando se fuera.

Se moría por hacer el amor con ella, pero sabía que no podía ser. Si lo hiciera, no podría dejarla partir. A pesar de que se atraían físicamente, no tenían nada en común. Seguramente ella estaría buscando sólo una aventura de verano, divirtiéndose con la novedad de haber conocido a un indio.

Así tendría algo que contarles a sus amistades una vez en Los Ángeles. Gruñó levemente. ¿Qué le encontraría la gente de bueno a vivir en una ciudad?

Se le había quitado el apetito, así que dejó el sándwich, se levantó y se alejó. ¿A qué demonios estaba jugando? La última vez que había hecho aquello, su vida se había visto completamente patas arriba y le habían quedado unas responsabilidades para las que no estaba preparado.

Carly frunció el ceño. ¿Qué había pasado? Envolvió lo que le quedaba de sándwich en el plástico y guardó la comida en la bolsa. Quería ir tras él y preguntarle qué le había pasado, pero se quedó sentada observándolo mientras acariciaba a su caballo.

Al cabo de unos minutos, Zane se puso la camisa y se metió los guantes en el bolsillo trasero de los vaqueros. Tras ajustar las sillas de ambas monturas, se acercó a Carly.

—¿Nos vamos?

Ella asintió levantándose y limpiándose los pantalones. Tras montar a Queenie, hizo un par de fotografías y siguió a Zane hasta el rancho en silencio.

—¿Qué tal el paseo? —le preguntó Brenda al llegar.

Carly se dejó caer en una butaca del salón.

—Bueno…

—¿No te lo has pasado bien?

—Sí y no. Todo iba bien, pero, de repente, Zane… no sé.

—Lo siento.

—No pasa nada. ¿Y tú qué tal?

—Todo el día ocupada con el pequeño, pero bien.

Carly asintió.

–¿Tienes hambre? –le preguntó su amiga.

–No, no te preocupes. Ya me haré algo luego. Ahora, me voy a ir a dar un baño de espuma. Estoy muerta.

–Montar a caballo cansa mucho –apuntó Brenda.

–Desde luego –sonrió Carly.

Una vez en el baño, mientras la bañera se llenaba, se preguntó qué estaría haciendo Zane y si lo iba a volver a ver al día siguiente.

Suspiró y se dijo que daba igual, que se iba a Los Ángeles a la semana siguiente y que no lo iba a volver a ver.

De alguna manera, aquello no hizo sino hacerla sentir peor.

–Deja de meterte, Brenda. No es asunto tuyo.

–Pero es que están hechos el uno para el otro –contestó Brenda tapando al bebé.

Jerry negó con la cabeza.

–¿Cómo dices eso? Carly es blanca y Zane es indio. Carly es de ciudad, y él es un vaquero. Carly lee el *Cosmopolitan* y él *El periódico del ganado*. No tienen nada en común.

–¿Y yo no soy acaso una chica de ciudad y tú un vaquero?

–Sí, pero eso es diferente.

–¿Ah, sí? ¿Por qué? ¿Porque Zane es un lakota?

–En parte, pero no. No creo que Carly fuera feliz aquí y estoy seguro de que él jamás se iría de aquí.

–¿Por qué no? ¿Quién sabe?

–Zane tiene responsabilidades aquí que tú no sabes.

–¿A qué te refieres?

–No te lo puedo contar. Se lo prometí. Ni a ti ni a nadie.

–Creí que uno no puede tener secretos con su mujer.

–Y no los tengo. Este secreto no es contigo sino con Zane.

Brenda no insistió.

–Bueno, pues no me lo digas –susurró.

–No te preocupes por Carly –dijo Jerry abrazándola–. Preocúpate mejor por mí –añadió besándole en el cuello–. Necesito que me prestes atención.

–¿Ah, sí? ¿Y qué tipo de atención necesitas, vaquero?

–Ven al dormitorio y te lo digo –contestó Jerry.

TENGO que ir a la ciudad –anunció Brenda a la mañana siguiente–. ¿Quieres venirte conmigo?

Carly negó con la cabeza. No le apetecía ir a ningún sitio. Se había pasado toda la noche dando vueltas, pensando en qué había pasado con Zane. ¿Habría hecho o dicho algo que lo hubiera molestado?

–¿Te pasa algo, Carly?

–No.

–¿Seguro?

–Sí, sí, de verdad. ¿Quieres que me quede yo con J.J.? No me importa cuidarlo.

–Gracias, pero me lo voy a llevar. Le tengo que comprar unas cosas. ¿Quieres que te traiga algo?

–Unas chocolatinas.

–Muy bien, no tardaré en volver –dijo Brenda mirando preocupada a su amiga y yéndose.

Carly suspiró. Debería haber ido con Brenda porque no habían pasado mucho tiempo juntas, peor no iba a ser buena compañía.

Se asomó a la ventana de la cocina y miró hacia los establos.

Había varios vaqueros trabajando y el corazón le dio un vuelco cuando vio a Zane llevando al redil al enorme semental gris de unos días atrás.

Era una maravilla verlo. Podría pasarse el día entero observándolo. ¿Le importaría que fuera a reunirse con él? ¿Se alegraría de verla?

Era innegable que entre ellos había una fuerte atracción. ¿No habría exagerado la reacción de Zane del día anterior?

Se quedó otros cinco minutos mirándolo y, al final, tras mucho pensárselo, salió por la puerta de atrás dispuesta a averiguar qué había entre el señor Zane Roan Eagle y ella.

Zane intuyó su presencia antes de verla. Sonrió.

Se sentó muy recto e intentó apartarla de sus pensamientos porque debía concentrarse en el caballo que estaba domando.

Un ruido repentino asustó al animal, que se movió incómodo.

—Tranquilo, tranquilo —le dijo Zane acariciándole el cuello.

Le hizo trotar un rato, siempre al tanto de que Carly no le quitaba el ojo de encima. No esperaba verla después de cómo la había tratado el día anterior. Había pensado incluso en pedirle perdón por escrito, pero no lo había hecho para no tener que entregarle la nota.

¿Por qué empeñarse en una relación que no tenía futuro?

Cuando Carly, que estaba apoyada en un árbol, fue hacia él, sus miradas se encontraron y ambos sintieron una descarga eléctrica. En ese momento, Zane supo que quería estar con ella, que no podía dejarla marchar.

Chasqueó la lengua y se acercó a ella. Carly lo miró con preocupación y Zane se odió por haber puesto esa mirada en sus ojos.

—Lo siento —se disculpó.

Carly sonrió y a Zane le pareció que era el sol después de la tormenta.

Desmontó, le entregó las riendas del caballo a otro vaquero y, sin importarle que los vieran, la abrazó y la besó.

—¿Me perdonas?

—Siempre.

—Si alguien me busca, no me has visto —le dijo a Poteet.

—Muy bien —contestó el chico sonriendo.

Estuvieron el resto del día en el lago. Carly se sintió un poco culpable porque Brenda le había dicho que quería llevarla allí, pero estar cerca de Zane lo arreglaba todo.

Se sentía la persona más feliz del mundo. Nunca se había sentido así. No sabía si se podía una enamorar tan rápido, pero lo cierto era que ella amaba todo de Zane Roan Eagle, desde el color de su piel hasta cómo se le arrugaban los ojos cuando sonreía. Amaba su sentido del humor y cómo la miraba, como si fuera la mujer más guapa sobre la faz de la Tierra. Y, sobre todo, amaba la tranquilidad que la invadía cuando estaba entre sus brazos.

No sabía cómo lo había hecho, pero lo cierto fue que Zane tuvo el día siguiente libre también. Comieron en el campo y pasaron la tarde en su tierra.

–¿No tienes que trabajar? –le preguntó Carly tumbada a su lado mientras observaban las nubes.

–Con los caballos no hay horarios, ¿sabes? –contestó Zane besándole la punta de la nariz–. Desde que has llegado, los caballos duermen de día y trabajan de noche.

Carly sonrió encantada.

–Esto es precioso.

–Casi tanto como tú.

Aquello merecía un beso, así que Carly se lo dio y una cosa llevó a la otra y estuvieron varios minutos dejándose llevar por una pasión que iba en aumento.

–Guau –dijo Carly con voz trémula.

–Gracias –contestó Zane poniéndose en pie–. Vamos a refrescarnos un poco –propuso.

Agarrados de la mano, anduvieron hasta el lago. Carly se quitó las botas y los calcetines y metió los pies en el agua.

Zane la observó y la imitó. Al hacerlo, la salpicó.

—¡Lo has hecho adrede! —lo acusó ella.

—Claro que no —se defendió él—. ¡Eso sí que lo he hecho adrede! —añadió tirándole agua con las manos.

—¡Ah! —gritó Carly haciendo lo mismo.

—Te vas a enterar —bromeó Zane corriendo tras ella.

En un abrir y cerrar de ojos, estaban empapados, tirándose agua y riendo como dos críos.

—Gran Jefe merecer beso —dijo Zane al cabo de un rato.

Carly lo besó encantada y juntos salieron del agua para sentarse a charlar en la hierba. Vio un brillo especial en sus ojos mientras Zane hablaba del futuro, de la casa que iba a construir y de los caballos que iba a domar.

Sintió una punzada de dolor espantosa al darse cuenta de que ese futuro lo compartiría con otra mujer.

El jueves por la tarde, Carly ayudó a Brenda a preparar la fiesta sorpresa de Jerry.

—Ojalá te pudieras quedar más tiempo —dijo su amiga.

–A lo mejor, podría pedir una semana más –contestó Carly–. No me había tomado vacaciones desde que empecé con esta empresa.

–Eso sería genial –dijo Brenda entusiasmada–. Mi suegra viene el sábado por la noche. Entonces, podré pasar más tiempo contigo porque me cuidará al niño.

Carly asintió. Así podría estar una semana más con Zane.

La fiesta resultó ser todo un éxito. Tras abrir los regalos y cantarle el cumpleaños feliz, los invitados salieron al jardín para montarse en la caravana.

Carly estaba a punto de subirse al último carro cuando Brenda la llamó y le indicó que los acompañara en el primero.

–¿Lista, señora Clark?

Carly sintió un escalofrío por todo el cuerpo al identificar la voz de Zane. Él se giró desde el pescante y le sonrió.

–¡Listos! –contestó Brenda.

Zane chasqueó a los caballos, que comenzaron a correr.

–¿Por qué no te pones delante con él? –le preguntó Brenda a su amiga.

–¿Ya estás otra vez haciendo de Celestina?

–Sí, ¿no te alegras? –sonrió Brenda.

Carly abrazó a su amiga y subió al pescante con su amor.

–Es la primera caravana en la que participo –le dijo–. ¿Te importa que me siente aquí contigo?

–Claro que no, preciosa –contestó Zane muy sonriente.

Fue una experiencia maravillosa avanzar en mitad de la noche, a la luz de la Luna y acompañados por el canto de los grillos, pero lo mejor fue la compañía de Zane.

En un momento dado, alguien comenzó a tocar la guitarra desde otro carro y la gente se puso a cantar.

–¿Tú no cantas? –le preguntó Carly a Zane.

–Sólo en la ducha –sonrió él.

–¿Y por qué no haces como si estuvieras en la ducha? –lo animó.

–¿Quieres que cante?

–Sí –confesó Carly.

Al cabo de unas estrofas, Zane se atrevió a empezar a canturrear y, tal y como había sospechado Carly, resultó que tenía una voz preciosa.

Era la primera vez que un hombre le cantaba y se sintió completamente enamorada mirándose en sus ojos mientras él le dedicaba una canción de amor.

Fue una pena que todo se terminara y tuvieran que volver al rancho. Zane dejó el carro junto a los establos y puso el freno. Desde el suelo, alargó los brazos para bajar a Carly, pero no la besó.

Cuando Carly oyó la voz de su amiga, recordó que no estaban solos.

—Mañana hay un powwow, una fiesta india y le he pedido el día libre al jefe. ¿Quieres venir conmigo?

—¡Me encantaría! —contestó Carly emocionada.

—Quedamos a las ocho —dijo Zane apretándole la mano—. Me tengo que ir.

Tras despedirse de él, Carly entró en casa, donde Brenda estaba sirviendo café y bollos a los invitados.

—¿Te ayudo?

—No, no hace falta. ¿Te lo has pasado bien?

—¡De maravilla!

Brenda sonrió encantada.

—Jerry me ha dicho que Zane tiene el día libre mañana.

—Sí, me ha pedido que vaya con él al powwow. ¿Te importa que vaya?

—Claro que no.

—Me siento un poco culpable. He venido a verte y me paso más tiempo con él que contigo —se lamentó Carly

—No digas tonterías. Te invité para que te lo pasaras bien y parece que lo estás haciendo. Además, tenemos la semana que viene.

—Claro. Cuando J.J. sea un poco mayor, podríais venir a verme a Los Ángeles.

—Claro que sí —contestó Brenda—. Estábamos

pensando en cenar por ahí el sábado después de
ir al aeropuerto a recoger a la madre de Jerry.
¿Te quieres venir con nosotros?

—Por supuesto —contestó Carly pensando, sin
embargo, en el día que iba a pasar con Zane.

El viernes por la mañana, se despertó muy
pronto y muy nerviosa. ¡Iba a una fiesta india
con Zane! ¿Bailaría? Ojalá. Se moría por verlo
con plumas y pinturas.

Brenda ya tenía preparado el desayuno cuando
bajó y, aunque Carly no tenía hambre, se lo comió todo para no hacerle un feo a su amiga.

Tras lavarse los dientes y ponerse una caza-
dora, llegó a los establos a las ocho y dos minutos. Zane la estaba esperando apoyado en su furgoneta.

—Hola —la saludó—. ¿Lista?

—Sí —contestó Carly sonriente.

—¿Qué te han dicho por venir conmigo? —le
preguntó Zane mientras le abría la puerta.

—Nada, que me lo pasara bien. ¿Dónde vamos?

—Al campus del colegio. Vienen músicos y
bailarines de diferentes tribus. Te va a gustar, ya
verás. Mi madre también va a venir.

—¿Tú vas a bailar?

—Puede —sonrió Zane.

Cuando llegaron, el aparcamiento estaba

lleno. Allá donde Carly miraba había indios de todas las edades y se oían los tambores incluso con el motor encendido.

Agarrados de la mano, cruzaron la pradera y se dirigieron a las gradas. Cuando estaban casi llegando para presenciar el baile masculino, se acercó a ellos una mujer alta, vestida con falda de ante, blusa verde y un colgante turquesa al cuello.

—*Cinks*, corre, luego te toca a ti.

—Gracias, *ina*. Te presento a Carly Kirkwood —contestó Zane—. Carly, esta es Irene, mi madre.

Carly se quedó mirando a la otra mujer, que era guapísima.

—Encantada de conocerla, señora Roan Eagle.

—Sí, lo mismo digo —contestó la mujer mirando a su hijo con cara de pocos amigos—. Zane…

—¿Dónde está *neyho*?

—Se ha tenido que ir a Georgia.

—Mi padre trabaja como camionero de vez en cuando para una empresa maderera —le explicó Zane a Carly.

—Ah.

—Zane —insistió su madre impaciente.

—Bueno, bueno, ya voy —contestó él—. Carly, quédate con mi madre mientras me cambio —le indicó.

Carly miró a Irene Roan Eagle y se dio cuenta de que la idea no les había hecho gracia a ninguna de las dos, pero la condujo al campo de fútbol donde estaban bailando.

Las gradas estaban llenas de espectadores. Irene se sentó en una y Carly lo hizo a su lado y se puso a leer un folleto que le habían dado.

A los pocos minutos, anunciaron por megafonía que iban a bailar la danza tradicional de los hombres. Los miembros del grupo de baile llevaban unos atuendos impresionantes y, así ataviado, le costó un poco identificar a Zane.

Llevaba plumas en la cabeza y cascabeles en los tobillos y en las rodillas, además de la cara pintada de amarillo.

Cuando empezaron a sonar los tambores, los hombres comenzaron a bailar.

Carly se olvidó de todo mientras miraba a Zane. Nunca había visto nada más fascinante. Estaba desconocido y sexy a la vez.

Cuando terminaron, el público aplaudió encantado y Carly sonrió al ver que Zane iba hacia ella.

—Has estado maravilloso —le dijo sinceramente.

—Gracias —contestó Zane mirando a su madre—. ¿Qué tal he estado?

—Muy bien —sonrió la mujer.

—Gracias —dijo Zane besándola—. Me voy a cambiar.

—¿No vas a bailar más? —preguntó Carly decepcionada.

–No, sólo lo he hecho para ayudar al colegio a recaudar fondos para comprar uniformes nuevos para el equipo de fútbol. ¿Quieres comer algo? *Ina*, ¿vienes con nosotros?

–No. Linda Three Feathers va a bailar ahora y le he prometido verla.

–Muy bien. Nos vemos luego.

–Puede –dijo Irene Roan Eagle mirando a Carly.

–Ahora vengo.

Carly no tuvo más remedio que esperar a que Zane se cambiara, pero cuando se quedaron a solas le dijo que no creía haberle caído muy bien a su madre.

–¿Es porque no soy india?

–No, claro que le has caído bien. Es que es tímida cuando no conoce a la gente – contestó Zane.

Carly no estaba muy de acuerdo, pero no dijo nada.

–¿Qué es pan frito? –preguntó señalando un cartel.

–Literalmente, eso: pan frito –contestó Zane pidiendo dos tacos indios con dos refrescos–. ¿Qué te parece? –le preguntó mientras se los tomaban.

–Me encanta –contestó Carly–. Si no te importa, me gustaría quedarme un rato más.

–Claro que no me importa.

Se sentaron en las gradas y vieron la danza

del lobo y la del águila y muchas más. A Carly le gustaron todas, sobre todo porque estaba con Zane. El tambor era como el reflejo de su corazón cuando él la miraba o la tomaba de la mano.

Deambularon entre los puestos de artesanía y Zane le compró un collar con un águila color turquesa.

Ya era tarde cuando se despidieron de su madre y fueron hacia la furgoneta.

–Es una pena que no le haya caído bien –se lamentó Carly–. Seguro que le habría gustado más que salieras con Linda como se llame.

–Pero a mí no me gusta Linda como se llame –contestó Zane sonriendo–. Me gustas tú.

Se miraron profundamente a los ojos y Carly sintió que se derretía.

Al llegar a la furgoneta, Zane leyó una nota que le habían dejado en el parabrisas.

–¿Tienes prisa por volver? –le preguntó a Carly.

–No, ¿por qué?

–Hay una subasta de ganado en el rancho de Bob Murphy y me gustaría ir. ¿Te apetece?

–Claro.

Unos cuarenta minutos después, llegaron al lugar donde se iba a celebrar el acontecimiento. Carly miró interesada a los caballos y los burros que se iban a subastar.

–No parece que lleguemos tarde –apuntó Zane–. Las cuadras están todavía llenas.

Mientras veían pasar ante ellos unos cuantos ejemplares, Zane le fue dando una clase magistral sobre caballos. Que si este tiene las rótulas torcidas, que si aquel el pecho un poco hundido.

Carly observaba con atención.

—Mira, este sí que es bueno —le dijo Zane cuando sacaron una yegua de dos años preciosa.

—Quinientos, tengo quinientos aquí. Seiscientos, a ver, seiscientos, sí —estaba diciendo el subastador—. ¿Setecientos?

Zane levantó la mano.

—Muy bien, setecientos para el señor. ¿Ochocientos? ¿He visto ochocientos? Estupendo.

Al final, Zane se llevó la yegua por dos mil trescientos dólares.

—Este momento es memorable —dijo con un brillo especial en los ojos—. Es el primer ejemplar de mi cuadra.

Carly lo miró emocionada y feliz de estarlo compartiendo con él.

—¿Vas a seguir pujando? —le preguntó.

—No puedo —contestó Zane—. Ni siquiera debería haberme comprado esta, pero es demasiado buena como para dejarla pasar. ¿Me esperas aquí? Voy a hacer el papeleo.

—Muy bien.

Mientras lo veía alejarse, se dio cuenta de que no era la única mujer que se fijaba en él.

—Me lo he pasado muy bien hoy —le dijo sinceramente mientras iban a la furgoneta.

–Yo, también. Ojalá no tuvieras que volver tan pronto a Los Ángeles.

–¿No te lo había dicho? Anoche le mandé un correo electrónico a mi jefe para ver si me podía quedar otra semana y me ha dicho que sí.

Zane la miró encantado.

–¡Genial! –exclamó.

–Sí –dijo Carly–. ¿Nos vamos a ver mañana?

–No lo sé. Tengo que llevar a una yegua al Double Z. El jefe quiere cruzarla con un potro de Zimmerman.

–¿Vas a estar todo el día fuera?

Zane se encogió de hombros.

–Es la primera vez que la van a montar, así que me tengo que quedar con ella para que esté a gusto, ¿sabes? Además, tengo que venir a buscar a esta que acabo de comprar.

Carly asintió decepcionada porque no le había dicho que lo acompañara.

–¿Qué te parece si cenamos juntos?

–No puedo. Le he prometido a Brenda acompañarlos al aeropuerto a recoger a la madre de Jerry y, luego, cenar por ahí. ¿El domingo?

–De acuerdo –contestó Zane sabiendo que era imposible.

Todos sus domingos eran de Katy, pero agarró a Carly de la mano y cambió de tema.

CARLY no pudo evitar sentirse un poco triste el sábado al despertarse. Se dijo que era una tontería, que el hecho de no ver a Zane no era para deprimirse. Ya había estado el día anterior entero con él y lo vería con total seguridad el lunes.

Además, había ido a Twisted River a estar con Brenda, no a enamorarse de un vaquero…

¡Enamorarse! ¿Y eso de dónde había salido? Se dijo que era imposible enamorarse tan rápido, pero sabía que no era verdad.

Se había enamorado de Zane Roan Eagle. Se puso tan nerviosa como una quinceañera con su primer amor.

Cuando bajó, Brenda estaba en el salón dándole el pecho a J.J.

–Pareces muy contenta –comentó su amiga–. ¿Te ha tocado la lotería o algo así?

–No, nada de eso –contestó Carly tocándose el collar que le haba comprado Zane.

Intentó dejar de sonreír, pero no podía.

–¿Me vas a decir por qué sonríes así?

–Por nada, de verdad. Simplemente, estoy feliz. ¿Qué vamos a hacer hoy?

–Lo que quieras, pero tenemos que estar de vuelta a las seis para ir al aeropuerto a recoger a Edna –contestó pensativa–. ¿Qué te parece si vamos al Doble Z? Creo que venden una yegua muy buena.

–Muy bien –contestó Carly encantada.

Brenda la observó y se rió.

–¿Quizás porque hay cierto vaquero que va a estar allí hoy?

–No, qué va –contestó Carly–. ¿Por qué dices eso?

–Porque Zane y tú os habéis convertido en inseparables. Si no fuera porque Jerry lo aprecia tanto, lo habría despedido ya.

Carly se puso muy seria.

–No me digas eso. ¿Le vais a despedir? –preguntó asustada.

–Claro que no –la tranquilizó su amiga–. No sé cómo lo hace, pero Zane sigue haciendo su trabajo de manera impecable a pesar de salir contigo.

–Menos mal –dijo Carly aliviada.

No podría soportar que Zane perdiera el trabajo por su culpa.

–Voy a cambiarle los pañales al niño y ahora vengo.

El rancho Double Z resultó ser todavía más grande que el de Brenda. Carly se dio cuenta de que su amiga aparcaba junto a la furgoneta de Zane. Sacaron a J.J. del coche y se dirigieron a los establos.

De camino, se encontraron con un hombre que las saludó.

—Hola, señora Clark, ¿en qué puedo ayudarla?

—Hola, Frank —contestó Brenda—. He venido a ver a esa yegua otra vez.

—Claro, sígame. Está en su cuadra.

Tras sacarla, Brenda preguntó si la podía montar y el hombre se la ensilló.

Mientras veía montar a su amiga con una soltura que le dio sana envidia, notó la presencia de Zane detrás de ella.

—Hola —la saludó radiante.

—Hola —saludó ella pensando que el sol brillaba más y el mundo era mejor con él al lado.

Zane no contaba con verla aquel día y lo cierto era que estaba guapísima con un bebé en brazos. De repente, se la imaginó con su hijo en brazos.

Maldijo en silencio y sacudió la cabeza para apartar aquel pensamiento de su cabeza. ¿Pero a quién estaba intentando engañar? No había dejado de pensar en ella desde que se había chocado con ella en el rodeo.

—¿Qué tal? —lo saludó Brenda—. ¿Y nuestra yegua?

—En aquella cuadra de allí —contestó Zane—. Zimmerman quiere montarla esta tarde, así que me voy a quedar por aquí.

–Bien.

–¿Le gusta esta?

–Me encanta. Es una maravilla montarla. La voy a comprar. ¿La podrías llevar tú luego a casa?

–Claro.

Brenda desmontó y le entregó las riendas a Frank.

–Dile a Zimm que mañana a primera hora pasaré a pagarla.

–Muy bien, señora –se despidió el capataz.

–¿Qué te parece si la cruzáramos con el semental de Jerry?

–Que saldría un potro maravilloso –contestó Zane.

–Sí –dijo Brenda con decisión–. Carly, ¿nos vamos?

–¿Qué? Ah, sí.

–Hasta luego, Zane –se despidió Brenda.

–Hasta luego –se despidió él.

–Hasta luego –dijo Carly.

–Hasta luego –contestó Zane bañándole con su sonrisa.

El domingo por la mañana, Carly bajó a la cocina esperando ver allí a Brenda y a Jerry, pero no había nadie.

Era comprensible ya que el avión de Edna se había retrasado y habían llegado muy tarde a casa, pero nadie tenía sueño y se habían quedado viendo una película hasta la madrugada.

Carly se tomó un café con una tostada y salió a darse una vuelta por la pradera fingiendo que quería tomar aire fresco cuando, en realidad, lo único que quería era ir al establo a ver si estaba Zane.

Solo le quedaba una semana allí y quería estar todo el tiempo que pudiera con él.

Tomó aire y fue hacia el establo. Cuando llegó, se encontró con un viejo vaquero que le estaba sacando brillo a una silla de montar.

—Hola, señorita, ¿la puedo ayudar en algo?

—Estaba buscando a Zane.

—No está.

—Ah —dijo Carly sin atreverse a preguntar dónde estaba—. Muchas gracias.

Se alejó intentando no sentirse herida porque Zane no hubiera querido pasar el día con ella.

Cuando entró en casa, Brenda estaba en la cocina.

—Hola —la saludó—. Creía que estabas dormida.

—No, he ido a …dar un paseo —mintió Carly.

—¿A algún sitio en particular?

—Muy bien, cotilla. He ido a los establos a buscar a Zane, pero no estaba.

—Se me había olvidado decirte que es su día libre.

—¿Pero los vaqueros no tienen libre el sábado por la noche?

–Sí, todos menos él, que tiene los domingos. ¿Quieres venir a misa con nosotros?

–No, gracias, creo que me voy a ir a comprar unas cosas. ¿Me podríais llevar?

–Casi todo va a estar cerrado –le advirtió Brenda–. Lo único abierto los domingos son las tiendas de regalos, que suelen estar llenas de turistas.

–Con eso me vale.

–Muy bien, nosotros nos vamos en cuanto desayunemos.

Jerry y Brenda la dejaron en la esquina de la heladería.

–Quedamos aquí dentro de una hora y comemos por ahí, ¿de acuerdo?

–Muy bien.

Carly les dijo adiós con la mano y se paseó por la acera mirando escaparates. Twisted River no tenía muchas tiendas, sólo una de ropa, una ferretería, un ultramarinos con souvenirs, una peluquería, el cine, un motel y un par de restaurantes.

Estaba a punto de cruzar cuando vio a Zane en la otra acera. Él no la había visto, así que aprovechó para deleitarse mirándolo.

Estaba pensando lo contento que se iba a poner de verla cuando una niña de pelo como el azabache salió de un viejo Chevy.

—¡Papá! —gritó corriendo hacia él.

Zane la abrazó, le dio vueltas en el aire y se rió.

Carly se escondió en un portal mientras una pelirroja alta y delgada se bajaba de la furgoneta e iba hacia Zane. Él sonrió, le dio un beso en la mejilla y los tres se metieron en el cine.

Carly sintió náuseas.

¡Zane Roan Eagle estaba casado y tenía una hija!

Volvió al punto donde había quedado con Brenda y Jerry. ¿Por qué su amiga no se lo había advertido?

Se le nubló la mirada mientras recordaba sus besos. ¡Estaba casado! ¡Y ella deseando verlo, besarlo y mil cosas más!

Brenda la llamó varias veces hasta que consiguió que la oyera.

—¿Estás bien? —le preguntó cuando Carly subió a la parte trasera junto a Edna—. Estás como si hubieras visto a un fantasma.

—No, estoy bien —contestó Carly.

Brenda la miró preocupada, pero decidió dejar el tema.

—Habíamos pensado ir a comer a la ciudad. ¿Qué te parece?

—Perfecto, lo que queráis.

Brenda frunció el ceño, pero no dijo nada.

En el trayecto, Carly se dedicó a mirar por la

ventana y, cuando Brenda puso la radio, como no podía ser de otra manera sonó la canción que Zane le había cantado unas noches atrás y cuya letra ella había creído que era de verdad.

¡Qué ilusa!

Mientras comían, intentó no pensar en él para no estropearle la comida a su amiga y a su familia. Debía aprovechar el tiempo que les quedaba con ellos.

Después de comer, dieron un paseo por la ciudad y Brenda se compró un vestido mientras que Carly se compró una camiseta de Texas y le mandó una postal a su madre.

Cuando volvieron a casa, ya era de noche.

Al llegar, Carly vio a Zane bajándose de la furgoneta. Al verlos llegar, la esperó, pero ella ni lo saludó. Se giró en redondo y se metió en casa.

Zane se quedó mirándola y se preguntó por qué lo había mirado así.

Intentó dilucidar si había hecho algo el día anterior. ¿Se habría enfadado porque no le había dado un beso al despedirse? No, eso no podía ser.

Pensó en ir a buscarla, pero no lo hizo. Aunque se llevaba muy bien con los Clark, eran sus jefes y no quería meterlos en aquello.

Tendría que esperar a verla al día siguiente por la tarde.

Suspiró y se resignó. Tenían muchas cosas de las que hablar.

—¿Te vas? —exclamó Brenda—. ¿Pero no te ibas a quedar otra semana?

—Sí, pero… me tengo que ir.

Brenda se sentó en el borde de la cama de su amiga.

—Muy bien, ¿qué ha pasado? Soy tu mejor amiga, así que no tienes más remedio que contármelo —sonrió.

—Nada, de verdad —mintió Carly—. Es simplemente que me quiero ir a casa.

Brenda frunció el ceño.

—Te conozco bien, Carly Marie Kirkwood y sé que no es eso. Es por Zane, ¿verdad? ¿Qué ha pasado?

—Nada.

Brenda se cruzó de brazos.

—Será mejor que me lo digas porque me voy a enterar de todas formas.

—Brenda…

—¿Te ha hecho o dicho algo?

—No, claro que no. De verdad, sólo quiero volver a casa y pasar unos días en la playa antes de volver al trabajo.

—Muy bien —dijo Brenda dolida—. Si eso es lo que quieres.

–Lo siento, Bren, la vida de rancho no es para mí.

–¿Cuándo te vas?

–Mañana. Mi vuelo sale a las doce del mediodía. ¿Me podrías llevar al aeropuerto? Si no puedes, no pasa nada, me voy en taxi.

–Claro que puedo –contestó Brenda desde la puerta.

–Gracias.

Mientras hacía la maleta, Carly intentó no llorar. No pensaba llorar por él. ¡Claro que no! Zane no se merecía ni una lágrima, pero no pudo evitar que le resbalaran por las mejillas.

¿Cómo la había engañado tan bien?

Se pasó la noche dando vueltas y el poco rato que durmió, por supuesto, soñó con él. Soñó que intentaba huir de él y él la perseguía con cientos de niños y niñas detrás de él que gritaban «¡Papá! Papá!»

Se despertó de mal humor, terminó de recoger sus cosas y bajó las maletas.

Brenda y Jerry la estaban esperando.

–¿Seguro que te quieres ir? –le preguntó su amiga.

–Sí –contestó Carly sirviéndose una taza de café y tomándosela con el corazón en un puño.

Le habría encantado pasar otra semana con Brenda, pero no podía. Richard le había tomado el pelo, pero no estaba dispuesta a tropezar dos veces en la misma piedra.

–Será mejor que nos vayamos –dijo Jerry mirando la hora.

–Muy bien –dijo Carly dejando la taza en el fregadero.

–Llámame cuando llegues –le pidió Brenda.

–Claro –contestó Carly abrazando a su amiga–. Gracias por todo.

–De nada. Ya sabes que puedes volver cuando quieras.

Carly asintió con lágrimas en los ojos. Volvió a abrazar a Brenda, tomó su equipaje y salió en dirección a la furgoneta de Jerry.

Con la cabeza alta y la mirada al frente, no se permitió mirara en dirección a los establos para ver si Zane estaba allí.

A casa. Se iba a casa, a la ciudad de luces y tráfico, que era donde ella se encontraba a gusto.

DÓNDE estaba? Zane sacó a su caballo de su cuadra y se puso a cepillarlo sin parar de mirar hacia la casa.

Qué raro, Carly nunca llegaba tarde a su clase de equitación.

Terminó de cepillar al animal, le miró las patas y le dio una zanahoria. A continuación, hizo lo mismo con la yegua que había montado Carly. Recordó el día que habían pasado en el lago, lo bien que estaban juntos, sus besos...

Había besado a muchas mujeres en su vida, pero ninguna lo había hecho sentir como ella. No había querido que le gustara, pero no había podido evitarlo.

Aunque sabía que ella no estaba hecha para vivir en el campo y que él jamás cambiaría el rancho por un trabajo de nueve a cinco en la ciudad, no podía parar de pensar en ella.

Cuando por las noches yacía en la cama soñando con la casa que se iba a construir en un año, se imaginaba compartiéndola con ella.

Volvió a mirar hacia la casa. ¿Le habría pasado algo? ¿Estaría enferma?

Terminó de cepillar a la yegua y se dirigió a la casa. Nunca había ido allí más que por asuntos de trabajo, pero no podía más. Tenía que saber si estaba bien.

–Hola, Zane –lo saludó Brenda–. ¿Te pasa algo?

–No, es que… quería saber… –carraspeó–. La señorita Kirkwood no ha venido a su clase y…

La señora Clark suspiró.

–Lo siento. Te lo tendría que haber dicho. Carly se ha ido esta mañana a su casa.

–Entiendo. Gracias –contestó Zane.

De vuelta en el establo, sintió que le hervía la sangre. Se había ido sin despedirse, así sin más. Maldijo enfurecido y se rió de sí mismo. ¿De qué se sorprendía? ¿No había sabido desde el principio que sólo era para ella un entretenimiento de verano?

Golpeó la puerta con furia. ¡Y él creyendo que Carly era diferente a las demás! Seguro que se estaba riendo ya de él, contándoles a sus amigas que se había ligado a un lakota que la había enseñado a montar a caballo y le había cantado canciones de amor bajo las estrellas.

Exactamente igual que las demás. Una mujer blanca en busca de una aventura.

¡Al diablo con ella! No la necesitaba. Nunca había necesitado a nadie y no pensaba cambiar a aquellas alturas.

Pero no podía olvidar su risa ni su mirada. Carly solía mirarlo como si fuera un héroe...

¡Maldición!

Ni siquiera sabía dónde vivía. Tampoco tenía su número de teléfono. Brenda lo debía de saber, por supuesto.

Miró hacia la casa y maldijo. No iba a ir. Si Carly hubiera querido mantener el contacto con él, le habría dejado una nota o algo. Estaba claro que no quería saber nada de él. Si cambiara de opinión, sabía dónde encontrarlo.

Ensilló a su caballo y salió a cabalgar para tranquilizarse, pero por mucho que galopaba no podía tapar el vacío que la repentina partida de Carly había dejado en su vida.

Carly miró por la ventana del taxi. ¿La ciudad siempre había sido así de ruidosa? ¿Siempre había habido tanta gente y tanta contaminación? Siempre le había gustado Los Ángeles. ¿Por qué, de repente, se le antojaba horrible?

Al llegar a casa, lo primero que hizo fue abrir las cortinas. El apartamento le pareció más pequeño que cuando lo dejó.

Se quitó las sandalias en mitad del salón y se preguntó qué le habría parecido a Zane.

Zane... ¿Cómo podía echarlo tanto de menos? Lo que había sentido por Richard no era nada comparado con el amor que sentía por aquel vaquero de Texas.

Aunque le gustaba su vida de Los Ángeles, habría dado todo, su casa, su trabajo y su estilo de vida por estar con él. ¿Por qué no había sido sincero con ella?

Se puso a deshacer el equipaje mientras intentaba no pensar en él, pero cuando sacó la cámara de fotos no pudo evitar correr a la tienda para que se las revelaran en una hora.

Mientras esperaba, hizo la compra y alquiló un par de películas de vídeo. Al llegar a casa, se sentó en el sofá para deleitarse con las imágenes.

Allí estaba Zane, montando en el rodeo, Zane lanzando el lazo y atando al ternero. Su preferida era una en la que estaba sobre su caballo. Se la había hecho sin que él se diera cuenta y estaba tan bien que decidió ampliarla.

También había fotos de Brenda, de Jerry y de J.J., así como de Sam y de Queenie. Suspiró y las dejó sobre la mesa, pero sacó la de Zane y se quedó mirándola largo rato. Lo mejor que podía hacer era guardarla y no volverla a ver, pero no lo hizo.

Se levantó, la puso en su mesa de trabajo y se fue a la cocina a prepararse algo para cenar.

—Tiene que haber alguna manera de que vuelvan juntos —le dijo Brenda a Jerry.

–Olvídalo –contestó su marido–. Son como el aceite y el agua, cariño.

–Tonterías.

Jerry suspiró resignado.

–Lo tienes decidido, ¿eh?

–Sí –sonrió Brenda–. Voy a escribir a Carly.

–¿Qué tramas?

–¿Yo? Nada, pobre de mí –contestó Brenda con fingida inocencia–. Solo quiero escribir a mi amiga, pero me he quedado sin sellos, ¿sabes?

–¿Ah, sí?

–Sí, así que creo que le voy a dar la carta a Zane para que me la eche al correo cuando vaya a la ciudad el domingo.

–No entiendo lo que te propones.

–Piensa un poco.

–Sí, creo que ya te entiendo…

–Muy bien –lo felicitó Brenda–. Toma, quédate con J.J. Tengo que escribir una carta.

Zane se quedó mirando el sobre que tenía en la mano. Leyó la dirección una vez y supo que jamás la olvidaría.

–No te importa, ¿verdad? –dijo Brenda.

–Claro que no –contestó Zane.

–Gracias.

Mientras iba a la ciudad, se dijo que importaba muy poco saber dónde vivía Carly pues no pensaba ir a buscarla. No lo haría aunque fuera su vecina. Lo había dejado ella a él, no al revés.

Compró sellos, echó la carta al buzón e intentó no pensar en Carly Kirkwood. El domingo era el día de su hija y no debía permitir que nada lo estropeara, así que se montó en su furgoneta y puso rumbo a casa de Elaine, su ex mujer.

Al llegar, Katy salió a darle la bienvenida como siempre hacía, corriendo y gritando de júbilo.

–¡Papá, papá, cuánto te he echado de menos!

–Yo también, mi vida –contestó Zane abrazándola–. ¿Qué tal estás?

–Cada día más grande, ¿no la ves? –dijo Elaine bajando las escaleras del porche–. En una semana ha crecido tanto que los pantalones y los zapatos ya no le sirven.

Estaba tan guapa como siempre, pero sus ojos ya no lo miraban con ardor como cuando estaban enamorados sino con la frialdad de las esmeraldas.

Zane se sacó cien dólares del bolsillo y se los entregó.

–Cómprale lo que necesite –le indicó–. Nos vamos al cine y a cenar, ¿verdad? –añadió sonriendo a su hija–. Estaremos de vuelta a las seis.

–Muy bien –contestó Elaine besando a su hija–. Pasáoslo bien.

–Hasta luego, mamá.

–¿Qué te apetece tomar hoy? –le preguntó

Zane tomándola de la mano mientras iban hacia la furgoneta–. ¿Helado de chocolate o tarta de manzana?

–¿No pueden ser los dos? –sonrió la niña.

–Claro que sí, mi amor, siempre y cuando me prometas no decírselo a tu madre.

–¡Te lo prometo! –contestó la niña encantada–. ¿Y podemos cenar espaguetis?

–Lo que tú quieras, cariño.

–¡Bien!

Fue precisamente durante la cena cuando llegó la inevitable pregunta de Katy.

–Papá, ¿cuándo vas a venir a vivir con mamá y conmigo?

La misma pregunta de todas las semanas.

Zane ya le había explicado que los padres que están divorciados no viven juntos, pero no podía culparla por querer que su familia fuera como la de los demás niños.

–Papá –lo instó.

–No lo sé –contestó Zane como todas las semanas.

Katy se negaba a aceptar un «nunca» por respuesta.

–La semana que viene hay una excursión para padres e hijos en el colegio. ¿Vendrás?

–Por supuesto.

–¿Me lo prometes?

–Te lo prometo.

–¿Y te pondrás tu sombrero negro?

Aquello lo hizo reír.

—Si tú quieres, por supuesto.

—¿Y te puedes traer tu caballo?

—No sé si a tu profesor le va a hacer mucha gracia.

—Si me dice que sí, ¿lo traerás?

—Claro.

Katy sonrió encantada.

Cuando su hija lo miraba así, no podía negarle nada.

Después de cenar, dejó a Katy en casa tras haberle prometido de nuevo que iría a la excursión con sombrero y caballo incluidos.

Se fue sonriente y no volvió a acordarse de Carly Kirkwood hasta que llegó al rancho.

CAPÍTULO 10

CARLY se pasó dos días en la playa bron-
ceándose.
Al tercer día, se fue de compras. Quería
un vestido de verano y terminó comprándose un
cuadro de un águila sobre una montaña nevada.

Llamó a una amiga y se fue a Disneyland.
Allí, se preguntó qué le parecería a Zane aquel
parque de entretenimiento.

Le había dicho que había estado una vez en
California. ¿Habría llevado a su mujer y a su hija
allí? La idea la hizo retorcerse de celos.

El sábado por la noche, fue a ver la última película de Brad Pitt, pero veía el rostro de Zane en
la pantalla.

Al volver a casa, miró su fotografía. ¿Qué estaría haciendo? ¿Pensaría en ella?

Estaba hecha un lío. Pasaba de echarlo tanto
de menos que creía que iba a enloquecer y de decirse que daba igual que estuviera casado, que la
hubiera engañado, que daría cualquier cosa por
volverlo a ver, oír su voz, por besarlo a odiarlo
con todas sus fuerzas y a desear verlo, pero sólo

para abofetearlo por su falta de sinceridad, por haber hecho que se enamorara de él.

Miró el teléfono. ¿Por qué no la había llamado? Así, al menos, podría haberse desahogado.

Golpeó el brazo del sillón. ¿Cómo la iba a llamar si no tenía su número? No era excusa. Si quisiera llamarla, podría pedírselo a Brenda

¿Y por qué iba a querer llamarla cuando estaba casado con una pelirroja preciosa con cuerpo de modelo?

—Maldito seas, Zane Roan Eagle —dijo mientras se le saltaban las lágrimas.

Se alegró de que llegara el lunes por la mañana porque podía lanzarse a la rutina laboral y olvidarse de él.

Saludó a sus compañeros, se puso al día en los cotilleos de la oficina y se perdió durante ocho horas en su trabajo.

No entendía a los hombres, pero entendía el lenguaje html perfectamente. Diseñar paginas web verdaderamente le encantaba.

A las cinco, apagó el ordenador y se fue a casa.

Las semanas fueron pasando una tras otra. Consiguió cinco clientes nuevos, le subieron el sueldo y le dieron despacho. Laboralmente, no le podía ir mejor.

De día, siempre y cuando estuviera concentrada en el trabajo, conseguía no pensar en Zane.

Pero por la noche se colaba en sus pensamientos en cuanto se metía en la cama y recordaba todos los momentos que habían pasado juntos, todas las miradas y todos los besos.

Intentaba librarse de él durmiendo, pero aparecía en sus sueños, sueños de besos y amor que jamás se harían realidad.

Zane miró el reloj por enésima vez en cinco minutos. ¿Dónde demonios estaría? Eran las siete. No podía seguir trabajando.

Se paseó por la acera de su casa preguntándose cómo podía la gente vivir en la ciudad. Volvió a mirar la hora y rugió.

Las siete y cuarto.

¿Y si no volviera a casa directamente desde la oficina? ¿Y si tuviera una cita? ¡Se sentiría el hombre más ridículo del mundo! No había ido hasta allí para descubrir que estaba saliendo con otro.

No debería haber ido. Había resistido tres semanas sin pedir un solo día libre al señor Clark, pero cuando su hija le había preguntado por qué estaba tan triste, se había dado cuenta de que era por Carly

Entonces, había reunido valor y había ido a pedirle una semana de vacaciones a Jerry. En cuanto lo había oído, su esposa le había dado un codazo cn las costillas.

Para su sorpresa, en cuanto Jerry se metió en casa, Brenda le dio el número de Carly, su móvil y el teléfono del trabajo.

Mientras se paseaba por la acera, se preguntó si no debería haber llamado primero. ¿Y si tuviera un novio estable y él sólo fuera una cana al aire?

Maldición, maldición y maldición. Debería haberla llamado desde el rancho. Se habría ahorrado el vuelo, el coche y el motel.

Decidió irse de allí inmediatamente, pero cuando iba hacia el coche la vio aparecer. Llevaba varias bolsas de la compra y estaba rebuscando algo en el bolso.

Por primera vez en varias semanas, sintió que no le dolía el corazón.

—Carly —susurró.

—¿Que haces aquí? —exclamó ella sorprendida.

—He venido a verte.

—¿Ah, sí? —le espetó con frialdad—. ¿Por qué?

Zane se preguntó por enésima vez qué había hecho para ganarse su odio.

—Carly…

Ella lo miró a los ojos y pasó de largo en dirección a su casa.

Zane la tomó del brazo.

—Espera —le dijo.

—No me toques.

—¿Por qué estás así conmigo?

–Me parece que es bastante obvio.

–No sé de qué me hablas –dijo Zane sacudiendo la cabeza–. Por favor, dímelo.

Carly tomó aire y suspiró.

–No es para hablarlo en la calle –murmuró soltándose y abriendo la puerta.

Zane la siguió al interior y, al mirar alrededor, vio su fotografía junto al ordenador.

–¿Me puedo sentar?

–No –contestó Carly dejando la compra en la cocina–. No hace falta que te sientes porque no te vas a quedar mucho tiempo.

Zane se cruzó de brazos y la miró con las mandíbulas apretadas.

–Te he echado de menos –le dijo sin pensarlo.

–¿De verdad? –contestó Carly–. Pues yo a ti, no.

–No te creo –dijo mirando la fotografía ampliada de sí mismo.

–Eso no quiere decir nada –contestó Carly dándole la vuelta.

–Muy bien, suéltalo ya. ¿Por qué estás tan enfadada?

–Por nada –contestó Carly intentando fingir que no estaba dolida–. ¿Quizás porque eres un hombre casado?

–¿Yo? ¿Quién te ha dicho que estoy casado? –dijo Zane sorprendido.

–Nadie. No hizo falta. Te vi con ella.

Zane frunció el ceño.

—¿Ah, sí? ¿Cuándo?

—¿Qué más da eso? Os vi juntos y punto —contestó al borde de las lágrimas—. Te vi con tu mujer y tu hija.

Zane sacudió la cabeza.

—Estamos divorciados.

Carly lo miró fijamente.

—¿Divorciados?

—Sí.

—¿Por qué no me lo habías dicho?

—Lo iba a hacer, pero… En fin, no creía que tú y yo… —tomó aire—. No pensé que las cosas entre nosotros iban a llegar a ponerse tan serias.

Carly se dejó caer en el sofá. Divorciados. ¿Por qué no se lo había dicho? Si le hubiera importado de verdad, no le habría ocultado algo así.

—¿Hace cuánto que estás divorciado?

—Seis años.

Carly frunció el ceño.

—¿Cuánto estuviste casado?

—Muy poco, menos de un año. Nos divorciamos cuando Katy tenía tres meses

—¿Por qué?

Zane se sentó frente a ella.

—Conocí a Elaine cuando competía en el rodeo. Era joven y guapa y yo, joven y estúpido. Me siguió de ciudad en ciudad y… Al final, caí en sus redes.

Carly no dijo nada.

–A las pocas semanas, me dijo que estaba embarazada. Me dijo que le tenía que pagar el aborto, pero yo le dije que no lo hiciera. Me dijo que estaba decidida y que, si yo no le daba el dinero, lo conseguiría por ahí. Al final, conseguí convencerla para que se casara conmigo, tuviera el bebé y me lo diera –suspiró–. Cuando tuvo a Katy, cambió de opinión. A ella la quería, pero a mí no, así que nos divorciamos. A mí lo único que me importaba era el bienestar de mi hija, así que me ocupo de mantenerla y puedo verla todos los domingos y el día de Acción de Gracias.

–Es una niña preciosa.

–Sí.

–¿Lo sabe Brenda?

–Nadie del rancho lo sabe. Solo el jefe. Elaine sabe que vivo por y para el rancho y para los caballos, así que no me deja llevar a Katy allí. Nunca digo que soy divorciado y que tengo una hija porque no quiero tener que contestar a un montón de preguntas que no son asunto de nadie.

–¿Y nadie os ha visto?

–Un par de veces, pero no le han dado importancia. Además, los chicos del rancho no van a la ciudad el domingo y a mi hija le encanta ir al campo a pescar y a andar, así que no siempre estamos en la ciudad.

–Ah –dijo Carly.

No se le ocurría qué más decir. Quería a aquel

hombre, pero le había mentido por omisión. Al
igual que con Richard, se sentía traicionada por
el hombre al que amaba. Le tendría que haber dicho la verdad desde el principio, antes de darle
el primer beso.

—No me puedo creer que no me lo contaras.

—Supongo que no me apetecía tener esta conversación. ¿Qué hacemos ahora? —preguntó con
cautela.

—No lo sé.

—He pensado en ti todos los días —confesó
Zane—. Y todas las noches.

—Podrías haberme llamado para decírmelo.

—Y tú podrías haberme dado tu número —contestó Zane—. Podrías haberte quedado y haberme
dicho todo esto en el rancho. Nos habría ahorrado muchos problemas.

—Lo siento —murmuró Carly.

—¿Quieres que me vaya?

Carly negó con la cabeza.

—No. ¿Te quieres quedar a cenar?

Zane asintió.

—Gracias.

—Ponte como en casa. ¿Te gustan los espaguetis?

—Claro.

—No tardaré mucho. Tengo la salsa ya hecha
—dijo Carly levantándose—. Si quieres ver la televisión, el mando está en la mesa.

Zane se quedó mirándola. No lo había echado de su casa. Buena señal.

Como le había sugerido, encendió el televisor y estiró las piernas. No le costó imaginarse que aquella era su casa y Carly su mujer. Cerró los ojos. No había vuelto a tener un hogar desde que se había ido de la reserva.

–Zane, Zane, despierta. La cena está lista.

–Perdón –contestó abriendo los ojos.

–No pasa nada –dijo Carly–. ¿Qué quieres beber?

–Lo mismo que tú –contestó levantándose y siguiéndola hasta la cocina.

Carly resultó ser una buena cocinera. ¡La salsa de los espaguetis era casera! Durante la cena, hablaron esporádicamente de Brenda, de Jerry, del niño, de los caballos y del rancho.

No podían dejar de mirarse mutuamente.

Mientras Zane recogía la cocina, Carly preparó café y fueron a tomarlo al salón.

–Carly, ¿qué hacemos? –le volvió a preguntar Zane.

–No lo sé. Me has mentido.

–No te he mentido.

–No ha sido una mentira en sí, pero deberías habérmelo dicho.

–Tienes razón y ya te he dicho que lo siento. ¿Qué más puedo hacer?

Carly lo miró y se dio cuenta de que estaba siendo injusta.

–¿Cuánto tiempo te vas a quedar?

–Tengo una semana libre.

–Yo ya no tengo vacaciones, ¿sabes?

–Lo sé.

–¿Dónde estás alojado?

–En un motel no muy lejos de aquí. ¿Te parece bien que pasemos tiempo juntos después de trabajar?

–Sí –contestó Carly.

–¿A qué hora sales?

–A las cinco.

–¿Qué tal si mañana te recojo y vamos al cine y a cenar?

–Estupendo.

A la tarde siguiente, mientras se vestía para salir con Zane, Carly estaba tan nerviosa como una quinceañera en su primera cita. Se había cambiado de ropa ya tres veces.

Zane no le había dicho que la quisiera, pero había ido hasta allí a verla. Eso debía de significar algo.

Cuando se estaba poniendo los zapatos, llegó Zane. Una vez fuera, le abrió la puerta del coche y Carly le indicó cómo llegar al restaurante mexicano que había elegido para cenar.

–¿Qué tal el trabajo?

–Como siempre.

–¿Y tú qué has hecho?

–No mucho. Me he despertado tarde, he desayunado y me he ido al Museo del Suroeste.

Carly asintió. Aquel museo era el más antiguo de la ciudad y su preferido.

–¿Y qué te ha parecido?

–Impresionante –contestó Zane–. Me ha gustado sobre todo lo bien recreada que está la vida de los indios.

–Mira, allí a la derecha está el restaurante.

El local era pequeño y acogedor.

–Me gusta –apuntó Zane tras hacer la comanda.

–Sí, suelo venir mucho –contestó Carly.

Mientras esperaban la cena y tomaban nachos con salsas, hablaron sobre muchas cosas. Carly le contó que tenía un cliente nuevo, una estrella del rock, y Zane le dijo que Queenie la echaba de menos.

–No digas tonterías –rió Carly.

–Te lo digo en serio. No ha comido desde que te fuiste. Como yo.

–¿De verdad?

–Sí, he adelgazado.

En ese momento, la camarera les llevó la cena y Carly enarcó una ceja viendo el enorme plato de Zane. Dos enchiladas, varios tacos, frijoles y arroz.

–Te vas a resarcir, ¿eh? –bromeó.

–Sí –sonrió Zane.

Después de cenar, en lugar de ir al cine, se fueron a la playa y pasearon por la orilla.

–Carly, perdóname –dijo Zane tomándole la mano–. Nunca quise hacerte sufrir.

–Lo sé –contestó Carly abrazándolo.

Cuando la besó, no se sorprendió. De hecho, llevaba toda la noche rezando para que lo hiciera.

–Carly...

Se volvieron a besar apasionadamente y se olvidaron del mundo. Si no hubiera sido porque estaban en un lugar público, habrían terminado tirados en el suelo haciendo el amor, pero Zane se controló.

–Vámonos, preciosa, que tienes que dormir –le dijo.

Carly asintió aunque lo último que quería en aquellos momentos era dormir.

EL MARTES por la noche fueron al cine y el miércoles a un restaurante medieval en el que se comía sin cubiertos, había justa y caballeros y damiselas en un entorno mágico. Era uno de los lugares preferidos de Carly. ¿Qué más se podía pedir?

A Zane le pareció que la cena era un poco escasa, pero los caballos le encantaron.

El jueves, lo llevó a Disneylandia. Como era entre semana, no había mucha gente.

–Tengo que traer a Katy –comentó Zane al salir de una de las atracciones.

–¿Por qué no os venís en Navidad? Creo que voy a tener unos días libres –contestó Carly.

–Sí, bueno, voy a tener que hablar con Elaine. No sé si me va a dejar sacarla del estado.

–Ah, no había pensado en eso.

Lo probaron todo y montaron en todo, riéndose como niños. Eran casi las doce de la noche cuando abandonaron el parque.

–He estado en Disneylandia cien veces –le dijo Carly mientras iban hacia el coche–, pero nunca me lo había pasado tan bien como hoy.

Al día siguiente, estaba sentada frente al ordenador pensando en Zane cuando llegó un mensajero con una docena de rosas rojas preciosas.

—¿Carly Kirkwood?

—Sí.

—Firme aquí, por favor.

Tras hacerlo, Carly leyó la nota.

Eres mucho más divertida que Alicia en el País de las Maravillas y más guapa que Blancanieves y Cenicienta juntas. Nos vemos esta noche. Te quiero, Z.

Carly se embriagó en el aroma de las flores. Se moría por verlo.

Salió pronto de trabajar y fue corriendo a casa para poner las rosas en agua. Se duchó rápidamente, se maquilló un poco y se cambió de ropa.

Puso la mesa, metió en el horno la lasaña que había dejado preparada y encendió unas velas.

Momentos después, llamaron a la puerta. Carly tomó aire y abrió. Allí estaba su vaquero, el hombre más guapo del mundo.

—Hola —le dijo con voz trémula—. Pasa.

Zane pasó, cerró la puerta y le dio un beso que la dejó temblando.

—Espero que tengas hambre —sonrió Carly.

—Mucha.

—Me alegro porque llevo todo el día cocinando.

—¿Todo el día? —dijo Zane enarcando una ceja.

–Bueno, una hora –confesó Carly–. Está ya casi listo. ¿Me ayudas con la ensalada?

–Por supuesto, pero no tengo hambre de comida.

–Luego, luego… –rió Carly.

–¿Qué hay de cena?

–Lasaña.

–Te gusta la comida italiana, ¿eh?

–Espero que no te importe, es que es mi preferida.

–La mía también.

Zane observó el balanceo de sus caderas mientras la seguía a la cocina y se maravilló de lo bien que le quedaban los pantalones cuando se agachó para sacar la lechuga del frigorífico.

En un abrir y cerrar de ojos, la lasaña estaba servida, la ensalada aliñada y ellos sentados a la mesa.

Zane pensó que era la mejor cena de su vida.

–Hoy no he trabajado nada –dijo Carly.

–¿Y eso?

–Porque me he pasado todo el día pensando en ti –confesó sonrojándose.

Zane sonrió orgulloso.

–¿Y tú qué has hecho?

–He ido a la playa y he estado paseando y pensando en ti –contestó Zane sacándose una cajita blanca del bolsillo–. Toma.

–¿Para mí?

–Por supuesto. Ábrelo.

Carly abrió la cajita y se encontró con una pulsera de plata con un caballo.

–Oh, Zane, es preciosa –dijo poniéndosela–. Gracias y gracias por las rosas también. Son maravillosas –añadió poniéndose en pie y sentándose en su regazo.

–Eres una excelente cocinera y besas muy bien –comentó Zane tras haberla besado–. ¿Qué más se te da bien?

–Ya lo verás. No quiero estropearte la sorpresa.

Zane se rió.

–Ojalá me pudiera quedar más tiempo –suspiró.

–Ojalá. ¿Por qué no te vienes a vivir aquí?

–Porque tengo un trabajo en Texas –le recordó–. Y una hija.

¿Cómo lo había olvidado? Aunque quisiera mudarse, no podría hacerlo.

–¿Cuándo te tienes que ir?

–Mañana por la mañana.

–¿Mañana? ¿No te puedes quedar hasta el domingo?

–No, le prometí a Katy que la llevaría a montar a caballo.

–Ah. Debe de ser duro verla sólo un día a la semana.

–Sí, lo es. He intentado convencer a Elaine muchas veces para que la deje pasar el verano conmigo. No sé por qué, pero no quiere. Se está quejando siempre de lo difícil que es encontrar a alguien de confianza con quien dejar a la niña. Al final, he llegado a la conclusión de que sólo lo hace para fastidiarme.

—Eso es horrible.

—Así es ella.

—Ojalá no te tuvieras que ir.

Zane le acarició la mejilla y le besó la punta de la nariz.

—Te quiero —le dijo.

Carly lo miró muy seria.

—¿De verdad?

Zane asintió.

Carly no se lo podía creer.

—Te quiero desde la primera vez que te vi. No quería enamorarme de ti, pero no lo he podido evitar...

—¡Oh, Zane, yo también te quiero! —lo interrumpió encantada.

—¡Carly! Si te pidiera que te casaras conmigo, ¿qué dirías?

—¿Hablas en serio?

—Por supuesto. ¿Qué dirías?

—¡Diría que sí! —contestó Carly abrazándolo con fuerza.

—¿Y tu trabajo?

—No te preocupes por eso. Puedo trabajar desde cualquier sitio siempre y cuando tenga conexión telefónica y ordenador.

–¿Cuánto tiempo necesitas para preparar la boda?

–No lo sé. ¿Tienes prisa?

–¡Por supuesto que sí!

–¿Un mes, quizás? ¿Pero qué va a decir tu hija?

–Te va a querer tanto como yo –contestó Zane rezando para que así fuera–. ¿Un mes a partir del sábado?

–De acuerdo, pero me tienes que ayudar.

–Muy bien. ¿Qué quieres que haga?

–Buscar iglesia.

–Eso está hecho. ¿Algo más?

–De momento, no. Te advierto que no sé qué vamos a hacer con la luna de miel porque ya he agotado todos los días que tenía de vacaciones.

–Yo, también, pero eso da igual. Podemos irnos un fin de semana y ya nos iremos de viaje de verdad en verano.

–Perfecto. Por otra parte, podría dejar la empresa y poner una yo desde casa y… ¡Ya verás cuando se lo diga a Brenda! Estaba empeñada en que nos liáramos.

–Pues lo ha conseguido –sonrió Zane–. ¿Qué tipo de anillo quieres?

–No lo sé. Sorpréndeme.

–Creo que voy a tener que empezar a construir la casa antes de lo previsto porque no creo que quieras dormir en el barracón con los chicos, ¿verdad?

–Empieza a construir la casa cuanto antes.

–Carly, estoy dispuesto a hacer lo que tú quieras con tal de verte feliz.

–Entonces, bésame –susurró ella.

Zane la besó en los labios y en el cuello mientras le acariciaba el pecho, pero se apartó.

–Me voy a ir –anunció.

–¿Por qué?

–Porque no respondo de mí mismo si me quedo más tiempo.

Carly sonrió encantada. Le gustaba que la dejara elegir a ella el momento, que no la forzara a acostarse con él antes de la boda. Así tendrían algo que hacer la noche de bodas.

–Llámame cuando llegues a casa.

–Por supuesto –contestó Zane abrazándola y levantándola del suelo–. Échame un poco de menos, ¿de acuerdo?

–Ya te echo de menos –contestó Carly abrazándolo con fuerza.

–Te quiero –dijo Zane sin parar de besarla.

–Yo, también, mi amor –contestó Carly acompañándolo a la puerta.

Cuando se fue tras unos cuantos besos más, Carly sintió como si se llevara su corazón con él.

CAPÍTULO 12

TE VAS a casar? –exclamó Katy parando su yegua–. ¡Qué bien! Mamá no me había dicho nada.

–Un momento, pequeña –contestó Zane.

–¿Puedo llevar las flores? –preguntó la niña con los ojos brillantes–. ¿Y viviremos todos juntos en el rancho?

–Katy, espera un momento. Escúchame. Hace unas semanas conocí a una chica que se llama Carly…

–¿Va a llevar ella las flores?

–¡Katy, por favor, escúchame!

–¡Sí, sí! –exclamó la niña creyendo que su sueño de ver a sus padres junto se iba a hacer realidad.

–Como te iba diciendo, he conocido a una chica y me he enamorado de ella…

–Pero tú quieres a mamá…

–No, no la quiero.

–¡Claro que sí! ¡Me lo dijiste!

–Quiero a tu madre, Katy, porque es tu madre, pero no estoy enamorado de ella. No es lo mismo. ¿Lo entiendes?

–No.

Zane tomó aire. Aquello no estaba resultando fácil. Su hija quería que sus padres estuvieran juntos, pero aquello era imposible y debía entenderlo.

–Va a venir dentro de un par de semanas.

–¿Aquí?

–Por supuesto.

–No quiero que venga.

–Katy…

–¡No quiero que venga! –gritó llorando y azuzando a su yegua.

Zane la siguió. Tenía dos semanas para hacerla cambiar de parecer y, conociéndola como la conocía, sabía que no iba a ser fácil.

Carly miró el calendario. Un día más y estaría en Texas. Le daba pena dejar a sus compañeros de trabajo y a su jefe, que se había portado de maravilla concediéndole tres meses de prueba para ver qué tal les iba con ella trabajando a distancia desde Twisted River.

Sus amigas le habían hecho una despedida de soltera en la que le habían regalado un precioso camisón con bata a juego para la luna de miel.

Tras hacer la maleta, se dio un buen baño relajante. Había vendido la casa con muebles y todo y sólo se había quedado con el ordenador, el televisor y unas pocas cosas más que ya estaban embaladas.

Al día siguiente de decirle a Zane que se casaba con él, llamó a sus padres y a su hermana, pero la primera llamada fue para Brenda.

Miró la hora y se dio cuenta de que Zane debía de estar a punto de llamar. Hablaban por lo menos una vez al día. Se secó, se puso el camisón, se hizo un té y se sentó en el sofá a esperar su llamada.

–¿Sí?

–Hola, mi amor.

Su voz la hacía derretirse por dentro.

–¿Lista para el gran cambio?

–Sí –contestó sinceramente.

Carly tenía algunas dudas en cuanto mudarse al campo a vivir, pero no en cuanto a casarse con Zane.

–¿Te puedes creer que vamos a estar casados en dos semanas? –rió–. Todavía no tengo vestido de novia. ¿Y dónde vamos a vivir hasta que nuestra casa esté acabada?

–Los Clark han dicho que podemos utilizar su casa de invitados. Tiene muebles y yo he ido poniendo cositas. Hoy han empezado con los cimientos de nuestra casa.

–¡Nuestra casa! –exclamó Carly con voz soñadora–. ¿Qué tal Katy?

–Tan cabezota como siempre.

–¿Y qué voy a hacer si no le caigo bien?

–Ya lo veremos cuando llegue el momento.

–Me va a odiar, ¿verdad? –preguntó Carly nerviosa.

–Espero que no.

–Yo, también.

–¿A qué hora llegas?

–A las tres.

–Muy bien, allí estaré. Que duermas bien, mi amor.

–Igualmente.

–Buenas noches.

–Buenas noches.

Carly colgó con un suspiro.

Se preguntó por enésima vez lo que iban a pensar sus respectivas familias de cada uno de ellos. Ya tenía una idea de lo que pensaba la madre de Zane. ¿Y Katy?

Carly se mordió el labio. No tenía mucha experiencia con niños, pero no le parecía fácil ganarse el afecto de la hija de su marido.

¿No se estaría preocupando demasiado? Al fin y al cabo, Katy no vivía con su padre, sólo se veían una vez a la semana.

Sacudió la cabeza, se olvidó de la niña y se concentró en el padre y en su boda.

Cuando llegó al aeropuerto, la estaba esperando.

–¡Cuánto me alegro de verte! –gritó corriendo a sus brazos.

—Yo, también, cariño. Te he echado de menos.

—¡A ver cuánto!

Zane la besó apasionadamente.

—Guau.

—Vamos por tu equipaje.

En el trayecto a casa, Carly se sentó pegadita a él. No podía dejar de mirarlo. No se podía creer que estuviera allí.

Zane la miró y frunció el ceño.

—¿Pasa algo?

—No, ¿por qué?

—Porque no paras de mirarme.

—Perdón, es que eres muy guapo.

Zane se rió.

—¿Quieres que paremos a comer algo?

—La verdad es que no. He comido en el avión. ¿Tú tienes hambre?

—No.

—¿Qué tal Katy? ¿Se va haciendo a la idea de que nos casemos?

—No —contestó Zane sinceramente intentando dulcificar su contestación con una sonrisa—. No te preocupes por eso. Ya lo entenderá.

—Eso espero.

Cuando divisó el rancho, se olvidó de la niña.

El motor todavía estaba encendido cuando Brenda salió corriendo a recibirlos.

—¡Carly!

—Hola, Bren. No esperabas que volviera tan pronto, ¿verdad?

–Nunca lo dudé –contestó su amiga abrazándola.

Carly miró a Zane y sacudió la cabeza.

–¿No ves como es imposible?

–Ya veo –contestó Zane besándola en la mejilla–. Voy por tus maletas.

–Gracias.

–Vamos –la instó Brenda.

–Voy –contestó Carly–. Bren, tengo muchas cosas que hacer y muy poco tiempo.

–No te preocupes. Edna se va a quedar con J.J. el lunes para que podamos ir a la ciudad a comprar un vestido. Te he guardado unas cuantas fotografías de tartas para que les eches un vistazo y, si quieres, el mismo lunes podemos aprovechar para mirar las flores. Zane tiene la iglesia, ¿verdad? ¿Qué más hay que hacer?

–Nada más.

CAPÍTULO 13

LAS DOS semanas siguientes pasaron en un abrir y cerrar de ojos. Carly encontró un vestido de novia perfecto, escogió un velo y unos zapatos en raso blanco, ropa interior blanca y un chal de seda blanco también.

Su hermana iba a ser la madrina y Brenda iba a ser dama de honor, por supuesto. Vanessa, la prima de Zane con la que había conectado inmediatamente, también.

Su amiga había insistido para que celebraran el banquete en su rancho, así que habían instalado carpas para comer y el padre de Carly había enviado un cheque para hacerse cargo de los gastos de catering.

Carly estaba sorprendida de ver que una boda se podía organizar en tan poco tiempo.

Zane le había presentado a su padre y a unos cuantos primos. A pesar de su nerviosismo, todo había ido bien.

Había pasado un domingo con Zane y con Katy, pero las cosas no habían sido fáciles. La niña no le habló a no ser que ella le preguntara algo y, cuando lo hizo, contestó con monosílabos y pidió irse a casa pronto.

Y, de repente, llegó el gran día.

Carly se despertó pronto después de no haber dormido mucho. Se duchó, pero no desayunó. Brenda la ayudó a peinarse, metieron todas las cosas en el coche y se dirigieron a la iglesia para vestirse allí.

–Estás preciosa –le dijo su madre, Helen Kirkwood, mientras le colocaba el velo.

–¿De verdad? –dijo Carly–. ¿A ti qué te parece, Diana? –le preguntó a su hermana.

–Estás maravillosa, como siempre.

–Sí, bueno, como siempre… Siempre eras tú la que se llevaba a todos los chicos –bromeó Carly.

–Estáis las dos igual que entonces –apuntó su madre.

–No sé yo –dijo Diana–. Ahora tenemos más pecho –rió haciendo reír a todas.

En ese momento, llamaron a la puerta y entraron Katy y su madre y el ambiente se enfrió al instante.

Carly fue hacia ellas y le tendió la mano a Elaine.

–Hola, encantada –la saludó.

La otra mujer le estrechó la mano brevemente y se digirió a su hija.

–Pórtate bien –le dijo–. Nos vemos esta noche.

–Esta noche quiero dormir con papá –dijo la niña.

–No puede ser.

–¿Por qué?

–Siempre paso los domingos con él. ¿Por qué no puedo dormir hoy con él?

–Porque papá va a pasar este fin de semana fuera. Ya lo verás el próximo domingo –le explicó su madre.

–¡Pero quiero verlo esta noche!

–Pues no puede ser. Pórtate bien. Nos vemos luego.

–¿No te vas a quedar? –le preguntó Katy.

–No –contestó Elaine.

Katy miró a Carly como si tuviera la culpa de que su madre se fuera.

–Buena suerte –le deseó Elaine a Carly.

Un minuto después de que se hubiera ido, llamaron a la puerta y el padre de Katy anunció que todo estaba listo y los invitados esperando.

Su padre la estaba esperando a la entrada. Estaba muy guapo con su esmoquin y el pelo rubio peinado hacia atrás.

Cuando se abrieron las puertas, Carly tomó aire y Vanessa le indicó a Katy que comenzara a avanzar por el pasillo lentamente.

Detrás iban Diana, Brenda y la propia Vanessa y cerrando el desfile Carly del brazo de su padre.

Carly miró al frente y vio a Zane en el altar. Al instante, se quedó sin aliento y le pareció que todo lo demás, flores, música, invitados, todo, se desvanecía.

Se miraron a los ojos y sonrieron.

Cuando Zane dijo las palabras por las que la tomaba como esposa, Carly sintió que el corazón se le salía del pecho. Ella hizo lo propio y Zane le levantó el velo y le dio el primer beso como marido y mujer.

Todos los presentes aplaudieron y sonrieron. Todos, excepto Katy, que tenía cara de pocos amigos.

Una vez en el rancho, la niña se sentó en la mesa de los novios, pero no abrió la boca. Estaba seria y taciturna.

Zane intentó hacerla reír, pero Katy no estaba por la labor. No aprobaba que se hubiera casado con una mujer que no era su madre y estaba dispuesta a que todo el mundo se diera cuenta de ello.

Zane optó por pedirle a su hija que bailara con él y, aunque al principio parecía que se iba a negar, Katy acabó aceptando.

Cuando volvió a la mesa, estaba más contenta, pero pronto la expresión se le volvió a ensombrecer porque su padre le pidió bailar a su nueva esposa.

Una vez en la pista de baile, se abrazaron y se

dejaron llevar por el ritmo de la música completamente enamorados.

—Por fin solos —dijo Carly apoyando la cabeza en el hombro de Zane cuando una hora después la limusina los conducía al hotel.

Se habían despedido de todo el mundo y los padres de Zane se habían encargado de llevar a Katy a casa de su madre.

—Ya era hora —contestó Zane.

—Todo ha salido bien, ¿verdad?

—Por supuesto —contestó Zane—. Lo has organizado tú, así que no podía ser de otra manera.

—Gracias, mi amor —sonrió.

Seguía sonriendo cuando llegaron un rato después al hotel.

—Enhorabuena —les deseó el portero.

—Gracias —contestaron ambos al unísono.

Mientras se registraban en la recepción, la gente los miraba pues Carly iba vestida de novia. Era un vestido tan bonito que había decidido no cambiarse. Le gustaba mucho y no se lo iba a poder poner nunca más, así que había que aprovechar.

—Señor y señora Roan Eagle —firmó Zane.

El empleado sonrió y les entregó las llaves.

Un botones les llevó el equipaje hasta la suite nupcial y Carly se dio cuenta de que se había sonrojado cuando el chico abrió la puerta.

—Es una habitación preciosa —dijo Carly mirando a su alrededor una vez a solas.

Zane la tomó de la cintura por detrás y la besó en el pelo. Feliz, Carly reposó la cabeza en su pecho.

—¿Qué quiere hace el señor Roan Eagle? —le preguntó girándose lentamente.

—¿Es una pregunta con trampa? —contestó Zane haciéndola reír.

Carly le quitó la chaqueta.

—Yo tengo muy claro lo que quiero hacer —le dijo.

—¿Ah, sí?

—Sí, quiero ver bien de cerca al hombre con el que me he casado —sonrió Carly—. Quiero cerciorarme de que he hecho una buena compra.

—Te aseguro que sí —dijo Zane apretándose contra ella para que sintiera su erección.

Carly suspiró y le quitó la camisa. A continuación, le desabrochó el cinturón y la cremallera del pantalón.

—Cuidado —gimió Zane.

—No te preocupes...

Zane se quitó los zapatos y los calcetines.

—¿Me toca? —preguntó.

Carly asintió y lo observó mientras le quitaba el velo y lo dejaba sobre la cama. A continuación, Zane le quitó las horquillas y el revolvió el pelo.

—Me encanta tu pelo —murmuró mientras comenzaba a desabrocharle el vestido.

Carly se estremeció de deseo mientras se quitaba el vestido y lo dejaba en una butaca.

Zane silbó de forma apreciativa. Estaba guapísima con aquella ropa interior de encaje blanco.

La abrazó y la besó hasta dejarla sin aliento. Una vez en la cama, se desnudaron por completo.

—Qué preciosa eres —le dijo al oído—. Recuérdame por la mañana que le mande una docena de rosas a Brenda.

—¿A Brenda?

—Sí, por habernos presentado.

Carly lo abrazó con fuerza.

—Que sean dos —sonrió comenzando a explorar su cuerpo.

Se hicieron gemir y jadear mutuamente hasta que llegaron al momento de la penetración, de la unión total y universal. Entonces, Carly se alegró de haber esperado a la noche de bodas para entregarse a él, al hombre de su vida.

De repente, Zane se apartó sorprendido.

—¿Qué te ocurre? —le preguntó Carly.

—¿Eres virgen? ¿Nunca has…?

—No, nunca —sonrió Carly.

—¡Oh, mi amor! —exclamó Zane mirándola con un inconmensurable amor.

A la mañana siguiente, cuando bajaron a desayunar tras hacer varias veces el amor, ya era casi la hora de comer.

–¿Qué vas a tomar? –le preguntó Carly.

–Tengo que reponer fuerzas –sonrió Zane–. Creo que me podría comer la carta entera. ¿Qué quieres hacer hoy? –le preguntó tras hacer la comanda.

–Lo que quieras –contestó Carly mirando la pulsera de plata con el caballito que Zane le había regalado–. ¿Podré tener un caballo?

–Pues claro.

–Voy a hablar con Brenda a ver si me vende a Queenie. Estaría bien tener un caballo que ya conozco, ¿no crees?

–¿Perdona?

–¿Qué te pasa? ¿En qué estabas pensando?

–En Katy. Estaba verdaderamente triste ayer y me tiene preocupado.

–¿Quieres ir a verla?

Zane se encogió de hombros.

–Sí, pero sólo tenemos dos días de luna de miel y…

–A mí, no me importa –le aseguró Carly–. No tengo ningún problema en compartirte con tu hija. Te debe de estar necesitando más que nunca.

–¿De verdad no te importa?

–De verdad.

Zane le tomó la mano y se la besó.

–¿Te he dicho que te quiero?

–Hace diez minutos –sonrió Carly.

—Debería decírtelo más a menudo.

—Me parece una buena idea.

Elaine vivía en una casa de una planta en una calle tranquila en la que los niños estaban jugando en la calle.

—¿Quieres entrar? —le preguntó Zane.

—No, te espero aquí —contestó Carly.

—Muy bien. No tardaré mucho.

En cuanto abrió la puerta de la furgoneta, Katy salió corriendo de la casa en dirección a él.

—¡Papá! ¡Papá! —exclamó tirándose a su cuello—. Sabía que ibas a venir. ¿Dónde vamos? ¿Podemos ir al cine?

—Por supuesto, pero vamos a decírselo a tu madre, princesa.

—¿No estabas de luna de miel? —le preguntó Elaine.

—Sí, pero… —contestó Zane encogiéndose de hombros—. ¿Te importa que me lleve a Katy y te la traiga a las seis?

—No, es tu día, pero… ¿te importaría que pasara la noche contigo?

Katy miró a su padre con los ojos muy abiertos.

—¡Por favor, papá, nunca he dormido en el rancho!

—Muy bien, cariño —contestó Zane besando a su hija—. Ve por tus cosas.

Mientras la niña obedecía encantada, sus padres se quedaron hablando.

—¿Tienes planes para esta noche? —le preguntó Zane.

—Puede.

—Supongo que tener una hija te estropea muchos planes, ¿verdad?

—No empieces.

—¿Por qué no me la dejas los fines de semana en lugar de sólo un día a la semana? Así podrías tener más tiempo para ti, para hacer lo que quieras...

—¿Y qué va a decir tu mujer?

—¿Y a ti qué te importa? Elaine, tengo derecho a estar más tiempo con mi hija.

—Sí, tienes razón.

Zane frunció el ceño ante aquel repentino cambio de parecer.

—¿Estás con alguien?

—¿Y qué más da eso?

—Un poco repentino, ¿no?

—Mira quién fue a hablar —le espetó Elaine mirando en dirección a la furgoneta—. No ha sido repentino —le explicó—. Ken y yo nos conocemos hace tiempo, pero hemos empezado a salir en serio hace poco.

—¿Y Katy le molesta los fines de semana?

—¿Quieres que lo pase contigo sí o no?

—Claro que sí —contestó Zane.

—Muy bien, podemos empezar a partir del próximo fin de semana.

Katy salió con una mochila al hombro, se agarró de la mano de su padre y sonrió encantada. Sin embargo, al llegar al coche y ver que estaba Carly se le cambió la cara.

Zane tuvo que acuclillarse frente a ella y explicarle la situación.

—Katy, nos hemos casado ayer. ¿Quieres que la deje sola en casa?

Katy negó apesadumbrada.

—¿La quieres más que a mí?

—No, mi vida —le aseguró Zane—. Es un amor diferente. Lo entenderás cuando seas mayor.

Katy asintió y subió a la furgoneta.

—Hola, Katy —la saludó Carly radiante.

—Hola —contestó la niña en voz baja.

—Katy quiere ir al cine —anunció Zane cerrando la puerta.

—Muy bien —contestó Carly—. Me encanta ir al cine.

Katy no contestó y Zane sacudió la cabeza y miró a su esposa como pidiéndole perdón.

Desde luego, el día no fue un éxito. Zane tuvo que sentarse entre ellas en el cine, Katy estuvo callada durante la cena y, una vez en casa, se bañó y se metió en la cama sin ni siquiera darle las buenas noches.

Una vez a solas, Zane le dijo que Elaine le había pedido que Katy pasara los fines de semana con ellos. Carly sintió que el corazón se le partía. No porque no le gustara la niña sino porque la niña la odiaba.

—Muy bien…

—No pareces muy contenta.

—Teniendo en cuenta que tu hija me detesta, ¿cómo quieres que esté?

—No te preocupes, todo se arreglará. En cuanto te conozca, te querrá como te quiero yo —le aseguró Zane yendo a contarle un cuento a Katy.

—Eso espero —suspiró Carly deshaciendo el equipaje.

CAPÍTULO 14

CARLY se duchó medio dormida.

Zane le había dicho que para marcar a los terneros había que madrugar, pero ¿tan pronto? ¡Apenas había amanecido!

Tras vestirse, los tres fueron a desayunar al comedor común, con los vaqueros. Las mesas rebosaban de tortitas, salchichas, beicon, patatas fritas y huevos.

Al terminar de desayunar, siguieron a los vaqueros a los establos. Aquella iba a ser una experiencia increíble.

Había varias personas, incluidos varios niños, esperando. Entre ellos, Brenda y Jerry. Mientras Zane y los demás hombres ataban a los asustados animales y los marcaban con los hierros del rancho, Carly se quedó con Katy.

–¿Qué te parece? –le preguntó Brenda acercándose.

–Parece sacado de una película del Oeste –contestó Carly sinceramente.

–Hay cosas que nunca cambian –sonrió su amiga.

–¿Te atreves? –intervino Zane.

Carly negó con la cabeza, pero vio que Katy sonreía despectiva. Debía de pensar que era una chica tonta de ciudad, así que Carly se bajó de la valla de madera y se acercó al ternero, que estaba atado.

–Pon el hierro en el fuego –le indicó Zane mientras iba a ayudar un momento a otro vaquero.

–¿Te lo estás pasando bien? –le preguntó Carly a Katy.

–Quizás –contestó la niña.

–Quiero que seamos amigas, de verdad –le dijo Carly sinceramente–. No intento ocupar el sitio de tu madre, ¿sabes?

–Aunque quisieras, no podrías –contestó Katy.

–Tampoco quiero quitarte a tu padre. Lo quiero mucho y él me quiere mucho, pero eso no quiere decir que no te quiera a ti también –le explicó.

Katy fue a contestar, pero en ese momento apareció su padre.

–Vamos allá –dijo eufórico.

Carly tomó aire y marcó al animal, que pocos segundo después se puso en pie y se fue a pastar junto a su madre.

Tras cuatro horas de agotador trabajo, todos los terneros estaban marcados. Entonces, comieron todos juntos y rieron y hablaron de todo un poco.

Por la tarde, volvieron a casa, cansados y polvorientos. Cuando iban a entrar, sonó el teléfono y Katy salió disparada a contestar.

–Será Elaine para ver a qué hora le llevamos a Katy –dijo Zane.

–Papá, es mamá –dijo la niña–. Quiere hablar contigo.

–¿Quieres darte un baño? –le preguntó Carly a Katy mientras Zane hablaba con su madre.

–Bueno...

–¿Y qué vas a querer cenar?

–Me da igual –contestó la niña.

–¿Quieres que nos tomemos una pizza cuando te llevemos a casa?

Katy se encogió de hombros y se fue a bañarse.

Mientras oía el agua correr, Carly oyó a Zane maldecir.

–¿Qué pasa?

–Que se ha casado –contestó colgando el teléfono.

–¿Quién? ¿Elaine? –preguntó Carly sorprendida.

–Sí –contestó su marido–. ¡Y quiere que se lo diga yo a Katy!

–¿Algo más?

–Pues sí. ¡Está embarazada!

Carly se quedó mirándolo con los ojos muy abiertos.

–Y quiere que Katy se venga a vivir con noso-

tros y que se vaya con ella los fines de semana
—concluyó.

Aquello fue como una bomba.

A Carly nunca le habían gustado especialmente los niños y ahora, en dos días, se encontraba casada y con una niña de seis años.

—¿Carly?

—Ve a secar a Katy mientras preparo café.

Zane la miró preocupado y obedeció. No podía quitarse de la cabeza la idea de que Elaine
había tomado aquella decisión para estropear su
relación con su nueva mujer. Él estaba encantado con que su hija fuera a vivir con él, pero,
¿qué pensaría Carly?

—¿Sabes qué? —sonrió Katy—. Mamá me ha dicho que me puedo quedar a dormir.

—Sí, a mí también me lo ha dicho —dijo Zane
sacándola de la bañera.

La envolvió en una toalla y la abrazó con
fuerza. ¿Cómo le iba a decir que su madre se había casado y que ya no la quería en su casa? ¿No
podría haber esperado Elaine a que la niña se
acostumbrara a que su padre se hubiera vuelto a
casar antes de hacerlo ella?

—Tengo sueño —bostezó Katy con el pijama ya
puesto.

—¿No quieres cenar? Creo que Carly va a pedir una pizza.

—No tengo hambre.

—Muy bien —contestó tomándola en brazos—.
¿Te lo has pasado bien?

Katy asintió con los ojos medio cerrados.

—¿Te gustaría pasar el resto del verano en el campamento del Double Z?

Katy abrió los ojos inmediatamente.

—Sí —exclamó—. Se lo tendría que preguntar a mamá…

—Bueno, tu madre…

—¿Os habéis vuelto a pelear?

—No, mi vida —contestó Zane acariciándole el pelo—. Tu madre se ha casado esta mañana.

—¡No! —gritó Katy—. Jamás lo haría sin decírmelo. Si se hubiera casado, no lo habría hecho sin mí.

—Lo siento, hija.

—¡No! —gritó Katy llorando amargamente.

—Katy, mira, a partir de ahora vas a vivir aquí, conmigo, ¿de acuerdo? —intentó tranquilizarla su padre.

—No creo que a tu mujer le haga gracia.

—¿A Carly? Claro que sí. A partir de ahora, vas a tener dos familias que te van a querer mucho.

Katy no contestó. Se metió bajo las sábanas y siguió llorando.

Zane se quedó un momento sentado en el borde de la cama, pero decidió irse y dejarla sola para que se desahogara.

A la mañana siguiente, la niña estuvo callada durante todo el desayuno, pero se alegró cuando su padre le dijo que la iba a llevar al Double Z.

Zane y Carly lo habían hablado la noche anterior y habían decidido que sería mejor para Katy estar con sus amigos que pasar el día en el rancho con Carly. Sería mejor para ambas conocerse poco a poco.

Cuando se quedó a solas, Carly instaló el ordenador y se puso en contacto con su jefe. Zane fue a comer con ella y estaban haciendo el amor cuando sonó el teléfono.

–¿Cuánto hace que ha desaparecido? –preguntó Zane preocupado.

–¿Qué pasa? –exclamó Carly.

–Katy –contestó Zane.

–¡Oh, no!

–Ahora mismo vamos –dijo Zane colgando.

En diez minutos, estaban en camino.

–¿Dónde crees que ha podido ir? No la habrán secuestrado, ¿verdad? –preguntó Carly preocupada.

–No creo. Más bien, se ha escapado –contestó Zane–. Todo esto es culpa mía por no haber hecho las cosas bien. Sabía que mi hija no quería que me casara, pero lo hice igual porque me moría por estar contigo. Tendría que haberle dado más tiempo para hacerse a la idea –concluyó golpeando el volante.

Carly lo miró anonada. Si se echaba la culpa de lo ocurrido, obviamente también debía de culparla a ella de alguna manera.

¿Y si Katy no aparecía? ¿Cómo iba a vivir

con un hombre que, cada vez que la mirara, iba a pensar que por su culpa había perdido a su hija?

Sacudió la cabeza para apartar aquellos pensamientos de su cabeza. No, era imposible. Katy iba a aparecer. No podía haber ido muy lejos.

Al llegar al Double Z, Martha Zimmerman salió a recibirlos y les puso al corriente de lo sucedido. Su marido y todos los empleados del rancho estaban buscando a la pequeña.

—Hemos calculado que lleva una hora y media perdida —dijo Martha—. Iba a llamar ahora mismo a la policía. Siento mucho todo esto —añadió preocupada.

—No es culpa suya, señora Zimmerman —le aseguró Zane—. Me temo que la vida de mi hija se ha resquebrajado en los últimos dos días. ¿Le importaría dejarme uno de sus caballos?

—Por supuesto que no —contestó Martha—. Llévate el que quieras.

—Gracias —dijo Zane yendo hacia los establos.

—Quiero ayudarte —dijo Carly.

—Gracias, pero es mejor que te quedes aquí —contestó Zane.

Carly asintió, pero, en cuanto Zane hubo desaparecido a caballo, ensilló una dócil yegua y salió en busca de Katy.

Supuso que todos estarían buscando cerca de al autopista, así que ella se quedó cerca del rancho. Al fin y al cabo, Katy sólo tenía seis años. Seguro que sólo quería llamar un poco la atención, quizás asustar a su padre, pero nada más. Debía de estar escondida en algún lugar no muy lejano.

Al cabo de un rato, vio un sendero que se adentraba en el bosque y decidió seguirlo. Terminaba en una pradera. Carly oteó el horizonte, pero no vio nada. Cuando se disponía a dar la vuelta, oyó un grito.

Paró el caballo y escuchó con atención. Sí, era un leve grito pidiendo auxilio. Subió una colina y, al llegar a lo alto, vio una mancha azul en mitad de la pradera verde. Era la falda que Katy llevaba aquella mañana.

Asustada y aliviada al mismo tiempo, hizo al caballo bajar por la pendiente. Cuando el animal perdió pie y cayó, se dio cuenta de su error, pero ya era demasiado tarde.

Al verse en el suelo con la muñeca herida, suspiró enfadada

—Es la última vez que monto —gruñó mientras veía a su caballo salir corriendo en dirección al rancho.

—¿Carly?

Carly se giró y vio a Katy, con la camisa rota, y los ojos rojos de tanto llorar.

—¿Estás bien? —le preguntó.

—No —gimoteó la pequeña—. Creo que me he roto la pierna.

Carly se puso en pie y se arrodilló a su lado.

—¿Dónde te duele?

La pequeña se tocó la rodilla, que estaba muy hinchada.

–Quiero que venga mi padre –sollozó.

–Lo sé, cariño –contestó Carly mirando el caballo de Katy.

Decidió dejarla allí e ir a buscar ayuda al rancho, pero cuando se lo dijo Katy se negó.

–No quiero quedarme sola otra vez –exclamó.

–No tardaré mucho.

–No, por favor.

Carly pensó en subir a Katy al caballo con ella y volver juntas, pero tenía la muñeca muy mal, así que no podía ser.

Además, mirando al animal detenidamente, vio que él también tenía una pata mal.

–Me parece que nos hemos hecho todos daño, ¿eh? –sonrió–. Vamos a tener que esperar a que nos encuentren. No creo que tarden mucho.

Katy asintió dejando de llorar.

–¿Por qué te has casado con mi padre?

–Porque lo quiero.

–Mi madre también se ha casado.

–Sí, pero los dos te siguen queriendo, ¿sabes? –le aseguró Carly–. Eso nada lo va a cambiar. Todos podemos querer a más de una persona en la vida.

Katy frunció el ceño.

–Tú quieres a tu madre, ¿verdad?

–Sí –contestó la niña.

–¿Quiere decir eso que no quieres a tu padre?

Katy negó con la cabeza.

–Hay amor para todos –le explicó Carly–. Puedes querer a cientos de personas a la vez. Puede que un día incluso me quieras a mí –sonrió dándose cuenta de lo importante que era para ella que aquella niña la quisiera.

–No tengo que llamarte mamá, ¿verdad?

–Solo si tú quieres.

–Me quiero ir a casa –dijo Katy volviendo a llorar–. Me duele mucho la pierna.

–No creo que tarden mucho en venir, ya verás –la consoló Carly acariciándole el pelo–. ¿Quieres apoyarte en mí y descansar un poco?

Tras dudarlo un momento, Katy asintió. Acariciándole la frente, consiguió que se quedara dormida.

Hacía calor y a Carly le dolía terriblemente la muñeca. Si a ella le dolía tanto y sospechaba que era sólo un esguince, ¿cuánto le dolería a Katy si de verdad se le había roto la pierna?

Al cabo de un rato, oyó los cascos de un caballo y no tardó mucho en ver aparecer a Zane, con el pelo al viento y sin sombrero, el clásico héroe de las películas.

Saltó del caballo antes de que el animal se parara por completo y besó a ambas antes de preguntarles cómo estaban.

–Yo tengo la muñeca mal y creo que Katy se ha roto una pierna.

–Dios mío, es imposible meter un coche aquí

–apuntó Zane–. Voy a tener que moverla, pero antes se la voy a inmovilizar.

–¿Te ayudo?

–No, tú tienes mal la mano.

Poco después, con ramas y un poco de cuerda, le había inmovilizado a su hija la pierna y subió a ambas a su caballo.

–¿Y el mío? –preguntó Katy.

–No te preocupes –la tranquilizó su padre–. Seguro que nos sigue y, si no, alguien vendrá luego por él. ¿No te había dicho que te quedaras en el rancho? –le dijo a Carly.

–Sí, pero no podía quedarme allí de brazos cruzados mientras todo el mundo estaba buscando a Katy. Tenía que poner mi granito de arena.

Zane le acarició la mejilla con ternura.

–Esa es mi chica –dijo orgulloso.

Carly sonrió encantada y Katy sonrió también.

«Todo va a ir bien a partir de ahora», pensó.

CARLY se sentó en el porche de su nueva casa y se tocó la tripa. Sonrió al sentir las patadas de su hijo, que iba a nacer cualquiera de aquellos días.

Había dejado el trabajo y había puesto una empresa. Ser su propia jefa le permitía organizarse como quería.

Sonrió al ver a Katy jugando con el cachorro que Zane había sacado de la perrera.

Elaine había tenido a su hijo hacía cinco meses y Brenda había anunciado hacía pocos días que ella también estaba embarazada.

—¿Qué tal estás, cariño? –le preguntó Zane.

—Bien, un poco nerviosa.

—¿Qué tal está nuestro hijo? –añadió arrodillándose a su lado.

—Muy bien, creo que va a ser futbolista –sonrió.

—Espero que se parezca a ti –dijo Zane besándola.

—Espero que se parezca a ti –contestó Carly.

—¡Espero que se parezca a mí! –exclamó Katy.

Carly y Zane se rieron mientras la niña subía las escaleras del porche con el cachorro en brazos.

—¿Y qué hacemos si se parece a Chipper? —dijo Zane acariciando al perro.

—No digas tonterías, papá —sonrió Katy.

Carly sonrió mientras los miraba. No había sido fácil al principio, pero había conseguido ganarse el amor de la hija de Zane y ahora eran una familia de verdad.

Incluso la madre de Zane estaba entrando en razón. La última vez que los había ido a ver, se había despedido de ella con un abrazo y la había llamado *cunksi*, que en lakota quería decir *hija*.

Sí, señor. La vida era maravillosa.

Carly suspiró feliz.

Una vez, alguien le había dicho, ¿habría sido Brenda?, que todo era más grande y mejor en Texas.

Era cierto.

JAZMÍN™

CARLA CASSIDY

EL HOMBRE
MÁS ADECUADO

HARLEQUIN™

COLETTE Carson entró en el cuarto de baño y sacó el test de embarazo de la bolsa de plástico. Los dedos le temblaron mientras abría la caja y sacaba el test y las instrucciones.

Leyó las instrucciones rápidamente y se miró en el espejo. Tenía los ojos ligeramente hinchados por haber llorado durante la mañana, y su cara pálida reflejaba el sufrimiento que sentía. No debía pensar en ello, se dijo mientras volvía a mirar las instrucciones una vez más. Definitivamente, no podía pensar en él.

Cuatro semanas atrás su único deseo había sido estar embarazada, y había decidido convertirse en madre soltera. Había encontrado una clínica que practicaba la inseminación artificial y se había sometido a ella. Cuatro semanas atrás, todo lo que quería era estar embarazada, pero eso había sido antes de conocerlo, antes de haberse enamorado de él y antes de que el corazón se le rompiera en un millón de pedacitos.

Leyó las instrucciones otra vez. Había comprado el test que le parecía más fácil de usar: en tres minutos aparecería un signo más o un signo menos en la ventanita. El más significaba que estaba embaraza;

el menos, que no lo estaba. Así de sencillo y fácil. Pero desde que la habían inseminado artificialmente su vida se había complicado de repente y ya no estaba segura de querer estar embarazada.

Decidida a no esperar más tiempo, hizo el test, lo dejó en la encimera y se preparó a esperar los tres minutos.

–Oh, Dios mío –murmuró–. ¿Y si estoy embarazada?

CAPÍTULO 1

ATORCE días.
Colette Carson entró en su apartamento, se quitó los zapatos y se dejó caer en el sofá de color beige. Habían pasado exactamente catorce días desde que la habían inseminado artificialmente y cada uno de esos días se había preguntado si su deseo, su sueño, se iba a hacer realidad.

Si todo había salido bien, entonces no sólo sería la propietaria de La Boutique del Bebé, sino que también se convertiría en una de sus mejores clientes. Sonrió con dulzura y se acarició el vientre amorosamente.

Nunca había estado más preparada para tener un bebé. Tenía veintiocho años, la boutique iba mucho mejor de lo que había esperado y confiaba en poder criar a un hijo ella sola. Había tomado la decisión de convertirse en madre porque tenía todo lo demás en su vida. Lo había pensado y planeado cuidadosamente.

Miró el reloj y se dio cuenta de que Gina estaría enseguida en la casa, y le tocaba a Colette preparar la cena. Se levantó del sofá, pensando en la joven que trabajaba para ella en la tienda y que también era su compañera de piso desde hacía tres semanas.

Gina Rothman era una joven dulce y considerada de veintiún años que alquilaba la segunda habitación de Colette hasta que pudiera permitirse vivir sola. Una vieja amiga le había preguntado a Colette si podría aceptar en su casa a la joven y la primera respuesta de Colette había sido «de ninguna manera». Después de una serie de malas compañeras de piso, Colette había decidido que no iba a volver a compartir el apartamento. No necesitaba el dinero, y desde luego que tampoco necesitaba los dolores de cabeza.

Todavía se estaba intentando recuperar de la última compañera, llamada Trina, que practicaba yoga completamente desnuda en el salón de Colette. Pero Margaret Jamison había insistido y le había asegurado que Gina Rothman era una joven muy dulce dispuesta a trabajar duro y a hacerse un lugar en el mundo. Finalmente Colette había cedido, y hasta ese momento el acuerdo había ido bastante bien.

Gina no parecía tener vicios ocultos y estaba ansiosa por aprender todo lo que Colette pudiera enseñarle sobre llevar un negocio y vivir en la ciudad.

Ya en la cocina Colette abrió el frigorífico y miró el interior, intentando decidir si prefería hacer espaguetis o tacos. Oyó que se abría la puerta principal y que se cerraba de golpe. Salió de la cocina y entró en el salón, donde vio a Gina echando la cadena a la puerta.

–¿Espaguetis o tacos? –le preguntó a su guapa compañera de piso.

Gina se giró para mirar a Colette con unos grandes ojos azules que reflejaban pánico.

–¡Tienes que esconderme! –exclamó tomando la mano de Colette–. Tienes que decirle que no vivo aquí y que no sabes quién soy ni dónde estoy –dijo rápidamente mientras miraba la puerta con el rabillo del ojo.

–Cálmate –contestó Colette alarmada–. ¿Qué está pasando? ¿De quién te estás escondiendo? –genial. Sabía que Gina era demasiado perfecta para ser verdad. ¿Se le había olvidado mencionar a algún antiguo novio loco?

–Es Tanner. Me ha encontrado –dijo Gina con lágrimas en los ojos.

–¿Quién es Tanner? –preguntó Colette empezando a preocuparse al ver la angustia de Gina.

–Mi hermano –las lágrimas empezaron a resbalarle por las mejillas–. Y sé por qué ha venido, para llevarme de vuelta a ese estúpido rancho. ¡Es miserable y odioso y no está dispuesto a dejarme crecer!

Colette se tranquilizó un poco al saber que la amenaza venía de un hermano, no de un maníaco.

–Lo único que tienes que hacer es explicarle que te va bien y que no quieres volver al rancho –le dijo suavemente.

Gina sacudió la cabeza con fuerza, haciendo revolotear el cabello de color oscuro.

–Tú no conoces a Tanner. No me escuchará… Nunca la hace, pero siempre consigue lo que quiere –soltó la mano de Colette, corrió a su dormitorio y cerró la puerta.

Inmediatamente después llamaron a la puerta. Colette dudó antes de responder, intentando asimilar lo que Gina le había dicho. Cuando había admitido a

Gina en su casa, sabía que era la primera vez que la joven vivía sola.

Gina había salido de su casa paterna en el oeste de Kansas y se había instalado en Kansas City para comenzar a ser independiente. Así que el hermano mayor había llegado a la ciudad para controlarla, pensó Colette.

Todo lo que tenía que hacer era convencer a Tanner Rothman de que Gina no se había corrompido y de que se sabía manejar ella sola con madurez y sentido común.

Le quitó el seguro a la puerta y la abrió. Todos los pensamientos racionales se desvanecieron durante un momento al ver al hombre alto y de hombros anchos con seductores ojos azules. Llevaba unos vaqueros desteñidos y ajustados, una camisa azul y botas. Su cabello era del mismo color oscuro e intenso que el de Gina, pero lo llevaba corto, lo que acentuaba sus facciones pronunciadas. Gina no le había dicho que su hermano era un monumento de primera calidad.

—Buenas tardes —dijo él con voz agradable—. Me llamo Tanner Rothman y he venido para hablar con mi hermana.

Tanner sonrió y Colette se relajó un poco. Gina se lo había descrito como un auténtico ogro, pero parecía respetuoso y razonable… Un hombre razonable increíblemente atractivo.

—Hola, soy Colette Carson, la compañera de piso de Gina. Por favor, entre —abrió un poco más la puerta para dejarle pasar. Cuando pasó junto a Colette ella pudo apreciar su aroma masculino y fresco, un aroma muy agradable–. Siéntese, por favor –dijo señalando el sofá.

–No, gracias –contestó él–. Si pudiera hablar con Gina… –la miró con sus ojos de color azul oscuro y después le echó un vistazo a la habitación. Colette se preguntó si estaría buscando algo vergonzoso o pecaminoso, cualquier cosa que pudiera usar a su favor para que Gina volviera con él.

Colette sonrió mientras iba a buscar a Gina. A Tanner le costaría mucho encontrar algo así. El apartamento era un reflejo de la vida de Colette: estaba bien organizado y era práctico y limpio.

–Gina –dijo llamando a la puerta de la joven.

Gina abrió un poco la puerta y miró a Colette.

–¿Se ha ido? –preguntó.

–No, pero dice que sólo quiere hablar contigo –le contestó.

–No quiero hablar con él –dijo en voz baja–. Me dirá que haga algo que no quiero hacer. Y ganará… siempre gana.

–Gina, ¿cómo vas a convencerlo de que estás preparada para vivir sola si te escondes en tu habitación como una niña?

Gina frunció el ceño pensativa.

–Muy bien. Saldré y hablaré con él, pero sólo si te quedas conmigo.

–No creo que deba involucrarme…

–Por favor –le pidió Gina–. No tienes que decir o hacer nada. Solo siéntate a mi lado, eso me dará fuerzas para no decir algo de lo que después me arrepienta.

–De acuerdo –consintió Colette.

Las dos mujeres volvieron al salón, donde Tanner Rothman estaba mirando por la ventana del piso octavo, que ofrecía una vista del rascacielos de enfrente.

Se volvió al oírlas entrar, y de nuevo Colette se sorprendió al ver lo atractivo que era. Sus labios sensuales se curvaron en una sonrisa mientras miraba a su hermana con evidente cariño.

—Hola, Gina.

Gina se dejó caer en el sofá, y Colette se sentó a su lado.

—¿Cómo me has encontrado, Tanner?

—Eso no importa ahora —respondió con suavidad—. ¿Cómo estás? Han pasado ya tres semanas y no has llamado ni escrito.

Gina fijó la vista en la pared que estaba a la izquierda de Tanner.

—He estado ocupada.

—Y yo he estado preocupado —contestó Tanner.

Colette deseó estar en cualquier sitio menos en ese. Quería irse a otra habitación y dejarles algo de intimidad.

Gina se sonrojó.

—No hay nada por lo que preocuparse. Como puedes ver, me va bien.

—Me preguntaba si podría invitarte a cenar esta noche.

—No tengo hambre —respondió Gina desafiante.

Colette miró a los hermanos. El ambiente se estaba volviendo cada vez más tenso.

—Son casi las siete y sé que acabas de salir de trabajar —continuó Tanner—. Debes de tener hambre.

Venga, Gina, solo te estoy pidiendo que me dejes invitarte a cenar.

Gina dudó y miró a Colette, cuyos rasgos no reflejaban ninguna emoción. Luego volvió a mirar a su hermano.

—De acuerdo. Cenaré contigo, pero sólo si Colette viene con nosotros.

Colette se quedó sorprendida.

—No creo que…

—Bien —contestó Tanner sin hacer caso de la objeción de Colette. Se apartó de la ventana y se dirigió a la puerta—. Mientras venía he visto en la siguiente manzana un restaurante de barbacoas que parecía muy agradable. ¿Por qué no quedamos allí dentro de media hora? Así tendréis tiempo para refrescaros o lo que sea.

Aunque Colette quería protestar ante cualquier plan que la incluyera a ella, antes de que pudiera hacerlo Tanner ya se había ido, dejando el aroma de su colonia masculina flotando en el aire.

—Gina, creo que tu hermano y tú deberíais hablar solos. Yo me prepararé una ensalada y tú quedas con él.

—Colette, por favor, ven conmigo —contestó Gina mirándola con ojos suplicantes.

—Eres mayor de edad, Gina. No puede llevarte de vuelta a la fuerza. No me necesitas.

—Si tú no vas, yo tampoco iré. Y entonces él volverá aquí. Por favor.

Colette miró a su joven compañera de piso y se sintió incapaz de decirle que no. Sabía lo que era tener un sueño y estar rodeada de gente que pensaba que no era capaz de conseguir nada.

–Muy bien, cenamos esta noche. Pero después te quedas sola en lo que se refiere a tu hermano.

–Gracias –dijo Gina aliviada.

–Voy a cambiarme de ropa –contestó queriendo ponerse algo un poco más informal que el traje que se había puesto para trabajar.

Mientras entraba en su cuarto, se juró a sí misma que cenaría y mantendría la boca cerrada. No tenía ninguna intención de meterse entre el atractivo vaquero y su hermana pequeña.

Tanner se sentó en el restaurante a esperar a su hermana y a Colette. Estaba irritado porque Gina había invitado a su compañera de piso. Por la información que tenía de la atractiva rubia, tenía la sensación de que era una mala influencia para su dulce e inocente hermana.

Pero se había sorprendido de la atracción repentina que había sentido hacia ella cuando le abrió la puerta. Su cabello rubio corto y rizado destacaba sus rasgos delicados y sus ojos del color del whisky. Vestida con un traje azul marino, le había parecido la mujer fría y profesional que sus fuentes le habían dicho que era.

Él había querido estar a solas con Gina, porque sabía que así podría convencerla de que lo que había hecho al dejar la universidad y mudarse a Kansas City no la beneficiaba. Pero no parecía que pudiera estar a solas con ella… al menos no esa noche.

–¿Quiere beber algo mientras espera? –la camarera le dedicó una sonrisa seductora.

A Tanner le habría encantado tomar un whisky escocés con hielo, pero sabía que tenía que estar despejado.

–Un vaso de té helado, por favor.

La camarera se alejó y él volvió a pensar en su hermana. No comprendía a Gina, y sospechaba que la decisión repentina de irse a la ciudad había sido un gesto de rebeldía.

Le había dado tres semanas para que recapacitara, pero eso no había ocurrido. Ahora tenía que arreglar la situación rápida y eficientemente, y eso era precisamente lo que iba a hacer.

Se levantó al ver a las dos mujeres entrando al restaurante. Les hizo señas para que se acercaran a la mesa, dándose cuenta de que Colette se había puesto unos pantalones de color marrón oscuro y un suéter marrón y beige. Tenía un aspecto informal, aunque fríamente elegante. Una señal de alarma se encendió en su cerebro al ver que su hermana llevaba una ropa muy parecida.

–Buenas tardes –las saludó con una sonrisa.

Colette le devolvió la sonrisa, pero Gina no. Eligió una silla frente a Tanner, dejando que Colette se sentara junto a su hermano. Cuando Colette se deslizó en la silla de su izquierda, Tanner percibió un rico aroma floral que le recordó inmediatamente a la primavera en el rancho.

–Espero que le guste la barbacoa –le dijo a Colette–. Sé que es una de las comidas favoritas de Gina.

–Ya no lo es –contestó Gina enfurruñada.

El comportamiento infantil de su hermana le confirmó a Tanner su creencia de que no estaba lista para el salto que había dado.

—La barbacoa está bien —dijo Colette mientras agarraba una de las cartas. Gina hizo lo mismo, manteniendo la carta en alto para que Tanner no le pudiera ver la cara.

Tanner sonrió para sus adentros. Conocía a su hermana muy bien. Estaba enfadada y a la defensiva, y eso significaba que sabía que estaba equivocada. No tendría ningún problema para convencerla de que volviera al rancho con él.

En ese momento apareció la camarera y les tomó nota. Cuando se hubo ido, Tanner miró a su hermana.

—Bugsy ha tenido cachorros hace una semana —dijo, y se volvió a Colette—. Bugsy es la perra labrador de Gina.

Durante un momento los ojos de Gina brillaron mientras se inclinaba hacia delante.

—¿Cuántos?

—Cuatro, dos machos y dos hembras —contestó él.

—¿Y Bugsy está bien?

—Ya sabes que es una campeona —hizo una pequeña pausa—. Te echa de menos.

—No pienso volver —replicó Gina y volvió a recostarse en la silla, cruzando los brazos.

—Gina, sólo te lo estaba contando, no trataba de manipular tus sentimientos.

Entonces se dio cuenta de que tendría que ser más astuto de lo que había pensado. Tal vez lo que necesitaba era la ayuda de alguien más… y esa persona estaba sentada a su izquierda. Gina no lo iba a

escuchar, pero tenía la sensación de que sí escucharía a la encantadora Colette.

Se giró para mirarla, preguntándose si podría ponerla de su parte. Era evidente que estaba incómoda
y que habría preferido no ir al restaurante. Estaba
jugueteando con la servilleta y parecía haberse quedado fascinada con una planta cercana.

–Señorita Carson, tengo entendido que tiene una
tienda de artículos de bebé –dijo él.

Ella sonrió y Tanner no pudo evitar fijarse en sus
labios sensuales, unos labios perfectos para besar-
los.

–Sí, La Boutique del Bebé. Abrí oficialmente
hace dos años.

La camarera llegó con la comida y les sirvió
mientras hablaba del tiempo y de lo lleno que estaba
el restaurante desde que había llegado la primavera.
Después se fue.

–Supongo que el llevar su propio negocio requiere mucho tiempo y energía –dijo Tanner mientras cortaba un trozo de su chuleta.

–Es verdad. Por eso me alegré de contratar a
Gina. Ha sido una bendición y es una vendedora
maravillosa –sonrió con afecto a Gina, que le devolvió la sonrisa mirándola con adoración.

–Gina es muy inteligente –dijo Tanner. Demasiado inteligente como para trabajar de vendedora
en una tienda de bebés por el salario mínimo, pensó.

Tanner no sólo temía que Gina no estuviera a la
altura de su potencial intelectual, sino que algún
tipo de la ciudad se aprovechara de ella, le rompiera
el corazón y la dejara no sólo trabajando en La Bou-

tique del Bebé, sino también comprando allí. Entonces nunca cumpliría el futuro que Tanner había previsto para ella. Todo lo que había hecho por ella habría sido en vano.

–Gina me ha dicho que lleva un gran rancho en Kansas, así que también tiene que saber lo que es trabajar durante horas y gastar mucha energía –dijo Colette.

Tanner asintió con la cabeza.

–Sí, requiere mucho trabajo y muchas horas... especialmente durante esta época del año.

–Entonces estoy segura de que estás deseando volver –dijo Gina.

Tanner se rió ante la falta de sutileza de su hermana.

–Ya me conoces, Gina. Para mí la familia siempre ha sido lo más importante –se volvió a Colette de nuevo–. ¿Tiene familia, señorita Carson?

–Mi familia consiste únicamente en mi madre y yo. Pero por favor, llámame Colette –contestó.

–¿Vive en la ciudad?

–Sí, pero desafortunadamente no estamos muy unidas –ella dirigió su atención a Gina–. La ensalada está estupenda, ¿verdad?

Tanner frunció el ceño y cortó otro trozo de filete. No estaba muy unida a su madre. Según el punto de vista de Tanner, esa era otra razón para que Gina no estuviera bajo su influencia.

Tanner sabía la importancia que tenía una familia. Colette Carson no tenía ni idea de lo afortunada que era al tener madre. Pero Tanner sabía lo que era vivir sin padres y que era muy importante estar unido a la familia que quedaba. Y su familia era Gina.

—¿Y qué tipo de rancho tiene, señor Rothman? —preguntó Colette.

Él sonrió.

—Llámame Tanner. Criamos ganado. Tengo una manada de vacas Charolais y otra de Hereford.

—Oh. ¿Una es para leche y la otra para carne?

Tanner y Gina se rieron.

—Las dos son vacas de carne —explicó Gina.

—No te preocupes —le dijo Tanner a Colette al ver que se había ruborizado—. Yo no sabría distinguir nada de la ropa de los bebés.

Ella se rió con una risa dulce y musical.

—Me temo que no sé mucho de vacas.

—Tanner también cría caballos —dijo Gina—. Dos Corazones ya ha criado varios caballos campeones.

—Dos Corazones… ¿Es el nombre del rancho? —preguntó Colette.

—Sí. Gina se lo puso —explicó Tanner recordando el día en el que habían bautizado el rancho. Habían pasado dos días después del funeral de sus padres y Gina y él estaban de pie en el porche observando los pastos y los campos que rodeaban el rancho.

—A Tanner no le gustaba —replicó Gina—. Pensó que sonaba demasiado femenino —miró a Tanner y sonrió—. Pero dijo que si Dos Corazones era lo que yo quería, entonces eso sería.

—Siempre te he mimado demasiado —contestó Tanner.

Terminaron de cenar hablando de cosas menos personales: el maravilloso tiempo primaveral, las últimas películas que habían visto y el escándalo político más reciente.

Tanner miraba constantemente a Colette y estaba enfadado consigo mismo por encontrarla tan atractiva. Cuando sonreía se le hacía un hoyuelo en una de las mejillas, y cuando estaba pensativa fruncía la boca en un gesto que parecía una invitación para explorar su textura cremosa.

No sólo era guapa, sino que también parecía ser inteligente, y tuvieron una conversación animada y sorprendentemente estimulante. Pero Tanner no estaba allí para disfrutar de la compañía de Colette, se recordó mientras terminaban de cenar y pedían café.

Tanner agarró con las dos manos la taza de café y decidió que era hora de renovar sus esfuerzos para que Gina volviera al rancho al que pertenecía.

–Gina, estoy preocupado por ti –dijo sabiendo que las frases autoritarias no iban a funcionar. Tendría que conseguirlo de otra manera.

–No tienes nada por lo que preocuparte –protestó–. Me va muy bien.

–En la ciudad hay muchos peligros y tú has estado muy protegida durante toda tu vida. No estás preparada para esto, Gina –alargó el brazo para tomarle una mano–. Sabes que no estaría aquí si no estuviera muy preocupado por ti.

Gina apartó la mano con una expresión apenada en sus rasgos. Miró a Colette como si buscara algún tipo de ayuda.

–Me parece que está manejando su nueva independencia muy bien –dijo Colette–. A su edad yo ya vivía sola y me las arreglé bien.

Tanner se obligó a sonreír, esperando que no se notara su irritación.

—Pero tú no eres Gina. Además, me he dado cuenta de que tu apartamento no está en la mejor zona de la ciudad y no hay mucha seguridad.

Aunque Tanner se había esforzado por ocultar sus sentimientos, vio el brillo de la irritación en los ojos de Colette.

—Esta zona está en proceso de remodelamiento. Tomé una buena decisión de negocios al abrir la tienda aquí y vivir en la misma zona.

—Eso está bien para ti, pero no para Gina —replicó—. No está preparada para dar el salto a la ciudad y vivir sola. Es demasiado joven y no sabe vivir por su cuenta.

—Si estás tan preocupado por la vida que Gina lleva aquí, ¿por qué no te quedas unos días para ver cómo trabaja y cómo se maneja? —sugirió Colette.

A Gina le horrorizó la idea. Tanner frunció el ceño. Quedarse unos días en Kansas City no entraba en sus planes, pero no había esperado que Gina tuviera tanto apoyo por parte de su compañera de piso.

—Es una gran idea —contestó él esperando que ninguna de las dos mujeres se diera cuenta de la frustración que sentía. Las cosas no estaban saliendo como las había planeado, y a Tanner no le gustaba que le desbarataran los planes.

—Tanner, hay mucho trabajo en el rancho en primavera —exclamó Gina con horror—. Estoy segura de que no puedes perder el tiempo quedándote aquí conmigo y con Colette.

–Al contrario, Gina. Siempre te he dicho cuáles son mis prioridades, y la familia está en primer lugar –contestó. Tomó un sorbo de café y después continuó–. Además, tengo buenos hombres trabajando en el rancho, y lo mantendrán todo en orden mientras estoy fuera. Ya me he registrado en el hotel que hay en esta misma calle, y puede que un par de días aquí sirvan para relajarme.

Forzó una sonrisa. No tenía ninguna intención de relajarse ni de dejar Kansas City sin Gina, aunque legalmente no tenía ningún derecho sobre ella. Gina era mayor de edad y podía negarse a regresar al lugar al que pertenecía. Pero Tanner sabía que había más de una manera de conseguirlo, y sabía que la mejor forma era ganarse la simpatía de Colette. Miró a la encantadora rubia y sintió una oleada de adrenalina recorriéndole todo el cuerpo al darse cuenta de que no le importaría ganarse su simpatía… y algo más.

NO PUEDO creer que hicieras eso! –exclamó Gina en cuanto las dos mujeres volvieron a estar solas en el apartamento.

–¿El qué? –preguntó Colette mientras se quitaba los zapatos y se dejaba caer en el sofá.

–Sugerir que Tanner se quedara unos cuantos días –empezó a caminar arriba y abajo frente a Colette, con su esbelto cuerpo lleno de tensión–. Eso le da más oportunidades para manipularme y no dejarme hacer lo que yo quiero –Gina se sentó en una silla frente al sofá.

–Gina, creo que está preocupado por ti, y después de un día o dos viéndote, estoy segura de que se dará cuenta de que lo estás haciendo bien.

Gina se inclinó hacia delante.

–Tú no lo conoces, Colette. Es implacable. Que no te engañe su encanto. Es tan endemoniadamente terco que ni siquiera tiene novia.

Colette levantó las manos en un gesto de impotencia.

–Gina, esto es entre tu hermano y tú. No tiene que conquistarme, es a ti a quien quiere llevarse al rancho familiar.

–Quiere que vaya a la universidad, que trabaje

dando clases en la escuela primaria y que termine casándome con Walt Tibberman.

–¿Quién es Walt Tibberman? –preguntó Colette con curiosidad.

–Walt trabaja en el rancho para Tanner. Es un tipo agradable y muy trabajador. Sé que siente algo por mí, pero yo por él no. No hay magia entre nosotros.

Colette se mordió la lengua. No creía en ese tipo de magia. Según ella, el amor era una bonita ilusión que se usaba para vender tarjetas de felicitación y flores, una palabra que justificaba el deseo y la pasión. Pensaba que el amor era para mujeres necesitadas y dependientes que tenían miedo de vivir solas.

Se levantó y sonrió a su compañera de piso.

–Gina, si eso es lo que quieres, quédate y haz tu vida aquí, mantente fuerte contra tu hermano. Y después de este consejo, me voy a la cama.

Unos minutos después, cuando Colette se quitó la ropa y se puso el camisón corto de algodón que usaba siempre para dormir, no pudo evitar pensar en Tanner Rothman. No sólo lo había encontrado muy atractivo, sino también tremendamente encantador. Y la preocupación que sentía por su hermana, el deseo de asegurarse de que estaba bien, le añadía aún más atractivo.

Una ligera nostalgia la embargó mientras se deslizaba entre las sábanas. Deseó que hubiera habido alguien que se hubiera preocupado por ella cuando se independizó a los dieciocho años. Para Gina su hermano era una molestia, pero no tenía ni idea de lo afortunada que era al tener a alguien que se preocupara por su bienestar.

Colette desechó esos pensamientos. Casi nunca

pensaba en lo que no había tenido, sino que se concentraba en conseguir lo que quería. Había aprendido a una edad muy temprana que no podía depender de nadie.

Puso una mano en su vientre, preguntándose si en ese preciso momento habría una nueva vida dentro de ella. Deseaba ardientemente que la inseminación artificial hubiera resultado. Su bebé tendría todo el amor, todo el cariño, todos los sueños que nadie se había preocupado por darle a Colette.

Frunció el ceño medio dormida, preguntándose qué pasaba con los padres de Tanner y Gina. Ninguno de los dos había mencionado lo que ellos querían. De hecho, en las semanas que Gina y Colette llevaban trabajando y viviendo juntas, Gina no había mencionado ni a su padre ni a su madre.

No era asunto suyo, se dijo con decisión, y tampoco la vida de Gina. No importaba lo atractivo y encantador que fuera Tanner Rothman, porque en unos días volvería a su rancho, seguiría con su vida y ella con la suya... tal vez esperando el nacimiento de un bebé que llenaría su vida de amor. Con ese pensamiento agradable, Colette se quedó dormida.

Eran algo más de las ocho cuando a la mañana siguiente dejó el apartamento para caminar las tres manzanas que había hasta la tienda. Hacía un día primaveral maravilloso. El sol ya brillaba con calidez, y el aroma de las flores, procedente de un puesto cercano que las vendía junto con frutas y verduras, llenaba el aire.

Aunque la tienda no abría al público hasta las nueve y media, a Colette le gustaba llegar pronto.

Siempre se paraba en la cafetería del barrio para comprar panecillos tiernos y después iba a La Boutique del Bebé, donde se preparaba una taza de café.

Disfrutaba mucho de ese rato de tranquilidad antes de que llegaran los clientes, y muchas veces el desayuno con los panecillos era todo lo que comía a lo largo del día. La tienda solía estar demasiado llena y no podía permitirse tomarse un descanso para comer.

Como siempre, la cafetería estaba llena de empleados y oficinistas que trabajaban en el centro de la ciudad. Colette fue directamente a la parte del mostrador donde servían los pedidos para llevar.

—Hola, Johnny —saludó al hombre de avanzada edad.

—Hola, muñeca —contestó sonriendo—. ¿Lo de siempre?

Ella asintió con la cabeza, pero recordó que era posible que Tanner pasara parte del día en la tienda.

—Mejor pon el doble.

Johnny levantó una ceja entrecana mientras metía los panecillos frescos en una bolsa de papel.

—¿Qué hiciste? ¿Saltarte la cena anoche?

Ella se rió.

—Ya me conoces, Johnny, casi nunca me pierdo una comida.

—Aquí tienes, muñeca. Que te vaya bien.

Ella agarró la bolsa, pagó y dijo:

—No te metas en líos, Johnny.

—Eso es algo que un ex convicto siempre intenta hacer —contestó con una sonrisa socarrona.

Ella sonrió y se dio la vuelta, dándose de frente

con el pecho de Tanner Rothman. Él la tomó por los hombros para ayudarla a mantener el equilibrio y sonrió.

—Buenos días.

—Buenos días —contestó ella apartándose rápidamente, demasiado consciente del aroma masculino y de los músculos del pecho.

—¿Vas a la tienda? —preguntó él.

Ella asintió.

—Siempre vengo aquí a comprar los panecillos frescos de Johnny antes de trabajar. Hoy he comprado de más por si te apetecía uno.

—Suena muy bien. Me preguntaba a qué hora soléis ir a la tienda.

—Yo llego sobre las ocho y media, pero Gina no viene hasta el mediodía —le explicó.

Salieron de la cafetería y caminaron hacia la boutique. Ella intentó no fijarse en lo irresistible que Tanner estaba con sus vaqueros azules ajustados y una camiseta azul de manga corta que dejaba al descubierto sus fuertes brazos y acentuaba el color de sus ojos.

Pero le fue difícil no sentir la potente sexualidad de Tanner y su atractivo cuando se cruzaron con varias mujeres que lo miraron con admiración.

—¿El tipo que lleva la cafetería es un ex convicto? —preguntó él.

Colette supo al instante que estaba pensando en todo tipo de peligros que implicaba el tener a un criminal en el vecindario.

—Hace treinta años Johnny robó en un par de casas. Lo pillaron, estuvo dieciocho meses en la cárcel y cuando salió era un hombre nuevo. Además de llevar la cafetería, es miembro de la cámara de comercio y participa en varios grupos de vecinos para prevenir el crimen.

Colette se detuvo en la puerta de la tienda y sacó un juego de llaves del bolso. Abrió la puerta y se volvió para mirar a Tanner con una sonrisa burlona.

–No puedes usar a Johnny como una excusa para hacer que Gina vuelva a casa.

Su boca se curvó en una sonrisa sexy que hizo que Colette se ruborizara.

–¿Es que soy tan transparente?

–En este caso en particular, sí –respondió ella mientras empujaba la puerta, intentando concentrarse en otra cosa que no fuera el calor que su sonrisa le había provocado.

–Bienvenido a La Boutique del Bebé –dijo mientras encendía las luces. Después volvió a cerrar la puerta con llave detrás de él–. Si quieres venir a la oficina, prepararé algo de café.

Mientras se dirigían hacia la parte trasera de la tienda, Colette se dio cuenta de que Tanner lo estaba mirando todo, fijándose en los expositores, el mobiliario y en todo lo demás.

Colette estaba orgullosa de la distribución de la tienda. Había invertido en ella muchas horas y utilizado todos sus conocimientos de márketing para crear una tienda en la que se pudiera comprar con comodidad y que animara a los clientes a gastar dinero.

–¿Qué es todo esto? –preguntó él mientras pasaban junto a una zona vacía al fondo de la tienda que sólo tenía unos caballetes y algunas herramientas.

–Estoy haciendo una zona para los niños. Voy a poner banquitos y mesas pequeñas con libros y puzzles. Hay muchos clientes que vienen con los niños, y he pensado que estaría muy bien tener un lugar donde puedan jugar mientras sus padres compran.

–Muy bien pensado.

Ella sonrió.

–Es cuestión de negocios. Los padres pasan más tiempo comprando si no tienen a los niños lloriqueando o colgados de ellos. Y cuanto más tiempo pasen en la tienda, más probabilidades hay de que compren.

Le hizo un gesto para que la siguiera a la oficina. Siempre había pensado que la oficina era grande, pero cuando Tanner la siguió Colette sintió como si el espacio encogiera.

–Por favor, siéntate –le señaló una silla frente al escritorio y después fue al rincón donde estaba el fregadero y un mostrador con la cafetera.

Preparó el café enseguida y volvió con él a la mesa. Se sentó luchando contra un nerviosismo repentino e irracional al percibir el aroma del café recién hecho.

La noche anterior había sido muy fácil pasar tiempo con Tanner, porque Gina también estaba allí. Pero en ese momento no lo veía como el hermano de Gina, sino como un hombre soltero increíblemente sexy. Un hombre que, según su hermana, no tenía novia porque era demasiado testarudo.

Él no habló hasta que los dos tuvieron una taza de café entre las manos. Colette abrió la bolsa de papel y le ofreció un panecillo.

—Deduzco por la tienda que te gustan los bebés —dijo él.

—Me encantan. Pero no decidí vender artículos de bebé por eso —él enarcó una ceja evidentemente interesado—. Sabía que quería tener mi propio negocio, pero me llevó varios meses decidirme por este.

—Entonces, ¿por qué los bebés?

—Estudié los mercados, hice investigaciones exhaustivas y me di cuenta de que estamos a punto de sufrir otro boom de natalidad. Además, la gente siempre va a tener niños, independientemente de cómo esté la economía.

—Eso es muy interesante —dijo Tanner—. Así que tomaste la decisión basándote en el intelecto más que en las emociones.

Había algo en su tono que reflejaba desaprobación y ella levantó la barbilla desafiante.

—Según mi propia experiencia, las mejores decisiones son las que se toman con la cabeza, no con el corazón. Pero estoy segura de que ya lo sabes. Cuando elegiste qué tipo de vacas criar, seguro que tomaste la decisión con la cabeza.

El le dedicó una sonrisa sexy que le puso a Colette los nervios de punta.

—Es difícil sentir demasiado afecto por una vaca.

Colette arrancó un trozo de panecillo y se lo comió. Después bebió un sorbo de café, pensando desesperadamente en otro tema de conversación. No quería discutir con él el tema de Gina. No quería inmiscuirse en el tira y afloja entre los dos.

—Gina me ha dicho que sois de una pequeña ciudad de Kansas —dijo ella finalmente.

Él asintió con la cabeza.

—Foxrun, Kansas. Es más bien un vecindario, todo el mundo conoce a todo el mundo y la mayor parte del tiempo sabes qué están haciendo los demás.

Ella sonrió.

—Suena divertido.

—Creo que no podría vivir en ningún otro sitio.

—¿Vuestros padres también viven allí?

Sus ojos azules se oscurecieron y Colette creyó ver que el dolor se reflejaba en ellos.

—Mis padres murieron hace tiempo, en un accidente de coche. Yo tenía veintiún años y Gina, diez. Me encontré con un rancho al borde de la ruina y con una niña de diez años desconsolada.

De repente Colette entendió por qué quería proteger tanto a Gina. No sólo había sido su hermano mayor, sino también su padre y su madre. Sintió admiración por él. No le extrañaba que estuviera teniendo problemas con Gina. Sabía que había padres a quienes les costaba mucho separarse de sus hijos, aunque su propia madre no había sido uno de ellos.

—Ha tenido que ser muy difícil para ti —dijo suavemente—. A los veintiún años se es muy joven para hacerse cargo de tanta responsabilidad.

—Tanto con el rancho como con Gina, ha sido una cuestión de amor.

La calidez de sus ojos y la dulce expresión de su sonrisa provocaron un extraño deseo en Colette. Confundida por sus emociones, se levantó y fue hacia la cafetera para servirse otra taza.

Cuando se dio la vuelta de nuevo vio que él la estaba mirando de arriba abajo, y se preguntó si llevaba la falda demasiado corta o demasiado ajustada. Intentó no ruborizarse y volvió a sentarse.

–Háblame de Colette Carson –dijo él antes de tomar un sorbo de café.

Ella se encogió de hombros.

–No hay mucho que contar. Nací y crecí en Kansas City y he estado aquí toda mi vida.

–¿No tienes novio? Una mujer atractiva como tú probablemente tiene citas todas las noches –sus ojos brillaron con lo que ella pensó que podía ser una mirada insinuante.

Colette se rió, extrañamente encantada al ver que él pensaba que era atractiva.

–Ya no recuerdo cuándo fue mi última cita –probablemente Tanner estaba pensando en las noches que su hermana tendría que pasar sola en el apartamento–. La mayor parte de las tardes estoy estudiando catálogos, intentando descubrir cuál será el próximo producto más vendido o revisando los libros de cuentas para ver cómo va la tienda. Gina me ha dicho que tú tampoco tienes muchas citas.

–Como te ocurre a ti, me resulta muy difícil encontrar tiempo.

Colette sonrió.

–Eso no es lo que dice Gina. Dice que no tienes novia porque eres demasiado terco. Creo que sus palabras exactas fueron «endemoniadamente terco».

El se rió con una risa agradable.

–Probablemente tiene razón. Se me conoce por ser muy testarudo. Pero es una pena que una chica guapa como tú pase todo el tiempo haciendo negocios. ¿Cómo vas a encontrar a Don Perfecto si no sales? —de nuevo sus ojos brillaron con una luz que le provocaron una oleada de calor.

—Encontrar a Don Perfecto nunca ha sido una prioridad en mi vida —contestó ella. Al ver la sonrisa cálida de Tanner y sentir su irresistible presencia masculina, Colette sintió una repentina necesidad de escapar. Miró el reloj y se levantó—. Ya es hora de abrir la tienda —dijo aunque aún era pronto—. Puedes quedarte aquí y terminarte el café y el panecillo. Como te dije antes, Gina no viene hasta el mediodía.

Consciente de la mirada de Tanner recorriéndole el cuerpo, se dirigió a la puerta que conducía a la tienda.

—Si no te importa, terminaré el café aquí —dijo él.

Asintiendo con la cabeza, ella salió rápidamente de la oficina, agradecida por poder separarse de él. Aunque había admirado su atractivo la noche anterior, no había sentido la magnitud de su sex-appeal con tanta intensidad como esa mañana.

Abrió la puerta principal y volteó el cartel de Cerrado a Abierto. Después caminó hacia la silla que estaba tras el pequeño mostrador con la caja registradora.

Tenía la impresión de que él había estado coqueteando con ella cuando había hablado de las citas, y el pulso de Colette se había acelerado hasta hacerle sentir incómoda.

Mientras saludaba al primer cliente del día, recordó la advertencia de Gina sobre Tanner. Le había dicho que no le engañara su encanto, y Colette se dio cuenta de que haría bien teniendo cuidado.

Encontraba a Tanner muy atractivo, y aunque nunca había sucumbido a los encantos de un hom-

bre, tenía la sensación de que, si lo permitía, Tanner
Rothman podía ser una amenaza para la vida cuidadosamente organizada y controlada que ella había
construido.

Tanner sabía que Colette esperaba que se marchara después de terminar el café y que regresara
más tarde para ver a Gina, pero en lugar de eso en-
juagó la taza y se unió a ella tras el mostrador de la
tienda. Se apoyó en la pared, mirándola mientras
ella se ocupaba de una embarazada que parecía a
punto de reventar como una sandía madura.

Tanner nunca había pensado mucho en tener hijos. A una edad en la que la mayoría de los hombres
empezaban a pensar en tener una familia, él había
estado ocupado criando a Gina. A sus treinta y dos
años, casi sentía que era demasiado tarde para tener
sus propios hijos.

Miró a Colette, que llevaba un traje de tres pie-
zas. La chaqueta gris oscura era corta y cubría una
blusa blanca, mientras que la falda era de tubo y lo
suficientemente corta como para mostrar sus largas
y esbeltas piernas.

No había necesitado mucho tiempo hablando con
ella para que sus sospechas sobre Colette Carson se
confirmaran. No era el tipo de mujer que quería que
su impresionable hermana tuviera como modelo.

A pesar de tener unas piernas explosivas y las
pestañas más largas y negras que había visto nunca.
A pesar de que tenía rostro de ángel y un cuerpo capaz de incitar al pecado a la mayoría de los hom-

bres, pero Tanner tenía la sensación de que era una mujer fría sin corazón guiada por la ambición.

Se había sentido algo defraudado cuando ella le había explicado por qué había decidido abrir una tienda de artículos para bebé. Aunque parecía haber sido una decisión inteligente, le había decepcionado que la hubiera tomado sólo desde el punto de vista de los negocios.

Gina no había tenido un modelo femenino en su vida. No había tenido tías ni madrina, nadie que llenara el vacío que había dejado la pérdida de su madre. Colette era una clara amenaza para el futuro de Gina que él había preparado. Tanner no quería que Gina imitara a una mujer ambiciosa que, según sospechaba él, no tenía corazón.

Pero no podía evitar sentir admiración por Colette al verla trabajar con los clientes que entraban... y había una oleada de clientes.

Era amable, respetuosa e infinitamente paciente con cada comprador. Tanner también admiraba la gracia con la que se movía mientras guiaba a los clientes a las distintas vitrinas. Pudo darse cuenta de que Colette estaba sorprendida de que él siguiera allí. Mientras atendía a la gente, su mirada lo buscaba continuamente.

Tal vez quedándose cerca conseguiría irritarla y Colette decidiría que Gina daba demasiados problemas. Entonces se pondría de su lado y lo ayudaría a que Gina volviera al rancho.

—Nunca pensé que hubiera tantos futuros padres en una sola ciudad —dijo él cuando la avalancha de personas se hubo calmado un poco.

Ella sonrió y colocó unas mantitas en una de las vitrinas.

—No todos los que vienen están esperando un bebé. También vienen amigos y parientes de los padres buscando un regalo de cumpleaños o para la fiesta de bienvenida del bebé.

Terminó de doblar una manta y se incorporó.

—Pero todo esto te tiene que aburrir muchísimo.

—En absoluto. ¿Gina es tan buena vendedora como tú?

Colette sonrió y Tanner pudo sentir su atractivo.

—Es una gran dependienta.

—¿Es tu única empleada? —solo dos personas tendrían que trabajar sin descanso para llevar la tienda.

—Hay otras dos mujeres que trabajan a tiempo parcial —contestó—. Pero Gina es la única que viene a tiempo completo —sonrió y se disculpó al ver que otro cliente entraba en la boutique.

Tanner volvió a apoyarse contra la pared y se sorprendió al ver entrar a Gina unos minutos después. Se dio cuenta de que había estado observando a Colette durante horas.

—¿Cuánto tiempo llevas aquí? —preguntó Gina con recelo.

—¿Por qué?

Ella dejó el bolso detrás del mostrador y dirigió la mirada hacia donde Colette le estaba enseñando a una pareja los tipos de cuna que tenía.

—Me estaba preguntando cuánto tiempo llevas intentando poner a Colette de tu parte.

Él sonrió.

—Llegué antes de que abriera la tienda y compartimos panecillos y café. Y te diré que ni siquiera te hemos mencionado.

Gina parecía sorprendida.

–Entonces, ¿de qué habéis hablado?

–De esto y aquello –contestó él.

Gina entrecerró los ojos.

–Te conozco, Tanner Rothman. Nunca haces las cosas sin tener un motivo. Colette es mi amiga y mi compañera de piso, y la vas a dejar fuera de esto.

–Gina –Tanner tomó a su hermana de la mano–. Vuelve a casa. Te quedaba menos de un año para terminar los estudios. Ven a casa y acábalos, quédate en el rancho hasta que te cases y tengas tu propia familia. No quieres ser una dependienta durante el resto de tu vida.

–Lo que no quiero volver a Foxrun, me gusta estar aquí –protestó–. Y no voy a ser una dependienta durante el resto de mi vida. Colette me está preparando para ser directora y encargada –liberó su mano y se fue a saludar a un cliente que acababa de entrar.

Tanner suspiró con frustración y volvió a mirar a Colette. Mientras la observaba, recordó las palabras de Gina: «Colette es mi amiga y mi compañera de piso, y la vas a dejar fuera de esto».

No podía dejar a Colette fuera. Estaba justo en medio, haciéndole a Gina promesas que socavaban lo que Tanner quería. A pesar de lo encantadora que era y de lo deseable que le parecía, no podía olvidar que era el enemigo. Y él tenía intención de seducir al enemigo para atraerlo hacia su propio bando.

CAPÍTULO 3

DECIR que Tanner Rothman era una distrac-
ción era quedarse corto. Su presencia irresistible llenaba la tienda, y no importaba dónde
estuviera Colette, porque en cualquier rincón podía
oler su aroma evocador.

Era demasiado alto, con hombros demasiado anchos, y su masculinidad y atractivo sexual hacían
que a Colette le resultara muy difícil concentrarse
en el trabajo.

Entre cliente y cliente Tanner distrajo a Gina y a
la encantadora Colette con historias divertidas de la
vida del rancho y con anécdotas de la infancia de
Gina. Incluso Gina pareció relajarse mientras su
hermano contaba historias de la pequeña ciudad. El
amor entre los hermanos era evidente, y Colette deseó haber tenido a alguien como Tanner en su vida.
Y cuanto más atractivo encontraba a Tanner Rothman, más incómoda se sentía.

A las seis de la tarde, cuando Linda Craig, una de
las empleadas a tiempo parcial, llegó para relevar a
Colette, ésta estaba más que lista para alejarse de
Tanner. No sabía por qué ese hombre la afectaba
tanto a nivel físico, por qué su proximidad le hacía

respirar con dificultad y que le sudaran las palmas de las manos.

Había sido muy consciente de su intensa mirada azul, que la mayor parte del día no se despegó de ella. Y cada vez que se había dado cuenta de que la estaba mirando, se había estremecido.

Solo había tenido intimidad con un hombre en su vida. Había salido con Mike Covington durante tres meses antes de acostarse con él. La experiencia no había sido especialmente emocionante, y por eso no comprendía su reacción, casi primaria, ante Tanner.

El sexo nunca había sido importante para ella, pero Tanner le hacía pensar en el sexo… en una maraña de sábanas y cuerpos calientes y sudorosos, en unas manos ligeramente callosas que le recorrían el cuerpo. Tanner le hacía pensar en cosas en las que casi nunca pensaba.

Colette salió de la tienda y respiró profundamente. Había sido un buen día de ventas, y por la tarde pensaba sentarse con un catálogo y escoger los artículos para el bebé que tal vez ya llevaba en su interior.

Se imaginó que Gina sólo estaría con ella un par de meses más y luego encontraría su propio apartamento, de forma que Colette podría usar la segunda habitación como el cuarto del bebé. Quería hacer un cuarto de ensueño.

Solamente había dado dos o tres pasos cuando la puerta de la tienda se abrió y Tanner se unió a ella.

–Pensé que podría acompañarte a casa –dijo mientras se situaba a su lado–. No me parece bien dejar que una mujer bonita vaya sola por las calles de la ciudad —señaló los catálogos que ella llevaba en los brazos—. ¿Quieres que te lleve a casa los libros de la escuela?

Ella se rió, sintiendo que se le aceleraba el pulso.

—No, pero gracias de todas formas. Y he atravesado sola las calles de la ciudad durante los últimos diez años, desde que tenía dieciocho.

—Bueno, mientras yo esté en la ciudad no lo vas a volver a hacer —contestó él.

—Entonces eres de los galantes —bromeó Colette.

—Gina diría demasiado protector.

Colette se rió, sorprendida al descubrir que se alegraba de que Tanner estuviera con ella.

—Gina es joven. Cree que estás aquí para fastidiarla.

—Pero no es así —dijo mientras sus ojos brillaban—. Hace tres semanas Gina y yo discutimos. Fue una pelea tonta y no le di mucha importancia. Pero Gina hizo la maleta, me dijo que se iba de Foxrun y desapareció. Pensé que regresaría al anochecer.

—Pero no volvió —dijo Colette. Intentó no fijarse en cómo los rayos del sol hacían brillar su cabello oscuro.

—No, no volvió. Esperé hasta la tarde siguiente, y después empecé a preguntar a los amigos y a los vecinos. Así descubrí que Margaret Jamison tenía una amiga en Kansas City y que había animado a Gina a venir aquí —tensó la mandíbula con evidente irritación.

—Supongo que Margaret Jamison no es una de tus personas preferidas en este momento.

El músculo de la mandíbula se volvió a tensar.

—Creo que es una cotilla que debería meterse en

sus propios asuntos –se ruborizó ligeramente–. Lo siento, no debería haber dicho eso, sé que es tu amiga.

–Pero sigue siendo una cotilla –dijo Colette riendo–. Es una buena mujer. Trabajó para mí en la tienda durante unos seis meses antes de que su marido comprara la granja en el oeste –se detuvieron frente al edificio de Colette.

–La compraron justo al lado de mi rancho –contestó Tanner. Se pasó una mano por el cabello y frunció el ceño pensativamente–. En cualquier caso, fue Margaret quien me habló de ti, dijo que te había pedido que le alquilaras una habitación a Gina durante un tiempo.

Colette asintió con la cabeza.

–Margaret me llamó y me dijo que Gina era una joven dulce e inteligente dispuesta a vivir su propia vida.

–Es dulce e inteligente, pero también es increíblemente ingenua e inocente y no está preparada para vivir sola. Nunca ha tenido un trabajo de verdad.

–Pero me dijo que hizo trabajos de voluntariado en un refugio para animales y en el hospital de la ciudad –Colette sujetó los catálogos bajo un brazo y con la otra mano sacó las llaves–. Tanner, no quiero meterme en este asunto; es entre tu hermana y tú. Esta decisión deberíais tomarla los dos.

–Tienes razón –dijo rápidamente–. Lo siento, no debería haber sacado el tema.

Colette dudó, sabiendo que no debería decir nada más, pero no pudo evitar añadir:

–Lo que sé con seguridad es que en las tres semanas que Gina ha estado trabajando para mí ha demostrado ser seria y responsable. Es posible que aún la veas como la niña que era en vez de cómo la mujer en la que se está convirtiendo.

Los ojos de Tanner se oscurecieron y volvió a aparecer el tic de la mandíbula.

–Yo sé lo que es mejor para ella, y lo mejor es que vuelva a Foxrun conmigo –su voz tenía un tono autoritario que ella no había oído antes.

–Entonces supongo que todo lo que tienes que hacer es convencerla –respondió Colette–. Y ahora, si me perdonas, voy a prepararme para pasar la noche.

–Por supuesto –él sonrió, pero Colette pudo ver que la sonrisa había sido forzada–. Te veré mañana.

Colette lo miró mientras se daba la vuelta y se alejaba, caminando con arrogancia. Ella se volvió y entró en el edificio. Mientras se metía en el ascensor que la llevaría al piso octavo, pensó en la conversación que acababan de tener.

Al final de la conversación Colette había podido ver al hombre que Gina le había descrito, un hombre decidido a conseguir lo que quería. Colette tenía la sensación de que detrás de su atractivo había un hombre que realmente podía ser «endemoniadamente terco».

Entró en el apartamento, se quitó los zapatos, dejó los catálogos en la mesa de café y se dirigió a su cuarto para cambiarse de ropa. Por una parte le había encantado ver que Tanner se preocupaba por su hermana y que la quería. Pero por otra pensaba que estaba subestimando la fuerza de Gina y su determinación.

Acababa de cambiarse de ropa cuando sonó el teléfono. Dejándose caer en la cama, agarró el auricular de la mesilla de noche.

–Colette, me alegro de pillarte en casa.

–Hola, Lillian –le dijo Colette a su madre.

–Escuché el mensaje de que llamaste la semana pasada y pensé que debería devolverte la llamada.

Colette quería decir que menos mal que no había llamado por una emergencia, pero hacía mucho tiempo que se había dado cuenta de que su madre era incapaz de darle el amor y el cariño que Colette había necesitado.

–El Día de la Madre es el domingo que viene, y me estaba preguntando si querrías comer conmigo –Colette se enroscó el cordón del teléfono alrededor del dedo mientras se daba cuenta de lo mucho que le gustaría que su madre dijera que sí.

–Me temo que no puedo –contestó Lillian sin pesar–. Joe y yo habíamos planeado un pequeño viaje para el fin de semana. Ya sabes cuánto le gusta pescar.

No, Colette no lo sabía. Sabía muy poco de Joe Kinsell, la última conquista de su madre. En realidad, sólo lo había visto una vez.

–Bueno, eso está bien. Espero que disfrutéis –dijo desenroscándose el cordón del dedo.

–Seguro que sí. Siempre lo pasamos muy bien juntos. Necesitamos que vengas y que des de comer a Cuddles –Cuddles era el caniche de su madre.

Colette se preguntó si su madre la habría llamado si no hubiera necesitado que cuidara al perro.

–Claro que sí.

–Bien. Volveremos el domingo por la noche y te llamaré algún día de la semana que viene, cuando las cosas se hayan calmado otra vez –con esas palabras, Lillian cortó la comunicación.

Mientras Colette colgaba el teléfono, sintió un doloroso vacío en el corazón. Debería acostumbrarse al hecho de que no estaba en la lista de prioridades de su madre. Había aprendido muy pronto a no depender de nadie que no fuera ella misma.

Rodó sobre la espalda y se puso una mano en el vientre. Nunca había deseado nada tanto como ese bebé. Y pensar que en ese mismo momento podría estar embarazada la llenó de una dulce calidez que desvaneció el vacío que había sentido unos instantes antes.

Aunque le habían dicho que podría necesitar varios intentos antes de que la inseminación artificial funcionara, no perdía la esperanza de ser una de las mujeres afortunadas que se quedaban embarazadas a la primera.

Volvió a pensar en Tanner y en Gina. Eran muy afortunados al tenerse el uno al otro. Pero tenía la sensación de que terminaría metiéndose en el medio de ese asunto. Se preguntó cuánto tiempo podría permanecer neutral, y a quién elegiría en el caso que tuviera que hacerlo.

Tanner volvió a la tienda sin poder recordar la última vez que se había sentido con tanta energía. Sabía a qué se debía: era la tensión sexual.

Ni siquiera estaba seguro de si le gustaba Colette Carson, pero sabía que la deseaba. Era una locura, era algo irracional, pero ahí estaba, corriendo por sus venas, recordándole que había pasado mucho tiempo desde que había tenido relaciones íntimas con una mujer.

Demasiado tiempo. Cuando Gina había sido más joven, Tanner había querido ser un buen modelo para ella y nunca había llevado a una mujer al rancho. Solo había empezado a tener citas recientemente, pero no había encontrado ninguna mujer que le hubiera atraído especialmente.

A lo largo del día había observado a Colette una y otra vez. Se había preguntado cómo sabrían sus labios y si su piel sería tan sedosa al tacto como parecía. El deseo que sentía por ella no tenía nada que ver con el deseo de querer que se pusiera de su parte en el asunto de Gina. Eran dos cosas muy diferentes. En una de ellas usaba la cabeza, y en otra la parte visceral que no tenía nada que ver con el cerebro.

Al entrar en la tienda se desvanecieron todos los pensamientos sobre Colette: su hermana estaba inclinada sobre el mostrador, flirteando con un joven que llevaba un uniforme de mensajero.

Ella se incorporó cuando vio a Tanner.

—Tanner, me gustaría presentarte a Danny Burlington. Danny, este es mi hermano, Tanner Rothman.

El joven le tendió una mano a Tanner, que la aceptó y la estrechó.

—¿Estás haciendo una entrega o ligando con mi hermana?

–¡Tanner! –exclamó Gina enfadada.

Danny soltó la mano de Tanner, pero mantuvo su mirada.

–He venido a visitar a Gina, señor. De hecho, le he pedido que venga a cenar conmigo esta noche y tal vez luego a ver una película.

–Y yo le he dicho que me encantará ir con él –dijo Gina. Su expresión previno a Tanner, y él supo de repente que si manejaba la situación como realmente quería se arriesgaría a perder a Gina para siempre.

Pasó un brazo por los hombros de Gina y forzó una sonrisa mientras miraba a Danny.

–Confío en que sea una salida relativamente corta, ya que Gina es una mujer que trabaja.

Danny se relajó visiblemente.

–Sí, señor. Yo también empiezo a trabajar temprano, no llegaremos tarde.

Tanner decidió que sería mejor no pedir una copia del carné de conducir de Danny ni de sus huellas, aunque eso era exactamente lo que quería hacer.

–Vamos, Danny, te acompañaré fuera –dijo Gina. Se liberó del brazo de Tanner y caminó con Danny hasta la puerta.

Tanner observó cómo su hermana sonreía al chico de los repartos. Eso era lo que él había temido, que algún tipo de la ciudad hiciera que su hermana perdiera la razón. En el peor de los casos, la dejaría embarazada y la abandonaría. En el mejor de los casos, Gina se enamoraría perdidamente de él y se negaría a volver al rancho con Tanner.

Deseaba con todas sus fuerzas echarle un sermón y anular la cita de su hermana, pero no pudo. Sabía que su manera de llevar esa última crisis serviría para ganarse a su hermana o para fracasar estrepitosamente.

Se obligó a sonreír a Linda, la empleada a tiempo parcial que había llegado justo antes de que él acompañara a Colette a su casa. Ella lo miró y después siguió doblando mantitas. Tanner se preguntó qué le habría contado su hermana sobre él, pero por la mirada de la chica supo que no había sido nada favorable.

Gina sonrió. Sus ojos brillaban mientras volvía a entrar en la tienda.

—Gracias —dijo cuando llegó junto a Tanner.

—¿Por qué?

—Por no ser mezquino y odioso con Danny —apoyó con codos en el mostrador, sin dejar de sonreír—. Ha sido muy amable conmigo desde que llegué a Kansas City. La mayoría de las tardes viene para acompañarme a casa después de cerrar la tienda. Le dije que hoy no tendría que hacerlo, porque estás tú.

Tanner tuvo que resistir el impulso de abrazarla fuertemente contra su pecho y retenerla ahí para mantenerla a salvo.

—¿Y qué es lo que sabes de él? —preguntó intentando que su voz sonara tranquila.

Ella se encogió de hombros y se acercó a una vitrina de zapatos de bebé.

—Sé que tiene veinticinco años y que ha estado trabajando para la empresa de reparto durante los últimos cuatro años –dijo mientras ordenaba las cajas de zapatos–. Vive con su familia no lejos de aquí y tiene dos hermanas más jóvenes y un hermano pequeño.

Tanner se sintió algo mejor al saber que Danny no tenía su propio apartamento. Si la llevaba a su casa, donde estaban sus hermanos y sus padres, sería muy difícil que consiguiera algo más que un beso o dos.

–Y ahora dime, hermano mayor, ¿qué piensas de mi compañera de piso? Es muy simpática, ¿verdad?

–Está bien –contestó Tanner.

Gina le dedicó una sonrisa maliciosa.

–He visto cómo la mirabas durante todo el día. Diría que piensas que está bastante mejor que bien.

Tanner se sorprendió al darse cuenta de que una oleada de calor le subía por el cuello.

–No sé de qué estás hablando –murmuró.

–Venga, Tanner –Gina se acercó a él y le puso los brazos alrededor del cuello–. ¿No te das cuenta de que mi independencia también es la tuya? Te has pasado los mejores años de tu vida educándome. Ya es hora de que sigas con tu propia vida.

Tanner la abrazó pero no le dijo que aún no había llegado el momento de que fuera una chica independiente. Aún era un polluelo que no estaba preparado para volar del nido, y él estaba dispuesto a agarrarla antes de que se cayera.

Dos horas después, cuando ya anochecía, acompañó a Gina al apartamento.

–Odio la idea de que vuelvas a casa sola por las noches –dijo él.

–Ya te lo he dicho, la mayoría de las noches Danny me acompaña a casa.

–¿Y las que no lo hace?

Ella suspiró con impaciencia.

–Entonces me voy a casa rápido con la cabeza bien alta. Colette dice que si no pareces una víctima tienes más posibilidades de no serlo. Y para estar más segura, llevo un spray de pimienta en el bolso.

–En Foxrun nadie tiene que llevar spray de pimienta –observó él.

–Eso es porque en Foxrun nunca ocurre nada –contestó Gina como si fuera algo malo–. Es una pequeña ciudad muy agradable con gente agradable, pero quiero algo más que lo que Foxrun puede ofrecerme.

Se detuvieron frente al bloque de apartamentos y ella lo miró pensativa.

–Ya que yo voy a cenar con Danny, ¿por qué no invitas a Colette a comer algo?

Él enarcó una ceja sorprendido.

–Creí que no querías que tuviera trato con ella porque tenías una teoría de conspiración... ya sabes, crees que estoy intentando ponerla de mi parte.

–Eso me preocupaba –respondió–. Pero después de pensarlo bien he decidido que no es una amenaza para mí.

–¿Cómo es eso? –preguntó Tanner indulgentemente.

–Colette es la mujer independiente más fuerte que conozco. Por lo que sé de ella, nunca ha dependido de nadie y siempre lo ha hecho todo sola. Me parece que sabe que mis sueños son muy parecidos a los suyos y que va a apoyarme en todo lo que quiero hacer —le sonrió con picardía—. Y creo que ni siquiera el famoso atractivo de Tanner podrá ponerla en mi contra.

Él le devolvió la sonrisa.

—A lo mejor estás subestimando el poder del famoso atractivo de Tanner.

—Puede ser. En cualquier caso, voy a cenar con Danny y he pensado que podrías comer con Colette mejor que quedarte solo.

Tanner miró a su hermana con recelo. No confiaba en ese cambio tan repentino. Ese mismo día le había dicho que se mantuviera alejado de Colette, pero en ese momento parecía invitarlo a continuar con sus planes de poner a Colette de su lado y manipular a Gina para que volviera a casa.

—Creo que voy a averiguar si Colette quiere comer algo conmigo.

Los dos se metieron en el ascensor y llegaron al piso octavo. Tanner estaba sorprendido al darse cuenta de que pensar en cenar con Colette le hacía sentir algo nervioso.

Entraron en el apartamento y vio a Colette enseguida. Llevaba un camisón corto de algodón y estaba hecha un ovillo en el sofá, con un montón de catálogos en la mesita de café.

Era evidente que se había duchado recientemente. Tenía los rizos húmedos y su rostro limpio resplandecía, haciendo que Tanner deseara acariciarle las mejillas con los dedos.

También era evidente que ella no había esperado verlo. El camisón, aunque amplio, era fino, y él pudo adivinar la forma de sus pechos a través del tejido de color rosa. Lo inundó una oleada de deseo y empezó a sudar.

–Tanner –dijo Colette mientras se levantaba del sofá, estirándose inconscientemente el borde del camisón–. No te esperaba –volvió a sentarse con los pies muy juntos.

–Por favor, no te levantes –respondió él–. No me voy a quedar, solo he traído a Gina a casa –se quedó parado junto a la puerta de entrada.

–Tengo una cita y Tanner iba a invitarte a cenar, pero parece que ya has comido –Gina señaló los restos de una cena de microondas y se sentó cerca de los catálogos.

–Sí… ya he comido.

Tanner creyó reconocer cierta decepción en el tono de su voz y se sorprendió al darse cuenta de que él también estaba decepcionado. Se dijo a sí mismo que era porque había querido tener una oportunidad para poner a Colette de su parte. Si eso sucedía, tal vez podría convencerla de que despidiera a Gina y le hiciera mudarse a otro lugar. Entonces su hermana tendría que volver a casa.

–¿Tienes una cita? –preguntó Colette mirando a Gina.

Gina sonrió y sus ojos brillaron.

–Con Danny.

¡Gina, eso es maravilloso! ¡Sé lo mucho que deseabas que te lo pidiera!

Colette se levantó de un salto y abrazó a Gina, y el movimiento permitió que Tanner tuviera una visión tentadora de sus muslos cremosos. Pasó el peso de su cuerpo de un pie a otro y miró hacia otro lado, luchando contra la nueva oleada de calor que le abrasaba el cuerpo.

—Bueno, entonces yo me voy —dijo mientras las dos mujeres se separaban.

Colette volvió a sentarse y se ruborizó al ser consciente de que no estaba vestida apropiadamente.

—Buenas noches, Tanner. Siento lo de la cena.

Él asintió con la cabeza y miró a su hermana.

—Por favor, llámame al hotel cuando llegues a casa para saber que estás bien.

—Oh, Tanner, de verdad... —Gina puso los ojos en blanco.

—Es una petición muy sencilla —dijo Colette y Tanner le dedicó una sonrisa de gratitud.

—Está bien, está bien. Te llamaré cuando llegue —dijo Gina con un suspiro de exasperación.

—Gracias —contestó Tanner besándola en la frente. Le echó una última mirada a Colette, preguntándose cómo iba a pasar las horas de la cita de Gina y por qué deseaba poder pasarlas con la compañera de piso de su hermana en el sofá.

ERAN más de las once cuando Colette se levantó de la cama por un vaso de agua y le pareció oír algo, o a alguien, justo al otro lado de la puerta del apartamento. Al principio pensó que podían ser Danny y Gina que ya regresaban. Miró por la mirilla y vio a Tanner, apoyado contra la pared que quedaba frente a la puerta.

¿Qué demonios estaba haciendo ahí? Enseguida supo la respuesta. Dios mío, el hombre estaba esperando a que Gina regresara de su cita. Gina se quedaría horrorizada al volver al apartamento con Danny y descubrir a su hermano mayor acechando en el descansillo.

Colette volvió a su cuarto, se puso una bata de algodón que le llegaba hasta los pies, se dirigió a la puerta y la abrió.

−¿Tanner? Por favor, no me digas que estás aquí por lo que yo creo.

−Vale. ¿Por qué crees que estoy aquí?

−Para espiar a tu hermana.

Él sonrió sin dejarse intimidar por la acusación.

−Para espiarla no −protestó−. Quería ver por mí mismo que había llegado a casa sana y salva.

Colette sacudió la cabeza.

–No puedo creerlo. Al menos pasa y espérala dentro. Nunca te perdonará si viene y te encuentra acechando en la escalera.

Él dudó.

–¿Estás segura? Quiero decir, es bastante tarde y no quiero molestarte.

–No te preocupes, tengo insomnio. Entra y prepararé algo de café –como siempre, Colette sintió su presencia con intensidad mientras la seguía hasta la cocina.

Le señaló la mesa de la cocina, dándose cuenta de que su presencia parecía inundar la zona del comedor.

–Perdóname si no es de mi incumbencia –dijo ella mientras preparaba la cafetera–. ¿No ha tenido Gina otras citas antes?

–Por supuesto, empezó a salir cuando tenía unos diecisiete años.

–¿Entonces por qué estás tan preocupado?

Cuando el café empezó a gorgotear en el recipiente de cristal, ella se volvió a mirarlo, pero no se acercó a la mesa.

–Yo conocía a los chicos con los que salía Gina. Los vi crecer y conocía a sus familias –le explicó–. Y ellos me conocían y sabían que si se pasaban de la raya tendrían que vérselas conmigo.

–O sea, que los intimidabas –dijo ella con coquetería.

Él sonrió y sus labios se curvaron con una sonrisa sexy que envió una oleada de calor a la boca del estómago de Colette.

–Eso me decían.

Ella se volvió hacia los armarios y sacó dos tazas, agradecida por la actividad física que la ayudaba a quitarse de la cabeza la sonrisa de Tanner.

—¿Leche o azúcar?

—Solo, por favor.

Ella llenó las dos tazas y se giró para mirarlo. Se agobió al pensar que tenía que sentarse junto a él. La mesa era demasiado pequeña. En realidad, toda la cocina era demasiado pequeña.

—¿Por qué no nos llevamos esto al salón? —sugirió ella.

—De acuerdo —Tanner se levantó y se acercó a Colette. Se quedó tan cerca que ella pudo sentir el calor de su cuerpo y su aroma. Sintió un cosquilleo en el estómago—. ¿Por qué no me dejas que lo lleve yo? —dijo señalando las tazas.

—No, está bien —se separó de él y se dirigió al salón, consciente de que él la seguía. Puso una de las tazas en la mesa de café, se llevó la otra a una silla y se sentó.

Tanner se sentó en el sofá y agarró la taza con las dos manos.

—¿Qué piensas de ese Danny con el que ha salido Gina?

Colette sonrió.

—No creo que tengas que preocuparte de nada, parece un chico muy agradable. Gina y él empezaron a echarse miradas el primer día que ella empezó a trabajar para mí y él hacía una entrega. Desde hace una semana y media él empezó a ir a la tienda para acompañarla a casa por la noche. Ha sido muy dulce ver cómo nacía un romance entre ellos.

Él frunció el ceño y bebió un sorbo de café.

—Gina es demasiado joven para involucrarse con un hombre.

Colette dudó un momento y luego asintió con la cabeza.

—A mí tampoco me gusta que tenga una relación seria a su edad. Creo que es importante que las mujeres establezcan su independencia antes de decidirse a tener una relación seria con un hombre.

Tanner levantó una ceja.

—¿Es eso lo que tú haces? ¿Esperas a establecer tu independencia antes de iniciar una relación con un hombre?

—He sido independiente durante mucho tiempo —contestó ella—. Y la verdad es que no quiero ni necesito un hombre en mi vida. Me gusta depender solo de mí misma.

—Así te puedes sentir muy sola.

Ella pensó en el bebé que tal vez ya crecía en su interior. Ya no volvería a estar sola si tenía un niño.

—No tengo tiempo para sentirme sola.

—Si estuvieras en Foxrun, te considerarían un bicho raro.

Colette lo miró sorprendida.

—¿Un bicho raro? Dios mío, ¿por qué?

Él sonrió.

—Porque la mayoría de las mujeres solteras de Foxrun sólo quieren una cosa: encontrar un buen hombre. No les importa la independencia, quieren formar parte de una pareja.

—Entonces, bajo mi punto de vista, están equivocadas.

—Has dicho antes que has vivido sola desde que tenías dieciocho antes. Eras muy joven —tomó otro sorbo de café.

Colette sonrió.

—Si hubiera sido por Lillian, habría vivido por mi cuenta desde los seis años.

—¿Lillian?

—Mi madre.

Él se reclinó contra los cojines del sofá.

—¿Llamas a tu madre por su nombre?

Ella asintió con la cabeza.

—Cuando yo tenía diez años insistió en que dejara de llamarla «mamá» y en que empezara a llamarla Lillian. No quería que la gente supiera que era lo suficientemente mayor como para tener una hija de mi edad.

—Entonces, básicamente perdiste a tu madre cuando tenías diez años, como Gina.

Ella lo miró sorprendida.

—Nunca había pensado en ello de esa manera.

—¿Y tu padre? ¿Ha muerto?

—Quién sabe. Nunca lo conocí. Mi madre y él nunca se casaron, y él la abandonó cuando yo tenía unos seis meses. Me crié con una serie de «tíos». Mi madre es una de esas mujeres que no pueden estar solas.

Tanner se terminó el café, le echó un vistazo a su reloj y frunció el ceño.

—Ya es más de medianoche. ¿Qué pueden estar haciendo? —se levantó y miró por la ventana.

—Tanner, Danny no recogió a Gina hasta las nueve. Mientras comen algo y ven una película, probablemente sea casi la una antes de que vuelvan.

Él se dio la vuelta y se pasó una mano por el cabello.

—¿Sabías que a Gina sólo le quedaba un año para terminar la universidad y licenciarse en Magisterio?

—No, no lo sabía. Yo siempre deseé haber tenido la oportunidad de ir a la universidad y licenciarme —frunció el ceño pensativa, preguntándose si Gina sabía a lo que estaba renunciando por conseguir algo de libertad. Se levantó y señaló la taza de Tanner—. ¿Quieres un poco más?

—No, gracias —agarró la taza y la siguió a la cocina. Se apoyó en la encimera mientras ella apagaba la cafetera y metía las tazas en el lavavajillas.

Cuando se volvió para mirarlo, vio un brillo en sus ojos que le puso la piel de gallina, una mirada sexy que hizo que el corazón se le acelerara.

—Me estás mirando fijamente —dijo ella con una risa nerviosa.

—Lo siento —dio un paso hacia ella—. Estaba pensando en por qué estoy tan preocupado por la cita de Gina.

—¿Y por qué es? —ella quería que se alejara. No, quería que se acercara más. Había una energía entre ellos, una energía que centelleaba y crujía como una corriente eléctrica.

—Porque sé lo que piensan los hombres cuando están con una mujer bonita. Porque ahora yo estoy pensando en esas mismas cosas.

A Colette se le aceleró el pulso cuando él alargó la mano y le acarició una mejilla con el dedo índice.

—¿Y qué cosas son? —preguntó ella con la respiración entrecortada.

Él deslizó el dedo hacia abajo, rozándole el labio inferior. Colette se sentía como si se le fueran a doblar las rodillas en cualquier momento.

–Lo que me estoy preguntando ahora mismo es si la zona de detrás de tu oreja es sensible –Colette pudo sentir su aliento cálido sobre el rostro mientras él se acercaba aún más–. Me pregunto si tu piel es suave al tacto y si tus labios serán tan dulces como parecen.

–Supongo que sólo hay una forma de saberlo –dijo ella, sorprendida de su propio atrevimiento.

Los ojos de Tanner brillaron con más fuerza al reconocer una invitación en sus palabras. Sin perder el tiempo inclinó la cabeza para atrapar los labios de Colette entre los suyos.

Colette se dio cuenta al momento de que no sólo era un hombre increíblemente sexy, sino que además era un maestro en el arte de besar. Al principio su boca era suave y delicada. Después Tanner la rodeó con sus brazos y la apretó contra él, profundizado el beso al acariciarle la lengua con la suya.

Colette comenzó a respirar con dificultad. La boca de Tanner era caliente como un volcán y su pecho era un músculo duro como una roca. Ella perdió el sentido de su propio cuerpo cuando sus lenguas se entrelazaron eróticamente.

Los brazos de Tanner la rodeaban fuertemente, y durante un breve momento ella se sintió más segura que nunca. Él abandonó sus labios para buscar la zona sensible de detrás de la oreja.

–¿Colette? –la voz de Gina llegó desde el salón. Tanner y Colette se separaron justo cuando Gina entraba en la cocina–. Tanner... ¿qué estás haciendo aquí?

–Tanner vino para saber si habías llegado, tomamos un café y charlamos un rato. Todavía queda algo de café, por si quieres una taza. He apagado la cafetera hace un minuto, aún debe de estar caliente –Colette sabía que estaba hablando tontamente, y esperó que sus labios no estuvieran tan hinchados como ella los sentía, esperó que Gina no tuviera ni idea de lo que habían estado haciendo, de ese beso que había conseguido que Colette perdiera la cabeza.

–No, no quiero café –dijo Gina, y ahogó un bostezo con el dorso de la mano–. Ya ves que he llegado a casa sana y salva, así que ya puedes volver a tu hotel –le dijo a Tanner–. Me voy a la cama, os veré mañana.

–Te dije que estaría bien –comentó Colette mientras se apretaba el cinturón de la bata–. Y ahora yo también tengo que dormir un poco –necesitaba que él se fuera, tenía que alejarse de él.

Colette todavía sentía un cosquilleo en los labios, y lo único que deseaba era repetir el beso. Y eso la asustaba.

–Entonces supongo que te veré mañana –dijo él mientras se dirigían a la puerta de entrada.

–Eso creo –contestó Colette algo avergonzada.

Él dudó en la puerta y ella pudo darse cuenta de que quería decir algo más.

–Buenas noches, Tanner –dijo adelantándose a cualquier cosa que él pudiera decir. Abrió la puerta sin mirarlo a los ojos.

–Buenas noches, Colette –la miró durante unos segundos, después se dio la vuelta y se marchó.

Ella cerró la puerta con llave y se apoyó contra ella. Tenía que mantenerse alejada de Tanner Rothman, porque era una amenaza para todo lo que había conseguido, para toda la fuerza personal que había logrado en su vida de adulta. Durante un instante, mientras él la había abrazado y besado tan dulcemente, ella se había sentido débil y necesitada. Por esa razón tenía que evitarlo a toda costa.

Tanner respiró profundamente el aire fresco de la noche. Colette. Aún tenía su aroma pegado en la piel, y todavía podía sentir el sabor de su boca. Había cometido un gran error al besarla, porque al hacerlo se habían despertado unas hormonas que habían estado durmiendo durante mucho tiempo. Y también había confirmado sus sospechas: los labios de Colette eran tan suaves y tan dulces como había pensado.

Lo que no había esperado era el calor que consumió todo su cuerpo mientras la abrazaba y besaba.

Frunció el ceño pensativo mientras se dirigía al hotel. Colette Carson era todo lo que él no quería en una mujer. Evidentemente, era muy independiente, no tenía ni idea de lo que era ser parte de una familia y estaba animando a su hermana a que fuera como ella. Pero aunque Tanner sabía que todo eso era cierto, quería abrazarla de nuevo. Quería besarla otra vez.

Todavía sentía las mismas sensaciones contradictorias cuando llegó al día siguiente a La Boutique del Bebé. No llegó hasta después del mediodía, sabiendo que Gina estaría allí a esa hora. Después de todo, el que hubiera decidido quedarse en Kansas City no tenía nada que ver con la adorable Colette, sino con Gina. Tenía que concentrarse en llevar a su hermana al rancho, no en pensar cuándo podría besar a Colette de nuevo.

En el mismo instante en el que entró en la tienda Colette se excusó y salió para comer. El luchó contra el impulso de ir tras ella, pero se dio cuenta de que era una oportunidad perfecta para quedarse a solas con Gina y retomar su propósito inicial.

—No pude hablar contigo anoche. ¿Cómo fue la gran cita? —preguntó cuando se quedaron solos en la tienda. Estaban sentados uno al lado del otro detrás del mostrador.

—Fue maravillosa. Fuimos a ver la última película de Jackie Chan, y era tan divertida que reímos hasta llorar. Ese hombre tiene mucho talento, y además tiene una cara que te hace reír en cuanto la miras.

—La verdad es que me interesa más lo que piensas de Danny —dijo Tanner secamente.

Gina sonrió.

—Danny es muy dulce y divertido. Me gusta mucho —contestó.

—Espero que no te guste demasiado —dijo empezando a preocuparse. Quería que Gina terminara felizmente casada y que formara una familia, pero no quería que se precipitara—. Gina… en realidad nunca hemos hablado de los hombres y las mujeres y todo eso.

–Oh, Tanner… Por favor. No me digas que vas a intentar tener esa charla conmigo.

–¿Esa charla?

–Ya sabes, de dónde vienen los niños –Gina se ruborizó ligeramente.

Tanner también se sintió algo avergonzado.

–Probablemente debería haberte hablado de eso hace mucho tiempo.

–Sí, antes de ir al instituto. Ya es un poco tarde, Tanner. La madre de Maggie Christian me contó todo lo que hay que saber.

–¿De verdad?

Aunque seguía sonrojada, Gina sonrió a su hermano.

–Tanner, lo sé todo sobre enfermedades de transmisión sexual. Sé cómo se hacen los bebés y qué previene tanto las enfermedades como el embarazo.

–Eso no es todo lo que me preocupa. Quiero decir, no me gusta que empieces una relación seria demasiado pronto.

Ella lo miró sorprendida.

–¿Eso es lo que te preocupa? ¿Que me enamore de Danny y me case enseguida? –se rió y sacudió la cabeza–. Tanner, no tienes que preocuparte por eso. Según parece, Colette también estaba preocupada por lo mismo y anoche tuvimos una larga conversación –Tanner se relajó, esperando que esa charla con Colette hubiera servido de algo–. Créeme, no tengo ninguna prisa en casarme. De hecho, no estoy segura de querer casarme –añadió moviendo una mano.

Tanner la miró con horror.

–¿Qué quieres decir? Por supuesto que terminarás casándote, eso es lo que quieren todas las mujeres: un marido, un hogar y formar una familia –dijo Tanner preguntándose qué le habría dicho Colette a su hermana.

–No seas tan anticuado –se burló Gina–. Hoy en día las mujeres pueden elegir.

¿Le estaba echando un sermón feminista que Colette le había metido en la cabeza la noche anterior? Tanner no sabía muy bien a quién quería ahogar, si a Gina por creer en eso o a Colette por animarla a que lo pensara.

Antes de que pudiera decir nada, entró una mujer a la tienda y Gina fue a atenderla. Y a lo largo del día la boutique estuvo tan llena de gente que Tanner no pudo hablar con Colette sobre lo que le había dicho a Gina la noche anterior.

Era como si todas las mujeres embarazadas hubieran decidido ir a la tienda el mismo día. E incluso cuando no había tantos clientes, Colette siempre encontraba algo que hacer en el lado opuesto de la tienda, alejándose de Tanner.

Tanner empezaba a sospechar que lo estaba evitando. Tal vez Colette se sentía culpable por las tonterías que le había dicho a Gina la pasada noche.

Sobre las tres entró en la tienda un hombre con vaqueros azules, una camisa de trabajo y un cinturón de herramientas.

–Hola, Colette –dijo mientras le sonreía cálidamente.

–Hola, Mike –Colette le devolvió la sonrisa.

–Puedo trabajar un par de horas hoy, si te viene bien.

–Perfecto –contestó ella.

Tanner los observó mientras se dirigían a la parte de atrás. Un momento después escuchó la risa de Colette y se sintió irracionalmente celoso.

–Es Mike Moore –dijo Gina desde detrás–. Está haciendo el trabajo de carpintería en la zona infantil que quiere hacer Gina.

–Es un poco tarde para empezar a trabajar –replicó él. No sabía muy bien por qué, pero no le gustaba la sonrisa del carpintero rubio ni la facilidad que tenía para hacer reír a Colette.

–Mike le está haciendo un favor a Colette, así que viene cuando termina su trabajo de verdad.

–¿Y qué es lo que hace? –preguntó Tanner mientras volvía a escuchar la risa musical de Colette–. Déjame adivinar, es cómico.

Gina se rió.

–No, es carpintero, está trabajando en las reformas de un edificio de por aquí. Él y Colette han sido amigos durante mucho tiempo, y yo creo que siente algo por ella.

–Esto no es una tienda de ropa de bebé –murmuró Tanner –es un club de solteros.

Gina se rió y se apartó de su hermano para saludar a un cliente que acababa de entrar. Tanner fue a la parte trasera, donde Colette le estaba explicando a Mike lo que quería hacer.

–Dos mesas pequeñitas... como mesas de picnic en miniatura. Y también voy a encargar una de esas estructuras de madera con un tobogán.

–Quieres que tengan la sensación de estar en un parque –respondió Mike.

–Exacto –Colette vio a Tanner y rápidamente los presentó.

–¿Así que está en la ciudad por un par de días? –le preguntó Mike. Tanner asintió con la cabeza–. ¿Ha visitado antes Kansas City?

–En varias ocasiones, pero ya hace años desde la última vez.

–Entonces debería decirle a su hermana que le haga un pequeño tour. Tenemos algunos sitios que merece la pena ver: Science City, la zona de River Market y la Plaza.

–No creo que Tanner se vaya a quedar tanto como para ver todos los encantos de la ciudad –dijo Colette sin mirar a Tanner.

–Al contrario –contestó él–. Me encantaría ver todas esas cosas mientras estoy aquí. Pero supongo que Colette sería mejor guía que Gina, que en realidad no conoce la ciudad.

–Desafortunadamente, eso no será posible. Estoy demasiado ocupada –respondió Colette sin mirarlo. Sonrió a Mike–. Ahora te dejaremos trabajar.

No esperó a que Tanner la siguiera, sino que fue rápidamente a la zona donde Gina estaba atendiendo a una mujer mayor que se interesaba por las cunas.

Tanner volvió a sentarse en la silla de detrás del mostrador, mirando pensativamente a Colette. Definitivamente, lo estaba evitando, y no sabía si era por el beso o por la conversación que había tenido con Gina la noche anterior.

En ese momento podía evitarlo, pero tarde o temprano iba a tener una pequeña charla con ella. Lo invadió una oleada de irritación al pensar en su hermana y en ese repentino discurso feminista.

Tanner no tenía nada contra las feministas. Creía en la igualdad para los dos sexos y entendía la necesidad de sentirse realizado. Pero sabía que había mujeres que simplemente hablaban de realización personal y otras que no sólo eran feministas, sino que también odiaban a los hombres.

¿Era Colette una de ellas? ¿Enseñaría a Gina a odiar a los hombres y la convencería de que las mujeres estaban mejor sin ellos? ¿Animaría a Gina a disfrutar del placer con los hombres, pero también a no involucrarse en una relación?

Pensó en el beso que había compartido con Colette. No lo había besado como una mujer que odiaba a los hombres. Lo había besado con ansiedad, una ansiedad que había despertado la respuesta de Tanner.

Pensando en ello lo invadió una oleada de deseo. Quería gritarle por lo que pudiera haberle dicho a Gina la noche pasada, pero también quería besarla hasta que los dos se marearan de deseo.

Pero en ese momento no podía hacer ninguna de las dos cosas. Estaba seguro de que Colette estaba evitando cualquier conversación, cualquier contacto con él. Y no hubo nada que cambiara la situación a lo largo de la tarde.

Solo cuando llegó la empleada a tiempo parcial y Colette agarró su bolso para marcharse Tanner vio la oportunidad para hablar con ella a solas. Cuando ella salió de la tienda y empezó a caminar hacia el apartamento, él se apresuró a alcanzarla.

—Tanner, no es necesario que me acompañes a casa cada día que pases en la ciudad —dijo algo irritada.

—Bueno, es importante que lo haga ahora, ya que has estado evitándome todo el día y no he podido hablar contigo a solas —contestó intentando no fijarse en cómo el sol de la tarde arrancaba reflejos dorados a su cabello.

—No seas ridículo, no te he estado evitando. Además, ¿de qué ibas a querer hablarme?

Su actitud le hizo enfadar.

—Quiero saber qué demonios le dijiste anoche a Gina.

Ella se detuvo y lo miró.

—¿De qué estás hablando? —no esperó su respuesta, sino que empezó a caminar de nuevo rápidamente, como si tuviera prisa por llegar al apartamento y perder a Tanner de vista.

Él apretó el paso para alcanzarla.

—Te hablo de que antes Gina siempre decía que se iba a casar y a tener una familia, pero después de la charla de anoche ha cambiado de opinión y ahora dice que puede que no se case nunca.

Colette volvió a pararse y lo miró con las manos en la cintura.

—Anoche estabas preocupado porque tuviera una relación seria y se casara demasiado joven. Ahora te preocupa que tal vez nunca se case. ¿Por qué no la dejas sola y que ella decida lo que quiere hacer con su vida?

—Porque me da miedo el tipo de influencia que tú puedas tener sobre ella —Colette lo miró sorprendida, abrió la boca como si fuera a hablar pero la volvió a cerrar y echó a andar–. No quiero decir que piense que eres una persona horrible o algo así. Es que no te conozco lo suficiente y no sé si tu sistema de valores está a la altura de los valores que quiero que Gina tenga.

–¿Mi sistema de valores?

Ella no dejó de andar y no dijo una sola palabra más hasta que llegaron al bloque de apartamentos. Entonces se volvió para mirarlo a los ojos. Él siempre había pensado que los ojos castaños eran cálidos y atractivos, pero en ese momento los de Colette no eran ninguna de las dos cosas.

–Has criado a Gina desde que tenía diez años –le dijo fríamente–. Si crees que puedo echar a perder su sistema de valores con una sola conversación, es que tal vez no la has educado tan bien como crees –abrió la puerta del edificio–. Y ahora, si me perdonas, tengo a seis bailarines desnudos esperándome arriba. Voy a emborracharme y a tener sexo con los seis porque mi sistema de valores no me dice que haya nada malo en ello –con esas palabras desapareció en el interior del edificio y cerró la puerta de golpe.

Tanner se quedó quieto, preguntándose qué demonios acababa de ocurrir.

CAPÍTULO 5

COLETTE cerró la puerta del apartamento de golpe y tiró el bolso en el sofá. Nunca la habían insultado tanto. ¿Cómo se atrevía Tanner Rothman a hablarle de su propia moral? ¿Cómo se atrevía a sugerir que su sistema de valores era tan pobre que Gina no podía estar cerca de ella?

Él no sabía absolutamente nada de sus valores ni de su moral. No sabía nada de ella, había pasado muy poco tiempo a su lado y no podía juzgarla. Colette deseó que se llevara su carácter tozudo y sentencioso de vuelta a Kansas, donde podía hacer que el mundo girara a su alrededor.

Colette se quitó los zapatos y se dirigió a la cocina. Comenzó a prepararse un poco de té, con la esperanza de tranquilizarse un poco. Se apoyó contra la encimera mientras esperaba a que el agua hirviera y pensó en la conversación con Tanner.

El calor del momento ya había pasado, y Colette reconoció que tal vez había tenido una reacción exagerada a todo lo que Tanner había dicho.

Esa mañana se había despertado con el calor del beso de Tanner en los labios y con el deseo de besarlo de nuevo. Eso la había asustado, y ella había reaccionado a la defensiva, intentando evitarlo durante todo el día. Había pasado la mayor parte del día en la zona de la tienda donde él no estaba.

Pero el enfado que había sentido durante la breve discusión la había ayudado a sentirse segura e invulnerable a su encanto y a su atractivo sexual.

La tetera dejó escapar un sonido estridente y Colette se preparó rápidamente una taza de té, añadiendo una cucharada extra de azúcar.

Aunque sabía que había tenido una reacción exagerada, todavía la irritaba el que alguien creyera que podía ser una mala influencia para Gina. Sabía que tenía que aferrarse a su irritación y a su enfado en lo que se refería a Tanner. Tenía la sensación de que sólo así podría mantenerse a salvo hasta que él regresara a su rancho en Foxrun.

Colette se sintió aliviada cuando Gina llamó para decir que no iría al apartamento a cenar porque Tanner la iba a invitar y llegaría más tarde. Bien. Tal vez los dos arreglarían las cosas y Tanner volvería a casa.

Cuando Colette calculó que Tanner y Gina estarían terminando de cenar y volviendo al apartamento, se fue a la cama. Todavía estaba resentida por lo que Tanner le había dicho, y no tenía ningunas ganas de verlo.

Cuando a la mañana siguiente salió del apartamento se sorprendió ligeramente al no ver a Tanner. Compró los panecillos en el café de Johnny y se dirigió a la tienda.

Tal vez había vuelto al rancho, pensó unos minutos después mientras bebía una taza de café y comía un panecillo de arándanos. Tal vez se había rendido en su intento de hacer regresar a Gina, había aceptado la derrota y había abandonado Kansas City.

Curiosamente ese pensamiento le hizo sentirse un poco decepcionada, pero se esforzó por apartar esa sensación. ¿Por qué debería estar defraudada si no volvía a ver a Tanner Rothman?

No se hacía ilusiones de ningún tipo de comenzar una relación con él. No quería tener una relación con ningún hombre. Tendría su bebé y su trabajo, y eso era suficiente. Además, según su opinión, Tanner era autoritario, sentencioso y con pretensiones de superioridad moral. Se terminó el panecillo y el café y decidió abrir la tienda pronto. Era el viernes anterior al Día de la Madre y esperaba mucha clientela, ese día y el siguiente.

Abrió la boutique y se sentó tras la caja registradora, frunciendo el ceño al ver que la mañana estaba gris y amenazaba lluvias. Esperó que el mal tiempo no le quitara mucha clientela.

Cuando Gina llegó a mediodía estaba relampagueando y los truenos retumbaban en el cielo.

—Parece que el cielo se nos vaya a caer encima —dijo Gina al entrar.

—Espero que se pase pronto —respondió Colette. No había ningún cliente en la tienda en ese minuto, y agradeció que Gina hubiera llegado sola.

Gina escondió el bolso debajo del mostrador y miró a Colette con curiosidad.

—Anoche ya estabas en la cama cuando volvimos de cenar, así que no pude hablar contigo.

—¿Dónde fuisteis?

—A los Jardines Italianos. La comida estaba buenísima, pero la compañía apestaba. No sé lo que pasó entre Tanner y tú cuando te acompañó a casa anoche, pero estuvo gruñendo el resto del día.

Colette pensó que debía de ser una mala persona, porque se sentía bien al saber que había conseguido malhumorar a Tanner.

—¿Se dio por vencido y volvió a casa? —preguntó.

Gina se rió.

—Tanner no se rinde tan fácilmente —dejó de reírse y frunció el ceño pensativa—. Odio verlo tan disgustado conmigo. Ha dedicado toda su vida a criarme, y me siento como si de alguna manera lo estuviera traicionando por no hacer lo que quiere que haga.

—Estoy segura de que Tanner no te crió pensando que estarías en deuda con él hasta el punto de tener que sacrificar tu vida y todos tus sueños.

—Ya lo sé —dijo Gina suspirando—. Pero me siento culpable por desear cosas que no son las que él quiere para mí. Él cree firmemente que lo que quiere para mí es lo mejor, pero no sé cómo hacerle entender que sus sueños y los míos son diferentes.

—¿Has intentado sentarte con él y explicárselo racionalmente? —preguntó Colette.

—Nunca podemos tener una conversación razonable sobre ese tema. Pensé que tal vez tú podrías hacérselo ver, hacerle comprender que ya es hora de que me deje hacer mi propia vida.

—Ah, no. No pienso convencer a tu hermano de nada. Además, no me escucharía. Ni siquiera le gusto.

Gina se rió.

—¿De dónde has sacado esa idea? —miró a Colette tímidamente—. Sí que le gustas. He visto cómo te mira, nunca había mirado a ninguna otra mujer así.

—Entonces creo que necesitas gafas —contestó Colette sonrojándose ligeramente.

Las interrumpió un grupo de mujeres que se metieron en la tienda para escapar de la lluvia que acababa de empezar a caer. La tarde pasó y Colette se irritó al descubrir que aunque Tanner no estaba en la tienda ella no podía dejar de pensar en él.

Quería preguntarle a Gina dónde estaba, qué podría estar haciendo, pero sabía que no era asunto suyo y no quería darle a Gina la impresión de que le importaba.

No le importaba. Tanner no significaba nada para ella. Exceptuando que le había encantado sentir sus fuertes brazos rodeándola. Y exceptuando que le había encantado la forma en que los labios de Tanner se habían apoderado de los suyos.

Casi era la hora en que tenía que irse a casa cuando un taxi se paró frente a la tienda y Tanner se bajó de él. Corrió dentro de la tienda, sacudiéndose el agua del cabello como si fuera un perro después del baño. Colette intentó ignorar el vuelco que le dio el corazón cuando lo vio.

—Creí que tal vez te ibas a tomar el día libre —le dijo él.

—¿Por qué iba a hacerlo? —preguntó Colette fríamente.

Él le dedicó una sonrisa sexy y electrizante.

—Pensé que tendrías que recuperarte después de la noche salvaje con los bailarines desnudos.

–¿Qué bailarines desnudos? –preguntó Gina mientras se acercaba a ellos.

–No importa –contestó Colette–. Tu hermano está intentando ser gracioso.

–En realidad estoy intentando disculparme por lo que dije ayer –contestó Tanner mientras sus ojos azules brillaban–. No quise ofenderte.

–¿Qué hiciste para ofenderla? –preguntó Gina. Su mirada saltó de su hermano a Colette, y luego otra vez a su hermano–. ¿Qué está pasando? –dijo con frustración.

–No es asunto tuyo, cariño –contestó Tanner mientras le tocaba la punta de la nariz con el dedo índice–. Entonces, ¿aceptas mis disculpas?

Ella dudó un momento y después asintió rígidamente. Quería seguir enfadada con él, pero era imposible con esos ojos azules mirándola suplicantes.

–Bien –dijo Tanner con satisfacción–. Y ahora tengo una pregunta. ¿Tienes planes con tu madre el domingo?

Colette siempre se sorprendía cuando al pensar en su madre sentía un vacío doloroso. ¿Cuándo desaparecería ese dolor? Sacudió la cabeza.

–Lillian va a estar fuera de la ciudad el fin de semana.

–¿Y la tienda no abre el Día de la Madre?

–No. Nunca abrimos los domingos.

–Entonces, ¿qué os parece si los tres tenemos una agradable cena el domingo? Yo invito –sugirió.

–Es una gran idea –dijo Gina rápidamente.

–No es necesario que me lleves a cenar –protestó Colette.

–Insisto. Podemos cenar sobre las seis. Os recogeré a las cinco y media.

–A mí me parece bien –dijo Gina. Colette asintió con la cabeza.

–Ah, y como es casi la hora a la que te fuiste ayer a casa, le he dicho al taxista que espere y que te lleve –le dijo a Colette mientras le dedicaba una sonrisa encantadora–. No quiero que camines bajo la lluvia.

–No tienes que cuidar de mí –replicó–. Soy perfectamente capaz de cuidarme yo sola.

Quería enfadarse por ese arreglo del taxi. No necesitaba ni quería que nadie cuidara de ella. Pero en el fondo le gustó el gesto de Tanner.

Consciente de que había sido poco cortés, se apresuró a decir:

–Pero gracias de todas maneras. Supongo que debería irme ahora.

Momentos después, sentada cómodamente en el asiento trasero del taxi mientras la lluvia golpeaba las ventanillas, pensó en la invitación del domingo. Se dijo que no había nada malo en cenar con Tanner y su hermana. No iba a estar a solas con él, así que él no tendría oportunidad de besarla de nuevo.

Intentó imaginar cuál sería la reacción de Tanner si supiera que la habían inseminado artificialmente y que pretendía criar a un niño sola. Estaba segura de que lo desaprobaría. Pero no había ninguna razón para que ella le contara sus planes de futuro. Y desde luego no necesitaba ni quería la aprobación de Tanner.

–Señorita, ¿se va a quedar ahí sentada esperando

a que deje de llover o se va a bajar? —el taxista la miró por el espejo retrovisor.

—Me bajo —abrió el bolso, sacó algo de dinero y se inclinó hacia delante para pagar, pero él movió una mano.

—El caballero ya se ha ocupado de eso.

Colette bajó del taxi y corrió hacia la puerta del edificio preguntándose por qué, a pesar del recelo que sentía hacia Tanner, estaba deseando cenar con él el domingo por la noche.

Tanner volvió a mirarse en el espejo una vez más. Los pantalones y la camisa de vestir que había comprado el día anterior le sentaban bien y le daban la oportunidad de cambiar los vaqueros y la camiseta que solía llevar.

Se había dicho a sí mismo que había comprado la ropa en honor de la madre que había perdido once años atrás, pero al elegir la camisa se había preguntado cuáles serían los colores favoritos de Colette. ¿Preferiría un suéter o una camisa?

Colette. La había insultado con su comentario sobre los valores y la moral. No había querido hacerlo, pero ese había sido el resultado final. El viernes en la tienda ella había aceptado sus disculpas, pero Tanner tenía la sensación de que lo había hecho a regañadientes. Esperaba que con la cena de esa noche pudiera hacer las paces con ella definitivamente.

Miró el reloj y se dio cuenta de que tenía que irse. Se puso colonia en el cuello, se pasó una mano por el cabello y dejó la habitación del hotel.

Había alquilado uno de los coches del hotel con su conductor para que estuviera a su disposición toda la tarde, y cuando salió a la calle vio que el coche ya lo estaba esperando.

No había ido a la tienda el día anterior, sino que había pasado parte del día hablando por teléfono con el capataz para asegurarse de que todo iba bien en el rancho. Después, a media tarde, había ido a buscar un restaurante especial para la cena del Día de la Madre.

Y había encontrado el lugar ideal cerca del hotel. Antonio's era elegante, con las mesas dispuestas de tal modo que aseguraban la intimidad de todos los comensales. El menú era muy variado y tenían una amplia carta de vinos. Había hecho la reserva y después se había ido a buscar la ropa más apropiada para una cena tan especial.

Solo había una cosa que deseaba que ocurriera esa noche: deseaba que su madre pudiera estar presente. Raramente pensaba en sus padres. Su pérdida todavía le dolía, aunque habían pasado muchos años.

Pero ese día, al ver el restaurante del hotel lleno de familias y madres sonrientes con ramos de flores, no había podido quitarse a su madre de la cabeza. Si hubiera podido ir a la cena esa noche, él le habría comprado un ramo de rosas rosas pequeñas, sus favoritas.

El conductor se detuvo frente al edificio de Colette y Tanner apartó de su mente esos pensamientos.

—Enseguida vuelvo —le dijo al conductor, que asintió con la cabeza.

Unos momentos después Tanner llamaba a la puerta del apartamento de Gina y Colette. Colette abrió la puerta, y durante un instante él se quedó sin habla al mirarla.

El vestido de color caramelo que llevaba se le ceñía al cuerpo, realzándole los pechos y la cintura y cayendo con pliegues femeninos hasta las rodillas.

El escote en forma de V era lo suficientemente grande como para ser interesante pero sin provocar, y sus ojos de color castaño claro eran del mismo color encantador que la tela.

Las mejillas de Colette se pusieron rojas.

—Lo siento. Te estoy mirando demasiado, ¿verdad?

—La verdad es que sí —contestó ella.

—Es que mereces que te miren. Estás increíble —dijo Tanner mientras ella lo hacía pasar.

—Gracias. Tú tampoco estás mal —respondió todavía ruborizada.

—¿Estamos listos? Espero que tengáis hambre.

—Me muero de hambre. Yo estoy preparada, pero Gina todavía está en su cuarto.

Tanner miró el reloj y luego a Colette.

—He reservado en Antonio's. ¿Lo conoces?

—No, pero me han dicho que es maravilloso —ella comenzó a juguetear con la correa del bolso, visiblemente nerviosa. Su mirada se detenía en todos los rincones de la habitación excepto en Tanner.

Él cambió el peso de su cuerpo de un pie a otro, sin saber cómo conseguir que se sintiera cómoda.

—Hace una tarde muy agradable —dijo finalmente.

—Sí. No hay nada más agradable que las tardes de

primavera –lo miró y le sonrió mientras se le formaba un hoyuelo en la mejilla izquierda–. Excepto las tardes de otoño.

–El otoño es agradable –contestó él preguntándose cuánto tiempo podrían seguir hablando del tiempo.

Alguien llamó a la puerta y Colette frunció el ceño.

–¿Quién podrá ser? –se dirigió a la puerta y la abrió.

Danny entró en el salón.

–Hola, Colette… Señor Rothman.

Tanner miró al joven confundido. ¿Lo había invitado Gina sin decírselo? En ese momento su hermana salió de su habitación.

Parecía un rayo de sol, con un vestido amarillo brillante que resaltaba su cabello moreno. Tanner sintió una oleada de cariño por ella.

–¿Nos va acompañar Danny a cenar? –le preguntó.

Gina lo miró sorprendida.

–¿No te lo he dicho?

–¿Decirme qué?

–Danny me ha invitado a cenar en su casa con sus padres. Pensé que te lo había dicho –le dedicó a Tanner una mirada de inocencia, pero él no se dejó engañar. Se preguntó si no le había comentado el cambio de planes porque temía que se enfadara.

–¿Hay algún problema, señor? –preguntó Danny vacilante–. Puedo llamar a mis padres y decirles que ha habido un cambio de planes.

–No… no hay problema –respondió Tanner

mientras le lanzaba a su hermana una mirada que significaba que ya hablarían más tarde.

–Entonces estoy lista –sonrió Gina–. Pasadlo bien, nosotros nos vamos a divertir –se agarró al brazo de Danny y salieron del apartamento.

–Vaya, eso sí que ha sido una sorpresa –dijo Tanner–. ¿Estás preparada?

–Tanner, no es necesario que me lleves a cenar –protestó ella mientras dejaba el bolso en una silla.

Él se acercó, agarró el bolso y se lo tendió.

–Al contrario. No he comido en todo el día reservándome para los platos de Antonio's, y he tenido que sobornar al maître para asegurar la reserva –Colette seguía dudando–. Por favor, Colette, cena conmigo. No hay nada que odie más que comer solo.

–Está bien –aceptó finalmente sonriendo con picardía–. Pero sólo porque es Antonio's y siempre he querido comer allí –agarró el bolso de la mano de Tanner y salieron del apartamento.

Mientras él la acompañaba al coche, se preguntó por qué no estaba enfadado con Gina y por qué se sentía agradecido de poder cenar a solas con Colette.

EL ASIENTO trasero del coche era demasiado pequeño, pero Colette tenía la sensación de que incluso el asiento de una limusina sería demasiado pequeño si lo compartía con Tanner.

El muslo de él tocaba cálidamente el suyo, y el aroma de su colonia le llenaba los sentidos. No había contado con cenar sola con Tanner. Quería, necesitaba, que Gina también estuviera allí.

Tanner estaba más atractivo que nunca. Había cambiado los vaqueros y la camiseta por unos pantalones azul marino que parecían hechos a su medida y una camisa a rayas azules y gris oscuro que se estrechaba en la cintura.

Colette agarró el bolso con fuerza, intentando hacerse lo más pequeña posible para que hubiera menos contacto físico entre ellos.

—Estoy intentando imaginarme por qué Gina no me contó nada de los planes con Danny y su familia —dijo él rompiendo el silencio incómodo.

—Tal vez no quería que te diera un síncope —respondió ella.

—A mí no me dan síncopes —contestó poniéndose a la defensiva. Ella lo miró incrédula—. Solo soy un hermano mayor preocupado e incomprendido –sus ojos centellearon con un brillo burlón.

–Sí claro, sobre todo incomprendido –contestó Colette secamente.

De nuevo se hizo el silencio entre los dos. Colette miró por la ventanilla, intentando ignorar las corrientes eléctricas que pasaban desde el muslo cálido de Tanner al suyo.

–En realidad no me quiero interponer entre Gina y el futuro que ella elija –dijo él finalmente–. Solo quiero que lo posponga un año. Me gustaría ver cómo termina la universidad, y después la apoyaría en todo lo que decidiera hacer –se volvió hacia Colette y sonrió–. Y esto es lo último que voy a decir sobre el tema en lo que queda de noche.

Volvieron a sumergirse en un silencio incómodo. Colette doblaba y desdoblaba la correa del bolso, intentando ignorar desesperadamente la proximidad de Tanner.

–¿Cómo has pasado el día? –preguntó él.

–Dormí hasta tarde y después fui a casa de mi madre para cuidar al caniche neurótico que tiene, ya que ella y su último novio están fuera de la ciudad.

–Deduzco que no te gustan los perros.

–Sí que me gustan. Pero Cuddles es el perro más ladrador, mordedor y aullador que conozco.

Colette se sintió tremendamente aliviada cuando el coche se detuvo frente al restaurante y ellos salieron a la calle.

No pudo evitar sentirse ligeramente impresionada cuando el maître saludó a Tanner por su nombre.

–Ah, señor Rothman, ha llegado justo a tiempo. Su mesa le está esperando.

–Has tenido que sobornarlo muy bien –murmuró Colette mientras los dos seguían al maître.

Tanner sonrió. Mientras caminaban puso una mano en la espalda de Colette, y su calor pareció extenderse desde la cabeza a los pies.

El maître los condujo hasta una pequeña mesa al fondo del restaurante. Con celosías y una espesa vegetación en tres de los lados, la mesa estaba aislada y tenía una vela encendida en el centro.

–Solamente seremos dos –dijo Tanner mientras el hombre apartaba una silla para Colette. La mesa tenía tres cubiertos.

–Muy bien –el maître le hizo señas a un camarero, que rápidamente retiró el cubierto sobrante–. Su camarero llegará enseguida –dijo justo antes de marcharse, dejando a Tanner y a Colette solos.

–Es muy agradable –dijo Colette mirando a su alrededor. Estaba empezando a relajarse, ya que estaba sentada a una distancia prudente de él y olía los deliciosos aromas de la comida, en vez de la fragancia evocadora de Tanner.

–Sí que lo es.

Ella sonrió.

–Apuesto a que en Foxrun no hay restaurantes como este.

Él se reclinó en la silla y le devolvió la sonrisa.

–Es cierto, pero los restaurantes de Foxrun tienen su propio encanto.

Ella levantó su vaso de agua y bebió un sorbo, intentando no fijarse en cómo la vela lanzaba atractivos destellos plateados a sus ojos azules.

—¿Y cuál es el encanto de los restaurantes de Foxrun?

—Son como el bar de esa serie en donde todo el mundo sabe cómo te llamas. Cada jueves, en el restaurante familiar de Millie, Millie me prepara un pastel de manzana al caramelo.

—¿Te gusta el pastel de manzana al caramelo?

Él sonrió.

—Es mi favorito. Mi madre solía preparármelo —su sonrisa se desvaneció y él agarró la servilleta para colocársela en el regazo.

En ese momento llegó la camarera.

—¿Les traigo algo de beber antes de tomarles nota?

—Para mí no —dijo Colette.

—¿Estás segura? ¿No te apetece una copa de vino? —preguntó Tanner.

Ella negó con la cabeza.

—No, gracias, está bien así —contestó señalando su vaso de agua.

—Yo quiero un whisky escocés con hielo —le dijo a la camarera.

Colette se sintió aliviada al ver que él no había insistido. Le habría encantado tomar una copa de vino, pero era consciente de que podría estar embarazada.

La camarera le llevó a Tanner su bebida, les tomó nota y volvió a marcharse. Tanner le echó un vistazo a los otros comensales y durante unos instantes Colette observó sus atractivas facciones.

Esa noche no había en él huella del ranchero.

Vestido con esa ropa, podría haber sido cualquier cosa: un banquero, un hombre de negocios, un corredor de Bolsa… Pero había una cosa clara: parecía muy seguro en sí mismo, como cualquier hombre con éxito. Pero mientras lo observaba Colette pensó que había algo de tristeza en sus ojos.

—Hoy tiene que ser un día difícil para ti —le dijo.

Él la miró y sonrió.

—En cierto modo, sí. Al ver a todas las familias celebrando el día con sus madres, no puedo evitar echar de menos a la mía.

—Háblame de ella —pidió Colette, sintiendo un interés repentino por saber cosas de la mujer que lo había educado.

Sus facciones se tiñeron con una dulzura tremendamente atrayente. Tomó un sorbo de whisky, volvió a dejar el vaso en la mesa y lo agarró con las dos manos.

—Se llamaba Mariah y yo pensaba que era la mujer más guapa del mundo. Siempre olía muy bien, y estaba sonriendo y cantando todo el día. Le encantaban las rosas rosas y tenía un enorme jardín en la parte sur de la casa, donde las cultivaba. Cuando había brisa del sur abría las ventanas y toda la casa olía a la fragancia de las flores.

—Suena muy agradable.

—Era muy agradable… y yo no era el único que pensaba que era bonita. Mi madre fue una de las primeras Miss Vaca Lechera.

—¿Miss Vaca Lechera? —Colette lo miró con curiosidad—. ¿Qué es exactamente una Miss Vaca Lechera?

—Una vez al año se hace una gran feria en Foxrun, y se elige a una mujer joven Miss Vaca Lechera para que represente al condado en todos los actos que se hacen a lo largo del año. Gina fue Miss Vaca Lechera el año pasado –Tanner sonrió–. Ya sé que suena muy cursi, pero es muy divertido.

–Creo que suena de maravilla –contestó Colette–. ¿Tu madre trabajaba?

–Trabajaba muchísimo como ama de casa.

–Entonces era una mujer tradicional –a Colette no le sorprendió esa información. Podría haber adivinado que a Tanner lo habían educado unos padres tradicionales y conservadores.

–Muy tradicional –bebió otro sorbo de whisky y se quedó mirando el líquido de color ámbar, como si todos los recuerdos de su madre estuvieran allí–. Le encantaba cuidar de nosotros, preparar nuestras comidas preferidas, decorar la casa con flores frescas y otras cosas que la convertían en un hogar.

–¿Entonces no trabajaba fuera de casa?

–No –él sonrió–. Por lo que se ve, era una mujer realizada siendo únicamente esposa y madre.

–Ah, eso lo explica.

Tanner enarcó una ceja.

–¿Qué es lo que explica?

–Explica por qué odias a las mujeres que trabajan. Supongo que eres uno de esos neandertales que tienen constantemente a su mujer descalza y embarazada.

Él se inclinó hacia delante y, a pesar de los aromas de comida que flotaban en el aire, Colette pudo oler su fragancia. Era un olor refrescante, limpio y ligeramente especiado que a ella le parecía fascinante.

–La verdad es que no, pero soy de los que les gusta practicar frecuentemente para dejar embarazada a mi mujer –su voz era suave y cálida, y Colette la sintió en la boca del estómago, como si acabara de beber un trago de su whisky escocés. Tanner volvió a reclinarse y la miró divertido–. Eso será si alguna vez decido casarme –añadió.

Tenía unos ojos endemoniadamente sexys y una voz profunda e hipnótica que podrían hacer que se derritiera un cubito de hielo en la región antártica, pensó Colette. En ese momento llegó la camarera con las ensaladas y con una cesta de panecillos de levadura.

–Háblame de Lillian –pidió él cuando la camarera se hubo marchado–. El otro día dijiste que ella habría sido feliz si te hubieras ido de casa a los seis años. ¿Qué querías decir?

Colette pinchó un tomatito con el tenedor y pensó en su madre.

–Al contrario que tu madre, a Lillian no le gustaba criar a los hijos ni formar un hogar –¿cuántas veces habría escuchado Colette «vete», «apártate» o «no te agarres a mí»?– La mayor parte del tiempo estaba ocupada o durmiendo –se metió el tomate en la boca y empezó a masticar.

–¿Trabajaba fuera de casa?

–Sí, pero nunca estaba demasiado tiempo en el mismo sitio. Siempre cometía el error de mezclar los negocios con el placer. Empezaba a salir con un compañero de trabajo o con su jefe, y cuando el romance terminaba ella se quedaba deshecha y tenía que dejar el trabajo –movió un trozo de cebolla roja de un lado a otro–. Siempre he sentido un poco de pena por ella.

–¿Por qué?

Dejó el tenedor en la mesa, levantó la mirada y se encontró con los ojos de Tanner.

–Con los hombres siempre estaba desesperada. Si no formaba parte de la vida de un hombre, su propia vida desaparecía. Cuando no estaba saliendo con alguien se pasaba días enteros sin salir de la cama, demasiado deprimida para levantarse.

Tanner alargó un brazo y puso su mano sobre la de Colette.

–Ha debido de ser muy duro para ti. Los niños quieren creer que son la prioridad en la vida de sus padres.

No tan duro como sentir su mirada cálida y su mano ligeramente callosa. Colette se encogió de hombros y apartó la mano.

–No me malinterpretes, mi infancia no fue horrible. No abusaron de mí ni me pegaron –agarró de nuevo el tenedor, sintiéndose incómoda por la dulzura que veía en los ojos de Tanner–. Ya basta de hablar de mí. Cuéntame cosas de tu infancia. ¿Cómo era tu padre?

Colette no quería seguir pensando en Lillian, pero sobre todo deseaba que Tanner dejara de mirarla de esa manera que le hacía sentir una oleada de calor en la boca del estómago.

Tanner se reclinó en la silla. Lo poco que Colette había compartido con él sobre su madre lo había enternecido profundamente. Pero lo que no había dicho era lo que más lo había enternecido.

Colette no había hablado de la soledad de una niña algo abandonada, pero él lo había podido escuchar en su voz. Sus ojos castaños habían reflejado el dolor aunque ella no había mencionado la palabra. Y lo que más sorprendía a Tanner era que por un momento había querido levantarse y abrazarla, como si quisiera aliviar el dolor de Colette.

—Mi padre era muy tranquilo —dijo como respuesta a la pregunta de Colette—. Trabajaba muchas horas en el rancho y no tuvo un papel tan grande en mi vida y en la de Gina como el de mi madre, pero era un buen hombre, adoraba a mi madre y nos quería mucho.

—Tus padres hicieron las cosas bien. No hay muchos jóvenes de veintiún años que acepten la responsabilidad que tuviste con Gina.

Él se encogió de hombros y bebió un sorbo de whisky.

—No teníamos más familia, no había tías ni tíos que pudieran ocuparse de Gina, y no estaba dispuesto a verla en una casa de acogida. En cuanto me enteré de la muerte de mis padres hice las maletas y volví a casa inmediatamente.

—¿Volviste a casa?

Él asintió con la cabeza.

—Entonces yo estaba en Lawrence, en el último año de carrera en la Universidad de Kansas. No me mires así. Sé que estás pensando que quiero que Gina termine sus estudios porque estoy viviendo mi juventud indirectamente a través de ella.

Ella sonrió.

—Eso era exactamente lo que estaba pensando.

—Pero no es verdad —dejó de hablar cuando la camarera apareció para llevarse las ensaladas y servirles el plato fuerte. Continuó cuando se hubo marchado—. No estoy haciendo eso porque no siento que me perdiera nada de mi juventud. No me siento como si hubiera sacrificado algo dejando la universidad y ocupándome de ella y del rancho. Lo de ir a la universidad había sido idea de mis padres. Yo siempre quise quedarme a trabajar en el rancho.

—¿Entonces por qué no puedes aceptar que Gina se contente con ser vendedora?

—Sí que puedo aceptarlo —contestó mientras agarraba el tenedor y el cuchillo, preparándose para cortar el jugoso filete—. Pero si termina la universidad y se licencia tendrá algo más en lo que apoyarse si cambia de opinión —sonrió—. Pero creí que habíamos decidido no hablar de Gina esta noche.

—Tienes toda la razón.

Durante los siguientes minutos se concentraron en la comida, comentando lo maravilloso que estaba todo.

—¿Sabes cocinar? —preguntó él.

Ella sonrió y Tanner volvió a sorprenderse de su belleza, intentando mantener la vista apartada del escote del vestido, que le ofrecía una vista de la turgencia de sus senos cremosos.

—Apuesto a que piensas que voy a decir que no —dijo ella con los ojos brillantes—. Seguro que crees que sólo sé comprar comida basura. Pero la verdad es que empecé a cocinar a una edad muy temprana y descubrí que me encantaba. Lo que pasa es que últimamente no tengo tiempo para cocinar –Colette cortó un trozo de su cordon bleu de pollo–. ¿Y tú? ¿Eres buen cocinero?

–Sé más que nadie de macarrones y queso –contestó.

Ella se rió con un sonido melódico y cálido.

–Deduzco de ese comentario que la cocina no es tu punto fuerte.

–No –él la miró fijamente–. Pero hay otras cosas en las que soy muy bueno. ¿Quieres descubrir cuáles son?

Colette se sonrojó ligeramente.

–Señor Rothman, ¿está intentando flirtear conmigo?

–Puede ser –respondió él deleitándose al ver que ella se sonrojaba. Tuvo que reconocer que la había estado deseando desde que ella abrió la puerta del apartamento.

No pudo evitar darse cuenta de que la vela iluminaba los preciosos ojos de Colette y hacía resplandecer su piel, aumentando aún más el deseo de Tanner.

–¿Y por qué ibas a querer flirtear conmigo? –preguntó apartando la mirada.

–¿Por qué no? –ella lo miró mientras Tanner se inclinaba hacia delante y le rozaba el dorso de la mano–. Eres una mujer muy atractiva, y yo soy un hombre normal que te encuentra muy deseable.

–Eso es ridículo –exclamó ella apartando la mano–. Casi no me conoces y ni siquiera estoy segura de que te guste –dijo entrecortadamente, haciéndole saber que no había sido inmune a su caricia.

–¿Qué tiene eso que ver con desearte? –se rió al

ver su mirada de indignación–. Estaba bromeando
–volvió a agarrar el tenedor sin dejar de mirarla–.
Tienes razón, no te conozco muy bien. Pero nunca
he dicho que no me gustaras.

–Bueno, pero no tiene ningún sentido que coque-
tees conmigo.

–¿Por qué no?

–Porque yo no tengo simples aventuras, y tú vas
a volver pronto a Foxrun –lo miró desafiante–. Y
aunque yo tampoco te conozco muy bien, no estoy
segura de que me gustes.

Tanner se rió, sorprendido por la oleada de energía
que sus palabras le provocaron. No pudo recordar
cuándo fue la última vez que una mujer lo desafió.

–Entonces habrá que ver si puedo cambiar eso.

–No cuentes con ello –dijo ella secamente.

–Háblame de tus antiguos novios.

–No seas tonto. Una de las primeras reglas que
aprendemos las mujeres es que no se debe hablar de
otros hombres cuando estamos con un hombre.

–¿De verdad? ¿Y quién os enseña esas normas?

–Las aprendemos al nacer.

Él se rió y durante los siguientes minutos hablaron de la gente con la que habían salido en el pasado. Tanner le habló de la chica con la que había
salido en la universidad, una joven llamada Sally
con la que pensó que terminaría casándose.

Pero cuando Sally se enteró de que Tanner se iba a
hacer cargo de su hermana, perdió de repente todo interés en él. Tanner también le confesó que había habido muy pocas mujeres después de Sally, porque
criar a Gina había sido un trabajo a tiempo completo.

–Aparte de los bailarines desnudos, también ha habido muy pocos hombres en mi vida –dijo ella haciéndole reír.

–¿Por qué? –preguntó él.

Colette se encogió de hombros, y el movimiento le ofreció a Tanner una vista seductora de la curva de sus pechos.

–Cuando tenía quince años tenía dos trabajos. Quería ahorrar hasta el último centavo para poder abrir mi propia tienda. Entre los estudios y el trabajo no había mucho tiempo para las citas.

Tanner se dio cuenta de que nadie se había hecho cargo nunca de Colette. Por lo que le había dicho de su madre, siempre había tenido que cuidarse ella sola. Pensó en ella trabajando en dos sitios a la vez a esa edad tan temprana y sintió una inmensa ternura.

–¿Y Mike? –preguntó–. El tipo que trabaja de carpintero en la boutique. Gina cree que hay posibilidades de que ocurra algo entre vosotros dos.

Ella echó hacia atrás la cabeza y se rió.

–A la edad de Gina se ven romances por todas partes. Mike y yo sólo somos amigos. Ha tenido la misma novia desde que lo conozco, y han tenido un bebé el mes pasado. Trabaja en la tienda a cambio de crédito en las compras.

Tanner se sorprendió al sentirse aliviado. ¿Por qué debería importarle si Colette sentía algo por ese hombre? Al fin y al cabo, Tanner no intentaba tener una relación con ella.

Terminaron de cenar comentando temas más banales: el tiempo, las atracciones turísticas de Kansas City y la última moda en tatuajes.

–Una vez pensé hacerme un tatuaje –dijo Colette–. Quería ponerme una mariposa en el tobillo.

–¿Por qué cambiaste de opinión?

Ella se llevó la servilleta a la boca con delicadeza y después la volvió a dejar en el regazo.

–Aparte de que no me gusta hacerme daño, decidí que no quería gastar el dinero.

–El dinero es importante para ti –observó Tanner. Sabía cuál iba a ser su respuesta. Colette era una mujer de negocios fría y calculadora y seguramente se movía por el dinero. Ella tomó un sorbo de agua y ladeó la cabeza.

–Sí y no –su respuesta lo sorprendió–. Es cierto que el dinero es importante porque con él pago el alquiler, compro la comida y pago las facturas. Pero no todo se reduce al dinero –hizo una pausa y bebió otro sorbo, dedicándole una sonrisa triste que enterneció a Tanner–. Crecí escuchando a mi madre decirme que probablemente nunca llegaría a ser nadie. Cada vez que Lillian era infeliz con su propia vida me hacía comentarios hirientes. Pero en vez de disgustarme, crecí con la determinación de tener éxito, de conseguir una posición con la que nunca tendría que depender de nadie.

–Necesitar a los demás no es necesariamente algo malo –protestó Tanner, sorprendido al darse cuenta de que sus palabras lo habían molestado.

En ese momento llegó la camarera para preguntar si querían postre.

–Para mí no –dijo Colette–. No puedo comer nada más.

–Yo tampoco –la camarera puso la cuenta en la mesa y se fue–. ¿Estás lista? –preguntó él.

Colette asintió con la cabeza y dejó la servilleta en la mesa. Tanner pagó y salieron juntos del restaurante.

Mientras el conductor los llevaba al apartamento Tanner pensó en todo lo que acababa de descubrir de Colette. Era más dulce de lo que había pensado en un principio. Simplemente hablando un poco sobre su madre y su pasado había roto la imagen de mujer fría y calculadora sin corazón que él se había formado.

Aunque hablaba como una mujer fuerte e independiente, en algunos momentos la vulnerabilidad se había reflejado en sus ojos, haciendo que sus labios temblaran ligeramente.

—Gracias, Tanner —dijo ella cuando el coche se detuvo frente al bloque de apartamentos—. Ha sido una cena maravillosa.

Él no quería que la noche se acabara, aún no estaba preparado para separarse de Colette. Salieron del coche y él la acompañó a la puerta.

—Todavía es pronto. ¿No me vas a invitar a tomar un café?

Tanner pudo ver la indecisión en su mirada.

—No lo sé… —contestó mirando su reloj.

—Solo un café rápido. Te prometo que no me quedaré mucho.

Colette dudó unos momentos, después asintió con la cabeza.

—De acuerdo. Un café rápido.

Y tal vez un beso o dos, pensó Tanner mientras la seguía al interior. Nunca había conocido a una mujer que necesitara que la besaran tanto como Colette.

COLETTE no había querido invitarlo, pero después de la cena estupenda que acababan de compartir, no podía negarle un café.

Cuando entraron juntos en el ascensor ella se volvió a sentir sobrecogida por su proximidad. Sentía que la estaba mirando, pero ella mantuvo la mirada fija en el indicador que mostraba los pisos por los que pasaban.

Cuando el ascensor se paró y se abrieron las puertas él le puso la mano en la espalda, y Colette sintió el calor de su piel a través del vestido.

Suspiró aliviada cuando llegaron a la puerta y él quitó la mano. Colette sacó las llaves del bolso y empezó a abrir la puerta.

—Permíteme —dijo él agarrando suavemente las llaves.

—Qué caballero —contestó Colette tomándole el pelo para calmar la tensión que sentía en su interior.

—Hay ocasiones en las que hay que ser un caballero y otras en las que hay que ser un granuja —sus ojos lanzaron unos destellos traviesos que le hicieron sentir aún más incómoda.

Solo un café rápido, se recordó Colette. El hecho de que Tanner y ella estuvieran solos en el apartamento no significaba que fueran a hacer algo más que charlar y beber café.

Pero Tanner tenía una mirada que hacía que un escalofrío le recorriera la espalda. Había deseo en sus ojos, un deseo que a ella le provocaba el mismo sentimiento.

Él abrió la puerta y le devolvió las llaves.

—Tú primero.

Ella entró, dejó el bolso en una silla y le señaló el sofá.

—Siéntate mientras preparo el café.

Empezó a andar hacia la cocina, pero gritó sorprendida cuando él le agarró la muñeca.

—He cambiado de opinión —dijo sin soltarla y acercándose aún más.

A Colette se le secó la boca y se le aceleró el pulso.

—¿Prefieres té helado? —preguntó—. ¿O tal vez limonada? Puedo preparar una jarra de limonada —Colette sabía que estaba yéndose por las ramas, pero no podía dejar de hablar—. A todo el mundo no le gusta la limonada, pero es agradable y refrescante en los calurosos días de verano.

Él le dedicó una sonrisa sexy haciendo que a Colette le temblaran las piernas.

—No quiero café —le soltó la mano para abrazarla por la cintura—. No quiero té helado —su voz era profunda y su aliento, cálido, con el aroma del whisky que había bebido durante la cena. Deslizó las manos por la espalda de Colette, arriba y abajo—. No quiero limonada —sus ojos parecían llamas azules, calientes e intensos—. Solo te quiero a ti.

–Pero dijiste que subías a tomar café –respondió Colette con voz temblorosa–. Un caballero no entra en el apartamento de una mujer con falsas promesas.

–Ahora me siento más un granuja que un caballero.

No le dio tiempo para contestar, reclamando sus labios inmediatamente.

Eso era exactamente lo que Colette había temido. No había sido capaz de quitarse el primer beso de la cabeza, y mientras él se apretaba contra ella descubrió que no tenía la fuerza para rechazar el placer de ese segundo beso.

La boca de Tanner no solo besaba los labios de Colette, sino que se apoderó totalmente de ellos. Al principio fue sólo la unión de las dos bocas, pero después la lengua de Tanner buscó la de Colette, provocándole una deliciosa calidez.

Colette no había querido que Tanner le gustara, había querido creer que era arrogante y dictatorial. Pero en realidad era lo suficientemente arrogante como para resultar atractivo, y Colette sospechaba que era un poco dictatorial, pero que le movía el amor y el cariño.

Mientras las manos de Tanner volvían a acariciarle la espalda los pensamientos sobre sus buenas o malas cualidades se desvanecieron. Colette se sentía como si se estuviera ahogando en su beso y derritiéndose en sus labios. Sabía que era una locura que no podía continuar. Sabía que no tenía ningún futuro con Tanner, que sólo sería un placer momentáneo. Pero, precisamente por eso, ¿por qué no iba a darse el capricho?

No quería un hombre en su vida permanentemente. Tenía su vida perfectamente planeada, y no había sitio para un hombre. Pero deseaba a ese hombre en ese momento.

–Colette… dulce Colette –dijo él mientras deslizaba los labios por el cuello de ella–. Desde que te besé la otra noche no he pensado en otra cosa que no fuera besarte de nuevo.

–Yo también he pensado mucho en ello –admitió Colette con la respiración entrecortada. Echó la cabeza hacia atrás invitándolo a continuar.

–También he pensado en otras cosas además de besarte –dijo Tanner. La confesión le provocó a Colette una nueva oleada de deseo.

–Y yo –respondió.

La boca de Tanner volvió a apropiarse de la suya, recorriendo sus labios con un calor dulce que le recorría todo el cuerpo. La abrazó tan fuerte que sus senos se apretaron contra el pecho de Tanner.

Las manos de Tanner se deslizaron hacia abajo y le cubrieron el trasero, provocándole un estremecimiento de deseo.

Sabía que él la deseaba… la prueba era evidente por la proximidad física. Y ella también lo deseaba. Sabía que había muchas razones por las que no debería hacerlo, pero lo deseaba.

Sin dejar de besarla, Tanner la llevó hacia el sofá y subió las manos por la espalda de Colette, hacia el principio de la cremallera. Colette contuvo la respiración al oír que la cremallera caía justo por debajo de sus caderas, sintiendo el aire fresco que indicaba que el vestido le había dejado la espalda al descubierto.

Tanner dejó de besarla para deslizarle el vestido por los hombros. Ella lo agarró a la altura de los pechos, sin saber muy bien hasta dónde quería llegar.

Pero al mirar los ojos azules de Tanner no solo vio deseo, sino también una dulce ternura y una delicadeza que le llenaban lugares vacíos que no sabía que existían en su interior.

Tomando aire, dejó que el vestido cayera al suelo, dejándola únicamente con la combinación beige, el sujetador blanco, las medias y las braguitas. Dio un paso para salir del vestido, con el corazón latiéndole apresuradamente.

Colette se dio cuenta de que Gina podría llegar en cualquier momento, recogió el vestido y se dirigió con paso vacilante a su dormitorio.

–¿Colette? –en la voz de Tanner se reflejaba el deseo sexual que estremecía todo el cuerpo de Colette.

Sabía que él le estaba dando la oportunidad de cambiar de opinión, porque en el momento en el que cruzaran el umbral de su cuarto ya no habría marcha atrás. Pero ella no quería echarse atrás.

Con unas manos que le temblaban tanto como las piernas, abrió la puerta y entró en la habitación, agradecida por haber limpiado ese día y por ver la colcha de color burdeos y verde perfectamente extendida sobre la cama de matrimonio.

Tanner estaba justo detrás de ella. Cuando alargó la mano para encender la luz, Colette lo detuvo. La luz de la luna se colaba por la ventana, y no era necesaria la luz artificial.

–Eres tan hermosa –susurró Tanner suavemente

mientras la tomaba entre sus brazos. Sus manos se deslizaron por los hombros desnudos de Colette mientras la apretaba contra él.

Ella lo apartó lo suficiente para poder desabrocharle la camisa, ansiosa por sentir el tacto de su cálido pecho.

Él la ayudó, empezando por la parte inferior de la camisa mientras ella lo hacía desde arriba. Cuando todos los botones estuvieron desabrochados, él se la quitó, después tomó a Colette en brazos y la dejó en la cama. Se puso a su lado murmurando dulces palabras mientras la abrazaba. Cuando volvió a besarla ella abrió la boca con avidez. Estaba perdida… perdida en el beso, en la calidez de la piel de Tanner, en el tacto ligeramente rugoso de sus manos callosas.

No importaba que no tuviera ningún futuro con él. No estaba interesada en el futuro, solamente quería vivir el presente. Tenía el resto de su vida para estar sola.

Tanner nunca había acariciado una piel tan suave, tan sedosa, y le encantaban los sonidos dulces y ahogados que Colette emitía cuando él le acariciaba la garganta y bajaba hasta los pechos cubiertos de encaje.

Colette le agarró con fuerza la espalda mientras él continuaba explorándole la piel, mordisqueándole el cuello y deslizando los dedos por la curva provocativa de los pechos.

Estaba inflamado de deseo, de la necesidad de poseer totalmente su cuerpo, mente y alma. La luz de la luna bañaba los rasgos de Colette en un brillo plateado, transformándola en una belleza que lo enternecía.

Sus ojos estaban lo suficientemente iluminados para que él pudiera saber que Colette ya no pensaba, sino que estaba en ese lugar en el que el mundo sólo estaba formado de sensaciones físicas. Sabía que si le quitaba la combinación y le desabrochaba el sujetador, dejando los pechos desnudos, él también se perdería en ese lugar.

Pero por alguna razón no podía dejar de pensar en lo que ella había dicho: no tenía simples aventuras. Si le hacía el amor, ¿no era precisamente eso lo que tendría? Se embarcarían en una aventura de la que sabía que ella se arrepentiría al instante.

Intentó acallar la voz de su conciencia para perderse completamente en Colette. Pero no pudo. Al darse cuenta, y a pesar del deseo que sentía, su pasión disminuyó. Aunque fuera una contradicción, Colette le gustaba demasiado como para hacer el amor con ella.

—Colette —murmuró su nombre suavemente y luego deslizó un dedo por su mejilla. Ella giró la cabeza para recibir la caricia—. Si seguimos con esto, me vas a odiar por la mañana.

La mirada que le había oscurecido los ojos se desvaneció y ella lo miró con aire vacilante.

—¿Q... qué?

Tanner sonrió, deseando que al detenerse no le estuviera haciendo más daño que si hubieran continuado. Le tomó una mano y la ayudó a sentarse.

—Me encantaría hacer el amor contigo, pero no

estoy seguro de que sea lo mejor, para ninguno de los dos.

Aunque la habitación estaba en penumbras, él pudo ver cómo Colette se sonrojaba.

—Yo… No puedo imaginarme en qué estaba pensando —dijo ella. Saltó de la cama y agarró el vestido.

—Querida, no hay nada de lo que avergonzarse. Solo nos dejamos llevar, eso es todo —contestó mientras él también se bajaba de la cama.

—No sé por qué lo hice —murmuró Colette mientras se ponía el vestido.

Tenía las mejillas de un color escarlata y se pasó una mano por el cabello corto rizado sin mirar a Tanner.

—En realidad estaba haciendo todo lo posible para poseerte —dijo Tanner bromeando. Pero ella no sonrió. Se acercó a ella y le puso las manos en los hombros, obligándola a mirarlo—. Ya sé que esto es un poco violento, Colette. Pero pensé que lo sería aún más si continuáramos.

—Tienes toda la razón —contestó ella—. Gracias por devolverme la cabeza a su sitio.

Tanner sonrió y alargó una mano para subirle la cremallera.

—Me gustaría decir que ha sido un placer, pero lo habría sido más si mi conciencia no me hubiera jugado una mala pasada —recogió su camisa del suelo—. Y ahora me encantaría tomar esa taza de café.

Se dio cuenta de que ella hubiera preferido que se fuera cuanto antes, pero Tanner tenía la sensación de que si se iba en ese preciso momento, por mucho tiempo que se quedara en la ciudad esa noche siempre se interpondría entre los dos.

—Lo prometo, un café rápido y me iré de aquí.

Ella asintió con la cabeza y los dos salieron del dormitorio en dirección a la cocina. Tanner se sentó a la mesa mientras ella preparaba el café en silencio.

Cuando el café comenzó a llenar el recipiente de cristal, ella se giró para mirar a Tanner.

—Supongo que no me creerás si te digo que no suelo hacer estas cosas.

—Te creo, Colette —respondió sorprendiéndose al darse cuenta de que de verdad la creía. En los últimos días había visto que Colette no era la chica salvaje de ciudad que había pensado.

Ella se volvió hacia los armarios y sacó dos tazas y dos platitos. Tanner volvió a desearla y empezó a arrepentirse que el caballero hubiera ganado la batalla.

Pero todo lo que ella le iba a ofrecer era una taza de café recién hecho. No lo miró al poner la taza frente a él, y después se sentó al otro lado de la mesa con su propia taza.

Él frunció el ceño sin saber cómo romper la tensión que había entre los dos. Quería verla reír de nuevo, quería ver el adorable hoyuclo que se le formaba en la mejilla. Quería cualquier cosa que no fuera ese silencio tenso que los separaba.

—En una ocasión pasé más vergüenza todavía —dijo él finalmente.

Ella lo miró con algo de curiosidad.

—¿Qué? —levantó su taza y bebió un sorbo.

—Jenny Marie Malcom era la chica más guapa del colegio y yo estaba loco por ella. Un día, durante el almuerzo, dijo que le encantaban los toreros, así que la invité una tarde al rancho y decidí torear el toro que teníamos.

Colette dejó la taza en la mesa. Tenía los ojos brillantes.

—Pero eso es peligroso…

—Un chico de once años no teme nada cuando se trata de cuestiones del corazón —se reclinó en la silla, disfrutando de la mirada de expectación de Colette—. Esa tarde Jenny apareció con varias amigas, y todos fuimos al prado donde teníamos el toro.

—¿Tenías una capa roja?

—No… Los calzones largos rojos de mi padre —fue recompensado por la risa de Colette, y el deseo que sentía por ella volvió a emerger a la superficie—. Me metí en el prado mientras Jenny y las demás se encaramaban a la valla y agité los calzones ante aquella masa de músculo que resoplaba furiosa.

—¿Y qué pasó? —preguntó inclinándose ligeramente hacia delante.

—El toro cargó contra mí y yo eché a correr, pero no pude dejarlo atrás. Enganchó los cuernos en la parte trasera de mis pantalones y me los arrancó. Y ahí me quedé, medio desnudo delante del amor de mi vida.

Colette se tapó la boca con una mano, pero se le escapó una risita.

—Te lo estás inventando —dijo.

Él levantó una mano.

—Palabra de honor de boy scout. No sólo sufrí

una tremenda humillación delante de la chica que amaba sino que además mi padre me castigó durante dos semanas, diciendo que no podía creer que hubiera criado a un chico tan tonto.

Todavía se estaban riendo cuando un momento después Gina llegó al apartamento. Se detuvo en la puerta de la cocina.

—Parece que os estáis divirtiendo.

—Tu hermano me ha estado hablando de sus días de torero —dijo Colette.

Gina puso los ojos en blanco y se reunió con ellos en la mesa.

—He oído esa historia cientos de veces. Jenny es peluquera en el único salón de belleza de Foxrun, y le encanta contársela a los clientes.

Tanner volvió a reclinarse en su silla, dándose cuenta de que Colette parecía más relajada en presencia de Gina.

—Lo de Jenny nunca habría funcionado. Nunca podría ser feliz con una mujer que encuentra placer en contarles a los demás la humillación que pasé.

—¿Qué tal lo has pasado? —le preguntó Colette a Gina.

Gina sonrió con ojos brillantes.

—Ha sido una noche estupenda. El padre de Danny es divertido, y su madre es encantadora. Te mueres de risa con sus hermanos, y la cena ha sido maravillosa, en esa casa de locos —mientras Tanner escuchaba a Gina no pudo evitar pensar que él no había podido darle ese ambiente familiar—. Son una familia estupenda, y es evidente que todos se quieren mucho.

–Me alegro de que lo pasaras bien –dijo Tanner.

–¿Y qué habéis hecho vosotros?

Las mejillas de Colette se sonrojaron al instante.

–Nada. Quiero decir, cenamos en Antonio's y después vinimos a tomar un café.

Gina la miró durante unos segundos y después se volvió a mirar a su hermano con recelo.

–¿Y estuvo bien?

–¿El qué? –preguntó Colette con voz aguda mientras se ruborizaba aún más.

«Parece totalmente culpable», pensó Tanner divertido.

–La comida de Antonio's –contestó Gina y después sacudió la cabeza–. ¿De qué creías que estaba hablando?

–No sé... Creo que estoy muy cansada. Y la comida estaba estupenda –se levantó y llevó su taza al fregadero–. Y ahora creo que me voy a acostar. Tanner, gracias por una cena tan maravillosa.

–Créeme, el placer ha sido mío –contestó haciendo que Colette se volviera a sonrojar. Ella murmuró «buenas noches» y salió de la cocina.

Tanner se la imaginó deslizándose entre las sábanas, su cuerpo desnudo brillando con la luz de la luna. Sacudió la cabeza para deshacerse de la visión y se concentró en Gina, que estaba hablando de nuevo de su cena. Su rostro rebosaba alegría.

Por primera vez desde que llegó a Kansas City Tanner se preguntó si estaba haciendo lo correcto al intentar que Gina regresara al rancho.

Claro que sí, le dijo una pequeña voz en su interior. Dejar a Gina en la ciudad no significaba que ella fuera a reclamar a la familia de Danny como si fuera la suya. Además, Tanner no quería que lo hiciera. Era demasiado joven para atarse a un hombre y necesitaba volver al rancho para terminar sus estudios. Tenía que volver con él.

Al pensar de nuevo en Colette se dio cuenta de que durante los últimos dos días había perdido su objetivo. De alguna manera se había ocupado más de Colette que de Gina. Había estado en Kansas City toda una semana y no había conseguido convencer a su hermana.

El hoyuelo de Colette, sus curvas sexys y su risa melódica le habían distraído. Pero ya era hora de volver al rancho, de olvidarse de los encantos de Colette y de concentrarse en la razón por la que estaba en la ciudad.

CAPÍTULO 8

COLETTE no podía recordar la última vez en la que se había sentido tan avergonzada. Pero también estaba aliviada porque uno de los dos hubiera mostrado algo de sentido común.

Tanner tenía razón. Si hubieran hecho el amor ella se habría arrepentido inmediatamente después. Pero mientras se metía en la cama sintió que su cuerpo aún se estremecía recordando las caricias de Tanner.

Habría sido un amante maravilloso, estaba convencida. La habría llevado a otro mundo con su pasión y ternura. Pero si eso hubiera ocurrido habría sido aún más difícil decirle adiós, porque en algún momento tendría que despedirse de él. Tanner tenía su propia vida y las razones para estar en Kansas City no tenían nada que ver con ella.

Además, no tenía ninguna intención de depender de un hombre. No tenía intención de enamorarse… nunca.

Se dio la vuelta sobre la espalda y se puso una mano en el vientre. Esa era otra razón para no hacer el amor con Tanner. Si lo hubieran hecho, y si ella no estaba embarazada en ese momento, podría haberse quedado embarazada de él.

Cerró los ojos, intentando imaginarse cómo sería

el hijo que ella concibiera de Tanner. Tuvo una visión de un niño y de una niña con el cabello oscuro y unos enormes ojos marrones.

Serían unos niños muy guapos, y Tanner sería un padre estupendo. Había visto el amor que sentía por Gina y sabía que cuidaría bien a sus hijos. Pero ella no era la mujer apropiada para dárselos, y estaba segura de que Tanner no aprobaría que hubiera decidido ser inseminada artificialmente.

Se quedó dormida y soñó con Tanner. A la mañana siguiente se despertó con un dolor hueco en su interior, al darse cuenta de que Tanner era una amenaza para sus emociones. Tenía que alejarse de él.

Durante los próximos días no tuvo que preocuparse por eso porque, aparentemente, él había tenido la misma idea. Aunque Gina le había dicho que comía con su hermano todos los días antes de entrar a trabajar, Tanner se había mantenido alejado de la tienda.

Colette estaba muy ocupada. El tiempo era perfecto y los negocios iban muy bien. Había planeado hacer una gran inauguración el viernes para lucir la nueva zona infantil en la parte trasera de la boutique. Mike le había prometido que estaría lista el jueves, y Mike siempre cumplía sus promesas.

Era algo menos de las siete cuando cerró la tienda. Le había dicho a Gina que se fuera a casa antes, ya que quería quedarse un rato para ordenar las pequeñas mesas de picnic y los bancos, repartiendo los libros y los puzzles que había comprado para los niños.

Había encargado galletas y pastelitos del café de Johnny para recogerlos por la mañana, y ese día los periódicos habían emitido un cupón con el veinte por ciento de descuento en todos los artículos para el día siguiente en la inauguración.

Solo había una cosa más que quería hacer antes de comenzar a organizarlo todo. Se sentó junto a la caja registradora, descolgó el teléfono y marcó el número de su madre.

Le había dejado dos mensajes los últimos dos días en el contestador, diciéndole que iba a hacer una gran inauguración y que le encantaría que estuviera allí. Pero Lillian no había respondido.

Se puso recta cuando oyó a su madre.

—Lillian —dijo a modo de saludo.

—Ah, eres tú. Estaba esperando una llamada de Joe. Hemos tenido una pequeña pelea y se ha ido hace unos minutos.

—¿Estás bien? —preguntó Colette preocupada, sabiendo que su madre solía deprimirse cuando no le iba bien con los hombres.

—Estoy bien. Ha sido una riña sin importancia, y estoy segura de que llamará o volverá en cualquier momento. Bueno, ¿por qué me llamas?

—¿No escuchaste los mensajes sobre la inauguración de la tienda?

—Ah, sí, pero francamente, Colette, ¿por qué querría ir a una fiesta en una tienda de ropa de bebé?

«Porque es mi tienda», pensó Colette. «Porque soy tu hija y estás orgullosa de mí». Unas lágrimas amargas acudieron a sus ojos, aunque estaba dispuesta a no llorar.

—Pensé que te gustaría pasarte y tomar un café y una galleta conmigo.

—Sabes que ese tipo de cosas no van conmigo

—respondió Lillian—. Pero espero que tengas un buen día. Oh, alguien me está llamando por la otra línea, tal vez sea Joe.

—Entonces ya me despido —dijo Colette antes de darse cuenta de que su madre ya había colgado.

Colette colgó el teléfono lentamente y se maldijo a sí misma cuando empezó a llorar. ¿Por qué seguía sintiéndose decepcionada por Lillian? ¿Por qué seguía queriendo más, más de lo que Lillian podía darle?

Las lágrimas se convirtieron en sollozos, y juró que esa era la última vez que Lillian le hacía llorar. Pero esa última decepción era la muerte de una fantasía que había tenido durante demasiado tiempo.

Nunca se había sentido tan sola. Había querido compartir su éxito, pero se dio cuenta de que no tenía a nadie con quien compartirlo. Había querido que su madre viera la tienda en plena ebullición, llena de clientes y niños, pero debía haber sabido que Lillian nunca se había preocupado por lo que Colette hacía con su vida.

Alguien llamó a la puerta y Colette se levantó. Tanner estaba fuera. La saludó con la mano y ella se enjugó las lágrimas rápidamente. Probablemente habría ido para acompañar a Gina a casa, ya que no sabía que Colette le había dicho que se fuera antes.

La sonrisa de Tanner se desvaneció cuando ella abrió la puerta.

—Gina no está aquí. Le dije que se marchara antes.

—¿Qué ocurre? —preguntó mientras entraba.

—Nada. No pasa nada.

Él le puso las manos en los hombros. Sus hermosos ojos azules estaban llenos de ternura.

–Has estado llorando.

–No... yo solo... Ya sabes, las alergias –intentó separarse de él, pero Tanner la sujetó firmemente.

–Colette –su voz era tan suave que actuó como un catalizador y más lágrimas acudieron a sus ojos–. Háblame, cariño. ¿Por qué estás tan triste?

–Por favor... no es nada –dijo mientras conseguía separarse de Tanner.

–«Nada» no hace llorar. Cuéntamelo, cariño. Dime qué está pasando –volvió a acercarse a ella y esa vez Colette aceptó su abrazo y escondió la cara en su pecho.

Su camisa olía a una mezcla de suavizante y la colonia que Colette ya identificaba como la que Tanner usaba. Respiró profundamente y luchó para controlar las lágrimas, pero no lo consiguió.

Mientras Tanner la rodeaba con sus brazos Colette comenzó a sollozar de nuevo. Él le dio suaves golpecitos en la espalda, murmurando palabras tranquilizadoras mientras ella lloraba por la madre que nunca había tenido.

Le llevó varios minutos recuperar la calma y finalmente se separó de Tanner con una risita nerviosa.

–Lo siento. No sé qué me pasa, normalmente no reacciono así –en el fondo de su mente se preguntó si era el primer síntoma de estar embarazada. Había oído que el embarazo causaba desastres hormonales.

–¿Reaccionar a qué?

–A mi madre –confesó. Se separó un poco más de él, avergonzada por que la hubiera visto en ese momento especialmente débil–. No sé por qué me sigo sintiendo decepcionada, tendría que haber sido más inteligente y aceptar su manera de ser.

–¿Y cómo es?

Colette se sentó en el taburete que había detrás del mostrador.

–Fría… indiferente, sin instintos maternales. Es una mujer que nunca debería haber tenido hijos. Y mi error es que sigo intentando convertirla en algo que no es, por eso me siento defraudada.

Tanner se situó en el lado contrario del mostrador. Se inclinó hacia delante, apoyando los codos en la encimera mientras la miraba.

–¿Y qué ha pasado hoy?

Colette se encogió de hombros.

–La verdad es que es muy tonto. La llamé y la invité a la celebración de mañana, pero no quiere venir –lo miró–. Sabía que no vendría, no sé por qué la he invitado.

–Porque dentro de ti aún hay una niña pequeña que necesita a su madre –dijo suavemente–. Conozco esa sensación. Mi madre se fue hace mucho tiempo y todavía la echo mucho de menos.

Colette alargó un brazo por encima del mostrador y le tocó una mano ligeramente.

–Siento que tu madre no esté.

–Y yo siento que tu madre no sea lo que tú necesitas.

–¿Quieres ver la zona infantil? –preguntó Colette, decidiendo que debían cambiar de tema–. Mike ha terminado hoy y yo iba a comprobar que todo está bien.

–Claro.

Se dirigieron a la parte trasera. Colette se había estado diciendo durante toda la semana que estaba contenta al ver que él se mantenía alejado de la tienda, pero en ese momento se dio cuenta de lo mucho que lo había echado de menos. Había añorado su sonrisa sexy y la calidez de sus ojos azules. Había echado de menos su conversación y el sonido de su risa.

Cuando llegaron a la zona infantil el corazón de Colette se llenó de orgullo. Mike había hecho un trabajo estupendo. En un lado de la sección vallada había un pequeño tobogán, y al otro estaban las dos pequeñas mesas de picnic con sus bancos.

—Parece un parque en miniatura —dijo Tanner—. Lo único que te falta es un par de árboles o arbustos junto a la valla.

Ella asintió con la cabeza.

—He querido comprar algunas plantas esta semana, pero no he tenido tiempo.

—Pues era una idea maravillosa —contestó Tanner haciéndole sentir todavía más orgullosa—. A los padres que vengan les va a encantar.

—Gracias —respondió mientras agarraba el montón de libros para distribuirlos. Él siguió su ejemplo y repartió los puzzles—. No tienes que hacerlo —protestó Colette.

—No es un trabajo difícil —empezó a poner los puzzles en las mesas.

—Hablando de trabajos difíciles, ¿cómo va tu cruzada de hacer que Gina vuelva a Foxrun?

Tanner frunció el ceño.

—Siempre supe que Gina era muy tozuda, pero no tenía ni idea de que lo era tanto —terminó con los puzzles y se apoyó contra el tobogán–. En la comida del lunes intenté hacerle sentir culpable. Le dije que para mí era muy importante que acabara sus estudios y que papá y mamá habrían querido que completara su educación.

Colette terminó de repartir los libros y se sentó en el borde de uno de los bancos.

–¿Funcionó?

–La verdad es que no. El martes le ordené que volviera a casa, pero se fue en mitad de la comida y me dijo que estaba siendo mezquino.

–¿Y en la comida del miércoles?

–Soborno –Tanner sonrió con picardía–. Gina siempre ha querido tener un Thunderbird descapotable. Le dije que si venía al rancho y terminaba sus estudios le compraría uno.

–Eso sí que es un soborno.

–Sí, pero tampoco funcionó. Dijo que prefería ser independiente antes que tener un coche.

–¿Y hoy?

Él la miró avergonzado.

–Hoy no ha querido comer conmigo –Colette se rió–. ¿Ya has terminado por hoy? –ella asintió–. Vamos, te acompañaré a casa.

En unos minutos ella cerró la tienda y se dirigieron juntos hasta el bloque de apartamentos de Colette. Mientras caminaban estuvieron hablando de los padres y de lo importantes que eran en las vidas de los hijos.

Él también habló del rancho y Colette pudo apreciar la añoranza en su voz. Supo que era cuestión de días el que regresara a Foxrun.

Eso la asustaba… Sintió un vacío en el corazón al pensar que no volvería a ver a Tanner. Y en ese momento se dio cuenta con horror de que se estaba enamorando de él.

Tanner estaba en el asiento del copiloto de la furgoneta del invernadero, silbando mientras se dirigían a la tienda de Colette. Eran las siete y media y el sol ya brillaba, prometiendo que el día sería maravilloso.

Colette. Había intentado desesperadamente alejarse de ella desde la noche en la que casi hicieron el amor. En vez de pasar el tiempo en la tienda, había estado paseando por la ciudad, visitando las atracciones turísticas. Pero no había dejado de pensar en ella.

Solo había podido pensar en lo suave que era su piel, en la dulzura de su boca, pero también en la inteligencia que se reflejaba en sus ojos y en el ingenio que le hacía reír.

Era una mujer muy fuerte, pero también vulnerable y sensible. La noche anterior Tanner se había enternecido mientras la abrazaba y ella lloraba por su madre. Le habían entrado ganas de buscar a Lillian Carson y zarandearla hasta que se diera cuenta del tesoro que tenía en su hija.

Esa mañana se había despertado sabiendo lo que quería hacer por Colette e inmediatamente se había puesto a buscar un invernadero. Había tomado el taxi hasta el vivero que uno de los empleados del hotel le había recomendado, satisfecho al encontrarlo abierto y a punto para hacer una entrega inmediata.

En la furgoneta llevaban dos rosales en miniatura y dos pequeños arbustos con flores blancas. Sonrió mientras se imaginaba la reacción de Colette. Seguramente estaría encantada, las plantas serían perfectas para completar el parque de la zona infantil.

–Es allí, a la derecha –le dijo al conductor, un joven que no parecía lo suficientemente mayor como para tener el carné de conducir.

El chico, que llevaba una etiqueta de identificación con el nombre de Bobby, detuvo la furgoneta frente a La Boutique del Bebé.

–¿A qué hora abre? –preguntó el chico al ver que la tienda estaba a oscuras.

–No antes de una hora –contestó Tanner–. Pero no hace falta que esperes, podemos descargar las plantas aquí y después yo las meteré, cuando abra la tienda.

Bobby asintió con la cabeza y los dos hombres descargaron la furgoneta. Tardaron sólo unos minutos, y después se fue para volver al invernadero.

Tanner sabía que ese día Colette llegaría antes a la tienda. Estaría ansiosa por preparar las galletas y los pasteles para los clientes. Tanner esperaba que tuviera éxito, que la tienda se llenara de gente desde la apertura hasta que cerrara por la tarde.

Pasaron solo diez minutos cuando la vio acercarse, cargada con cajas de la cafetería. Se apresuró a ir a su encuentro, llenándose de alegría al ver cómo el sol le hacía brillar el cabello rizado y al observar sus piernas bien torneadas que asomaban por el vestido verde que llevaba.

—¿Qué estás haciendo aquí tan pronto? —preguntó ella cuando Tanner agarró las cajas.

—Es un gran día y no quería perderme ni un minuto —contestó con una sonrisa.

Ella le devolvió una sonrisa llena de calidez, pero estuvo en sus labios sólo un instante, desvaneciéndose cuando llegaron a la tienda.

—¿Qué es todo esto? —preguntó mirando las plantas.

—Es tu parque.

Ella miró las macetas y después a él.

—No deberías haberlo hecho —dijo, y abrió la puerta.

Tanner se sorprendió por el enfado que pudo oír en su voz.

—Si no te gusta lo que he elegido, lo puedo cambiar por otra cosa —contestó mientras la seguía.

—No se trata de eso —agarró las cajas y las dejó en el mostrador—. No tienes que hacer nada por mí, soy perfectamente capaz de cuidarme sola.

Esa no era exactamente la reacción que él había esperado, y comenzó a sentirse irritado.

—Me doy cuenta de que te puedes cuidar sola. Solo quería hacer algo agradable por ti, y simplemente «gracias» habría sido bastante.

Colette se ruborizó y apartó la mirada.

—Lo siento. Debería avergonzarme de mí misma.

—Sí, deberías. Pero tengo dos rosales y dos arbustos que necesitan un hogar. ¿Los meto dentro o llamo al vivero para que los recojan?

Ella sonrió con picardía.

—¿Por qué no metes las plantas y llamas al vivero para que me recojan a mí?

Él se rió.

—Ni lo sueñes. No pienso quedarme aquí vendiendo pañales y botines a las mujeres embarazadas.

Mientras él salía para recoger las plantas, Colette puso una mesita cerca de la puerta, comenzó a preparar el café y sacó las galletas.

Cuando Tanner hubo metido todas las macetas, ella había terminado de prepararlo todo. Fue a la zona infantil y le dijo dónde tenía que poner las plantas. Después volvieron a la tienda y se sirvieron café.

Colette le echó un vistazo a su reloj y comenzó a deambular por la tienda, alisando la ropa y volviendo a doblar las mantitas. Tanner se dio cuenta de que estaba nerviosa y supo que ese día era más importante para Colette de lo que él había pensado.

—Ven, Colette, siéntate —le tomó una mano y señaló la silla que había tras el mostrador—. Hoy va a ser un gran día para ti, y si no dejas de andar por la tienda vas a gastar mucha energía y te vas a cansar incluso antes de abrir.

Ella se sentó y le sonrió.

—No sé por qué estoy tan nerviosa. Probablemente hoy será como cualquier otro día.

—Pero mejor —contestó él.

—Ojalá.

En ese momento apareció Gina. Entró en la tienda, saludó a Tanner y a Colette y tomó una de las galletas, que tenían forma de botín.

—Hmm, está buena.

—Me alegro de que te gusten, porque si hoy no tenemos clientes eso es lo que vamos a estar cenando durante las siguientes dos semanas —contestó Colette.

Pero la preocupación de Colette fue en vano. Unos minutos después de abrir la tienda, el lugar comenzó a llenarse de gente.

Además de Colette y Gina, Tanner también trabajó en la boutique, dando la bienvenida a los clientes, vigilando de vez en cuando a los niños que estaban en la zona infantil y distrayendo a los clientes cuando las dos mujeres estaban ocupadas con otras personas.

La mañana pasó rápidamente y solo después de las dos tuvieron un momento de descanso.

—¿Por qué no me acerco al café de Johnny y traigo unas hamburguesas? —sugirió Tanner.

—Por mí está bien —dijo Gina.

—Yo no tengo mucha hambre —contestó Colette. Se sentó en una silla y suspiró exhausta.

Tanner la miró con aire crítico.

—Tienes que comer. ¿Cenaste anoche?

Ella frunció el ceño.

—No.

—¿Has desayunado esta mañana?

—No, tenía muchas cosas en la cabeza.

—Entonces te voy a comprar una hamburguesa, y si no te la comes tú sola te obligaré a que lo hagas.

—Vaya si lo hará —le aseguró Gina a Colette—. Es como una madre cuando se trata de comer tres veces al día y de dormir bien por la noche.

—Es cierto, y después de darte de comer no hay nada que me gustaría más que meterte en la cama.

Tanner llegó a oír el grito ahogado de Colette y la risa de Gina mientras salía de la tienda. Una y otra vez Colette le había dicho que era capaz de cuidarse ella sola, que lo único que quería era su independencia. Pero Tanner nunca había conocido a una mujer que necesitara más que cuidaran de ella. No sólo necesitaba que alguien la cuidara físicamente, sino que también necesitaba a una persona que la apoyara emocionalmente, alguien con quien pudiera compartir sus éxitos y sus fracasos.

Cuando la noche anterior la había abrazado y ella había llorado por su madre, Tanner había deseado ser esa persona. Había querido abrazarla tan fuerte que nada pudiera hacerle daño.

El instinto de protección que ella provocaba en él le preocupaba un poco. Eso, unido al deseo que sentía por ella, creaba una embriagadora combinación de emociones que le hacían sentir incómodo.

Ayudando a Colette en la boutique se había preguntado cómo sería estar esperando un hijo. Había observado los botines y las camisetas, las mantitas de colores pastel y los vestidos, y lo había deseado enormemente.

De repente sintió una tremenda añoranza por Dos Corazones. Las cosas eran mucho menos complicadas en el rancho, y él ya había pasado demasiado tiempo fuera.

Mientras entraba en el café de Johnny tomó una decisión: si no podía convencer a Gina, el domingo volvería al rancho él solo. Eso le daba dos días para convencer a su hermana… y para sacarse a Colette de la cabeza y del corazón.

CAPÍTULO 9

VETE a casa –le dijo Gina a Colette cuando dieron las seis de la tarde–. Yo puedo quedarme la hora que queda y cerrar la tienda.

Colette dudó. La idea de marcharse y poner los pies en alto era muy tentadora. El día había superado todas sus expectativas. Nunca había tenido tantos clientes desde la primera inauguración de la boutique.

–Vete –ordenó Gina–. Estás exhausta y yo puedo hacer esto sola.

–¿Estás segura? –la multitud ya había desaparecido, y en ese momento no había clientes en la tienda.

–Totalmente.

–Muy bien. Tengo que admitirlo, estoy rendida.

–Seguramente estuviste despierta toda la noche pensando en el día de hoy –dijo Gina.

–Estuve despierta la mayor parte de la noche. Prepararé algo para cenar y lo tendré listo para cuando llegues a casa.

–Suena bien, estoy empezando a tener hambre –Colette agarró su bolso, le dio a Gina las últimas instrucciones sobre qué hacer con las galletas que habían sobrado y se fue.

Había estado despierta la mayor parte de la noche, pero no pensando solamente en la tienda, sino también en Tanner. Se había dado cuenta de que estaba inquieto y sabía que regresaría pronto al rancho. Y le molestaba saber que lo iba a echar de menos.

Cuando el día anterior se dio cuenta de que se había enamorado de él se había quedado atónita, y por la noche no había pensado más que en la calidez de ese amor.

Sin embargo, no pensaba hacer nada al respecto. Tenía la vida planeada y no había sitio para un hombre, ni siquiera para uno que hiciera que le fallaran las rodillas y que se le acelerara el pulso. Tendría su niño y su negocio. Eso era todo lo que necesitaba para ser feliz.

Se apoyó contra la pared del ascensor mientras subía al piso octavo, intentando apartar esos pensamientos de su mente. Pero no podía dejar de pensar en él. Tanner le llenaba la cabeza, el corazón… le llenaba el alma. Nunca había dejado que nadie se acercara a ella tanto como él, y en ese momento se arrepentía, porque sabía que cuando Tanner se marchara ella lloraría por lo que podría haber sido.

No podía saber lo que Tanner sentía exactamente por ella. Sabía que la deseaba, pero no estaba segura de que ese sentimiento fuera más allá del simple deseo. Pero aunque fuera más profundo, aunque él se arrodillara y le propusiera vivir juntos en el rancho para siempre, ella no aceptaría.

Había visto el lado negativo del amor, y no le había gustado. Nunca se convertiría en una persona como su madre: necesitada, dependiente y débil. Nunca se convertiría en una mujer que construía su vida en torno a un hombre.

En cuanto abrió la puerta del apartamento se quitó los zapatos y se dejó caer en el sofá, totalmente exhausta.

Pensó en el test de embarazo que tenía en el armario del baño. Habían pasado casi cuatro semanas desde la inseminación, y era posible que el resultado ya fuera fiable. Pero en ese momento no tenía fuerzas para hacer el test. Además, sería aún más fiable si esperaba un par de días más.

Debía haber tenido el período una semana atrás, pero sabía que no había que fijarse en eso como un signo de embarazo. Siempre había tenido unas reglas muy irregulares. Cerró los ojos, decidiendo que descansaría unos minutos antes de levantarse y ver qué preparaba de cena.

Se despertó de repente, sorprendida por la facilidad con la que se había quedado dormida. El apartamento estaba a oscuras y se dio cuenta de que debía de haberse quedado dormida un buen rato.

Se sentó y consultó el reloj, sorprendiéndose al ver que eran más de las ocho. Gina llegaría a casa en cualquier momento. La tienda cerraba a las siete y media, y normalmente la joven ya habría llegado al apartamento, pero ese día tenía que envolver las galletas que habían sobrado y limpiar la cafetera.

Colette entró en la cocina y abrió la nevera. No tenía ganas de cocinar. Volvió a cerrarla, entró en el salón y pidió una pizza por teléfono. Tenía media hora hasta que llegara el encargo, así que se dio una ducha y se puso el camisón y una bata.

Miró el reloj de nuevo y se preguntó dónde podía estar Gina. No tenía que tardar tanto en cerrar. Descolgó el teléfono y marcó el número de la tienda.

Dejó que sonara cinco veces y colgó. Gina ya se había ido y probablemente estaría a punto de entrar por la puerta del apartamento.

Mientras esperaba a Gina y a la pizza intentó no pensar en Tanner, pero su mente no estaba dispuesta a colaborar con ella.

¿Cómo sería vivir en Dos Corazones y ser amada por Tanner el resto de su vida? ¿Cómo sería darle hijos y compartir su vida? Cada vez que él le había hablado de Foxrun, ella había sentido muchas ganas de estar allí… ¿Por qué esos pensamientos la atormentaban tanto?

Tanner había sido de gran ayuda en la tienda, echando una mano cuando había mucha clientela, vigilando la zona infantil y aportando una opinión masculina a las mujeres que se la pedían. Se había marchado alrededor de las tres, después de decirles a ella y a Gina que tenía que hacer algunas llamadas y ocuparse de algunas cosas del rancho.

Sonó el timbre de la puerta y, al abrir, Colette se encontró con un joven familiar y sonriente que llevaba una gran caja.

–Buenas tardes, señorita Carson.

–Hola, Ralph –Ralph le había llevado las pizzas a Colette a menudo. Su padre era el propietario del local en el que ella hacía los pedidos.

–Supongo que es una noche de no cocinar –dijo mientras cambiaban la pizza por el dinero.

–Eso es. He decidido darme el capricho de una de las obras maestras de tu padre.

Ralph rió.

–Pues esta obra de arte es como a usted le gusta, con mucho salchichón.

–Gracias, Ralph. Y saluda a tu padre de mi parte –él asintió con la cabeza y se dirigió al ascensor. Colette volvió a cerrar la puerta.

El aroma penetrante de la salsa y del salchichón especiado llenó el salón cuando Colette puso la pizza en el centro de la mesa. Ahora lo único que tenía que hacer era esperar a Gina.

Pasaron los minutos. Colette puso la mesa e hizo una jarra de té helado, pero Gina seguía sin aparecer. Tal vez Danny se había pasado por la tienda y decidieron tomar algo, se dijo.

Gina era una adulta independiente, era ridículo que Colette se preocupara. Pero los minutos seguían pasando y no pudo evitar que la preocupación la invadiera.

A las nueve no podía pensar en otra cosa. Gina era una joven responsable y siempre llamaba cuando tenía planes e iba a llegar a casa más tarde. Eran dos mujeres solteras que vivían juntas y Colette siempre había dicho que era importante que las dos tuvieran una idea de lo que la otra estaba haciendo o de con quién podía estar. Además, le había dicho a Gina que tendría la cena preparada y ella no había mencionado que tuviera otros planes.

Entonces, ¿dónde estaba? ¿Por qué no había llamado? Cuando estaban a punto de dar las diez Colette supo que tenía que hacer algo.

Se acercó al teléfono y empezó a darle golpecitos con las uñas. Si no pasaba nada, Gina tal vez se enfadaría al ver que Colette había llamado a la caballería. Pero Colette no podía ignorar su inquietud quedándose quieta sin hacer nada.

Respirando profundamente descolgó el auricular, marcó el número de información y pidió el teléfono del hotel de Tanner.

Tanner acababa de darse una ducha y de meterse en la cama cuando sonó el teléfono. Tardó un poco en contestar, mientras buscaba el teléfono en la mesita de noche.

—¿Diga?

—¿Tanner?

Se dio la vuelta y encendió la lámpara de la mesita de noche.

—Colette.

—Siento molestarte.

Por su tono de voz era evidente que no estaba a gusto llamándolo.

—No me molestas —le aseguró, y luego se quedó esperando.

—Tanner, probablemente no sea nada, pero estoy un poco preocupada por Gina.

Al instante el cuerpo de Tanner se llenó de adrenalina y se sentó.

—¿Qué quieres decir? ¿Por qué estás preocupada?

Hubo una larga pausa.

–Todavía no ha llegado a casa.

–¿Que no ha llegado? ¿Quieres decir, de la tienda? –Tanner miró el reloj que había en la mesita de noche–. ¿Iba a dejar abierto hoy más tarde?

–No. Y he llamado allí varias veces, pero no contesta.

–¿Había quedado con Danny?

–No me dijo nada. Justo antes de irme le dije que tendría preparada la cena y no me dijo que no iba a venir directamente a casa.

–Estaré allí en seguida –dijo Tanner sin darle oportunidad a Colette de decir nada más. Después colgó.

Se puso los vaqueros y la camisa, y mientras se ponía los calcetines y las botas comenzó a preocuparse de verdad.

Si Gina había cerrado la tienda a la hora de siempre, eso significaba que ya llegaba tarde dos horas y media. ¿Dónde podía estar?

Antes de ir al apartamento de Colette recorrió corriendo el camino hasta la tienda. Cuando llegó vio que el interior estaba a oscuras y la puerta cerrada. Todo parecía en orden.

Corrió hacia el apartamento de Colette, maldiciéndose por tener una imaginación tan vívida que le hacía pensar en las visiones más terribles. ¿Alguien la había secuestrado mientras volvía a casa? ¿Estaba en ese momento en manos de un loco? ¿O simplemente había salido sin decirle nada a Colette? En cualquier caso, Gina se había metido en un lío.

No tuvo que llamar a la puerta de Colette, porque en cuanto salió del ascensor ella la abrió.

–¿Has sabido algo? –preguntó Tanner.

Ella negó con la cabeza. Parecía más pequeña y frágil, y en su cara se reflejaba la tensión.

–¿Deberíamos llamar a la policía? –dijo Colette, jugueteando nerviosamente con el cinturón de la bata.

Tanner se pasó una mano por el pelo y suspiró.

–Se reirían de nosotros. Solo podríamos decirles que tiene veintiún años y que llega un poco tarde a cenar. No harán nada hasta que lleve por lo menos veinticuatro horas desaparecida.

Colette se dejó caer en el borde del sofá.

–Entonces, ¿qué hacemos?

Tanner comenzó a caminar de un lado a otro.

–¿Recuerdas el apellido de Danny?

–Burlington.

Él dejó escapar un gruñido. Probablemente habría millones de Burlingtons en la guía telefónica de Kansas City.

–Sabemos que vive cerca, así que tal vez podría saber qué Burlington es –dijo ella como si le hubiera leído los pensamientos.

–¿Tienes una guía telefónica? –preguntó Tanner esperanzado.

Ella asintió con la cabeza y fue a la cocina, seguida de Tanner. Seguramente Gina estaba con Danny. Era joven y un poco descuidada y no se habría dado cuenta de que estaban preocupados.

Colette sacó la guía de un armario y la abrió sobre la mesa, buscando las páginas donde aparecían todos los Burlington de la ciudad. Tanner se acercó a ella, casi sin ser consciente del aroma dulce y limpio de Colette y de la calidez de sus curvas contra él mientras Tanner se aproximaba.

Colette recorrió una página con una uña rosa a toda velocidad.

—Aquí hay una posibilidad —dijo.

Tanner fue al teléfono y marcó el número que ella le dictaba.

No era el Burlington que buscaban. Llamaron a cuatro números. En tres de ellos no conocían a ningún Danny y en el cuarto nadie contestó. Tanner estaba colgando el teléfono cuando oyeron abrirse la puerta principal.

Gina entró en la cocina y hubo un momento de silencio. Tenía el labio inferior ligeramente hinchado, su cabello estaba despeinado, llevaba las medias llenas de agujeros y le sangraban las rodillas.

—No os asustéis —dijo rápidamente—. Parece mucho peor de lo que realmente es.

A pesar de sus palabras, Tanner sintió pánico. En tres zancadas se puso a su lado y la agarró de los hombros para asegurarse de que estaba bien.

Durante un momento no pudo hablar. Ninguna pregunta era más importante que abrazarla apretándola contra su pecho. Solo después de un largo e intenso abrazo Tanner se separó de ella.

—¿Qué ha pasado?

Ella dejó el bolso en la mesa.

—Un ladrón intentó robarme el bolso.

—¿Cómo te has hecho eso en las rodillas? —preguntó Colette.

—Cuando lo agarró no se dio cuenta de que también me había pasado la correa por la cabeza, y me caí –sonrió débilmente–. Creo que lo asusté más de lo que me asustó él a mí. Me puse a gritar como una loca y conseguí echarle spray de pimienta un par de veces. Luego me fui directamente a la comisaría para poner una denuncia. Ahí es donde he estado todo este tiempo. Intenté llamar, pero comunicaba, así que decidí explicarlo todo cuando llegara a casa.

Tanner sintió que el miedo se mezclaba con la rabia mientras miraba a su hermana pequeña.

–Haz las maletas –dijo con tono cortante–. No te vas a quedar en una ciudad donde te atracan y tienes que usar el spray.

Gina se dejó caer en una silla junto a la mesa.

–No seas ridículo. No me voy a ir.

El enfado de Tanner aumentó. La frustración que había sentido por el asunto de su hermana durante las últimas dos semanas explotó. Había intentado ser paciente, había intentado hacerle ver a Gina las cosas desde su punto de vista sin ser violento, pero ya se le había agotado la paciencia.

–¡Gina, por el amor de Dios, te podrían haber matado!

–Pero no ha pasado nada –respondió ella–. Me he manejado bien.

–Esta vez sí, pero ¿y la próxima? –Tanner quería agarrarla de los hombros y zarandearla para que recuperara el sentido común–. Lo digo en serio, Gina. Me voy el domingo por la mañana y tú te vas a venir conmigo.

Gina se levantó.

–No quiero discutir contigo ahora, Tanner. Lo

que necesito es un baño relajante, así que buenas noches.

Sin decir nada más salió de la cocina. Tanner se volvió a Colette.

—No sé cómo hacer que me entienda. Es condenadamente cabezota.

Colette esbozó una pequeña sonrisa.

—Hey, me preguntó de quién lo ha aprendido —la sonrisa se desvaneció y sus cálidos ojos castaños se llenaron de compasión—. Tal vez mañana por la mañana lo vea de otra forma.

—Eso espero —Tanner suspiró. La tensión ya había pasado y se sentía exhausto—. Será mejor que me vaya para que puedas dormir un poco.

Fueron juntos desde la cocina a la puerta principal.

—Entonces, ¿te vas de verdad el domingo por la mañana?

—Sí, ya debería haber vuelto a casa —la miró y por un momento deseó no llevarse a una mujer a Foxrun, sino a dos.

Colette estaba más guapa que nunca. Sus ojos castaños estaban llenos de luminosidad y la bata de color rosa acentuaba su piel cremosa. Quería tomarla en brazos y llevarla a su camión, volver con ella al rancho y darle todo el cariño que necesitaba. Pero evidentemente no podía hacerlo. Ella tenía su vida en la ciudad y un negocio del que encargarse.

—Te echaré de menos, Tanner —dijo Colette lentamente.

Tanner dio un paso hacia ella.

—Yo también te echaré de menos.

Se acercó aún más sin pensarlo. «El último beso», pensó mientras se apoderaba de sus labios. La última vez que saboreaba el dulce placer de besar a Colette.

La frustración que había sentido por su hermana se desvaneció mientras el deseo lo invadía. No solamente quería llevársela a casa, quería meterse con ella en la cama durante al menos un mes entero. Quería despertarse cada mañana abrazado a ella y dormirse cada noche después de hacerle el amor.

Se separó de ella, sabiendo que estaba pensando tonterías y que si la seguía besando la despedida sería más difícil.

—Buenas noches, Colette —dijo mientras la soltaba. Se marchó antes de poder decir o hacer otra tontería.

—No hay nada mejor que una pizza fría —dijo Gina mientras tomaba otro trozo de la caja.

Era más de medianoche cuando las dos mujeres se pusieron a comer la pizza que Colette había pedido horas antes. Gina se había dado un baño y se había puesto antiséptico en las rodillas. Aparte del dolor que sentía por la caída, parecía en perfectas condiciones.

Colette, por su parte, no había dejado de pensar después de despedirse de Tanner. Al principio había sentido tristeza. Se iba dos días más tarde y ella no volvería a oír su risa ni a ver la pasión en las profundidades de sus hermosos ojos azules.

Después sus pensamientos se volvieron hacia Gina. Colette se sentía horrorizada por lo que había pasado, y por primera vez se preguntó si Gina no estaría cometiendo un error al negarse a regresar con su hermano.

Se había enternecido al ver a Tanner abrazar a su hermana con tanto amor y preocupación, y no pudo evitar pensar en todas las veces en las que había deseado que alguien la abrazara de la misma manera.

–Gina, tal vez deberías reconsiderar tu decisión –le dijo.

Gina dejó en la caja el trozo de pizza y miró a Colette con los ojos entrecerrados.

–¿De qué estás hablando?

–Ya sabes que Tanner sólo quiere lo mejor para ti. Tal vez sería una buena idea que pasaras un año más en el rancho y que terminaras tus estudios, sin tener que preocuparte por pagar el alquiler o por que alguien te atraque.

–Lo ha conseguido –Gina se rió sin ganas–. Debería haberlo sabido. Te ha estado seduciendo sutilmente hasta conseguir que te pusieras de su lado.

–Eso es ridículo –dijo Colette, pero no pudo controlar la oleada de decepción que se apoderó de ella al escuchar a Gina.

–¿Por qué? –Gina se levantó de la mesa con una mirada de asco–. A Tanner no le gusta perder y haría cualquier cosa para aumentar sus posibilidades de ganar, y la mejor forma de ganar era ponerte de su parte. Reconócelo, Colette, ha estado jugando contigo –con esas palabras salió de la cocina y un momento después Colette oyó que cerraba de golpe la puerta de su habitación.

ERA DOMINGO por la mañana y Colette, impaciente, daba vueltas por el salón de su apartamento. Esperaba que Tanner llegara en cualquier momento. Él pensaba que iba a recoger a Gina, pero en vez de eso se iba a encontrar con la furia de Colette.

Desde el viernes por la noche, cuando Gina le había dicho que Tanner había estado jugando con ella, se había sentido cada vez más enfadada. Al principio no la había creído, pero cuantas más vueltas le daba más creía en sus palabras.

Si Tanner hubiera sentido algo por ella y no hubiera intentado manipularla, le habría hecho el amor aquella noche. No habría podido detenerse. Pero en vez de eso había parado. No había querido llevar la manipulación a tales extremos. Ella se sentía agradecida de que él no hubiera ido por la tienda el día anterior.

El daño que le habían hecho las palabras de Gina estaba a punto de salir a la superficie. Los besos de Tanner habían sido tan reales que le habían llegado al corazón. El deseo que había mostrado por ella le había parecido auténtico.

Colette había conseguido dejar de sentir dolor, y

en su lugar había dejado una oleada de rabia y enfado.

Se sirvió otra taza de café. Eran solo algo más de las siete, y no sabía a qué hora esperar a Tanner, pero tenía la sensación de que sería pronto, porque él querría llegar a Foxrun cuanto antes.

Gina se había ido al alba para evitar encontrarse con su hermano. Danny había ido al apartamento a buscarla, y habían decidido ir a desayunar juntos y después pasar el día en el parque. Colette prefería que la joven no estuviera allí. Aunque no quería llorar, sentía las lágrimas en su interior al pensar que no volvería a ver a Tanner.

Era realmente ridículo. Nunca había querido un hombre en su vida, incluso había rechazado la posibilidad de casarse. Pero en algunos momentos, cuando Tanner había hablado del rancho y de la vida en Foxrun, lo había deseado.

Tomó un sorbo de café y se acarició el vientre. Muy bien, no tendría un marido que la abrazara por las noches, y no viviría en una encantadora y pequeña cuidad en la que todo el mundo conocía a todo el mundo. Pero tendría una familia. Su bebé sería su familia, y eso era todo lo que necesitaba. El bebé tendría todo su amor y toda su atención y nunca tendría que cederle el primer puesto a ningún hombre.

Se sobresaltó y derramó un poco de café cuando sonó el timbre de la puerta. Dejó la taza en la mesa de la cocina y se dispuso a darle el último adiós a Tanner.

Como de costumbre, él llevaba unos vaqueros

ajustados y una camiseta azul marino que acentuaba
el color de sus ojos. Al verlo sintió un dolor que
nunca antes había sentido.

–No está aquí –dijo Colette sin preámbulos –me
dijo que te dijera que te quiere, pero que está cansada de pelear contigo y que no va a volver a Foxrun.

Tanner entró en el salón y murmuró una palabrota.

–Le dije que hiciera las maletas y que estuviera
preparada.

–¿Y pensaste que sería tan sencillo? Sí que eres
arrogante.

Él la miró y frunció el ceño.

–¿Qué mosca te ha picado?

–Ninguna –contestó mientras se apartaba unos
pasos de él para no oler ese aroma tan querido y familiar–. Es que no puedo creer que des una orden y
pienses que Gina la va a acatar sin protestar.

–Sabe que quiero que vuelva conmigo al rancho.

–¿Y cuándo vas a tener en cuenta lo que ella
quiere? –el enfado de Colette subió a la superficie.
Aunque no estaba especialmente enfadada con él
por cómo había llevado las cosas con Gina, era una
oportunidad perfecta para dar rienda suelta a parte
de su rabia–. La has educado para que sea fuerte e
independiente y para que crea en sí misma. ¿Por qué
no dejas que sea eso lo que haga?

–Dejaré que lo haga… cuando llegue el momento
–se metió las manos en los bolsillos.

–Ya ha llegado el momento, Tanner. Tienes que
dejar que viva su vida.

Tanner frunció el ceño con frustración.

—No sabes de lo que estás hablando.

—Sí que lo sé —contestó, y se alejó otro paso de él—. Sé que la has amenazado y chantajeado para que vuelva contigo —entornó los ojos—. Y sé que has jugado conmigo para ponerme de tu parte y que te ayudara a cumplir tus deseos.

Tanner sacó las manos de los bolsillos y la miró confundido.

—¿Qué quieres decir con que he jugado contigo?

Colette sintió calor en las mejillas.

—Cada vez que coqueteabas conmigo, me hablabas dulcemente y me besabas, sólo me estabas manipulando.

Él la miró durante varios segundos y ella creyó ver que se sonrojaba ligeramente. «Se siente culpable», pensó mientras la invadía otra oleada de dolor.

Tanner dio tres zancadas y se quedó sólo a unos centímetros de ella. La agarró por los hombros y la sujetó firmemente cuando Colette intentó liberarse.

—Colette —pronunció su nombre con suavidad y después respiró profundamente—. Reconozco que la primera noche que cenamos juntos la idea de utilizarte para recuperar a Gina se me pasó por la cabeza.

Colette se sintió dolida al oír la confirmación de lo que había dicho Gina. Intentó liberarse de nuevo, deseosa de apartarse de él mientras las lágrimas le comenzaban a arder en los ojos.

—Pero, cariño, te prometo que cada beso y cada caricia que te he dado ha sido por que lo deseaba de verdad, no por Gina —tenía una expresión dulce y

Colette se asustó al darse cuenta de que quería creerlo desesperadamente.

–Eso no cambia las cosas –contestó, y cuando esa vez se giró él dejó que se liberara.

Quería estar enfadada con él, necesitaba que la invadiera la ira para que el dolor no pudiera alcanzarla. Y quería enfurecerlo. Si se despedían ásperamente tal vez no le resultara tan difícil decirle adiós.

–Anoche nombré oficialmente a Gina mi ayudante y le subí el sueldo –dijo ella.

Los ojos de Tanner se oscurecieron.

–¿Por qué demonios hiciste eso?

Colette se dirigió al sofá y se sentó en el borde, dispuesta a levantarse rápidamente en caso de necesidad.

–Porque se lo merecía. Durante el tiempo que ha estado trabajando para mí ha demostrado ser responsable y de confianza. Es muy brillante y trabajadora, y es hora de que la dejes sola.

Tanner se pasó una mano por el cabello, sintiéndose cada vez más frustrado.

–Podrías habérmelo consultado.

–Lo siento, pero tus besos no fueron lo suficientemente buenos como para hacer que dejara de lado mis creencias personales –cruzó los brazos y volvió a descruzarlos rápidamente, deseando que terminara la discusión. Necesitaba que se marchara del apartamento, que se alejara de ella antes de que comenzara a llorar–. ¿Sabes lo que creo? Creo que quieres que Gina regrese porque tienes miedo.

–¿Miedo? Eso es ridículo –se burló Tanner.

–Yo no lo creo. Si no tienes a Gina en el rancho

entonces solo te queda tu propia vida y, según Gina, está bastante vacía.

–No sabes lo que estás diciendo –contestó mientras daba un paso hacia ella.

Colette se puso tensa, pero siguió hablando:

–Claro que lo sé. Has construido toda tu vida alrededor de ella y tienes miedo de dejarla ir porque no tienes nada y a nadie más en tu vida.

–¿Y tú qué sabes? ¿Qué sabes de querer a alguien, de preocuparte por alguien? Te has encerrado en ti misma y no dejas que nadie entre en tu vida. Eres como tu madre, incapaz de querer a alguien.

–Eso no es verdad –se levantó de un salto del sofá.

–Tú misma me dijiste que nunca has tenido una relación seria. Tienes veintiocho años y te escondes en el trabajo. Vendes artículos de bebé a mujeres que tienen una familia para poder vivir su vida a través de ellas, pero nunca sientes de verdad.

–¡Eso no es cierto! –exclamó–. Solo porque no necesite a un hombre no significa que no vaya a tener mi propia familia, y no significa que sea incapaz de amar.

Tanner sonrió fríamente.

–Si quieres tener una familia, yo diría que más tarde o más temprano vas a necesitar un hombre.

–Tal vez no –respondió–. De hecho, es muy posible que ahora mismo esté embarazada.

Él se quedó atónito.

–No entiendo. ¿Cómo puede ser?

–Hace un mes me inseminaron artificialmente.

Sus palabras chocaron contra un silencio denso y

pesado. Colette apartó la mirada de la censura que había en los ojos de Tanner.

—¿Cómo pudiste hacer eso? —preguntó con cierta incredulidad—. ¿Cómo pudiste tomar la decisión de condenar a un niño a vivir sin un padre? —se acercó a ella y volvió a agarrarla por los hombros, obligándola a mirarlo a los ojos, unos ojos que no sólo reflejaban desaprobación, sino también dolor—. Colette, tú sabes lo que es crecer sin un padre, y yo echaré de menos a mi padre cada día durante el resto de mi vida. ¿Cómo pudiste tomar la decisión de darle a un niño ese mismo vacío?

—Yo sola lo puedo criar —dijo levantando la barbilla con aire desafiante—. Este bebé va a tener todo el amor que yo nunca tuve.

—Ese bebé nunca podrá llenar el vacío que tu madre dejó en tu corazón —la soltó y dio un paso atrás—. Ese bebé me da pena, y también me das pena tú.

—Vete —ordenó Colette mientras las lágrimas le quemaban las mejillas al caer—. No necesito nada de ti, Tanner Rothman, y menos aún tu compasión.

—No te preocupes, ya me voy —dijo dirigiéndose a la puerta—. Pero tengo algo más que decirte. Sabes que nunca vas a ser capaz de llenar el vacío que sientes si no admites que necesitas a alguien.

—Y yo también tengo algo más que decirte. Has criado a Gina a tu propia imagen y semejanza. La has criado para que fuera fuerte y segura de sí misma. Confía en lo que has hecho con ella y déjala marchar.

Durante unos segundos él la miró, y en sus ojos Colette pudo ver algo cálido y maravilloso. Luchó contra el impulso de lanzarse a sus brazos para decirle que ya había descubierto lo que necesitaba: a él.

—Adiós, Tanner —dijo sin dejar de mirarlo, deseando que no viera las emociones que sentía.

Él se volvió, agarró el pomo de la puerta y sin mirar atrás murmuró un adiós. Después salió del apartamento.

Colette sintió que el corazón se le hacía añicos. Se rompió en un millón de pequeños trozos y el dolor la invadió desde lo más profundo de su ser.

Se dejó caer en el sofá, medio cegada por las lágrimas que le llenaban los ojos. No había esperado enamorarse, nunca lo había deseado. Pero se había enamorado de Tanner. Y ese momento se dio cuenta de lo mucho que deseaba estar sentada en el camión al lado de Tanner mientras él volvía a Foxrun. Lloró amargamente por lo que podría haber sido, y después lloró porque por primera vez se estaba empezando a preguntar si ella sola podría criar al bebé que tal vez llevaba en su interior.

A Tanner le llevó quince minutos recuperar el camión del aparcamiento en el que lo había dejado. Mientras esperaba a que el encargado se lo llevara, se apoyó contra la fachada del edificio. Olía a neumáticos y aceite, pero él solo podía pensar en la mujer que acababa de dejar.

Maldita fuera por convertir sus certezas en dudas, por hacerle preguntas cuyas respuestas Tanner había creído saber. Raspó el asfalto con una de sus botas, preguntándose por qué lo que Colette le había dicho al despedirse lo estaba atravesando como si fueran flechas.

¿Había querido recuperar a Gina porque tenía miedo de enfrentarse a su vida vacía sin ella? ¿Había ido a Kansas City porque tenía miedo por ella o por sí mismo? Tuvo que admitir que en parte estaba orgulloso de Gina al ver que se negaba a dejar que él la arrastrara donde no quería ir. Estaba orgulloso de cómo había manejado el intento de robo. Había gritado pidiendo ayuda y después había ido inmediatamente a la policía. Lo había hecho todo muy bien.

Un chirrido de neumáticos le indicó que le llevaban el camión. Minutos después, después de pagar al encargado, dejó el aparcamiento situado en el centro de la ciudad. Encendió la radio para pensar en otra cosa, pero tampoco consiguió quitarse a Colette de la cabeza.

Colette. Su nombre resonaba dentro de él. El recuerdo de abrazarla lo atormentaba, y el sonido de su risa le llenaba el corazón.

No podía creer los extremos a los que había llegado para crear una familia. ¡Inseminación artificial! ¿Cómo pudo pensar en eso? Ese procedimiento estaba bien para mujeres casadas que no podían quedarse embarazadas con el método convencional, pero Tanner nunca había entendido por qué algunas mujeres decidían ser madres solteras.

«No es asunto mío», se dijo firmemente. Colette no era asunto suyo. Era una mujer tozuda y muy independiente y no reconocía sus propias necesidades.

«Igual que tú», le dijo una pequeña voz en su interior.

—Cállate —le contestó a la vocecilla. Subió el volumen de la radio, tomó la vía de acceso a la carretera interestatal y se dirigió al oeste, camino de Dos Corazones.

Colette entró en el cuarto de baño y sacó el test de embarazo de la bolsa de plástico. Los dedos le temblaron mientras abría la caja y sacaba el test y las instrucciones.

Las leyó rápidamente y se miró en el espejo. Tenía los ojos ligeramente hinchados por haber llorado durante la mañana, y su cara pálida reflejaba el sufrimiento que sentía.

Tanner. Tanner. El nombre resonaba en el interior de su corazón y le producía oleadas de dolor cada vez que aparecía.

¿Por qué había aparecido en su vida, dejándole ver cómo sería ser amada por él para siempre? ¿Por qué le había enseñado todo lo que ella iba a perderse si continuaba con su vida?

Sacudió la cabeza. No debía pensar en ello, se dijo mientras volvía a mirar las instrucciones una vez más. Definitivamente, no podía pensar en él.

Cuatro semanas atrás su único deseo había sido estar embarazada, y había decidido convertirse en madre soltera. Entonces había estado convencida de que estaba haciendo lo correcto, pero en ese momento ya no estaba tan segura.

Las palabras de Tanner le habían tocado la fibra sensible. ¿Quería tener un bebé para llenar el vacío que le había creado la relación con su madre?

Al infierno Tanner Rothman, se dijo enfadada. Ella había sido feliz con su vida antes de que él llegara, pero en ese momento su vida le parecía vacía.

Cuatro semanas atrás, todo lo que quería era estar embarazada y llevar la tienda, pero eso había sido antes de conocerlo, antes de haberse enamorado de él y antes de que el corazón se le rompiera en un millón de pedacitos.

Leyó las instrucciones otra vez. Había comprado el test que le parecía más fácil de usar: en tres minutos aparecería un sigo más o un signo menos en la ventanita. El más significaba que estaba embaraza; el menos, que no lo estaba. Así de sencillo y fácil. Pero después de conocer a Tanner su vida se había complicado de repente, y ya no estaba segura de lo que quería.

Decidida a no esperar más tiempo, hizo el test, lo dejó en la encimera y se preparó a esperar los tres minutos.

Solo habían pasado unos segundos cuando sonó el timbre de la puerta. Colette pensó que probablemente sería Gina, que solía olvidarse las llaves con frecuencia. Le echó una mirada rápida al test, que todavía no decía nada, salió del baño, atravesó su habitación y abrió la puerta principal.

–¡Tanner! –exclamó sorprendida.

–Tenemos que hablar –dijo, y entró en el apartamento. Se sentó en el sofá y la miró con expectación.

–Creo que ya nos lo hemos dicho todo –contestó ella intentando que su tono de voz fuera frío.

–Tal vez tú sí, pero yo no he dicho todo lo que te

tengo que decir. Ven aquí –dio unas palmaditas al sofá, junto a él.

Colette no quería sentarse a su lado, aunque lo deseaba desesperadamente. Cerró la puerta, se cruzó de brazos y se quedó de pie donde estaba.

–Si vas a sermonearme por el tipo de vida que llevo, ya puedes levantarte y salir de la ciudad –le dijo ella. Descruzó los brazos y empezó a caminar nerviosamente frente a él, incapaz de estarse quieta–. Sé que eres un hombre tradicional y que desapruebas todo lo que hago, pero eso no significa que tengas derecho a decirme hasta qué punto lo desapruebas, a mí y a mi vida.

–No he vuelto para decirte eso –se inclinó hacia delante y se pasó una mano por el cabello–. Tenías razón.

Ella dejó de pasear y lo miró sorprendida.

–¿En qué?

–En que no quiero que Gina se vaya, aunque ya es hora de que lo haga. Tenías razón cuando dijiste que la he educado para que sea fuerte e independiente, y ahora es el momento de dejarla ir. Por supuesto, eso no significa que no vaya a preocuparme por ella y que no continúe siendo una parte importante en su vida.

–Me alegro, Tanner, pero no tenías que haber vuelto para decirme eso –al mirarlo volvió a sentir ese dolor en el corazón. ¿Por qué había ido? ¿Es que no sabía el tormento que para ella era verlo otra vez?

–Maldita sea, Colette –dijo de repente. Volvió a pasarse una mano por el cabello y después se le-

vantó, dando unos pasos hacia ella–. No he vuelto
para hablarte de Gina. Estaba dispuesto a mar-
charme a casa y seguir con mi vida.

–¿Y por qué no lo has hecho? –Colette luchó
contra las lágrimas que amenazaban otra vez con
acudir a sus ojos.

–No he podido. Lo he intentado. He puesto la radio y he tomado la interestatal hacia el oeste, pero
no podía dejar de pensar en ti.

Ella volvió a mirarlo sorprendida.

–¿De qué estás hablando? –preguntó, inquieta
por la vulnerabilidad que reconoció en su propia
voz.

–Te estoy diciendo que de alguna manera te has
colado dentro de mí –el color de sus ojos era el azul
más profundo que ella había visto–. Cada vez que
respiro pienso en tu aroma. Tengo tu risa metida en
la cabeza y el tacto de tu piel en los dedos.

Colette se sentó en una silla. Sentía que las piernas le iban a fallar mientras escuchaba a Tanner.

Él se acercó y se detuvo justo delante de ella.

–No sé cómo ha ocurrido. Se suponía que esto
iba a ser un sencillo viaje a la ciudad para recuperar
a Gina, pero desde el momento en que te vi nada ha
sido fácil.

Colette sintió una oleada de calidez al darse
cuenta de que Gina había estado equivocada. Tanner
no la había besado solo para ponerla de su parte, no
la había abrazado solo para manipularla.

–Aunque sea una locura, en las últimas dos semanas me he enamorado locamente de ti. Y para serte
sincero, eso me pone furioso.

La amaba. Colette sintió que la alegría la invadía, pero era una alegría empañada por una realidad dolorosa.

—¿Furioso? —preguntó ella—. ¿Por qué?

—Porque tú vives aquí y tienes un negocio. Y has dicho claramente que no me necesitas, que no necesitas a nadie —se le quebró la voz, y en las profundidades de sus ojos Colette vio un dolor tan grande como el suyo propio. Tanner se metió las manos en los bolsillos y siguió mirándola—. Ni siquiera sé lo que sientes por mí, pero de lo que sí estoy seguro es que no tiene ningún sentido que te pida que te cases conmigo y que compartas tu vida conmigo en Dos Corazones.

Antes, cuando Tanner se había ido y Colette había creído que él había jugado con ella, se había sentido muy herida. Pero el amor que en ese momento se reflejaba en los ojos de Tanner era un dolor mayor, capaz de matarla. Una parte de ella deseaba desesperadamente agarrarse a ese amor y al futuro que le estaba ofreciendo, y otra parte estaba muerta de miedo.

Las emociones contradictorias hicieron que los ojos se le llenaran de lágrimas, mientras la alegría se transformaba en desesperación. ¿Cómo podía dejar todo lo que había conseguido en Kansas City para cambiarlo por el amor? ¿Eso no la convertiría en una persona como su madre?

—¿Colette? —Tanner se arrodilló a su lado y le agarró una mano—. ¿Por qué lloras?

Ella mantuvo los ojos firmemente cerrados. No quería ver a Tanner, no quería ver en sus ojos todo lo que ella estaba a punto de abandonar.

–Lloro porque yo también te quiero –dijo finalmente en un susurro–. Y porque me asusta lo mucho que deseo ser tu esposa y vivir en Dos Corazones.

Ahogó un grito y abrió los ojos cuando él la levantó de la silla y la abrazó.

–Dime de qué tienes miedo, Colette.

¿Cómo podía explicarle que estaba aterrorizada al pensar que podía perderse en él, que su propia identidad podía desvanecerse?

Él le limpió las lágrimas con los pulgares.

–Colette, te quiero y acabas de decir que me quieres. ¿Por qué estás tan triste?

Ella se liberó de su abrazo.

–¿No ves que es imposible? Si accedo a casarme contigo, si voy contigo a Foxrun y olvido mi vida aquí, entonces seré como mi madre, abandonando por un hombre todo lo que soy.

–Colette –volvió a abrazarla–. Eres una de las mujeres más fuertes e independientes que he conocido. Es imposible que puedas ser como tu madre. No estaría enamorado de ti si fueras débil –dio un paso atrás para alejarse de ella–. Y nunca te pediría que abandonaras todo lo que tienes aquí. Ya se nos ocurrirá algo, pero no voy a vivir sin ti.

Al oír esas sencillas y maravillosas palabras todos los miedos de Colette desaparecieron y su corazón se abrió con un amor tan intenso que la llenó por completo.

–Pídemelo, Tanner. Pídeme que me case contigo. Pídeme que haga de Foxrun y de Dos Corazones mi hogar –su voz temblaba con la emoción.

Antes de que pudiera terminar de hablar él le tomó las manos.

–Cásate conmigo, Colette. Comparte tu vida conmigo en Dos Corazones y construyamos una familia juntos. Cásate conmigo y hazme el hombre más feliz del mundo.

–Sí –dijo ella–. Sí, eso es lo que quiero –los ojos volvieron a llenársele de lágrimas mientras él la apretaba contra su pecho y la besaba.

Ese beso prometía pasión y amor, y gracias a él Colette supo que la decisión que acababa de tomar era la correcta.

Cuando dejaron de besarse él la condujo al sofá y se sentaron juntos, agarrados de la mano.

–Colette, sé que has trabajado duro para hacer de tu tienda un negocio con éxito.

Ella supo que Tanner estaba preocupado por cómo se sentiría al dejar la boutique. Le sonrió segura de sí misma, de sus decisiones y del camino que iba a tomar.

–Tanner, ya sabes que tengo a una mujer eficiente, inteligente y responsable trabajando para mí, y creo que con un mes o dos de aprendizaje podrá llevar la tienda perfectamente.

–¿De verdad crees que podrá hacerlo?

–Sin duda –él le apretó la mano aún más fuerte–. Y dijiste que todas las mujeres en Foxrun están deseando casarse, y eso significa que van a tener niños. Creo que Foxrun será un buen lugar para abrir una sucursal de La Boutique del Bebé –él abrió la boca para decir algo, pero Colette sacudió la cabeza, indicándole que aún no había terminado–. Sé que probablemente te habías imaginado que te casarías con una mujer tradicional que no trabajaría fuera de casa, pero Tanner, yo...

–Shhh –él la cortó inclinándose hacia delante y besándola suavemente–. Te quiero, Colette, y te apoyaré en todo lo que quieras hacer. Lo único que quiero es hacerte feliz el resto de tu vida.

Colette nunca se había sentido tan feliz. Se sentía llena de alegría, pero al recordar de repente el test de embarazó la felicidad se desvaneció.

Tanner no había mencionado la inseminación artificial, y ella se preguntó si tal vez lo había olvidado.

–Tanner, ¿has olvidado que es posible que esté embarazada? –aguantó la respiración, preguntándose si después de todo perdería esa nueva vida que se abría ante ella.

La mirada de Tanner era suave y su expresión de amor no flaqueó.

–No, no lo he olvidado. Sigo pensando que si intentas educar a ese niño tú sola, ¿a quién le va a comprar feas corbatas para el Día del Padre? ¿Quién le va a enseñar a pescar? Ese bebé es parte de ti, yo te quiero y...

No pudo terminar de hablar porque Colette se lanzó a sus brazos y lo besó con toda la pasión y el amor que sentía.

–Me hice un test de embarazo justo antes de que volvieras –dijo cuando dejó de besarlo.

–¿Y cuál es el resultado?

–Todavía no lo sé. Llegaste y no he podido comprobarlo.

Él sonrió indulgentemente.

—Entonces supongo que deberíamos ir a verlo.

Juntos se levantaron del sofá y se dirigieron al baño. El corazón de Colette latía rápidamente. Por primera vez no estaba segura de lo que quería encontrar al ver el resultado. Antes había deseado un bebé, pero en ese momento quería el bebé de Tanner.

Estaba a punto de entrar en el baño cuando Tanner la tomó de la mano, abrazándola.

—Quiero decirte algo antes de que lo mires.

—¿Qué?

Deslizó un dedo por la mejilla de Colette y por un momento ella sintió que se ahogaba en el amor que reflejaban los ojos de Tanner.

—Si estás embarazada, voy a querer a ese bebé con todo mi corazón y con toda mi alma. Y si no lo estás, eso será en lo primero que trabajemos desde el momento en el que pronunciemos los votos.

Colette sintió que la invadía un calor dulce al pensar en hacer el amor con él.

—¿Lo prometes?

Él le dedicó una sonrisa sexy.

—Oh, sí, lo prometo. De hecho, en lo que a mí respecta no tenemos que esperar ni un minuto más para que empiece a cumplir esa promesa.

Colette volvió a sentir esa calidez mientras veía el deseo y el amor en los ojos de Tanner. Le apretó la mano, entró en el baño y miró el test.

En la ventanita del test había un signo menos. Salió del baño y se detuvo junto a Tanner.

—No estoy embarazada.

–Cariño, ¿estás decepcionada?

Ella sonrió y se perdió en su abrazo.

–¿Decepcionada? ¿Cómo puedo estar decepcionada cuando el primer bebé que voy a tener es del hombre que amo?

–Te amo, Colette –le susurró al oído. Después la besó de nuevo, y en ese beso iba la promesa de un futuro que Colette nunca habría creído posible.

EPÍLOGO

COLETTE se miró en el espejo de cuerpo entero que había en la sala trasera del centro social de Foxrun. Fuera, en el salón principal, se había congregado toda la ciudad para presenciar su boda con Tanner.

Solo habían pasado unas seis semanas desde que Tanner y ella se confesaron el amor que sentían el uno por el otro. Habían sido las seis semanas más agitadas de la vida de Colette. No solo había instruido a Gina sobre el negocio, sino que también había visitado el rancho y alquilado un local en Foxrun que sería la nueva sucursal de La Boutique del Bebé.

Habían sido unas semanas mágicas, y cada día se había sentido más enamorada de Tanner. Y unos minutos más tarde se convertiría en su mujer. Se estremeció de placer.

Se giró al oír que la puerta se abría, y sonrió al ver entrar a Gina, que estaba resplandeciente con un vestido largo de color rosa que acentuaba su cabello oscuro.

–¡Oh, Colette! –juntó las manos mientras corría al lado de su amiga–. Estás preciosa. Me alegro de que hayas elegido un vestido de novia tradicional.

Colette sonrió.

–Tu hermano insistió en ello. Dijo que como sólo iba a casarme una vez en mi vida, tenía que hacerlo bien. Y ya sabes cómo es tu hermano…

–¡Endemoniadamente terco! –dijeron las dos a la vez riéndose.

–Siento que tu madre no esté aquí –dijo Gina.

El dolor que solía sentir al pensar en su madre se había suavizado, dejando en su lugar un punzada de pena.

–Ella se lo pierde –contestó Colette–. Ella nunca será feliz y yo no puedo cambiar eso. Además, aquí tengo toda la familia que necesito, y una casa y una ciudad de las que también me he enamorado.

Gina se acercó y abrazó a Colette.

–Me alegro mucho por ti, Colette. Y nunca había visto a Tanner tan feliz. Sé que vais a tener una vida maravillosa.

Las dos se volvieron cuando alguien llamó a la puerta.

–Adelante –dijo Colette.

Bailey Jenkins, el veterinario de la ciudad y un buen amigo de Tanner, asomó la cabeza.

–Todo el mundo está preparado. Estamos esperando a la novia.

–Enseguida salimos –contestó Gina. Volvió a mirar a Colette–. ¿Estás preparada?

Colette respiró profundamente y asintió con la cabeza. Las dos mujeres salieron juntas de la sala y atravesaron el pasillo que conducía al salón principal. Un camino de pétalos blancos de rosa esperaba a Colette, y al final estaba Tanner.

Mientras la marcha nupcial comenzaba y Gina y Bailey se dirigían hacia el pastor, Colette sólo tenía ojos para el hombre que iba a convertirse en su marido.

Estaba tremendamente atractivo con un esmoquin blanco, y la sonrisa que tenía en los labios llenó a Colette de alegría.

Comenzó a caminar por el pasillo lentamente, sin dejar de mirar a Tanner. Cuando llegó a la mitad apresuró el paso, medio corriendo hacia el ranchero atractivo, cariñoso y «endemoniadamente terco» que le había abierto la puerta del amor.

JAZMÍN.

BARBARA HANNAY
DÍAS DE AMOR EN PARÍS

Cuando la sexy Camille Devereaux y el guapísimo ranchero australiano Jonno Rivers se conocieron, la pasión surgió al instante. Pero Camille no tardó en sentirse aterrada por el vértigo de comenzar una nueva relación y huyó a París. Sin embargo, Jonno no estaba dispuesto a darse por vencido y decidió hacer todo lo necesario para convencer a Camille de que aceptara su proposición.

MADELINE BAKER
VIDAS DISTINTAS

Carly Kirkwood había acudido a Texas en busca de tranquilidad, pero en cuanto conoció a su profesor de equitación, empezó a no poder dormir por las noches. Zane Roan Eagle provocaba en ella sensaciones desconocidas, y no tardaron mucho en dar rienda suelta a la pasión. Y, aunque Carly siempre pensó que Los Ángeles era su ciudad, solo pensar en separarse de Zane hacía que se le desgarrara el corazón.

N.º 578

CARLA CASSIDY
EL HOMBRE MÁS ADECUADO

Colette Carson no necesitaba a ningún hombre, pero lo que más deseaba era tener un hijo. Así que se dirigió al banco de semen de la ciudad dispuesta a hacer realidad su sueño. Fue entonces cuando apareció el guapísimo ranchero Tanner Rothman y puso su mundo del revés. Colette no dejaba de repetirse que Tanner reunía todo lo que no quería en un hombre y, sin embargo, no podía negar la increíble atracción que sentía por él.

DESEO
MAUREEN CHILD

TE INVITO A SUBIR…

Cuando Henry Porter le arrebató una propiedad que ella había planeado comprar, Amanda Carey le declaró la guerra a su examante y rival en los negocios. Pensó que disfrazarse de empleada doméstica era la manera perfecta para entrar en su mansión de Beverly Hills y averiguar todos sus secretos, pero no tardó mucho en terminar de nuevo en la cama de Henry. Una vez descubierto su brillante plan, Amanda se dio cuenta de que todo su futuro dependía de un hombre que parecía decidido a arruinarla. ¿O iba Henry a cambiar las tornas una vez más?

EL AMOR SIEMPRE VUELVE

N.º 550

Serena Carey, divorciada y con una hija, tenía que conseguir que la gala benéfica de los Carey saliera a la perfección. Y ese fue precisamente el momento en el que Jack Colton volvió a entrar en su vida. Después de siete años de ausencia, el hotelero estaba más guapo que nunca y la química entre ambos aún era latente. Jack le ofreció un acuerdo al que no pudo negarse. Por su parte, ella le hizo una invitación irresistible. Serena decidió que aquella era su oportunidad de dictar las reglas y cambiar las condiciones del juego. ¿Sería capaz de jugar y ganar en aquella ocasión?

BIANCA.

CAITLIN CREWS
AMOR DE FANTASÍA

Becca Whitney siempre había sabido que la familia a la que pertenecía la había repudiado cuando era bebé. Así que, cuando la convocaron para que regresara a la mansión, la invadió la curiosidad. Theo Markou necesitaba una esposa y Becca sería la candidata perfecta. El trato: hacerse pasar por la heredera de la familia Whitney a cambio de recibir la fortuna que le correspondía… Y sin que hubiera sentimientos de por medio.

MELANIE MILBURNE
UNA PRINCESA POBRE

Alexandro Vallini cometió el error de pedirle matrimonio a Rachel McCulloch, una joven con ínfulas de princesa. Y su rechazo le llegó al alma. Sin embargo, las tornas cambiaron y el destino puso el futuro de Rachel en las manos de Alessandro. Él necesitaba una asistenta temporal y ella necesitaba dinero. Sin embargo, Rachel se había convertido en una mujer muy diferente de la caprichosa niña rica que Alessandro recordaba. Él tendió su trampa, poniéndose a sí mismo como cebo, ¿pero quién terminó capturando a quién en las irresistibles redes del deseo?

N.º 484

CAROLE MORTIMER
RENDIDOS AL PASADO

Mia Burton creía que nunca volvería a ver a Ethan Black, el hombre que le robó el corazón. Aunque había hecho lo posible por olvidarlo, Ethan había vuelto a su vida con la intención de hacer cualquier cosa por recuperarla. ¿El motivo? Mia tendría que ir a su mansión en el sur de Francia para averiguarlo…

¡YA EN TU PUNTO DE VENTA!

BIANCA™

LINDSAY ARMSTRONG

BELLEZA ESCONDIDA

Cam Hillier, magnate de las finanzas, necesitaba que una joven atractiva y educada lo acompañara a una fiesta, pues su pareja acababa de dejarle plantado. Por eso, Cam se fijó en la mujer que tenía más a mano: su discreta secretaria, Liz Montrose.

El empleo de Liz no incluía tareas de acompañamiento. Sin embargo, como sólo estaba ella para mantener a su hijita y llevar dinero a casa, no pudo negarse a la petición de su jefe. ¡Aunque ya no se escondería detrás de vestidos anodinos ni gafas de pasta!

AVENTURA PARA DOS

De comportamiento intachable, la señorita de la alta sociedad, reconvertida en periodista, Holly Harding, buscaba su primera gran exclusiva. ¿Y quién mejor que el infame rey de los ganaderos, Brett Wyndham? Sin embargo, cuando Holly conoció a Brett, descubrió en el enigmático multimillonario algo inherentemente peligroso que la hizo temer por su actitud sensata y profesional.

N.º 485

Cuando el avión privado en el que viajaban se estrelló en el interior de Australia, se vio obligada a depender de Brett para su protección. ¿Cuánto tiempo podría la inexperta Holly negar la abrasadora atracción que existía entre ellos?

DESEO

Que no la amaba era una mentira
que se hacía creer a sí mismo

EMPAREJADA
CON UN MILLONARIO

KAT CANTRELL

N.° 229

El empresario Leo Reynolds estaba casado con su trabajo, pero necesitaba una esposa que se ocupara de organizar su casa, que ejerciera de anfitriona en sus fiestas y que aceptara un matrimonio que fuera exclusivamente un contrato. El amor no representaba papel alguno en la unión, hasta que conoció a su media naranja... Daniella White fue la elegida para ser la esposa perfecta de Leo. Para ella, el matrimonio significaba seguridad. Estaba dispuesta a renunciar a la pasión por la amistad. Sin embargo, en el instante en el que los dos se conocieron, comenzaron a saltar las chispas...

BIANCA.

El precio de su libertad:
un heredero para el multimillonario...

EL PRECIO
DE SU DESEO

MAYA BLAKE

N.º 216

Convencer al magnate griego Ares Zanelis para que se case
con ella es el último intento de Odessa Santella por escapar
de su triste infancia. Los recuerdos de Ares la han atormentado
desde su malograda aventura cuando eran adolescentes, pero
tanto el corazón como el deseo de Odessa explotan al ver que
él acepta su propuesta...

Las condiciones de Ares son claras: un matrimonio falso para
tranquilizar a su padre, pero con una cláusula especial: ¡tiene
que darle un heredero! Odessa teme acabar en una prisión
de oro, pero ¿podrá su pasión quemar cualquier barrera entre
ellos?

BIANCA.™

**La artista estaba embarazada…
¡Y tuvo que casarse con el hombre
más rico del mundo!**

LO QUE EL DINERO
NO PUEDE COMPRAR

LYNNE GRAHAM

N.º 3113

Raj Belanger tenía todo lo que el dinero podía comprar y, también algo que nunca había deseado, la responsabilidad sobre Pansy, su pequeña sobrina huérfana. Debido a su complicada infancia, estaba convencido de que su sobrina estaría mejor con su tía, la artista Sunshine Barker. Hasta que Sunny cambió por completo su vida.

Para Sunny, la pequeña Pansy lo era todo. Sin embargo, la salvaje atracción que sentía hacia Raj y la explosiva noche que pasaron juntos, la descolocaron por completo. Seis semanas más tarde, Sunny descubrió que estaba embarazada. Y la solución que le propuso Raj fue toda una sorpresa…

BIANCA.

Con unas horas para encontrar a su reina...
¡Exigió la mano de su enemiga!

UNA REINA IMPROVISADA

ANNIE WEST

N.º 3114

Decidida a salvar a su prima de un matrimonio que no deseaba, Miranda secuestró al futuro novio, el jeque Zamir. No esperaba que él cambiase las tornas y le exigiera convertirse en su esposa, pero ahora el jeque tenía todo el poder... El tiempo apremiaba para Zamir: debía encontrar una esposa aquel día o perdería su trono. Casarse con Miranda era la única opción, a pesar de la desconfianza mutua y el desdén de Miranda por el protocolo palaciego. Pero nunca imaginó que ese matrimonio de conveniencia conduciría a un deseo peligrosamente inconveniente...